何一峰武侠小说

何一峰 武侠小说

五岳剑仙传

何一峰 著

中国文史出版社

图书在版编目(CIP)数据

五岳剑仙传 / 何一峰著. -- 北京：中国文史出版社，2025.3

（何一峰武侠小说）

ISBN 978-7-5205-4334-7

Ⅰ.①五… Ⅱ.①何… Ⅲ.①侠义小说-中国-现代 Ⅳ.①I246.5

中国国家版本馆 CIP 数据核字(2023)第 186624 号

责任编辑：牟国煜

出版发行：	中国文史出版社
社　　址：	北京市海淀区西八里庄路 69 号院　邮编：100142
电　　话：	010-81136606　81136602　81136603（发行部）
传　　真：	010-81136655
印　　装：	廊坊市海涛印刷有限公司
经　　销：	全国新华书店
开　　本：	880×1230　1/32
印　　张：	13.75　　　字数：343 千字
版　　次：	2025 年 3 月第 1 版
印　　次：	2025 年 3 月第 1 次印刷
定　　价：	75.00 元

文史版图书，版权所有，侵权必究。

文史版图书，印装错误可与发行部联系退换。

王 序

　　著作家之理想，每与一时代之社会表现、群众趋势有不离缘。初无人为之纲纪联系，为之树一帜以诏于众曰，必若是而后可。然其间理想与事实，自有息息相通之机，如铜山洛钟之东圮西应者。故凡一时代之社风民性，及教育政治之精神，若合而共出发于某一点，则斯时之多数著作物之本质，与多数爱读之热潮，亦必四面八方，不约而同地共集合于此点。此其理虽甚先玄，不可推测，然以视事实，则固考诸往古而无或爽，征诸现代而尤确凿有据者，例如比年来之革命实现，及国术、全运、童军等之一切尚武表现，与比年来社会盛行武侠小说之热烈，正不期而遇。

　　理想与事实，两种潮流，合流而趋，隐然各有其宏伟之努力，即其一证焉。故武侠小说者，实现代潮流之背景，而含有革命化时代化之读物也。语云理想者，事实之母，乌得以其为小说而微之哉？英君德和，以刊行《五岳剑仙传》，来征序于余，余于斯道固门外。第金以洗练而益精，文以观摩而益进，以近贤进化之说参之，可断其必后来居上焉。

　　仅玩其编目，已足见其情文相生，陆离光怪矣。

庚午四月吴下王大错序

许　　序

　　古之善作小说者,有二人焉。施耐庵以写侠之体胜,李松石以写侠之用胜。试一撷耐庵、松石之书,毋论其写体写用,在属意游思之顷,已包含宇宙今古瑰玮奇特之侠士于一寸心中,以印诸宇宙今古千万人之一寸心中。而侠士之面目,栩栩如生,侠士之生活,历历如绘。如近朱墨而为其所染,如入云烟而为其所烘,使感受者感觉不快,或感觉极快。耐庵、松石之小说,所以能亭毒群伦卢牟一世者,如是如是。

　　顷者淮东何君,手《五岳剑仙传》一书索余为序。余读之竟,而山岳间所谓入如处女出如狡儿之一班剑仙侠士之慷慨连犿历史,常若知其然而不知其所以然。日蕴结,日熏浸,遂盘踞于余之灵台而有之,是则体用兼全,文情并茂,合耐庵、松石之书于一炉也。至布局之奇,结构之精,起止呼应之神,譬诸大匠,规模宏阔,测绘明了,而一椽、一木、一砖、一石之支配,无不合缝斗笋,尽巧穷工,文字沁人,至此而极。

　　且其书中人物,半取材于明清鼎革之间,明清鼎革间山岩穴处之士,于其胸中之想象,所想象之怀抱,既异恒流,而笔之于书,则更不落凡响,岂可仅以寻常说部目之哉?

　　爰次所闻,以缀传端。

许廑父序

自　　序

　　余尝持此论,谓中国将来若重武术人才,则如易筋拳术、剑术等,不可不改良而存之。若讲论法相,则符箓法、丹鼎法等,此亦国粹产生之一,于言法术者所不可偏废。稽之往古,易筋始于华佗,拳术始于达摩,剑术始于越王勾践之剑士三千人,符箓起于汉末,丹鼎派起于汉初,史册所书,不爽累黍。

　　先请言剑术派。剑术在周秦时,已如旭日初升,嗣后代有其人,聂隐娘、红线女、三峰辈,益发昌明光大。迨至满清,虽学剑者寥寥,彼夫深山大谷之剑仙逸士,却能孤诣深造,批此窾,导此窍,能发前人所未发,剑且近于道矣。

　　次请言符箓派。符箓派在汉顺、桓时,裹楷始以于吉神书上于朝,后张角利其术以乱天下,张道陵亦托此术密相传授,后世仰为真人,南北朝士大夫习五斗米法者,史不绝书。其中若寇谦显于北,陶弘景显于南,符箓派遂滔滔披靡天下,其所言天地劫数,且亦与道法同矣。迨至明清之季,言剑术者每习符箓,言符箓者每习剑术,构孕两不相同之植物,其结果必加良,亭毒所归,竟若丹同一炉,路同一轨,亦中国国粹先声中之荣光也。

　　剑术派、符箓派之比目而立,比翼而行,其术益精,其遇益穷。虽其中他种原因或尚多,然而道高一尺,魔高一丈,若显若藏,若隐若彰,盖完全为历史和环境上之关系,有不得不然之势。剑术派、符箓派之神奇诡谲,既雅不为当时所容,致使一班剑仙、畸士，遂蛰居于岳洞山麓间，而岳洞山麓间，遂益为剑仙、畸士之发祥地，磊气所钟，昔之荐生申、甫，今则神气所感，且为出产剑仙、畸士之制造厂矣。此则为地理上之关系，为吾人理想中必至之事，梨洲、亭林，其前证也。

尔者余撰《五岳剑仙传》说部一书，历写明清鼎革时之剑仙、畸士，深山大谷之血剑历史，偏欲穷尽剑术派、符箓派之变幻，不可捉摸之事事物物。书既竟，余将供此以覆瓿云尔。

育新吴君，谓今日文字时势所趋，理想与事实并重。君之言，系寄当时剑仙、畸士之铁之血之肝之胆，铁血肝胆所铸成可惊可骇可怒可哀之历史，用以附君之心之脑之笔之舌而已，岂其藏之名山，俟诸百世之后也。

余重违其言，并自念借此以比较数年来思想之进退，亦良得，因劫诸梨枣，且望本书五岳三山之剑仙、畸士，与今之武术派、法相派特起之秀，以精神魂梦相往来。而世之君子，或奖借之，谬以厕于作者之林，非直鄙人之惭汗也。

是为序。

庚午四月淮东何一峰序于沪上别墅

目　　录

第一回　风尘落魄剑士生涯

　　　　樽酒联交书生肝胆…………………… 1

第二回　老叫花积缘劫神童

　　　　小侠客飞剑惊恶痞…………………… 8

第三回　金石胆山洞拜名师

　　　　卫天球岳麓劫匪友…………………… 14

第四回　钟维岳苦心传戒律

　　　　黄铁娘巧计赚奇童…………………… 20

第五回　峨眉山女侠探人妖

　　　　圆洞寺尼姑施法力…………………… 26

第六回　入佛寺双侠蹈危机

　　　　附骥尾单身脱虎穴…………………… 32

第七回　黄铁娘山岩认父

　　　　方克峻衡岳锄奸…………………… 38

第八回　犯戒律深山饮血箭

　　　　触机关地室会淫魔…………………… 44

第九回　情波生欲海絮化泥沾

　　　　神算卜金钱云翻雨覆…………………… 50

第 十 回	中迷香侠女陷牢笼	
	盗宝弓妖僧探山穴 …………	56
第 十一 回	僧空禅困斗女英雄	
	黄精甫力救双剑士 …………	63
第 十二 回	罗汉戏观音爱河没顶	
	妖光吞剑火赤日当空 …………	70
第 十三 回	僧空禅斗法圆洞寺	
	方克峻火烧峨眉山 …………	76
第 十四 回	鼓楼救豪杰侠气干云	
	石屋遇淫娃春情似茧 …………	83
第 十五 回	谢援手石胆拜奇人	
	订戒律剑仙会岳麓 …………	89
第 十六 回	罪无可赦桐叶仙锄奸	
	诚能格天金石胆证道 …………	95
第 十七 回	岳麓洞小豪杰忧亲	
	乌鼠山老英雄戏友 …………	101
第 十八 回	星夜寻亲轻身入虎穴	
	井边垂钓举手得鲈鱼 …………	108
第 十九 回	旧事重提热心崇戒律	
	玉人已往何处显冤魂 …………	115
第 二十 回	母子痛离魂形同槁木	
	英雄惊报怨虎啸深山 …………	122
第二十一回	假田铎设局赚英雄	
	真刁鼎登坛显法力 …………	129

第二十二回	空报仇小侠入牢笼
	巧相逢奇人掀黑幕……………………… 136
第二十三回	指迷路子民下说辞
	送毒草天雕惊噩梦……………………… 143
第二十四回	刁法师余痛忏前情
	祁法师深山谢俗客……………………… 150
第二十五回	癫叫花半路进谗言
	小侠客深林斗剑术……………………… 157
第二十六回	风驶云飞英雄身似箭
	山高月小剑士气如虹……………………… 164
第二十七回	岳麓洞剑仙施道力
	乌鼠山豪侠责狂儿……………………… 171
第二十八回	山庙识裙钗形同妖魅
	石坟藏剑侠月照荒郊……………………… 177
第二十九回	入山洞小侠认机关
	搬石鼓奇人窥道法……………………… 184
第 三十 回	一棒当头丹房惊法力
	孤身入道衣钵欠真传……………………… 191
第三十一回	动元阳英雄破色戒
	斗剑法奇侠劫门生……………………… 198
第三十二回	传法力圣母收徒
	入牢笼英雄丧胆……………………… 205
第三十三回	槛凤囚鸾丹房惊铁汉
	飞虹掣电黄侠射红灯……………………… 211

第三十四回	风动窗开高楼赠宝剑 蛛丝马迹野庙探奇人	217
第三十五回	教书史剑仙做学究 闹房间恶少缚淫僧	224
第三十六回	和尚变尼姑烟笼芍药 情波翻孽海春满银屏	231
第三十七回	失金刀小住郭家村 陷铁屋惊逢庄知县	238
第三十八回	生机争一发侠女完贞 珠泪洒千行娟娘遇救	245
第三十九回	钟维岳孤心救双美 朱子民独力会群魔	251
第四十回	金公子暗赚凌波仙 祝夫人大摆迷魂阵	257
第四十一回	钟维岳月下捉妖精 方克峻空中斗剑法	264
第四十二回	爱水灌情苗安排坑堑 神工运鬼斧密布机关	271
第四十三回	奇女子荒山服蛇虎 老剑仙定计射豺狼	278
第四十四回	水电凌空剑仙施法力 风云变幻奇侠显神通	285
第四十五回	滴天髓深山谈大道 入虎穴窄路遇冤家	291

第四十六回	青龙吐烟雾惨被鸿罹
	古树锁英雄几膏虎口 …… 298
第四十七回	竹实满生机神仙道果
	莲花粲妙舌美女情怀 …… 304
第四十八回	酸醋拌锡糖情丝万丈
	红鸾杀华盖贼计千条 …… 311
第四十九回	女道学直言化顽婢
	老剑仙热血教徒儿 …… 318
第 五 十 回	愧汝知机女中识豪杰
	授人以柄阃外缚英雄 …… 324
第五十一回	报兄仇天雕下山林
	惹情丝圣母现色相 …… 330
第五十二回	遗帕惹相思痴心如醉
	微波通款曲香梦方酣 …… 337
第五十三回	雨洗芙蓉幽斋劳缱绻
	春生玉碗绮梦太荒唐 …… 344
第五十四回	秦小姐含泪返金丹
	钟剑仙驱妖招恶怨 …… 351
第五十五回	漫天撒飞网难弟寻仇
	平地煽风波强人犯戒 …… 358
第五十六回	金石胆三入迷魂阵
	祁天雕再犯紧箍符 …… 365
第五十七回	波翻云诡圣母责狂徒
	弓急弦张剑仙会泰岳 …… 372

第五十八回	祁法师初沐雨露恩	
	秦教主大摆剑光阵………	379
第五十九回	朱子民初犯剑光阵	
	钟维岳再会侠男儿………	386
第 六 十 回	锦囊传妙计道力弥纶	
	杀阵种情花春心婉转………	393
第六十一回	红衣女妙使百灵幡	
	嵩岳仙智袭五行阵………	400
第六十二回	赐仙丹桐叶救徒儿	
	入山洞钟老破劲敌………	406
第六十三回	孙旭东饮剑入泉台	
	黄精甫反风烧孽障………	413
第六十四回	出山洞误入八阵图	
	除妖魔香解三里雾………	420

第一回

风尘落魄剑士生涯
樽酒联交书生肝胆

大气流荡无定,其中的水分,一部分蒸腾寒带空行两间,一遇冷风,便会下霜下雪,这些霜雪的一源,也许是天时地势所凝结的一种液体。大凡稍有知识的人,皆知天时地势的功用,在一种孕育方面,实操有无上的权衡。人生亦大气中所赋予的一分子,自然以天时地势为转移,其性情肝胆,纵高出水平衡以上,也不免受这天时地势所支配了。所以治世多圣贤,而圣贤多涉足于玉堂大厦;乱世多剑侠,而剑侠又多兔起鹘没在名山大谷之间。天时地势所以位置剑侠、孕育剑侠的可能,如是如是,有断然不可假借的自然界限。

在读者诸君,何以疑惑作小说的突然说出这一番理学的话呢?因为我这部书作的是《五岳剑仙传》,书中的一班剑士的出处行藏,在诸君仔细向下看来,虽然个性上的发展各有不同,历史上的情节各有不同,至于受那天时地势的种种支配,错落变化,似乎也各有不同。其实据大体上看来,却又没有什么不同了。时势不是剑士所造成的时势,剑士实是时势所造成的剑士。有谡谡长松的行径,才能显出落落云鹤的精神;有振衣千仞的气魄,才能守着皑皑冰雪的志节。那一班的剑士,既受这天时地势所支配了,却能苦心志、劳筋骨,学人所学不到,做人所做不来,其惊天地泣鬼神的技术,固然光芒日上,其起死人肉白骨的手段,更且层出不穷。而河山磊气,运歌英才,剑血生涯,了无勾

当,真个:

> 朝从柴樵游,夕拉牧竖饮。
> 可怜亡国奴,岂作深山隐。
> 胸中无限伤心泪,反向人间洒不平。

话休絮烦,于今欲与本书五岳剑侠一般可歌可泣可怨可怒可骇可恋的矜奇历史一条线索,第一先在颍源金石胆身上写起。因为这金石胆是嵩岳派中继起之秀,出世既早,寿算又大得骇人,平生所干下的剑血案件,在五岳剑侠中人,皆不及他干的那么多,并且各人的胸襟、剑术,都得对他要首屈一指。

金石胆的父亲金植杉,是朱明怀宗时代的进士,曾在督师袁崇焕营中参赞军事,很能运筹帷幄,渴脑浆涸心血地辅助袁督师扫平胡虏。后来袁督师为明廷权奸周鸿儒、温体仁等所陷害。

金植杉深恨怀宗多疑善妒,偏听谗言,斩断了朝廷这根擎天玉柱,早知国事从此便不可收拾了,便飘然归隐在颍源山村间,躬耕自食。

那时植杉生有一子,名唤石胆。因石胆的母亲在诞生石胆的前一夜,梦见灯前放着一个圆而略长的东西,红红的放出彩光来,竟似红玉一般的,然而毕竟又确不是一块红玉。她看了这件东西,就惊异得很,忽然那东西自由自在跃动起来,竟跃到她的怀里,不禁心腹间顿时疼痛起来。就在这一阵疼痛的时候,石胆的母亲便在睡梦中惊醒过来,出了一身的香汗,来日石胆诞生,金夫人便将梦中的事向植杉说了。

植杉听罢,暗暗点头,一眼又看到石胆的天庭高耸,像似皮里安着鸽蛋般一块石子。三朝那天,他们便在神前给他取了一个名字,就唤作金石胆。

石胆长到六岁,由植杉将他亲带到跟前教读。石胆的天分很高,读书读了两个月,已能粗认识两千多字,并且体质魁伟,虽则是五六岁的孩子,看去已约十岁的模样。

这天是冬至日,家塾里放假一天,植杉独自一人到山上去闲步。看山中草枯树秃,满布着萧萧的野景,植杉心里好生不乐,随意到一个山镇去洗浴一会儿。

出了浴室,便听得有人说道:"好大东北风,天是快要下雪的。"

植杉猛听这人说话的声音,如铜钟一般响,便一眼向前看去。只见有一个年纪在六十开外的老叫花子,睡在西边一家廊檐下面,脸上枯瘦得像棺材里死人一般,一嘴的龙白胡须,被涕沫黏满了,看不出有个干爽的地方。那口鼻当中,人中的界线,也烂成了一道深沟,满头的头发,乱丛丛地蓬秃起来,像似多年没有梳洗过的样子。上身是赤膊着,露出棱棱的瘦骨几根,瘪瘪的鸡皮一片。下身只穿了一件白裤子,白裤子却肮脏得像个黑裤子,两裤脚上,东一个补丁,西一个窟窿,并且这裤子又非常窄小,使人一望便知不是他自己的衣裳。左脚穿着一只草履,右脚却趿着一只没跟的鞋子,精光光的脚骭骨都露在外面,仰面朝天,反显出他十分快活的神气。

金植杉却见他一对儿朝天式的眼睛,翻起来像似一对白眼,沉下来又像似一对黑眼。那一对眼睛珠子闪闪灼灼,乌溜溜、黑漆漆,露出电也似的神光来,心里不禁暗暗地叫了一声"奇怪",便走近一步,又呆呆地向他出了一会儿神,即笑说道:"老丈这里是冷得很,我不妨带你到一家酒店里去买一杯酒吃。"

那老叫花听得有人叫他一声老丈,才慢条斯理地站起身来,把身上的灰尘抖了一抖,便向植杉笑道:"什么?吃酒吗?这倒是我心里一件顶快活的事,但怕你腰里没钱就不行了。"

植杉又听他说这几句话的腔调,虽不及在先那么高,但余音嘹亮,却同山寺间发出来的磬声一般。仗着身边有的是钱,便和他结伴而行,一路上便见天上西风着瑞雪。这山镇中虽然没有什么阔大的商店，却也有几家茶楼酒馆，因为天气严冷，酒馆里生意甚好，只插不进身子去。便走入一家僻静的酒馆，拣一张桌子坐下。

那酒馆里人见一个文士模样的人同一个颠苦不堪的老叫花子并坐在一张桌上，无不暗暗发笑。一时堂倌早送上一盘鸡肉，烫了一壶花雕，给他们来摆盏。

老叫花酒量大得骇人，也不和植杉客气，咕嘟咕嘟地吃了十来杯酒，尽性撕吃那鸡肉。植杉尽吃了有三四分酒意，便停杯不饮了。老叫花还让着添酒添菜。

堂倌看他那般吃喝的神态，虽因他是个穷叫花子，但有人和他同桌吃喝，却不怕他到店里一吃白食，便又切了好些牛肉，盛大盘地送得上来，又开了一罐花雕。

他独自由傍晚吃到二更时分，已吃了十来罐花雕，那牛肉也吃有好几盘了。植杉见他的脸红也不红，像似还没有半醉的样子，心里就更加惊诧得很。

在他吃酒的时候，植杉曾对他问询了许多话，他听见同没有听见的一般，生怕和植杉高谈阔论起来，耽搁了饮酒食肉的时候。植杉也只得等着他吃过了肉酒，堂倌早绞上一把手巾，给他开了胡须上涕沫酒汁，掌柜的结算账目，拢共二两二钱四分银子。

植杉那时心想，我在浴室里洗浴以后，身边只有二两二钱四分银子，却是一分不多，一分不少；怎的他吃了这些酒肉，一齐算来，却也算得二两二钱四分银子，又是一分不多，一分不少，天下事哪有这么凑巧呢？

植杉一面想，一面伸手向自己衣袋里一摸，那只手只是缩不出来。原来那衣袋里的银子，连一分也没有了。植杉在先还疑惑这银子是在浴室里遗失了，然而回想到自己在脱衣解带的时候，这银子分明是交给浴室里一个小厮。及至洗浴已毕，穿齐了衣服，这银子却仍由那小厮给我检点收过，如何能说遗失在浴室里呢？忽地想起，老叫花在我请他吃酒的当儿，他曾说怕我腰里没钱就不行了。这老叫花一落到我的眼睛里，我若把他真当作是个老叫花子，我的眼睛就该瞎了。看他这一种惊人的神态，安知不类一般稗官书上所说一班剑仙奇侠行径？我遗失这二两二钱四分银子，虽不能指定是他用什么道法捉弄我的，他总该知道一些根源。

想到其间，不禁向那老叫花子笑了一笑，急从身上脱下一件羊皮裘来，抵押在酒店里。

那掌柜却不认识金植杉是个退休林下的参军，便问他几时来赎。

金植杉道："羊皮裘我是不赎了，来日再陪这位老丈到你店里吃一回酒，便完了账了。"

堂倌在旁见了，伸一伸舌头，心想，我们做了半辈子堂倌，没有看见过这样的书呆子，他们读书的人，是怎样的身份，却同这么一个老饕似的穷叫花子在一块儿吃酒，已属是稀罕得很，怎的又称叫花子作老丈起来？看他这一件羊皮袄，起码也值得二三十两银子，怎的说吃两回酒便完了账了，世界上可还找出这样的书呆子来？

不表堂倌心里纳罕，单言那穷叫花子，见植杉大胆不拘地脱下那件羊皮裘来，交到柜上，便拉着植杉衣袖笑道："我早知你身边没有银子，不能请我吃酒吧！"

边说边又向那掌柜的笑道："你们开店的好没有规矩，人家这件羊皮裘要值多少银子？纵然人家抵押给你，说吃两回酒便完了账，你们却应该估量这皮裘值多少银子，公平交易，除去二两二钱四分银子，应该把这皮裘所值的银子找还人家，再则就得请人家改日来赎。人家纵肯把皮裘给你，你总该对人家说几句客气话，仍请人家改日取这件皮裘，你们才算是规规矩矩的生意人……"

掌柜的不待他说完，便向他们笑道："皮裘是这先生抵押在我们店里,吃两回酒完账的话,可是由这先生亲口说出来的,不是我们做生意人想讨意外的便宜。"

老叫花道:"就因为吃两回酒完账的话是由这先生亲口说出来,我才对你们说了几句公道话。如果这话出在你们的口里,我就老实不客气,这二两二钱四分银子,就得罚你掏一掏腰包。银子我身边有二两二钱四分的,吃酒给钱,分文又不短少,我应把这皮裘赎回了。"一面说,一面伸手在那裤腰间一摸,恰摸出一块银饼来,送到柜上。

掌柜的架起天平戥子,称了一称,足足的是二两二钱四分银子,分毫也不差错。

老叫花顺手便拉过了那件皮裘,模模糊糊地披在身上,说:"我做了多年的叫花子,在叫花子堆中,要算我的班辈最高、资格最老,哪里穿过皮裘?这皮裘就得给我来穿上一穿。"

边说边向植杉笑道:"酒也吃了,皮裘也赎回了,我们到哪里去?"

植杉那时看他身边掏出二两二钱四分的一块银饼,这银饼分明就是自家的原物。看他神情举动之间,确是一位奇人异士,心里更惊诧得了不得,本想又要请教他的姓氏,只因一时转念,在先向他谈话的时候,他只管在那里吃酒,连理也不理,估量他绝不肯在这地方说出自己的名姓来,只好把他带到家中,慢慢地请问他一番便了。心里想到这一层,便请他随着自己回到家中。

老叫花毫不迟疑地跟随植杉走出了酒店。那雪势倒停止了,破云里已露出半边的冻月,像个夜晴的光景。两人踏雪出了山镇,金植杉一路上只觉得寒风凛冽,身上因为没有穿着那件皮裘,不由有些寒浸浸起来。

老叫花忽然说道:"我这冻骨头,真似冻得惯了,没有福气穿这皮裘,穿在身上,就觉有些热辣辣的,仍脱给你穿吧!"

植杉回头一看,老叫花已脱下皮裘,交与他,植杉也只得披在身上。

一直走到金家的山村上,植杉在门前停住脚步,再看老叫花在面前虚闪一下,已不知是闪到哪里去了。植杉愣了半晌,便来敲着大门。忽听得门内一声犬吠,接连又听得有人高叫道:"不好了,不好了!"

植杉不禁暗吃一惊。

欲知后事如何,且俟第二回再写。

第二回

老叫花积缘劫神童
小侠客飞剑惊恶痞

话说金植杉在敲门的时候,便听得一声犬吠,接连又听得有人高叫着:"不好了,不好了!"

这声音听得又是迫切,又是悲怆,植杉听罢,却辨出是他夫人的声音,只不知家里出了什么祸变。又把门搭子敲了一会儿,不觉得有人前来开门,植杉更是焦急非常,就把门敲得连天价响,方才有一个伙计把门开放了。

那伙计急向植杉说道:"老爷是在哪里回来的?我家小少爷已被一个老叫花子劫得去了。"

植杉听罢,来不及和他搭话,匆匆向后堂走去。听一班伙计们人声鼎沸,七言八不齐。

植杉一直走到后房,却听他夫人哭道:"我们半辈子以来,只生有这一块肉,我因你到山上去,遇雪没有回来,和衣睡卧在床上,不曾熄灭了灯火。忽听得乒乓一响,房门顿然开放了。便见有一个奇奇怪怪的老叫花子到我房里来,从床里面被窝内拖出了我儿。我正要呐喊,却不见那老叫花子和我儿是到哪里去了。我便把家里的人都噪得起来,大家在室里、室外寻了一会儿,却因室屋门关得紧紧的,只不知这老东西是从哪里进来的。"

金夫人一面说,一面又要令伙计们出门寻找,却被植杉止住,不许声张,便问她:"那老叫花是个甚模样?"

金夫人便把那老叫花的模样说了一遍,却同植杉晚间所遇的那个老叫花无异。植杉不由暗暗点一点头,走出来一看,却见庭中积雪空明,如现出一个水银世界,檐前的冻柱,垂下来有三寸多长,雪上也看不出有丝毫的足迹。便又回到房里,把晚间的事说给夫人听了。

金夫人也觉这老叫花来得稀奇,去得古怪,然毕竟因为爱儿心切,哭了一个整夜,还瞒着植杉,背地里遣兵调将,分头寻找,希望把他石胆找得回来。这样找了有好几个月工夫,却是石沉海底,消息全无。

光阴去得好快,乌沉兔逝,转瞬间已过了十三个年头。这十三年当中,物换星移,偌大的山河已被吴三桂洗刷得风凄月惨,双手捧到爱新觉罗氏面前,从此满人入关,焉有中国土地,大明国倏地变成个大清国了。一班殉节之士都已做了大清国之奴,天地之大,万物可容,却没有他们的容身所在。就中舍身就义的,实属不乏其人。

金植杉的主义,却迥乎与他们不同,他早知天下事是不可挽回的了,徒劳奔走,还不是空自拼掷无量的头颅,飞溅无量的血,究与国运的危机有何补益?然而大明国存在一天,他终是大明国的臣民,躬耕自食,却不失为大明国的衣冠人物。其实他的心思已苦到极处,正不可对俗人言。大明国已成了历史的名词,他自然也要做大明国历史上的人物了,与其死在胡奴的斧钺之下,总是听受人家的摆布,由人家裁处他的罪律,就不若自己价值些,早寻觅一条死路。

植杉自从明室沦亡以后,便涕泣向天再拜高皇帝之灵,从此绝粒不食,自戕身体。金植杉死了。

金夫人独自撑着金家的门面,金植杉尚薄遗一点儿祖产。全家的同族,有好几个是素行无赖的。金植杉在日,他们就不断上门借贷。金植杉因为偌大的一个大明国尚不免要断送到满人手里,家里储蓄些许银子,哪里还算是自己的?多则三五两,少则一二两,时常借给他们,但劝他们把这银子拿去,不要嫖赌,须在正经事上用着。后来借贷的人多了,金植杉打听他们曾把这银子借去,又多在嫖赌事上浪费得一干二净,哪有这许多的银子填补他们的无底欲壑?再遇有同族无赖前来借贷,多是一口拒绝了。

那些无赖的东西,真个无赖已极,难得金植杉已死,儿子又不知是在哪里,就有许多人跑来寻恼,争要把儿子承继给金植杉做儿子。

金夫人明知他们纠众前来,什么说是承继,分明要图谋瓜分这一点儿家产,总说自己是有儿子不曾回来,不答应他们承继的话。

后来那些无赖胆敢欺迫金夫人是个新寡的人,不能怎样他们,大家又在别处集议了一番,好在国家在那时候却算没有王法,便不由分说,一窝蜂似的,先拥到他家门上来,也不用对金夫人再说什么承继的话,就查点他家的遗产数目,并家中的猪牛什物。

金夫人再也不敢和他们争论,所怕他们要来行凶动武。他们终因摊分金家的产业,争多论寡,要把金家的屋子闹翻过来。金夫人转在一边,气得搥胸顿足,一声老爷一声儿地哭个不住。

这时,金家有个新来的名叫单雷的长工伙计,他虽做那农工的生活,却很有些肝胆,眼看这些无赖是闹得不像个事了,便上前向他们嚷道:"大家不用捣乱,我是个做伙计的,但吃的是人饭。看你们的情形太可恶了,有我在这地方,哪里再容得你们胡闹!"

金家的无赖同族正在争分金家的产业、各自用武的时候,却瞧不出一个长工小伙计竟有吃雷的胆,敢上前说出这番顶撞的话,大众暂时便停止他们自家的厮闹,一齐蜂拥上来,都露出雄赳赳气昂昂的样子,扬手向那长工小伙计骂道:"哪里来的小杂种?你是什么人,怎配管我们金家的事?漂亮些,赶快滚蛋!这是我们不肯污坏了一双手,打你这个野杂种。如果仍在这里不干不净的,凭我们这十来对拳脚,打死你这野杂种,比踏死一个蚂蚁还容易些。"

那伙计听罢,早气得光起火来,便又向他们高声说道:"不错,我单雷是个做伙计的,又姓单不姓金,配不到我问你们姓金的事。但我看你们这样野蛮,姓金的配有这样子的吗?然你们都算是些地痞地棍,想在姓金的这里行蛮撒野,发一注横财。不要说我吃的是主人饭,就得将这副忠心赤胆报答主人,像你们这样粗牛,来欺负人家的孤寡,这种事不给我单雷知道便罢,给我知道了,我便不吃姓金的饭,也要给姓金的打这个不平。专凭我空口说白话是说不来的,你们再敢厮闹,我做个现成的榜样给你们看。"

一众无赖在先看单雷身体雄壮,估量他也有几百斤气力。他们本来也有一些膂力,但在嫖赌事上,把身体掏得空了,面子上虽现出神气十足的样子,其实都算是个空心地痞,哪里真能奈何单雷呢?今又听单雷说完这话以后,看他左眼中突然射出两道白光来,那白光正射在门外一条石砖中间,只听得哗的一声,那石砖已被一道白光划分两段。众无赖不禁吓得倒退了几步,你望着我,我望着你,只顾在那里发惊。

一时单雷收了白光说道:"看你们的身体,比这石砖结实,就得赖在这里,试一试我这道剑光的厉害。"

众无赖当中,有一个会说下场话的,便向大家说道:"我们用不着在这里同他计较,看他在金家做了一辈子的伙计,来世还得做金家的伙计。"一面说,一面急领着众人,扬长出门去了。

早有金家的众伙计们,见单雷当场现出这样惊人的能耐,把众无赖都吓得溜之大吉,便拥着他来见金夫人。

金夫人得了这样消息,把眼泪揩拭了一番,便向单雷慰说道:"你是个少年人,却有这么大的本领,把那些东西吓得走了。你在我家住一日,谅他们一日不敢再跑到我家门上来闹得我不能安生。我家这点儿祖遗的薄产,总算你给我家撑持回来,我不敢再屈你做农工生活了,就得在我家里吃一碗饭,时时刻刻要提防他们才是。"

那单雷听了回道："我的年纪轻得很,却不愿吃人家现成的饭,赤胆报主,这是我分内的事。我却不怕他们再用怎样的手段来对付我。唉!天生我这副神筋骝骨,连农工生活都不做,不是枉生在世界上了?我做农工生活,倒觉得身体畅快,若叫我吃一碗现成饭,把我闲在这里没有事做,我就得从此便不吃你老人家的饭了。"

金夫人听罢,不敢再勉强他。从此,单雷便住在金家。金家的无赖同族再也不敢兴师动众,闹到金家的门上来。

这日清早时分,金夫人方才起床,吃过了早饭,便见单雷独自跑来,向金夫人告道:"昨夜我的师父约我到别处去,我不住在这地方了,特地到老夫人面前告辞。"

金夫人道:"这却如何使得?你不在我家中,难保那些东西不有再跑来胡闹,我自信没有薄待你,怎样你却到我面前告辞?有谁见你师父在昨夜的时候,约你到别处去呢?"

单雷道:"我师父不是常人,他老人家的性情举动,叫人不易猜度。前年我到府上做农工伙计,是我师父叫我前来,于今我来向老夫人告辞,又是我师父叫我回去。不瞒老夫人,在十三年前,我师父把小少爷劫去的时候,除了老夫人,有谁见到我师父的影子?现在我师父前来带我回去,除了我,更有谁人能见到我师父的横眼睛、竖鼻子?并且我师父曾对我说,你家小少爷也快要回来了,那小少爷的本领比我师父还要高强。我走以后,却有谁再敢到府上生事呢?老夫人休要疑虑,我师父和我所说的话丝毫不会走板,便是我历年的工薪,老夫人给我也没有用处。"一面说,一面向金夫人行着礼。

金夫人听他的话,一时惊喜交集,待要向他询问什么似的,只见他转身已退门外。金夫人慌忙赶出门一看,哪里还见到他的踪迹呢?

忽有一个魁伟高大的少年男子,背上负着一个小小的包袱,匆匆走到金夫人面前,便向金夫人跪拜下去。

金夫人看这男子的面貌，同他父亲差不多，但天庭高耸，像似皮里安着鸽蛋般的一块石子。金夫人不由将那男子一把扶起，搂在怀里，认定是她的儿子。

　　原来那男子正是在十三年前被老叫花劫去的金石胆，于今已是十九岁了，虽然精神饱满，他的容貌仍和小时候没有多大的改变。金夫人一见面，就能辨认出来。

　　这时，家里许多的伙计都来拜见石胆。这十三年间家里经过的情形，石胆一些也不知道，听说他父亲已经绝粒不食死了，便又赶到他父亲的灵前，一场的痛哭，便是铁石人听了，也不由凄然心动。

　　金夫人曾问他这十三年间，是被那老叫花带到什么地方，学得什么本领。金石胆因碍着许多人在旁，都是回一句"以后再说"，没有当场吐出真情。金夫人又把同族无赖前曾跑来捣乱，并单雷当场现出那样的本领，把一群的无赖吓得再也不敢上门，以及单雷来去的踪迹、自行辞退所说的话，逐层逐节，向金石胆说了。石胆听罢，很是诧异，仿佛单雷这一个人，他也知道的。

　　金石胆回家以后，在场面上也很显过一些的能耐，却因同族无赖想垂涎自家的薄产，金石胆便聚集几个远地的族长，向一班无赖宣说道："你们这些强梁，曾想分夺我家薄产，是想不到的。我这点点本领，不愁养不活我的老娘，这些许薄产，留着它反令我牵挂不定。当在族长面前就得分给一班穷苦无告的亲族戚友，只留十亩存在家祠，作为我父亲春秋祭祀的香火田。"

　　众人听得他的话，不好违拗他，照他的意思办理。金石胆把家中的产业都摊分得完结了，遣散了农工伙计，在夜间的时候，门不开户不破地带着他的母亲去了。

　　究竟石胆到哪里去了？前十三年又在什么地方，曾学些什么本领、干些什么事业？其中尚有种种波诡云谲的剑血历史，说来更是骇人。自然作书的人要有一个交代，使读者诸君不致闷破肚子。

　　欲知后事如何，且俟三回再写。

第三回

金石胆山洞拜名师
卫天球岳麓劫匪友

话说上回叙述金石胆前十三年在什么地方,干些什么事业,回家又把他的母亲带到哪里去了,其中的情节,自然要在下面补叙一番,连带写出山岳间一班儿女英雄的剑血历史,一一参串了起来。

原是十三年前那一夜,石胆在熟睡间被那老叫花从被窝里拖出来的时候,不由蓦地惊醒过来。看自家只穿一套褂裤,被一个穷叫花子掖在肘下,像似腾云驾雾般在云中行着,虽在严冬的天气,身上只有一套单衣裳,但因老叫花腰间蒸出腾腾的热气,并不觉得有些怕冷。他只是个小孩子,哪里经过这样的玩意儿,一声哎呀没叫出口,却被叫花用那只手在他的头顶上轻轻拍了一巴掌,金石胆不禁有些蒙蒙眬眬起来。

昏迷间也不知经过了多少时辰,似乎耳朵里听得有人唤他:"醒来……醒来……"

金石胆不禁睁眼一看,哪里还见到什么老叫花子,自家分明是睡在一个不小的山洞里。只见一个神采惊人的黑须老丈,笑容满面地立在他的身边。金石胆也不问那老丈是个什么人,家乡离这里有多远的路程,自己能不能走出这一个山洞,急爬起身来,向洞外便跑。

那老丈也不追赶,只说了一声:"来!"

"来"字刚出口,金石胆便不禁拽住了脚步,一直跟退到老丈面前,仿佛有人用绳索把他牵回来的一般。牵回来的时间,比跑出去加倍迅快。

那老丈方才拉住石胆的手问道:"你要跑到哪里?你这时有什么能耐,能私出这石洞一步吗?"

金石胆回道:"我打算跑回我家里去读书,我不跑回家去读书,在这石洞里做什么呢?你问我有多大的能耐能私出这石洞一步,我不是被一个老叫花子把我送进来的吗?他能够飞进来,我就能飞出去。"

那老丈见金石胆说话口齿清脆,却不脱孩子一种天真烂漫的神态,不禁欣然笑道:"朱子民的眼力不错,能看出金植杉有这么一个跨灶之子,送来给我做徒弟,我的福分真不浅。"

说至此,又向石胆笑道:"好孩子,你叫什么名字?不妨对我说来,我就向你说明你所不明白的种种缘故。"

金石胆道:"我的名字就唤作金石胆。你是个什么人,配对着我就叫出我父亲的名字?"

那老丈道听了,沉吟一会儿道:"好个金石胆,好来做我徒弟,有缘得受我的剑功道法。你要问我怎么配叫你父亲的名字,你这时尚不明白道法是什么东西,告诉你也不知道。"

金石胆道:"你说的话,我听了有些不懂,什么是道法,我如何会有缘得受你的道法?"

那老丈便郑重其事地说道:"道法这两件东西,各有不同的要点,我这时纵费万语千言,也讲不透其中的妙理。就如朱子民能弄取你父亲二两二钱四分银子,你父亲却不知朱子民是怎的弄取他二两二钱四分银子,这就是朱子民有道法,你父亲没有道法;就如你被朱子民带到这地方来,送给我做徒弟,却不能把你父亲带来,这就是你有缘得闻道法,你父亲无缘得闻道法;就如朱子民能走进我这地方,你却不能出这地方,这就是朱子民现在有道法,你现在没有道法;就如你被朱子民送来做我的徒弟,朱子民不能够收你做徒弟,这就是我和你有缘,传授你将来的道法,朱子民没有缘传授你将来的道法;就如你跑出去的时候,我就对你说了一声'来',你不能不来,这就是你有缘得受我的道法缘故;就如你和朱子民初见面的时候,你是道法中人,凤根甚深,却没有和朱子民说过一句话,这就是你无缘得受朱子民道法的缘故。你这会子明白了吗?"

金石胆像似明白过来的样子,连忙向那老丈面前一跪,叩了几个头,仰着脸央告道:"徒弟是明白了,情愿拜你老人家做师父。从今日起,请你老人家传给我的道法吧!"

那老丈忽然又向他笑道:"没有这般容易,你的剑术未成,如何便学道法?到得你学习道法的时候,你便不向我请求,我自然会传给你道法,未到学习道法的时候,你纵请求我,我也不能便传给你道法。"一面说,一面便拉着金石胆出了洞门。

前面便是一个隧道,在那隧道间行了有一百多步,一步低似一步,像似由上面向下行着的样子。前面已走到一座大些的石洞,金石胆睁眼看着那洞门额上,横写着"嵩山第一洞"五个字。由那老丈开了洞门,便见门内跳出一只吊睛白额的猛虎出来,其视眈眈地扑到金石胆面前,磨着那咬咬的牙齿,像似要吃人的样子。

金石胆不由怕起来。老丈便向那虎哓喝了一声道:"孽障!不得无礼,这是我的徒儿,你不用侵犯他。"

那虎如同懂得人事一般,听那老丈说完这话,便也蹲伏下来,两个铜铃般的眼睛,只顾向石胆注视着。但这回注视的神情,不似在先那般凶恶了,分明要认清石胆是什么模样儿。

石胆一步跟一步地随着老丈,走进门来一看,却看这石洞分明像一个三开间屋,两边是两间寮房,中间只设一个铁槛。那铁槛里锁着一个年纪在三十开外的中年男子,却锁在一根铁柱上面。

老丈当指着那男子向石胆说道:"这是你的大师兄,就因我一时疏忽,误收他这个徒弟,略传得他一些道法。他仗着有这点儿道法，在外边干下歹事来，就被我收来锁在这里。等到五年后四月八日那一天，我便处置他的性命。你将来学成了道法，不遵守我的戒律，他就是你现成的榜样了。"

金石胆听了，记在心里。

那老丈便将他拉进东边一间石房里。石胆瞧着这间石房内，也布设着石床、石桌、石凳之类，老丈便叮嘱石胆说道："这山洞中的油线机关甚多，不由我带你出去，你却不能走出这房门一步。如有人和你说话，你只听得不是我的声音，他纵对你说出一部天书，你切不可回答他一句。"

那老丈说罢，便先传给他一些运气功夫，由运气功夫入手，然后又教他练精练神，精气神练为合一，便传给他一把宝剑，教他把剑在手，向着剑锋呼吸，一呼则剑上起了一层微澜，一吸则依然像似新发于硎的一把宝剑。

如此练习四年，金石胆已知他师父的名字唤作钟维岳，是嵩岳派的开派祖宗。在这四年以内，钟维岳每日不断地来授给金石胆剑术。金石胆的根器甚厚，很能吃苦用功，又得钟维岳指窾导窍的功用，有那样的好师父，就会教出这样有能耐的好徒弟来。

那钟维岳见石胆的剑术大有进境，冬日不衣不寒，终日不食不饥，能从两鼻窍中发出两道青色的剑光。这两道青色的剑光，比白色、黑色还要厉害，剑光一到，能在百步外斩取人头，直似探囊取物。

钟维岳因金石胆这四年的成绩，凡是学剑人所应有的基础，都已完备了，从此便不大常来。然每月必来一次，看金石胆学剑的心志比前时出境怎样。

这日，钟维岳来看过金石胆后，便对金石胆说道："我有一件要紧的事，出山去干一下子，至少须得三月的工夫方能回来。你在这里，仍然要加倍用功，不可乱问闲事，分了你学剑的心神。回来我见你剑术成功，便当传给你道法。"

金石胆听了,唯应唯诺,转向钟维岳问道:"师父出山去干什么事呢?"

钟维岳道:"我这时除了传道,并没有什么大事可干,这事是我自寻烦恼,出来干一下子。你问我究竟干的什么事,事到临头,你就知我这事是不忍干、不欲干,却又不可不干、不能不干。"

钟维岳的话才说完,便听房外有人哇的一声哭了。

钟维岳便走出房外,指着铁槛里面那个满面泪容的中年男子道:"好好,你倒会快乐,倒会想升官发财。今日也有你哭泣的日子吗?"

那男子急哭说道:"徒弟该死,不当违犯你老人家的戒律。你老人家要处置徒弟的死罪,任凭是处置怎样一个死法。要求你老人家千万看在十几年师徒情分上面,不必请出三山五岳的人物出来,共同裁决徒弟的罪律,不但徒弟不愿受人家的裁决,并且师父的颜面亦有妨碍。"

钟维岳道:"我哪有这么大的福分,做你的师父?总怪我自己眼睛瞎了,看错你了。你的本领比我还高强,从来不论有怎样道法的人,没有敢享你那么大的福、发你那么大的横财。你的本领若不加乎众同道之上,加乎我之上,哪里敢做出那些尊荣快乐的勾当呢?你的本领虽大得怕人,眼睛里已没有我这个老头子,我的担当却比你小,你越会享福,却越使我心里怕得凶,受不起你这一路香火。值价些,不要做出这种怪模样来,山岳间同道中人,有这权力能裁决你的罪律吗?你的心想太奇绝了,勿怪我没有这么大的福分做你的师父。"说罢,便头也不回地走出洞门去了。

那男子见他出了洞门,越发在那里号啕痛哭起来。

金石胆从房里看见那男子的情态,心里很有些痛刺刺的。又听师父说出那样毫没有半点儿通融的话,便想到师父这回出山,是要请来五岳的友道,当场处置我大师兄的罪律。我初进洞门的时候,师父曾对我说,五年后四月八日这一天,要处置他的死罪,大约这五年的期限快要到了。我不知他犯的什么戒律,但他总算得是我的大师兄,我听得他就要处死的话,心里就有些悲伤难过。但他已违犯师父的戒律,这种事非同小可,谁也没力量能使他不死。我除了心酸流泪,没有旁的话说。况且师父曾嘱咐我:"如有人和你说话,你只听得不是我的声音,他纵对你说出一部天书,你切不可回答他一句。"师父这些话,我没有一时不牢记心坎里,我连一句话都不轻易向他说,哪里敢给他向我师父求情呢?

金石胆听大师兄那哭声甚是凄惨,只是把心神一定,从没有隔房向他说一句话。忽然他的哭声已停止了。这时候石洞外面陡起了一阵狂风,好像有千军万马杀来的样子。在这里狂风怒号中,接连又听得一声虎啸。从房里向外一看,分明见有一个四十上下的壮士,同那门内一只猛虎厮斗起来。突然又起了一个霹雳,好像从那石洞门口打下来,到处烟火。那猛虎已炸得无形无影了,狂风也顿时停止。再看那壮士和他的大师兄,也不见了。

金石胆想不到会有这种怪现象发生,年轻的童子见了这样凶险的情形,任凭金石胆是学剑的人,心地迥乎和寻常的孩子不同,却总有些害怕,还以为他的大师兄也被那一声霹雳炸得不见踪迹了。谁知事实却又不然——金石胆正在惊得发呆的时候,只见门外走进一个十三四岁的小姑娘来。金石胆只认不得这小姑娘的面貌,看她那眉目间倒也十分秀气,不知是谁家的女孩子,却出落得这般好模样来。

那小姑娘走进房来,便向金石胆点一点头说:"师弟,方才的情形,你看见了吗?师父今天才出洞门,已闹出这样天翻地覆的乱事来。师弟明白方才是怎么一回事吗?"

金石胆陡听她这话,不由暗暗一惊,倏地脸上变了颜色。

欲知后事如何,且俟下回再写。

第四回

钟维岳苦心传戒律
黄铁娘巧计赚奇童

且说金石胆听小姑娘说完这话，不禁暗暗惊奇，脸上登时也变了颜色，任凭小姑娘在那里问着他，他却半晌没有回答。

小姑娘道："师弟，我说了这些话，你连理也不理我，我们师兄弟总算是一家的人，你倒像把我当作是路旁人了。哦！我知道了，师弟可是因为初进石洞的时候，师父曾叮嘱你说：'如有人和你说话，你只听不是我的声音，切不可回答他一句。'师父对你说这话的意思，一则因你学剑的时候要吃苦用功，如果和人说话，是要分了你学剑的心神；再则我们那个大师兄犯了师父的戒律，被师父锁在铁槛子里，师父怕他向你求情，求你揭去他头上的软骨符，他便有能耐逃出石洞了。在五年前，师父何尝不将这大师兄的事嘱咐我？可是现在比不得从前了，以后你在剑术用功的门径，和从前不同。从前初学剑术，怕你这颗心不死，现在你的剑术大有进步，又怕你这颗心死定了；从前大师兄被锁在铁槛里，怕你的心被他求软了，放他出去，现在大师兄已被卫天球劫得去了，你还抱着五年前的话吗？"

金石胆听她这话，像煞很有点儿道理，又见她满脸正气，没有一些邪相，并且心里有许多惊诧的异事，若不向她问个明白，也得不到个水落石出。

金石胆这么一想，那一颗死定的心也就有些活动了，就平心静气地对她说道："我不认得姐姐是我的师兄，师父又吩咐我，不许和人说话,姐姐就不能怪我不来理你了。可是姐姐的话说得很有道理,好像从师父口里出来的一样,我一听就听出姐姐不是山洞间妖魔鬼怪前来捉弄我的。"

小姑娘道:"你这句话就错了,有什么妖魔鬼怪敢到这山洞来?师父平常对我们说,没有一些道法的人,就不能走进这山洞一步。妖魔鬼怪他有什么道法?我的年纪比师弟大三岁,九年前便做师父徒弟了,天分虽不及师弟,但我已从师父学习半年的道法,所以我能一个人到师弟这边来,师弟一个人却不能到我那边去。"

金石胆道:"姐姐是哪里人,名字唤作什么,我还没有请教。"

小姑娘道:"我自己也不知是哪里的人,据师父说,我是天津人,我的名字本唤作黄闱臣,师父却给我换了一个名字,就唤作黄铁娘。"

金石胆又问道:"我有一句话,早就想和师父谈谈。但师父听我问他这话,总回一句'下次再说'。我把这句话闷在肚子里不是一日了,不妨向姐姐借问一下,姐姐可许我不许我呢?并且大师兄是怎样地犯了戒律?师父的戒律,是什么戒律?方才发现那样凶险的情形,姐姐说是一个姓卫的把大师兄劫去,但那姓卫的却怎样要来劫取大师兄呢?"

铁娘道:"你问师父的话,师父回你一句'下次再说',这话你虽没有说来,我已明白了。你可是要问一个人为什么要学剑功道法,学成了剑功道法,又有什么用处呢?"

金石胆听罢,点点头说:"姐姐的道法很是不错,听我说这话,便知我的意思。"

铁娘道:"师父在六月前就将这话说给我了,他说一个人为什么要学剑功道法,就因天生我们这一种人,在深山中不学习剑功,还有什么事情可做?学成了剑功做什么用处呢?就想到世界上去痛痛快快地干一下子,把我们中国的山河扭转回来,不至于断送在辽阳胡人手里。可是略通得一些道法，知道天数已定，人力却不能挽回了，把当初想要学习剑术做些事的念头就打消得干干净净。但我们既学成这样的剑功道法了，却又未尝没有事做，所做的事，他老人家尚未能决定，就对我也是回一句'下次再说'。

"大师兄这个人，他本是个强盗出身，唤作金钟罩祁天鹏，师父因为一时看错了人，就将他做徒弟。后来掐着指头一算，师父便有些懊悔起来。但是已将他做徒弟了，他在山洞里又没有犯下什么罪恶，却不能将他驱逐出来，不传给他剑功道法。看他在学习剑功时候，很是规规矩矩，向来不敢违拗师父，这样一来，师父反疑惑自己的数算有些靠不住。接连又传给他道法，并令他遵守道法中人应当遵守的戒律。

"师父的戒律只有三种，就是戒盗、戒杀、戒……戒……戒淫。"

铁娘在牙关上刚说出这个"淫"字，桃花面上立刻起了朵朵的红云，好像这个"淫"字说出来有些碍口，便也流水似的向下说道："戒盗是不妄盗，戒杀是不妄杀，戒淫是不妄淫。"

一口气把这三句话说完了，复又从容说道："师父定下这三条戒律，在师父门下学道法的人，如果犯了三条戒律的一条，便得听受师父将他处死，毫没有点点的通融。师父之所以定下这么极严厉的戒律，就因为五岳各山中，除了我师父在嵩山撑立了一个嵩岳派，北岳恒山尚没有开派宗祖，西岳华山的开派宗祖亦绝不肯容留不正当的徒弟。仗着有些道法，胡乱在外面生事欺人，偏是泰山和衡山两派所传的徒弟极多，只因他们两派的门徒都仗着一些能耐，在外面横行无忌，什么伤天害理的事他们都能做得出来。

"我曾听师父说，泰山的开派宗祖孙旭东，人格甚是高明，道法也很不错，却放纵徒弟卫天球，怕山东地方闹得不像个话。孙旭东就像聋了耳朵瞎了眼睛般的，竟不去惩治他。学道法的人不守戒律,要这戒律干什么？开派宗祖容着自己的徒弟无恶不作,把戒律当作儿戏,要你这开派宗祖干什么？师父曾对我说过这样的话,定下这么严厉的戒律,丝毫不肯宽容违犯戒律的徒弟。

"谁知大师兄略学得几年的道法,出了山洞,竟投到什么张献宗那里,仍然干起不应做的买卖来了。做强盗的,本把杀人放火当作一件很平常的事,何况他已经学得一些道法,对待一班有钱及和他有仇的人家,就在暗地里用这道法放人家一把火,杀人家几个人,盗弄人家的金钱,还干下一些歹事,丢尽人家祖宗十七八代的面子。那人家遭了倾家荡产、人财两空的祸,连由来都不明白,只得埋怨自家命运不好,才遭这样飞天的横祸。

"师父那时候听得他的消息,大吃一惊。他虽有一些法术,凭师父前去下他的手,还不是手到擒来的事？师父把他带到洞中,就在他顶梁上贴了一道软骨符,叫他的身体手足软得丝毫不能动弹,就把他锁在这铁槛里面,等待五年后四月八日,处置他的死命。

"师父要处死他就处死他好了,何必等待五年以后,又在四月八日那一天处他的死？这个缘故,师父没有对我说明,我便也不能猜出是什么道理。但我听师父说过,那个卫天球,也在张献宗那里狐假虎威,并且仗着有点儿道法,能运用雷火风云当作争杀抢劫的兵器,很和我们大师兄呼同一念。师父那时没有把卫天球擒来惩治,也因顾全他师父孙旭东的面子。人家的徒弟犯下了罪恶,自然由人家师父惩治他,才是正理,所以师父不肯动手去擒捉卫天球,怕伤同道中的和气。却在孙旭东面前劝他严整戒律,不可纵容手下的徒弟做出不正当的事体出来。

"孙旭东听师父的话,明知这话是直射在卫天球身上,却又不能把卫天球擒到泰山,用戒律来惩治他。师父一时也没有什么办法能叫孙旭东把卫天球擒来处死。却不料师父今天一出了山洞,便发现这般风雷的现象,劫去了我们的大师兄。

"我在那边洞间得到了这样消息,照这种现象猜想起来,不是卫天球前来,还是哪个?这东西太可恶了,打量师父不在山洞,又因我们没有怎样的道法能奈何他,这回他把我们大师兄劫去,非得等师父在三月以后回来,却没有对待他们的办法。但在这三月中间,也许他们要造下滔天的罪恶,闹得北方人民不能安生,却又有一半由我们嵩岳派人干了下来,叫我们嵩岳的名气败坏得一塌糊涂,所以我非得前来,要和师弟商量一个办法。"

金石胆听了如此这般的一大篇话,便向铁娘回道:"这话倒难说呢,卫天球会用风雷的法术,别人或许也会用风雷的法术。姐姐却不认识卫天球,就不能指定卫天球前来劫去了大师兄。我的年纪小得很,不明白江湖上三教九流的道理,这件事已发生出来,师父不在山洞,没有叫我出去,却叫我们有甚办法?"

铁娘道:"就因师父不在山洞,我才来和师弟商量,师父若在山洞,凡事自有他老人家做主,要我们商量什么办法。也罢,我们师弟去请教我们祖师吧!祖师是我们的山岳派的开山主,师父有什么重要的事,尚到祖师面前告白。我们此番出山不出山,也只得听祖师示下,就是师父也不能责备我们,不知你的意思以为怎样?"

金石胆道:"祖师在哪里呢?姐姐请带我去见一见祖师。祖师准许我们出山,我们就出山去把大师兄寻得回来,哪怕他们的道法再大些,是不怕他能怎样我们的。祖师若不准许我们出山,姐姐纵有这能耐把我带出山洞,去追寻大师兄,哪怕他们的能耐比我们小,我们也不能怎样他们的。"

铁娘道:"好极了,我就带你到祖师那里请求吧!"

说罢,急拉着金石胆的衣袖,出了洞门。左转弯右转角似的,在那隧道行了好一会儿。前边已行到了一条石路,两边分拢着一例的树木,有许多的小鸟在那里啾啾啁啁地叫。想不到石洞中间,会有这样神仙的乐境。

在石径行有一箭多路,便现出黑魆魆的一道石墙,像似一座小小的庙宇。那庙门敞着,没有关闭,铁娘拉着石胆走了进来。

石胆只不知祖师在这里什么地方,只见中间安设一座神龛,龛前有一个神台,神台上放着许多的香烛等类。

铁娘便指着那神龛里的三峰真人的偶像说道:"这是我们的祖师,师弟快跪下来叩头。我来点明香烛,师弟便向祖师请求吧!"

石胆听了,不由噗得好笑起来,心想,我打算祖师是个什么人,却是这神龛里的檀香木偶,他也不会说话,叫我怎样向他请求呢?

一时铁娘点好香烛,从神龛取出两片卦来,叫石胆跪在地下,并告诉他卜卦的道理。石胆本不愿向木偶叩头,却因实在拗不过铁娘的情面,她所吩咐的话,一句一句地记在心怀,便跪在神台下面,祷祝了一番,提着两片卦卜下去,落地便是一俯一仰的胜卦。接连又卜下去,仍和前次卜的一样。石胆故意把两片仰卦放在地上,说也奇怪,忽地吹过一阵风,把左边一片卦吹得直跳起来,落地却是一片俯卦。

铁娘从旁边说道:"好了好了,祖师爷显圣了。"

石胆当时也很诧异,风声过处,一起身,看见那偶像一对眼睛,有一只左眼上面,蒙蔽许多的灰尘,便对铁娘说明了。

铁娘点点头,便叫他给祖师揩拭左眼上的灰尘。石胆便跳上神龛,伸出一个指头,方才着在那偶像的左眼珠上,只听得哗啦啦声响,像似天旋地转般,石胆、铁娘同时都觉得倒翻了一个跟斗,两脚并没有落地,如同驾着云梯一般,咻的一声,已出了山洞。

欲知后事如何,且俟五回再写。

第五回

峨眉山女侠探人妖
圆洞寺尼姑施法力

话说金石胆那时出了山洞,好生惊诧,看铁娘却不先不后一齐也出了山洞,更不由暗暗叫作奇怪。

看书到此,未免有人疑惑在金石胆故意把两片仰卦放在地上,却吹过一阵风来,把左边一片卦吹得直跳起来,且落地却是一片俯卦,终成那一俯一仰的胜卦。这阵风究是哪里来的?并且石胆听信铁娘的话,给那三峰偶像揩去眼珠上灰尘,石胆着手触在偶像的左眼珠上,就听得哗啦啦声响,石胆、铁娘同时都倒翻了一个跟斗,如同驾上了云梯一般,咻的一声,已齐出了山洞。像这许多蹊跷事迹,若在古代神怪小说上写本,完全是三峰真人显的威灵,在冥冥中使了点点神通,像这样办法向下写来,却还热闹,未免完全成了一篇神怪小说了。

原来其中却有一个缘故,著书人趁此要交过排场。三峰先生的在天之灵,对于尘世间剑侠中的行径,固然无幽不烛。当时发生这两种惊奇的现象,却原是黄铁娘暗中作法,骗赚金石胆的。

铁娘为什么要赚金石胆呢?就因铁娘又曾听他师父钟维岳说过:"我虽做嵩岳派的开派宗祖,实则不敢自居为嵩岳派的开派宗祖。"铁娘当问她师父说这是什么话。

钟维岳道:"我不是剑功、法术的成就及不上做嵩岳派的开派宗祖,是因我没有那么大的福分,能独自承受嵩岳派中的一路香火。尽管我的本领高强、神通广大,其实真不敢以嵩岳派的开派宗祖自居。我在剑字门中的名分越大,而不如意的事越多,天禄也越促小,就想传一个福分比我大的徒弟,得传我的衣钵。你的大师兄已违犯了我的戒律,不久要处置他的死命,他的福分就比我高,我也断不敢以姑息爱人,使戒律归于无用,何况他却又没有这福分能主掌嵩岳派的教律呢!你的福分也算不小,但够不上传授我的衣钵。只有你三弟金石胆,他的福分大得很,将来便没有学得我这样的道法,也得承受我的衣钵。愿他好自为之,不可违犯了我的戒律。"

铁娘又问道:"三师弟究有多大的福分呢?"

钟维岳延挨了好一会儿,方才说道:"凭你三师弟这样的根器,只要将来不违犯我的戒律,他纵没有学得一些道法,尽管有道法高强的人要和他为难,任是用怎样的道法伤害他,却伤不了他的一毫一发。休论是不能伤害他自己的一毫一发,便是和他在一路同行、一起做事的人,尽管那人也没有什么道法,遇着有道法高强的人,要和那人为难,任是要怎样地伤害那人,也伤不了那人的一毫一发,我如何能有他这么大的福分?"

铁娘曾听过她师父钟维岳一篇话,却句句嵌入心坎儿里。

这日,钟维岳出了山洞,铁娘得知那雷火凶险的现象,是泰山派卫天球闹的把戏,劫去了她的大师兄祁天鹏。铁娘却因她大师兄最不值价,自己做了师父的大徒弟,犯了戒律,还不听受师父怎样地处置他,他在面子上越央告师父宽恕他一些,越不知戒律是什么东西,抹杀师父垂戒的苦心,却越衔恨师父不看师徒的情分,竟拿他犯法的事执法。如果他稍稍知道师父垂戒的苦心,那卫天球便到洞中来解救他,他总该不肯听顺卫天球的解救。到四月八日那一天,顺受师父的处分,供天下后世知道我们嵩岳派戒律之严,丝毫不容假借,才是正理。他把师父的戒律看得什么不值,还算我们嵩岳派的人物吗?不但不算嵩岳派的人物,却还算得我们嵩岳派的大敌。可惜我没有多大能耐,能在那时把卫天球和他这两个东西手到擒来。等候我师父回来,随便怎样地处置他们，却放着他们出了山洞，叫我真个惭愧死也。大师兄这时出了山洞，未必就灭迹销声，掩没天下人的耳目，也许要干出许多天翻地覆的乱子来。放他在外面多做一回歹事，即减杀我们嵩岳派一分的光彩。师父若在山洞，自然我师父主张；师父不在山洞，这事我却终不能不问。好在我师父曾说三师弟福分极大，不若请三师弟和我同出山洞，好去寻找他们一下。能够仗着三师弟的福分，把他们擒到洞中来，也未可知。但是他们这两个东西，出千条山路，未必他们仍到山东去，却从什么方向去寻找他们呢？

　　铁娘不禁低着头想了一想，心里便有了一个计较，急到石胆的房里，一番话把石胆说活了，却又不便将祖师这一篇话在石胆面前便披露出。将他带到祖师神座之下，石胆在那里叩头祷祝，卜着那第一卦的胜卦。这卦却由石胆心里祷祝的事，在卦上已分解了。第二卦的胜卦，在石胆是复的前卦意思，在铁娘心里，却又另有一番祷告。及至那两片卦坠落下来，铁娘不由暗暗点头，石胆接连卜到第一卦，故意将那两片仰卦轻轻放下，却要作成了一个阴卦。铁娘已看穿他的心思，是不信得祖师的偶像竟是这般地有求必应。他不信得祖师的神卦灵验，他的胆量就愈加小了，却能干得甚事？他把两片卦放下来的时候，却吹过一阵风，把那两片卦吹得直跳起来，落地又变成一俯一仰的胜卦。铁娘曾说是祖师从中显圣，其实这话是铁娘信口说出来的，此其中的缘故，自是铁娘闹的把戏，唯有铁娘自己很是明白。

　　祖师的偶像上本具有一种出洞的油线机关，发动机关却在祖师的左眼珠上。铁娘却骗石胆揩拭祖师眼上的灰尘，石胆一着手，触在祖师的左眼珠上，扳机一动，所以两人同时像驾着云梯一般，哧的一声，已一齐出了山洞。石胆却很相信祖师在冥冥中的神通广大，就很诧异不小，哪知已中了铁娘的袖内机关。似这许多情节，看上去没有什么大不了，若我著书不补叙出来，未免看官要批评我在这地方出了岔儿了。

那时石胆在洞外惊诧一会儿,忽然想起一句话来,便向铁娘问道:"姐姐,我们到哪里去寻大师兄和卫天球呢?"

铁娘道:"祖师已示我一条明路,我们但听信祖师的吩咐,向那方向寻去,是不会错的。"

石胆道:"祖师又是怎样地吩咐姐姐?"

铁娘不由低头一笑,沉吟了一会儿说:"师弟,你在祖师面前卜卦,难道我没有卜卦吗?师弟不必过问,临时自会明白。"

石胆也只将信将疑,随着铁娘走了一会儿,忽然铁娘一手挽了金石胆的衣袖,喝一声:"起!"石胆即觉得身体虚晃晃的,眼前的景物登时都变换了。

约有一个时辰,已脚踏实地。睁眼一看,却仍是站在一个山坡上,但这山的形象却和嵩山大不相同了。嵩山和峨眉山比较起来,一个像似棱棱风骨的英雄,一个像个翩翩多姿的少女。石胆问及山中的人,便知道这山就唤作峨眉山。看山中人家,门前已换过红色的对联,像似新年的气象。问明山中的岁月,才知自家在嵩岳山洞中间,已有五个年头。

那时铁娘、石胆两人在山中逛了一会儿,铁娘心想,我在三师弟第二卜卦的时候,暗暗祝问祖师,大师兄被卫天球带到什么地方。我当时想起个峨眉山来,因听师父说过,峨眉派人同南岳衡山派的匪徒沆瀣一气,峨眉派的教祖是方外人,法名唤作莲谛,专练最恶毒的法术,是左道旁门中的大拇指,连师父的法力都不能奈何他。就联想到卫天球胆敢把大师兄劫去,不怕我师父知觉了,仍然用法力把大师兄擒回来,想必这卫天球已投到莲谛门下。却把大师兄带到峨眉,仗着莲谛这一道护身符,不怕我师父去翻他们一个跟斗。我想到这一层,便祝问祖师,如果我的思想不错,就得请祖师发下一个胜卦,果然我这一猜,倒猜个正着。一路同三师弟来到峨眉,这峨眉山的面积甚大,莲谛究在峨眉山哪一座禅林、哪一个山洞?

心里正在这么猜度,偶然同石胆逛到一个小小的山村。却听村中人传说,峨眉山下当初有一座圆洞寺,是个极荒凉极颓败的庵寺,寺上并无田产,有十来间房屋,瓦毁垣颓,险些就要坍倒下来。不拘什么人,走到这圆洞寺左近所在,看见那种萧条的气象,想不到一座峨眉山,竟有这样满目荒凉的禅寺。寺中的尼姑共有四五人,衣食极粗恶,面庞都黄瘦得什么似的。住持的尼姑唤作莲谛,道行却甚高洁,能知人生死祸福及过去未来的事。

在去年五月中旬,天上陡起了一阵狂风,只刮得山下的砂石飞扬,树上的枝叶纷纷坠落。圆洞寺左近的人家,在那阵狂风初起的时候,就听得扑通扑通作响,看一座圆洞寺,竟被那一阵狂风都刮得压下来。大家都给圆洞寺的尼姑捏一把汗,以为她们在寺内的尼姑必被墙屋压得骨圆肉扁,不死必受伤害。及至风声停止的时候,大家走出来到圆洞寺所在一看,谁知莲谛和几个尼姑都像安然无事的样子,站在那破瓦颓垣中间,谢着活菩萨的保佑。她们不但没有受伤,连身上也没有半点儿的灰尘。于是一班人都说莲谛和众尼姑都算清修的高僧,像这样的高僧,若被墙屋压死了,真个天道无知,方外人谁肯清苦修行呢?

就因有这一件怪事,山中人一传十、十传百,都把圆洞寺的尼姑当作活菩萨一般。从此莲谛便向山中人化缘。大家都喜欢和她这活菩萨接近,都是争先恐后,情愿把血汗换来的钱花给莲谛重造了一座圆洞寺。钱多容易做事,这一座圆洞寺房屋比前改造得整齐,规模却也雄壮,就惹得山中的人都到圆洞寺烧香礼佛,顺便到方丈室去请求莲谛,给他们卜问休咎。莲谛只把两个指头虚掐一下,就知道这人姓什么,唤作什么名字,过去的事是怎样,未来的事是怎样,都说得明如镜鉴,不爽蛛丝。哪怕你就穷得连裤子都没有穿,只要莲谛说一句:"快要发横财了。"便由此诸事得手,赌钱赢到钱,走路拾到钱,做生意赚到钱,也不知怎样,就会容易发财的。哪怕你就是富连阡陌的人家,只被莲谛说一句:"你快穷了。"这人家便由此遭下各种飞来的祸,黑夜失火,白日遭下人命官司,竟有门不开户不破的,把地窖里藏的钱、箱柜里藏的钱，都不知被什么人搬运得空空如也，也不知怎的，这么容易穷得快的。他们却都不追究这其中的玩意儿，总相信莲谛的算法不错，各人也只归说各人的运道罢了。却由此更加信仰莲谛的道行高明，的确算是峨眉山的一尊活菩萨。

冬间圆洞寺病死了一个尼姑，莲谛却传说这尼姑是西方大士，现身来时是从来处来，去时仍从去处去，便火化了那尼姑的遗骸，要给那尼姑募造一座禅塔，把那尸骸留镇在禅塔下面。择定明日正月初九这一天，把山中的善男信女请到圆洞寺去吃素斋，请他们捐助一笔大缘，建造一座西方大士塔。他们能和大士结缘，也许大士有这灵感，接引他们到西方去。

一班善男信女得了这样喜信，都准备明天一早到圆洞寺去，凑一凑热闹。这山村中人新年闲得没有事做，都整日团聚村前谈说圆洞寺的事迹，却被铁娘、石胆二人听得明明白白。

铁娘到了这时，只得把自家心里的话暗暗对石胆说了个梗概。两人商议一番，即在那村中一处大户人家的天花板上分宿一宵，来日便随着一班善男信女到圆洞寺去。谁知一进了圆洞寺，他们师兄的性命险些不能保全。

欲知后事如何，且俟六回再说。

第六回

入佛寺双侠蹈危机
附骥尾单身脱虎穴

话说黄铁娘、金石胆两人,在正月初九早晨,就见有东一群西一群的善男信女,络绎不绝地都向一座山坡下行来。铁娘、石胆也杂在那些善男信女当中,转过了一个小坳,下得山坡,远远便见前面松荫中,露出一座红墙。大家走到那红墙的所在。

铁娘看那山门还没有开放,那门额上横写着"圆洞禅寺"四个灿烂的金字。那些善男信女当中,就有人近前敲山门,却敲了好久工夫,山门才开放了。便由一个知客尼僧,把这许多的男女请到大厅上分别坐定,自然铁娘、石胆两人也就随列坐在那大厅上一会儿。

小尼姑献上茶来,随后开下十来桌素席,席上的素菜无非是素鸡、素肉、素鱼、素鸭之类。铁娘、石胆却也不客气,没有准备捐助圆洞寺的缘金,却先叨扰寺里一桌素斋。

大家吃饭已毕,才见一个五十来岁的尼姑从外面走了进来,手里拿着一册缘簿,俨然坐在当中的一张方桌正面,颇对那一众善男信女现出十分傲慢的神气。一众的善男信女见莲谛坐在那里,便一齐罗拜在莲谛座前。铁娘、石胆也站在一边,看他们这班可怜的样子,无不暗暗发笑。

那一众善男信女罗拜了一会儿,便在那缘簿上面,你也捐助三十两,他也捐助五十两,便是给人家做农工、做大姐的,但既有这信三宝的心肠,既到圆洞寺一助缘,想接西方大士的缘,接引他们到西方去,也不惜倾囊倒箧地至少也在那缘簿上捐助三五两。

这莲谛却不能写得一笔好字,打得一手好算盘,她把那缘簿都写完了,拨动算盘算了一会儿,不由把眉头皱了起来,似乎嫌恶大家捐的银子太少,不够给西方大士建塔。口里却也不说什么,尽向大家合一合十,仍旧拿着缘簿,回到她的方丈室去。

一众善男信女,都准备莲谛写完缘簿以后,乘便上前叩问自家过去未来的事。及见莲谛的脸上神气不对,只得让她仍回方丈室去。一众善男信女就此也都作鸟兽散。

铁娘却因既到这圆洞寺来过一次,看清莲谛的相貌,日间却不便下手,准备晚间再到圆洞寺来,好相机行事,再探听大师兄和卫天球的消息。想到这里,便向石胆招呼一声,说:"我们走吧!"

石胆会意过来。两人将要随着一众善男信女走出寺门,冷不防后面有人拉住了他们的衣袖,说:"我师父在方丈室里请施主们去呢!"

两人回头一看,却是寺里的知客尼僧。看她年纪不上四十岁,身上披了一件法衣。那两只尺二莲船,像似没有受过包裹的样子。

铁娘好生惊异,又觉这尼姑方才拉着衣袖的时候,那一手的手势,又来得非常厉害。因想她既请我们到方丈室去,要躲避也终须躲避不来,仗着有三师弟和我同行,看她是怎样地对待我们。想到其间,胆量不由陡涨起来,便向石胆笑道:"我们都是异乡人,初到此地,身边并没有银钱,活菩萨要请我们去干什么呢?但她既来请我们了,总算看得起我们这两个小孩子,我们若不到方丈室去,却算不受活菩萨抬举。"旋说旋又向石胆说了一声:"去!"两人便随着知客尼僧走进方丈室。

哪知客尼僧见他们都进来了,不由咣的一声,把关门了。铁娘看那方丈室内铺设得很是精洁,却没有看见莲谛是在哪里,心内更不知要做什么计较。

金石胆的年纪虽比铁娘小,胆量却更比铁娘大,却向那知客尼僧笑道:"师父把我们请来,说是你师父请我们的,我们一进了方丈室,你就关起门来。你师父如今又在哪里,像这般鬼鬼祟祟的行径,实在叫人莫名其妙。"

知客尼僧笑了一声道:"你们到寺里来是干什么的?如何在真人面前倒会说出这样的假话?今天一众的善男信女到我们寺里吃素斋,我师父却不请他们,专使我把你们带到这方丈室里,究有什么缘故?你们心里也总还明白,你们真有鸡卵大的胆,敢到这寺里来,在佛老爷面前翻一翻筋斗,看你们有这法力能逃出这方丈室一步?你们要会会我师父吗?停会子自然出来和你们相见。只是由你们自己打量,既落到我这地方来,应该有一种办法对付我,却省得我师父亲自动手,摘下你们这两个脑袋瓜子。"

石胆觉得知客师一篇话来得十分严厉,睁起两个圆鼓鼓的眼睛,看铁娘究是如何对付。

却听铁娘扯谎道:"我们姊弟是北方的人,因为娘死爷不在,家里又没有产业,到你们四川来投亲,路过宝山,随意跟着一班善男信女,叨扰了贵寺一席素饭。不知师父如何请我们到这地方来,却又怎的说我们胆大,敢在佛老爷面前翻一翻筋斗,我不知这话怎讲?"

知客尼僧又冷笑道:"你说的这话,怎么和在先的语气不同?可是一张口竟会说出两样的话来?我若被你这一派支吾的话支吾过去,你们就更外浅视我们峨眉派的人物了。你们师兄弟两人好好地在嵩山石洞里修炼,何等的快乐,偏要到峨眉山来讨苦吃,也真是太不识相了,你们要知道嘴巴强是不中用的。我因怜你们年纪都小得很,不知天有多高,地有多厚,或者想求我师父的慈悲,给你们一条生路。如果是在江湖上走走的人,要来懊恼我们,照例没有闲工夫和他多说废话,无论怎样,都可以了他的账。"

　　铁娘、石胆又听他这话,明知自己的行藏已被她们识破了,如何还瞒她得来?心虚胆怯是不中用,不若和他硬来,看她们对付的办法。

　　当由铁娘向那知客尼僧怒道:"不错,我们的来意已被你揭穿,我不知你们峨眉派是怎么一派的教宗,却容着泰山派的匪徒卫天球投在你们峨眉派的门下,劫去了我们那已犯戒律的大师兄。你师父如果是知趣的,就该把他们拘押起来,给我们师兄妹俩责问他们一番,才是正理。却怎的对着我们说出这样恐吓我们的话?我们是来寻找我们的大师兄和泰山派的卫天球,又没有要来寻找你们峨眉派人。既要和我们为难,只看你打算将我们怎样,你有法力,尽管使用出来。"

　　那知客尼僧却又转过很和婉的口吻说道:"你们的道法真差得多呢!怎知卫天球和你的大师兄会在我们这里呢?其中的缘故,你们可不必过问,你们是嵩岳派中的人,但一脚已跨进我们峨眉派山门来了,不可谓和我们峨眉派教主无缘。大略我们峨眉派的秘密,你们总还明白,能依此和我们教主结个大缘,并不用什么法力怎样你们。我们峨眉派的秘密,谁敢前来窥探,便取谁的性命。只因我师父说你们是很有来历的人,不能照着对待平常人的法力,轻易对付你们,佛眼相看,要宽放你们一条生路。你们只肯皈依了我们峨眉派,拜我师父为徒,却能享尽人间无穷的福,神仙有你们快乐吗?这是你们的福分大,才有这样的机缘,你们千万别错过。错过了这一条生路,便要走上那一条死路。"

　　铁娘听完这话,未及回答,石胆早显出雄赳赳气昂昂的样子,向知客师问道:"你要我们投到峨眉派享福吗?我们生来就喜欢吃苦,不知道怎样叫作享福。我们已有了师父,日后学成了道法,当收人做徒弟,却又不肯收你们峨眉派的教主做徒弟,如何她倒想做起我师父来了?我们和你拌嘴说废话是说不来的,就得先将你扑杀了,然后再找那个莲谛了账。"

旋说旋从两鼻孔里放出两道青色的剑光来,铁娘趁此也放出两道剑光。说时迟,那时快,这四道剑光快要一齐注射在知客尼僧身上。哪知客尼僧只随口叫了一声哎呀,倏然便不见了。这四道剑光却射着在对面的墙壁上,只听得咔嚓咔嚓作响,那墙壁就被凿成四个盆口大的窟窿。接连又听得外面有人呼着:"火……火……"

石胆、铁娘听着一阵呼火的声音,那声音似在窟窿外传进来的,还疑惑是那知客僧借遁逃走,到外面去使用他们峨眉派的法力,放火来伤害我们两人的。铁娘虽信得自己师父的话不错,不论什么人,都不能伤害石胆和与石胆在一起做事的人,且又信得祖师的神卦,向来是有求必应,断不致指人跑到死路上去。但已到了这样生死的关头,看室门已关起来了,并知那两扇门上密布着油线机关,却不敢和石胆拨开门闩,向室外逃出去。他们一班剑侠中人,胸怀磊落,并不用避着什么男女嫌疑,何况石胆是个十一岁的童子,年纪比她小得三岁,又是同门的师兄弟,却也不能专信师父和祖师的表示,在这里束手待毙,听凭人家处置的道理。

那时铁娘只得将石胆负在肩上,口里不知念起什么,两人的身体却缩得像初出娘胎的婴孩儿一样,向一个窟窿里钻出去。抬头一看,看那火光在空中盘旋,并没有烧燃着什么东西。铁娘好生惊讶,看这地方仿佛是这圆洞寺的一座后院,仍听得那一阵呼火的声音,真像排山倒海一般。铁娘不由收转方才所使的缩身法,仍要将自己和石胆的身体放大到平时的一样,准备逃出了这圆洞寺,再作第二步的计较。

这当儿,忽地觉得石胆的身体已和自家身体脱离了关系,两手是反抱着石胆的,却成了个妙手空空。回头一看,哪里有什么金石胆呢?铁娘不由暗暗叫一声苦,待要只身飞逃出去,实在摘不下金石胆这条肠子,心里早有些为难起来。

忽然从火光中冲下一人,向铁娘哫喝了一声道:"哪里走!"

铁娘看那人来者不善,准备用全力和他抵抗一番,哪里还来得及呢,只觉得头上晕眩了一阵,所有的剑功、法术一些也施展不出,竟像似吃了现今的催眠药粉一般,不禁紧闭着一双秋波,到那大槐树下,看金枝公主去了。

也不知睡了多少时辰,忽然醒过来,睁眼一看,却见自家睡在一座山岩中间,上不透日,下不透风,好像天造地设的一座神仙洞。铁娘是修过天耳通的,能在山这边听山那边说话,任凭那人说话的声调不高,只要铁娘用天耳通法仔细向下听来,却听得十分明白,并且能在三十步外,听苍蝇的鸣声同响雷一般。据说钟维岳的天耳通法,又比铁娘高,究竟要高到什么地步,编书人却不能说出个所以然来。

铁娘在那山岩间定一定心神,似乎听得岩壁那边有人说道:"这厮满口说的全是梦呓,我是几时和你到嵩山石洞去劫祁天鹏的?你因我到这边来告你,居然赤口白舌地嫁祸于我。"

又听另一个人的声音说道:"单雷单老五,好汉做事须放爽快些,既已彼此同谋,劫了祁天鹏,这时候又何须抵赖,枉叫我卫天球吃苦?"

铁娘听到这里,不禁暗暗一愣,心想,山壁那边不是卫天球同一个姓单的单雷,像在一个很有身份的人面前各相辩护的吗?想到这里,便运着气功,放出一缕的剑光来。

那剑光细如蛛丝,原因山岩间空气不足,所使出来的剑功却无法可以运足火候,剑光也不像在空气十足的地方那般大,但那细小如丝的剑光却也能将山壁间凿出一个小洞。两眼向洞外瞧,却见山壁那边又是一番天地。

欲知后事如何,且俟七回再写。

第七回

黄铁娘山岩认父
方克峻衡岳锄奸

　　话说铁娘见山壁那边有一个须发飘然的老者，坐在当中一个大石鼓上。那老者身披一件白色的道袍，有一束黄丝绦束在腰间，看去约有六十多岁的模样，然而容光润泽，道貌岸然，又宛如未成年的童子一般。旁边站立一人，看他那奇奇怪怪的形象，千不是，万不是，正是在圆洞寺火光中冲下的那个壮年男子，却不知他在那一声陡喝的时候，用着什么法力，容容易易地把自家关在这山岩里面。下面有两个人跪在那里，都像用绳索反绑着双手的样子，究竟看不见他们身上绑着一些东西。那个跪在左边的男子，约有三十来岁，铁娘还依稀认得他是卫天球，但这时如同失魂落魄般，在嵩岳山洞时那种威风凛凛的样子，一些也没有了。那个跪在右边的男子，只有十五六岁的光景，铁娘在先虽未和他会过一面，但据卫天球语气说来，估着他就唤作单雷单老五，却不知这单雷便是将来北岳恒山派的开派宗祖朱子民的徒弟。

　　铁娘正在山壁这边，把眼放在那小小的圆洞里，偷看着山壁那边的事，好像那坐在石鼓上的老者已知有人在那里窥探着，就向旁边站着的那人望一望。那人已会意过来，便向着那小小的圆洞所在招一招手。就在他一招手的当儿，铁娘好像不因不由地已由山壁这边向前走去。岩石若无障碍，咄嗟间已到了山壁那边。

那老者忙吩咐把这两个东西押进去。那个站在老者旁边的男子如同得了将军令箭的一般,便一手拖着卫天球,一手拖着单雷走出洞门去了。

那时铁娘因这老者的法术高强,看来还在自家师父之上,且决定他不是峨眉派莲谛尼僧一流人物,就拿出小辈见着长辈的神气,只顾呆呆地站在那里,不敢抬头。

那老者登时间便现出笑容满面的样子来说:"闺臣,你须仔细认一认我。"

铁娘听老者叫出她的乳名,顿时诧异不小,便也举目向那老者一瞧,哪里能认识他呢?但据他方才说话的口音,好像是北方的人氏,只不知他如何知道自己的乳名,只顾在那里愕愕地望着,半晌回答不出一句来。

那老者笑道:"闺臣,你真个不认得我吗?这也难怪,你在初出娘胎的时候,我没有回家看望一次。后来你娘死了,我托钟师兄将你带到嵩山麓洞间。你我之后并没有会面的机会,本不能怪你认不得我。闺臣,你知我是谁呀?"

铁娘听罢,低头想了一想,便跪在地下叩了几个头,向那老者请示一番。

老者道:"闺臣,你姓什么?"

铁娘道:"我姓黄。"

那老者又问道:"闺臣,你家住哪里?"

铁娘道:"据我师父说来,我是天津人。"

那老者道:"我也姓黄,是天津的人。闺臣,你已叫作黄铁娘,不叫作黄闺臣,你是嵩岳派中的人,不是我华山派中的人。但你曾否听你师父说,华山派的开派宗祖是你什么人吗?"

铁娘道:"我师父没有对我说过华山派的开派宗祖是我什么人。"

那老者道:"好好,钟师兄不肯对你说出这话,是怕分了你练功的心神。闺臣,你这时总该明白为父是华山派的开派宗祖了。"

铁娘听罢，粉腮上不禁早流下两行泪来，抱住那老者磕膝哭道："爸爸，女儿也学得些剑功、道法，连生身的爸爸站在对面都不认识，叫女儿细想起来，如何不哭？爸爸的本领，还比我师父高强，我愿在爸爸跟前学习道法，不愿回嵩山去了。"

那老者道："你说错了，我的法力虽比你师父高强，道力实及不上你师父。我当初若肯留你在我跟前学习道法，也不托你师父收你去做徒弟了。何况你三师弟金石胆尚陷落在迷魂阵里，前日由你把他带出石洞之外，现今仍由你将他带回石洞中去。我们父女相见的缘分正长，也不必在这里痛哭。你在峨眉山所经过的种种怪事，日后也许有你明白的日子。我送你出去吧！"旋说旋用口向着铁娘的脸上一吹。

铁娘顿时像有些要晕厥的样子，身子仿佛同腾空般冉冉而上，恍惚间已出了岩洞。看自家站在一株大榆树下，那榆树高有四丈，周围都合抱不来，树旁边有一渠涧水，潺潺作响。

铁娘穿过了涧水，身在半山之间，看那半山间一列野花，都含着几分的春意，问明山中采樵的人，这山果是一座华山。

铁娘在半山间行着，回想她父亲曾说，我三师弟前次由我把他带出山洞之外，这回仍由我把他带到山洞中去。又说，我在峨眉山所经过的种种怪事，日后也许有我明白的日子。现今我三师弟可在那圆洞寺里？我倒不能决定了。至于我在峨眉山所经过的种种怪事，叫我日后是怎样地明白呢？并且我在山岩间，曾见卫天球和一姓单的少年，都跪在我父亲的面前，呶呶争辩。那单雷究是一个什么人，他怎的到我父亲面前告卫天球？那卫天球又怎的被我父亲擒来，大师兄可连带被我父亲擒着没有？这许多的闷葫芦，无论我在匆忙间，没有向我父亲问明，就是向他老人家问来，也未必肯吐说明白。

铁娘胡乱想了一阵，只得仍准备回到峨眉山去。日间不便前去，到了晚间，便使用那运气飞腾的功夫，刚飞落离峨眉山不远的地方，便见前面有一片红光，在云中盘旋无定。铁娘看那红光，如同前日在圆洞寺里所见的火光一样。那时火光下冲下一人，把自己带到华山石洞，这人虽未知道他的姓氏，却已估着是自家父亲的徒弟。于今忽然在这地方，又远远看见这样的红光，自然疑惑是他父亲的徒弟前来要和峨眉派人为难了，便向那红光的所在飞去。不料那红光在空中盘旋了一会儿，忽由半空间笼罩下来，倏地又不见了。

铁娘好生诧异，便飞到那红光的所在落下，却是一片很旷大的平原。只见有一个尼姑装束的人跪在那里叩着头，并不见这尼姑前面有什么人。忽听得有一阵飞箭破空的响声，接连便见有一支翎箭由前面向那尼姑射来，刚刚射个正着。那尼姑只叫了一声哎哟哟，便倒死在那地方了。

铁娘近前向那尼姑仔细一看，星光之下，却还认出她就是圆洞寺莲谛尼僧。看她顶梁上已中了一箭，直挺挺死在那里，不由喜得一笑。

就在这一笑中间，似乎有人拍着她的肩背说："姐姐果到这里。"

铁娘听这人的声音很熟，回头一看，不是金石胆却是哪个？铁娘这一喜，真是喜从天降，便向石胆问道："师弟，这是从哪里来的？"

石胆道："托姐姐的福，我幸没有破了戒律，那莲谛已被我一箭射死，并且大师兄已被华山开派宗祖黄精甫拘得去了。"

铁娘听了这话，暗暗惊异，胸中有好些话要向石胆问来，只不知从哪一句问起才好，却先向石胆问了一句道："师弟知华山派的开派宗祖是我的什么人吗？"

石胆回说不知。铁娘便将那时和石胆别后所经过的种种情形，向石胆说了一遍。

石胆点点头，说道："这是姐姐告诉我的，我却没有这工夫把别后的事说给姐姐知道，我们同去见一个人要紧。"

铁娘问："那人是谁？"

石胆道："这人便是衡山派的开派宗祖方克峻，他虽有这法力拘住莲谛，却没有这权力结果了莲谛。他约我招呼姐姐同到他们山洞去走一趟，看他们那些犯戒的徒弟是怎样的。于今他在前面地方等着我，我们就此去吧！"

于是铁娘随着石胆，向前走有一里多路，忽见前面有个跛脚老头儿，黄须赤发，手里握着一把软弓，一颠一跛地向前走来。

石胆便拉着铁娘的衣袖，赶近几步，便给铁娘介绍道："这是衡山的开派宗祖方师叔，黄师姐快过来相见则个。"

铁娘经石胆给她介绍，知道这老头便是衡山的开派宗祖方克峻了，不由翻转身躯，向方克峻纳头便拜。

方克峻急一把扶起铁娘，仰天打了一个哈哈笑道："钟维岳有这一个徒弟，黄精甫有这一个女儿，不知他们是怎样的好造化，才有这样前世修来的福。"

一面说，一面又用那只手挽住了金石胆，简直同腾云驾雾一般，转瞬间已到了一座山坡，在那山坡上飞落下来。便听得水声潺潺，现出"乾、卦、横"三字形的三层瀑布。方克峻挽着铁娘、石胆二人，跃过那三层瀑布，下面便是万丈深谷，大有岌岌可危之势。方克峻将铁娘、石胆向下一推，两人便不禁坠落深谷里，黑洞洞看不见什么。耳边听得有人说话，这声音触入铁娘、石胆的耳鼓里，却能辨出是方克峻的声音，仍由方克峻带领他们向前走着。

石胆那时把眼睛紧闭了一闭，边走边运足了元神，重又睁得开来，却能辨出这岩洞中两崖削壁，紧窄窄的怪石狰狞，都像要来攫人的样子。上面的大石块，接角斗榫，压在顶梁上，险些要扑倒下来。这岩洞约有一里多长，越走越窄。方克峻便吩咐他们把身子扁过来。

走到那岩洞的尽处，便是一面岩壁，一步也不可前进。恰好下面有桶口大的窟窿，从那窟窿里透进亮光来，两崖也宽绰得多了。方克峻和铁娘、石胆先后穿过了窟窿，里面即现出一条石道，别有天地，非复人间的境况。铁娘、石胆见洞门两边分站着一对大猴子，有一人多高，好像这一对大猴子是把守着洞门的。

三人在那石洞里约走有半里的路，已看前面黑压压的一座华屋。这一座华屋，上下四方没有可通出入的所在，南边石墙上嵌着一尾石鱼，有五尺来长。方克峻伸手在石鱼尾上略分一下，便听得砉然一响，平地上顿时裂成一条石缝。石缝间倏地闪出两扇石板门来，板门上也嵌着一对兽环。走进了石门，便又走上一层一层的石台阶，约有二十层。

方克峻同铁娘、石胆二人刚走向台阶上去，即听得扑通作响。那两扇石板门已自由自性地关起来。走到台阶尽处，已到石屋地面。看石屋天井中间，都铺砌着青红色的方砖。

方克峻吩咐铁娘、石胆道："照着红色方砖上走去，若走上青色方砖，踏中下面的油线机关，便有性命危险。"

铁娘、石胆听罢，记在心头，看这岩洞里的种种机关，一半由于人工之巧，一半也由天造地设之奇。方克峻却将他们带到一间小小的石屋里面，唤一个小童前来斟茶。在那石屋里略坐一会儿，来不及多说话，便向铁娘、石胆呼一声，便带着那小童去了。

铁娘看这石屋里石床、石凳、石桌之类陈设得很是整齐，屋门洞开，光亮也十分充足。茶话时间，铁娘便问起石胆别后情形。石胆总回一句："到嵩山去再谈吧！"

铁娘也不再追问下去。两人在石洞里坐有一刻时间，便见那小童一步又跨了进来，说："老师父请你们到大厅去呢！"

铁娘、石胆随着小童来到一座规模很大的厅上，看见方克峻正坐在当中一把石椅子上，石阶下跪着许多的人犯，内中却有圆洞寺知客尼僧。那尼僧一眼看见石胆同一个小姑娘走进来，便不禁泪如泉涌，仰面哭了一声道："我的对头到了！"

欲知后事如何，且俟下回再写。

第八回

犯戒律深山饮血箭
触机关地室会淫魔

话说那知客尼僧跪在石阶下面,一眼看见铁娘、石胆走进门来,不禁仰面哭道:"我的对头到了!"

铁娘尚未明白这知客尼僧是衡山开派祖的徒弟,并不知方克峻把他们师兄弟请到厅上做什么的。又见克峻身旁站立许多五颜六色的男女人物,那小童走近方克峻身边,低头禀说了一会儿。

方克峻即请铁娘、石胆一齐坐定,便向阶下的人犯苦笑了一声道:"你们眼睛里边认识我这个躲在衡山不出头的老师父吗?这就奇怪得很,你们都已入了峨眉派,自然把违犯戒律当作一件很平常的事。论理,你们犯了戒律,把你们拘得前来,就该押解到嵩山钟师兄那里,听凭我嵩山钟师兄怎样处置你们。却因你们一入了峨眉派,已不是衡山派人了,却不用钟师兄使用掌执戒律的全权,处置你们的死命。你们峨眉派是我的大敌,现今已被我拘来,就得由我用处置敌人的手段来处置你们。只有那个不男不女的东西,就得由我金师侄动手。你们须不能怨我的心肠太狠,去吧!"

一面说,一面便从两眼间射出两道红色剑光来。剑光到处,便听得咔嚓咔嚓作响,那些血淋淋的人头骨碌碌滚在阶下,只有那知客尼僧尚在那里瑟瑟地抖,已吓得毫无生气。

克峻收了剑光,向石胆道:"金师侄不要看轻了这东西,她虽曾在我跟前十数年,在先却也算我一个徒弟。不过她已入了峨眉派,善用左道旁门的妖法,我的法力能拘得她,却不能处她的死命。凭仗金师侄的威福,一箭已射死莲谛,这东西仍请你送她回去吧!"说着,即吩咐小童取上那把弓来。

金石胆略谦逊了一番,便一箭向那知客尼僧心窝里射去。那知客尼僧应声而倒,早已回到西方极乐世界去了。

看书到此,未免疑惑著书的太鹘突了,关于金石胆在峨眉山失陷以后的种种情形,著书的欲容后在金石胆回归嵩山时补叙出来,这个闷葫芦,已使人闷破肚子。至于卫天球如何劫去了祁天鹏,单雷如何到华山去告发天球,如何天球、天鹏被黄精甫拘到华山,铁娘如何被那三十来岁的男子容容易易地押到华山山崖之内,这其中还有许多的情节,著书的也不曾提到那些事上去,使看官们时时刻刻记挂着。其实并不是在下把那些事遗忘了,实在是因为第五回以下的书,都由黄铁娘方面着笔,一支笔却写不出两面的事。直到此刻,黄铁娘尚未将金石胆带回山洞,文情上暂时告一小段落,才是补叙上回书的时候,却仍在那知客尼僧生前的事实,按部就班地挽写上去,使看官们见了,不致荒无归宿。

看官可记得铁娘、石胆初和这知客尼僧会面的时候,曾见她一双尺二莲船,像没有受过包裹的吗?其实她并不是个尼姑,却是湖南萍乡万寿寺的空禅和尚。据说这空禅是个斯文人出身,他的资质很好,十六岁就进了学,他的未婚妻子便死了。又因天下纷纷扰扰,毫没有一天安静的日子,便看破尘世,在万寿寺剃发为僧。也怪方克峻太不识相,十五年前到万寿寺闲游的时候,却看错空禅是个奇人,便将他带到衡山麓洞间,传授了他剑功、道法。空禅的道法,略学有一些根底,便拜别他师父方克峻下山。

克峻曾嘱咐他,笃守戒律,不可迷了来路,并告知他学道人应该注意的形径。空禅一一领受,却也能循规蹈矩,在风尘中东驰西走,算得学道人当中特出剑士。

岂知道高一尺,魔高一丈,空禅的道法略有些根底,只因定力不强，他的魔运便快要临头了。他在风尘中奔走的日子越多，名儿也一天一天地大起来，觉得以后不便再显出自己的本相来，遂改变尼僧的装束，足迹遍天下，都不识他是个有道法的和尚。

这年偶到峨眉山，贪看风景，因为那时间曾起了一阵狂风，把山坡下一座圆洞寺刮得压倒下来。空禅觉得这阵风很是奇怪，在风声停止的时候，随着圆洞寺左近的人前去，看那圆洞寺的尼僧，却没有一人被墙壁屋瓦压伤。空禅看见这般情状，更是诧异不小。山中人都说圆洞寺的尼僧衣服极粗鄙，饮食极清苦，并且那寺里住持莲谛是个道行高洁的尼僧，临难不危，自然是活菩萨从中保佑。

空禅听得那些人的辩论，暗暗好笑，觉得活菩萨保佑的话太没有证据了，其中必能寻出一个有证据的道理出来。因在圆洞寺附近深山大谷之间游逛了，一寺住持、尼姑正忙着募缘建寺的事，不便向她探问一个究竟。

又到别处，数月后仍然回到峨眉山上，看圆洞寺已经改造得齐齐整整，画栋红墙，迥与未改造时那般破瓦颓垣的萧条气象大不相同，便到圆洞寺去挂单，却被莲谛一口拒绝了。因为圆洞寺的戒律极细，不拘你是远方有何等身份的尼僧，想到圆洞寺里挂单，是一件极不容易的事。就因他们的身份越高，越不易遵行寺里的戒律，非得莲谛素知你的人品如何好，根底如何好，才将你留在寺里挂单。便偶一不慎，违犯了寺里的规则，都得顺受责罚，驱逐出来。

莲谛素不认识空禅是个何等人格的尼僧，哪里肯容留她挂单驻寺？空禅却因莲谛越不肯容留他挂单驻寺，心里越搁不下这一种奇怪的事。在那夜三更三点的时候，收敛心神，掐着三个指头算了一算，只觉一阵阵心血来潮，却仍算不出这是一个什么道理，便悄悄运足了气功，竟如风飘黄叶一般飞到圆洞寺去探个究竟。

由前殿转到后殿，再由后殿转到前殿，没有看见一个尼僧。看那好几处僧寮里面，荧荧灯火，都由供着一位长不满尺的无量寿佛守着空房。因到天王殿上,在一盏琉璃灯前,看着神台上灿灿金身弥勒佛,捧着那个大肚脐儿哈哈地笑,那弥勒佛口里笑开了牙齿。

学习道法的人都学过天耳通法的,空禅那时仿佛听有一缕极低微的声音从那弥勒佛口里传递出来,空禅暗暗点头,遂上了神台,把一只左耳朵紧靠着佛口,好像听着那弥勒佛向他附耳说话。听那声音悠然似在下面发上来的,却能辨出是管弦丝竹的声音。

空禅心里便有了计较,古语说得好"艺高人胆大。"空禅听过佛口里传出那管弦丝竹的声音,便和那弥勒佛行了个接吻礼,从佛口里吹进了一阵风,究看那佛肚子里面包含着什么蹊跷的事。

才一转瞬的工夫,便听得哗啦啦一声响,如同天旋地转般,弥勒佛在那神台上面倒翻了一个跟斗。自家的身体好像被弥勒佛拢了双手紧紧抱住的样子。仓促间没有准备,却使不出一些剑功、道法,要挣脱却如何挣脱得开?

说时迟,那时快,弥勒佛一个筋斗翻下来,猛地松开一双佛手。空禅不因不由的,好像从一座高山顶上坠落万丈深谷的样子,双脚还没有落地,就被一个人将他身体托住。

那人张开笑口,也在他身上吹了一阵冷风。好奇怪,这阵风刚吹落在空禅身上,便渐渐有些寒浸浸起来,两腿更抖得像摇铃的一样。在他师父跟前学习十五年的剑功、道法,不但施展不出,好像一些也没有了,知是陷落在地道里面。

这地道间的光线十分充足,看见前面仿佛是一座五开间的大厅房,那一阵阵管弦丝竹的声音触入耳鼓,似在那厅房里风传出来。再看那人也是圆洞寺的尼姑,她的年纪不上三十岁,已有这么大的本领,那莲谛的本领自然还要比她高强,并且这圆洞寺是重新建造的圆洞寺,弥勒佛却也是重新装金的弥勒佛,不是我亲自经验的事,连我自己也不会信的,一座新建的禅寺,竟安设着这样很奇怪的机关,这寺里的尼僧,平日间无法无天,可想而知了。我的性命若不应该送在这里,脱险后不到山洞去请我师父前来放他一把三昧真火,烧毁了这个鸟寺,我也不是衡山派的人了。

空禅心里是这么思量着。那尼姑已把他拖到那大厅里面,方才放了下来。空禅看这厅房,是横直穿心有四五丈周围,陈设着许多禅床、禅桌之类,装饰得很是华艳。里面摆着十来对烛台,都有三尺多高,红烛高烧,顿像似一个光明世界。当中屋梁上悬着一块横匾,上写着"仙人洞"三个红字,下面设着一个大倍寻常的禅榻,挂着粉红湖绉的帐子,一例的金丝帐须,还坠着许多的骨牌。榻下有一双尼僧的僧鞋,和一双男人的香鞋,都摆放在那里,还有一对对肉身的童男,和着一对对一丝不挂粉白黛绿的妙龄女子,在那里歌的歌、弹的弹、舞的舞、唱的唱。那一阵花香、粉香、胭脂香、肉香、口舌香,便是铁石人,也不禁有些摇摇心荡,何况那一对对童男,各闪着一双眼珠,看那一对对妙龄女子,显示出垂涎三尺的样子。那一对对妙龄女子,眼皮上都像有千金质量的东西压下来的一般,撩拨着那一对对童男,简直又像干柴对烈火,一燃着便焚烧起来。便是那禅榻里面,有些吱吱地响,好像有两个人在那里击节叹赏。

空禅见了这样邪淫不堪的场景,早愤恨到了极顶。然他是个未经人道的大和尚,哪里见过这般的风流阵,心里也不由动了一动,就在那一动之间,早已收神摄虑,像似耳无闻目无见般。

这当儿,不防那禅榻上帐门掀处,里面早跳出两个赤身裸体的人来。内中有一个便是峨眉山下万人称赞道行高洁的莲谛尼僧,这一个却是二十来岁的男子,和空禅好生面熟。休论空禅已易装为尼,便是死了烧成灰都还认得。

那男子劈口便向空禅问道:"师兄,你怎会到了这里?"一面说,一面忙穿齐了衣服。

莲谛见她情人唤空禅作师兄,便也换了笑容,模模糊糊穿了一套法衣，喝令那一对对的男女停止了轻歌曼舞。

这时，空禅看那男子是自家的同门师弟秦铃，竟会犯了师父戒律，来和这万恶的尼僧结不解缘。这事不落到空禅的眼里便罢，一落到空禅的眼里，恨起来就要用三峰剑法砍了他个脑袋瓜子。但因自己已陷落人家的网里，身上早被吹过一阵冷风，一些法力使不出，还在那里抖个不住。心里虽这么想，事实上却如何办得到呢？只向秦铃愤恨了一声道："你好！"

秦铃赔笑道："我有什么不好？我虽在这里享尽无穷的福，可是时时刻刻都惦念着师兄，我们总算自家的弟兄。"

空禅怒目道："还讲什么师兄、师弟！我们衡山派有你这个犯戒的人物？你是我什么师弟？好好，师父把戒律看作金玉一般宝贵，你把戒律轻视得粪土不值。当初到我们衡山派里去做什么的？你自己犯了戒，应该自己值价些，随便怎样，总可以寻觅一条死路……"

空禅的话还未说完，那莲谛的秃顶上早光起无明火来，说："这厮满口说些脓包，孩儿们，快将这厮押出仙人洞去，斩首报来。"

欲知后事如何，且俟九回再写。

第九回

情波生欲海絮化泥沾
神算卜金钱云翻雨覆

话说秦铃见莲谛要斩空禅,慌忙劝道:"教主休要懊恼,万事要仰教主看我情分上面,须原谅我师兄则个。"

莲谛方才换了笑容,说:"我有什么不能原谅?当初他硬要住在这里,都被我一口拒绝。今夜又无端到我寺里懊恼,既陷落在我的机关,既窥破我的秘密,不是今世要同我结下不解的冤,就是前世已和我结下不解的缘。我因他说出什么戒律不戒律的话,这些话是哄人的,谁能吃那人不能吃的苦、处处拘守这'戒律'二字?他这时要遵守衡山派的戒律,就遵守到死,也不过是白送了性命。"

莲谛说到这里,秦铃又接着莲谛的话说道:"我们当初要学这道法做什么用处呢?人生在世,能活多少年,辛辛苦苦地修炼些道法,难得师父又不在跟前,不趁在年纪少壮、身体强壮的时候,仗着道法快乐快乐,却要处处遵守着戒律,吃尽许多的苦,却享受不到一些的快乐,世界上可再找不出师兄这个呆子。我明白你此时的心事,非不要趁这快乐的机会快乐快乐,但怕师父把你拘回衡山,要处置你一个违犯戒律的罪。哎哟!师兄真是个呆子了。我既已入了峨眉派,就和衡山派脱离关系,师父要来拘管我们作甚?何况峨眉派自有峨眉派的法术,还比衡山派的法术高强。我要怕师父拘管我们,也不陪教主在仙人洞里寻快乐了。我打算你是那样的意思,宁可一死殉戒,却不可偷身破戒,好名标千古。殊不知你一死以后,死了死了,便落得一个好名气,究于你有何用处?你知我最是一个值价的,不值价也不敢违犯衡山派的戒律,在这里及时行乐。我但愿你听受教主和我的忠告,不要把自己的性命看得太不值价。你自出娘胎直到现今,虽学得些道法,却没有过得一天快快乐乐的日子,到头来还是一个何苦?你就更打错算盘了。"大凡人兽的关头,就在那这一刹那间天人交战的结果,何况空禅是个没有定性的人,早被他们这一席话说得痰迷了心,又被在仙人洞里所见种种的邪淫形象看花了眼,并且那十来个粉白黛彩的女子,内中也有一两个像他已死未婚妻的容貌,格外出落得温柔妖艳,便撩拨着十五年前的情弦,要想遏制,却如何遏制得住,什么是戒律,什么是衡山派,都一齐要抛向爪哇国里。只要方克峻不来拘管他,放他老远在仙人洞里为所欲为,他的快乐就到了极顶。

莲谛、秦铃当看空禅听完他们这话以后,并没有辩说什么,神气上又未显出不以为然的意思,只不肯对他们说一句低头认输的话,知道他一颗心已经降服了峨眉派了,便从身边取出一粒红色的丹丸来,纳入空禅口里。这丹丸咽下了丹田,空禅便觉一股热气由小腹直达到颠顶,分布到四肢营卫间,浑身都像似烘过了一把融融的火,一些也不冷了,身体也就在顷刻间恢复了自由。

莲谛又向他说了许多愧歉的话,他才换了笑容,只对秦铃说一声:"冤孽!你倒会厮缠人,硬将我这清水儿一把也捺到浑水儿里。"

秦铃也笑了一笑。

有几个不知趣的童年男子还疑他是个尼僧,都围来献着殷勤,绕着他玩笑。他理也不理。

莲谛却看着他那一对眼珠,只顾盯在一个十五六岁的女子身上,便喝退了一众童男,把那女子唤上来,令她在一张禅榻上面,陪着空禅结欢喜缘。空禅经过这破题儿第一遭的肉欲,发硎新试,其快可知。却转恨自己在十五年前,不该遁入空门,不该随从师父到衡山去,听受师父的戒律,竟把那青春年少的快乐光阴容容易易地虚度过去。从此越发大开色戒,对于玩弄女人方面,专喜欢一个换新鲜,并和那莲谛也有过春风一度的缘分。莲谛又传给他敛阴回阳、拨阳回阴及各种的左道邪术,请他日间在寺里担负知客的责任,夜间便到那仙人洞里,消受着风流好梦。

空禅在这圆洞寺住了三月,所有寺里各种机关都十分明了。衡山派中犯戒徒弟,有知道空禅在寺里做了知客师,就此一传十、十传百的,先后跑到圆洞寺来,说出实在情形,求空禅设法保护。空禅也不顾自己是否担当得起,都一口答应,将他们介绍入峨眉派,窝藏在寺。

衡山派犯戒的徒弟,内中有和泰山派卫天球交谊最厚的,竟也报到张献宗那里,将卫天球介绍入了峨眉派。

卫天球在峨眉派签名以后,心里最是惦记不放的,便是嵩岳派他的好友祁天鹏。因为祁天鹏在初出岳麓山洞的时候,是卫天球引诱他投到张献宗那里,破了戒律。卫天球自从祁天鹏被他师父钟维岳拘得去了,每想到嵩山石洞去把祁天鹏仍然劫得回来,一则畏惧钟维岳的道法高强,二则总能取巧将祁天鹏劫得回来,却又怕钟维岳仍将他拘得前去。在那五年以内,祁天鹏被钟维岳用软骨符将他镇压在铁槛里面。

卫天球却也知钟维岳用软骨符将祁天鹏锁押在铁槛里面,只是左思右想,委实没法可以救出祁天鹏。难得现今已入了峨眉派了,仗着有莲谛这一道护身符,仗着有圆洞寺为收容学道人违犯戒律的遁逃薮,便准备到嵩山去。好在那岳麓山洞又是卫天球一条熟路,刚到得岳麓山间,尚有些畏惧钟维岳的道法高强,不敢冒险轻进。

正在山上徘徊无定,忽见有一道白光从那山洞间闪得上去,如流星闪电的一般快,要向当头顶上闪掠而来。心里不知不觉地吃了一惊,暗想,这道白光不是嵩山开派钟维岳从山洞间飞出来吗？他的道法怎么就强到这般地步？我方才到嵩山来，他便轮算着我要劫他的大徒弟祁天鹏，想他在山洞间飞出来的缘故，是有意要和我为难，心里不由越想越怕。

再抬头看那白光，直向西南方射去。卫天球眼光最快，却看那白光直飞到天际，方才不见了。心里转是一喜，逆料钟维岳已飞过数百里外去了，并非知道我前来要劫他的大徒弟祁天鹏，有意要和我为难的样子。究竟钟维岳飞到西南方什么所在，要干什么事，连卫天球也想不到这其中的缘故。

当时卫天球喜得钟维岳已不在山洞，就这么容容易易地如入无人之境，略用风雷的法力炸灭了嵩山石洞里的一只猛虎，揭去祁天鹏头上的软骨符，把他从石洞里劫得出来。这些情节，已经在上文书中叙明，只得从简述过。

天球、天鹏刚才出了山洞，便见一个小伙子，倏地迎面向他们喝道："你们真好本领，胆敢在钟师伯这里打一个翻天印，你们待跑向哪里去？"

天球、天鹏仿佛认出他是恒山朱子民的徒弟单雷，便由天球向他搭话道："各自干各自的事，你管我们跑向哪里去？"

单雷道："我是偶然到此，并不愿多管闲事。但看你这两个犯戒的东西太可恶了，如果被钟师伯察觉，你们一个到山洞里劫人，一个不听从师父的处罚，私逃出洞，我不懂得你们有几颗头、几条胳膊。你们好好随我报到钟师伯山洞里自首，省得钟师伯知道你们干的好事，前来拘罚你们，那么你们就死定了。"

卫天球听罢，便仰天打着一个哈哈笑道："钟维岳若在山洞，我还畏惧三分，钟维岳不在山洞，我来劫出去这老朋友，怕他也咬不了我的手。我到嵩山劫人，又没有到你们恒山去劫人，却干你屁事？你要拍钟维岳的马屁，想钟维岳提携你师父做恒山的开派宗祖，我是不拍他马屁的。什么是师父，什么是师伯，师父要徒弟的性命，国家已没有王法，谁怕他什么戒律？老实给你说穿了吧，我们已入了峨眉派，就不知道有什么师父、有什么师伯,谁有造化,就得打谁一个翻天印。"

卫天球这一节话,把单雷气得翻起两个眼珠,死盯在卫天球脸上。但因自家的本领有限,不敢和他们厮斗。

接着祁天鹏又向单雷说道:"老弟休要懊恼,我私逃出山洞,师父的戒律固然尊严,我的性命也不是一文不值。眼看四月八日这一天的期限快要到了,师父不但要处置我的死命,还要请出三山五岳的人来处置我的死命,师父已不看当初师徒的情分,毫没有点点的通融。我却没有赖在山洞里待死的道理。我会赖在山洞里待死?我不像那么呆。老弟想要我们拼个高下,说一句你不用见气的话,这分明是拿着鸡卵来碰石子,老弟也不像那么的傻。你还是回你的恒山去,我们也用不着和你计较什么。"

边说边向卫天球笑道:"我们还不赶快到峨眉山去,和他在这里拌嘴,是拌不出道理来的。"

单雷听他说完这话,简直连胸脯都气破了,那一把无名火要遏制却遏制不来,看着他们运用飞行的法术,直向峨眉山飞去。单雷且不用到岳麓去问个明白,便到华山石洞之间见了华山的开派宗祖黄精甫,伏在那石阶下面痛哭不止。

黄精甫当问单雷哭的什么事:"可是你自己违你师父的教训,被你师父驱逐出来,或者你师父在别人跟前栽一个跟斗、受别人欺负了?你不妨把哭的缘故说给我听。"

单雷便将卫天球劫去了祁天鹏,并天球、天鹏说的那番不合情理的话,以及他们前往峨眉山的情形,一五一十哭说了一大篇道:"五岳名山的首领,要数钟师伯和师伯两根擎天玉柱。钟师伯又不知到哪里去了,我除了到师伯这里告发他们,却容得他们违犯了戒律,竟干下这样无法无天的事,不但和钟师伯的声名有碍,并且与师伯的颜面有关。那东西骂我师父,又胆敢直呼钟师伯名字,非得请师伯把他们擒来,听受师伯的发落,不足发泄我胸中这一口气。"

黄精甫听罢,便命小童焚起一炉好香,口里不知念些什么,合着那三个金钱,摇了几下道:"不打紧,这两个东西是逃不了四月八日这一天期限的。他们向峨眉山进,凭我们师徒的法力,总可以将他们拘得前来。但卦中发现的爻象,那卫天球拘到山洞时,要咬你一口,说你和他同谋,在岳麓洞间劫出了祁天鹏,却要和你当面对审。我本当不将你拘押这里和他对审,却怕日后有人到我这里来,诬告不犯戒的犯戒,我们这华山派,就从此多事了。讲不起,请你辛苦一番,待到真相明白时,自然有个水落石出。"

单雷听罢,拭泪回道:"只要师伯明白我的心就好了。"

黄精甫道:"我若不明白你的心,也不向你说这番客气话了。"

说至此,便向旁边站着的一个健壮男子说道:"剑星,我们且到峨眉派去吧!"

那剑星姓鲍,是黄精甫的大徒弟,听他师父这样的吩咐,如同得了好差使一般。

黄精甫一面且将单雷拘留起来,一面准备带着鲍剑星到峨眉山去。

忽然又有一个小童走近黄精甫面前禀说道:"外边有个苏奇,穿一身衡山派的衣服,说有要紧的事求见师父。"

黄精甫听罢,知道这苏奇是衡山派方克峻的大徒弟,便令小童传他进来。

不一会儿,苏奇已走到阶下,向黄精甫叩了几个头,立起身来说道:"师叔可知我们衡山石洞出了祸变?我妹子已被空禅劫到峨眉山去了,师父特令小侄前来,请师叔帮助到峨眉一行,未明白师叔的意思怎样?"

黄精甫便问:"你妹子怎的被空禅劫到峨眉山上?"

苏奇连忙把其中的缘故诉说出来。

欲知后事如何,且俟十回再写。

第十回

中迷香侠女陷牢笼
盗宝弓妖僧探山穴

原来苏奇的妹子苏菱菇比苏奇小得十岁，也是衡山开派宗祖方克峻的女徒弟。

方克峻在衡山传道多年，所收男徒弟甚多，女徒弟也不乏其人。那许多女徒弟当中，要算菱菇的年纪最轻，剑功最好，面庞却生得最俊。最引人注目的，就是那一双星眼，右眼泡上有一粒朱砂红痣，两道眉毛削得齐齐的，如同刀背子一样，从温柔妩媚之中，显露出刚健英锐的神态来。

这夜菱菇正在自己的房里练完了气功以后，兀自坐在那茜纱窗下，把油灯剔亮些。抬头忽见窗外有个人影子，似乎有人在那里伸头窥探。再凝神一望，那人影倏地便不见了。

菱菇十一岁便到衡山石洞中练习气功，整整练习六年，未曾出洞门一步，不明白江湖上三教九流的道理。转疑惑是同学姊妹前来捉弄她的，接连便听得呀的一响，有一个尼姑从房外闪得进来。

仓促之间，菱菇看那尼姑来者不善，善者不来，准备运足了剑功和她抵抗一下，哪里还来得及呢？只见那尼姑从一只小瓶子里放出一股香气来，菱菇嗅得这一股香气，简直如吃了现今的催眠药粉般，那一双星眼，又像被什么东西缝了起来，四肢更是软绵绵的，不由耳无闻目无见地如同入定的老僧一样。

那尼姑看菱菇竟似一朵睡海棠般，喜得把五脏神都笑出来，便悄悄将菱菇掖在怀里，人不知鬼不觉地出了山洞，口里不住地念念有词，伸开膀臂，一飞已到空间，竟如飞虹流电一般的快，飞向峨眉山头而来。

诸君要明白，这尼姑并不是个尼姑，就是那个空禅和尚。

空禅原是衡山派的逆徒，却还有这胆量到衡山来，劫去苏菱菇。就因学得一些妖法，便也目空一世，不但以为自己的师父不能轻易奈何他，便是嵩山开派宗祖钟维岳，空禅也不把来看在眼里。他这次到衡山石洞，不专为寻访猎艳而来，却要盗取一件东西。一时不能得手，贼无空过，顺便将苏菱菇带到圆洞寺去。

究竟他想盗取什么东西，要盗这东西有何用处，且让在下叙个明白。

原是空禅每夜在仙人洞享受着神仙所不能享受的快乐，且从莲谛受得一些妖法。只因莲谛厮守着秦铃，终夜间打得火一般热。那夜秦铃脱阳死了，莲谛好生怏怏不乐。因秦铃在一个月前已剃去鬓发，换了一身尼僧的服装，在莲谛面前争妍取媚。于今秦铃已死，莲谛便火烧了秦铃的遗骸，托说秦铃是西方大士化身，想哄骗一班愚夫愚妇的钱财，给秦铃建起一座西方大士塔，且蒙蔽圆洞寺左近人家的耳目，更加把她们这圆洞寺的尼姑当作活菩萨一般崇敬。

但莲谛有时想到秦铃的美满恩情，有些神思恍惚起来，饮食起居之间，往往失却常时的态度，一阵阵心血来潮的时候，好像真魂已脱离了躯壳的样子一般。

莲谛往往自己掐着自己的无名指，算着他的阴阳八卦，都把头摇了一摇说:"我有这么大的法力，岂弓箭所能伤害我？这真是阴错阳差，我的八卦，好像也有不灵验的时候了。"

空禅每见莲谛是这么地说着，便拿话来向她解释，想和她重温旧好，博得她一个高兴，不要再现出这般双眉微蹙的样子。莲谛总推托自己身上不爽快，倒觉得那般一件快乐的事，及今细想起来，无一处不是烦恼。

这番莲谛又掐着指头算了好一会儿,忽向空禅等人问道:"你们当初在衡山时,知道方克峻藏着什么宝弓吗?你们总算是我峨眉派的人了,仗着我是你们的一把泰山椅子,才敢享受这么的快乐,不怕方克峻前来把你们拘回。如果我有了什么长短,那么还忍言吗?你们享这快乐,也须得饮水思源,回想这快乐是享受谁人的。你们有知道方克峻藏着什么宝弓就得前去把那东西盗来,我的性命才保全得住。"

众人听罢,首由空禅回道:"我师父倒有一把宝弓,这把弓是由我师祖传给我师父的。我不知教主怎的说要我们将这把弓盗来,教主的性命才保全得住。凭教主这么大的法力,还不是个金刚不坏的身体?怎的反怕起一把弓来?"

莲谛道:"我何尝不做如此想?但我的算法只有这一点儿,若能处处算准,我就是个活神仙了。"

空禅道:"我们衡山派犯戒的徒弟,若不受教主的栽培,何至有今日?我这身子早已交给教主了,哪怕教主叫我火里火去,水里水去。"

莲谛听罢,又摇摇头说道:"盗弓这一件事,你们一众的师兄弟们都去得,唯有你去不得。"

空禅问:"教主,这是什么道理?"

莲谛道:"我不是预先向你说明了,我的算法若能处处算准,我就真是个活神仙了。"

说到这里,复又平心敛气,将那个无名指掐了又掐,不禁又将双眉愁锁起来说:"你去盗一回也好,盗得来,固是我的造化;盗不来,我自有别法解脱。你却不可枉自伤害了性命,要紧要紧。"

空禅便领命而去。出了寺门,看天空间云消雾散,涌出半边白明月出来。他们峨眉派中的人,本谙习一种隐身法,但他们的隐身法全转着摄阳回阴的妙用,有时把身子隐藏起来,能隐身而不能隐形,有时功夫用得十足,也能把形影隐藏起来,一瓶闷香,更是他们峨眉派一种随身的法宝。

这夜空禅一路飞到衡山,却仗着使用敛阴回阳的法术,略搭些符咒作用,在月光中向前飞去,却无法使用他的隐身术了,一路上幸没有发生意外的祸变。那衡山石洞,他在出山时已烂熟于胸,便收回了摄阴回阳法。下得山洞,又转用那敛阳回阴法。那洞里一对把守洞门大猴子,虽然它们的眼睛厉害,却不见得有什么人走了进来。

空禅进了洞门,心想,我师父的那把宝弓虽是软胎,但寻常最强硬的弓,千把也赶不上它一把。据说我师祖在这把弓上也发过几回利市,我师父却从未用这把弓射人。这把弓我知道是藏在最静的石房里面,四围窗壁都贴着符箓,不问什么妖魔鬼怪,都不敢到他这石房里来。莲师所授给我的种种法术,虽不得自妖魔鬼怪的传授,但这法术有些和妖魔鬼怪的法术相同。我用这法术到那石房里去,实不啻飞蛾投火,那就应上莲师的一句话,说我是去不得。我不妨仍用在师父跟前所学的道法,混进那石房里去,盗他那一把弓,还不是荞麦田里捉乌龟,手到擒来的事?

拿定主意,悄无声息地向前行去。经过了好几间石房、石屋,幸没有一人知觉。直到那间最静的石房外面,空禅一眼看那石房的房门大开着,并没有一人把守。在一盏玻璃灯下,看见对面墙壁上果挂着一把软弓,看似要朽烂的样子。下面还挂着一个剑囊,那剑囊插着十支翎箭。

空禅大踏步走进门来,果然他没有使用峨眉派的妖术,四围窗壁贴着的符箓都不能奈何他,他便使用蛇行的架势,游上了对面墙壁,要把那把弓取下来。谁知那把弓竟像生了根的一样,任凭他有多大的气力,也不能移动分毫。

空禅好生惊异,便将两眼紧紧一闭,重又睁得开来。仔细看那弓臂上,贴有一道黄纸朱书的符箓,字迹已剥蚀不能辨认,便想用指甲揭去那弓臂上的符箓。才一伸手揭着,便有一条小小的金龙从那弓臂上飞腾下来，飞腾下来后，身体陡然雄壮，闪动两个珠球般的龙眼，闪闪灼灼向空禅望着。

空禅自己觉得自己的胆量不小，本领也很不弱，不知怎么似的，瞅着这一对眼珠，电也似的露出凶光来，早吓得不知所措，好像周身的骨节都有些要软化的样子，不由把手头一松。再看那金龙，已不见了。

空禅暗暗叫作奇怪，便又想盗取那个箭囊。再看那箭囊，也贴了符箓，哪有这吃雷的胆，再敢揭那箭囊上的符箓呢？就此出了那座石房，心里还有些突突地跳，仍使用敛阳回阴法，隐藏着身体。

忽见有一个小童迎面走来，向那石屋里望一望，自言自语地说道："这不是活见鬼吗？方才我在那边，听得这弓房里发出响声来，这把弓还不是好端端地摆在这里？"

小童一面说，一面扬长而去。

空禅幸没有被他瞧见，却不便再从原路出了山洞，绕道向前走去。看隧道里东一间房，西一间屋，疏疏落落，仍和数年前光景一般。

刚走到菱菇的窗外，忽然想起一件事来，把头向窗内略一窥探，早看见菱菇在那里盼望什么似的。因忖，菱菇在初进山洞，还是个毛丫头，不信女大十八变，竟会变成这么一个美人儿来。

想到其间，心里早觉得有些把持不定，料想凭着自己的本领，有一瓶闷香，没有把她带不出来的道理，不必用着隐身法闯进门去。因为用着这摄阳回阴的隐身法，身体上总感觉有些不能自由，不若不用隐身法较为爽快。心里这么一想，便不禁踏进门来。

他虽没有在衡山石洞里盗取一把宝弓，就此将菱菇劫出山洞，却闯下天大的祸事来。

作书的一支笔，要忙坏了，写了那厢，又要写这厢。

且说那夜菱菇有个同学的师姐，唤作花爱莲，和菱菇最是要好。花爱莲在自己的房里练过了一番剑功，便走到菱菇的房前。看房门并不曾关闭，走进房来一看，哪里还看到苏菱菇呢？

花爱莲觉得很奇怪，因为菱菇日间或有时到师父和她兄长那里去，晚间向没有走出房门一步。便是她在日间到师父和她兄长那边去的时候，总把这房门锁起来，却没有房门开着到外边去的道理。

花爱莲不由越想越疑，就怕其中出了什么祸变。又在各同学姊妹的房里寻问一会儿，只寻不到个苏菱菇。不敢轻易惊动师父，没有法子，只得到大师兄苏奇的卧房，看苏奇兀自和衣睡了，却睡得十分沉重。爱莲唤了一会儿，只不见苏奇醒来，便抱着他的头摇了几摇。

苏奇蓦地醒来，灯光之下，见是爱莲，倒吃了一惊。

爱莲不禁失口叫出一声道："大师兄，你好自在！"

这句话更把苏奇说得噤住了，一言不发。

爱莲急道："菱妹妹到哪里去了，大师兄怎不知道？"

苏奇听了这话，忙起身随爱莲到菱菇房里，仔细一看，便显出很慌张的样子。

两人就此去报知方克峻，说："菱菇不知怎样地失踪不见了。"

方克峻听报，大吃一惊，连忙收摄心神，跌坐在那把石椅子上。闭着眼睛运算了一会儿，遂把头点了一点。再行运算一番，便又露出很诧异的神情，又把头摇了一摇。复又仔细算了多时，一会儿现出十分悲怆的形容，一会儿又现出笑逐颜开的样子，便恢复了平时状态，且把那小童唤来问道："你在弓房那边，可见有人到那里盗弓吗？"

小童道："我在弓房后面，似乎听得有些声响，并没有见有什么人前来盗弓。"

方克峻不由讶道："这东西不但有那么大的妖法，还有这么大的胆量。看我的法力，把他们的牛黄狗宝掏出来。"

说至此,便向苏奇吩咐道:"你可到华山去,就说你妹子已被空禅劫得去了,请你黄师叔帮助我们峨眉一行。"

苏奇领命而去,便到华山石洞中来。就此华山开派宗祖黄精甫带了他大徒弟鲍剑星,衡山开派宗祖方克峻领了他大徒弟苏奇,分别到峨眉山去。这一场厮斗,好不厉害。

于今著书的这支笔,却又要回写到苏菱菇身上,写出菱菇的一段蹊跷历史,使诸君见了,气要气破心肝,笑也要笑穿了肚肠。

欲知后事如何,且俟十一回再写。

第十一回

僧空禅困斗女英雄
黄精甫力救双剑士

话说空禅那夜把菱菇掖在怀中,回到圆洞寺的地室下面,且将菱菇放在自己卧房里,却转到仙人洞去。见了莲谛,报告到衡山经过的情形。适值卫天球已将祁天鹏带到洞中,空禅也和天鹏相见一番,彼此各说了许多渴慕的衷曲。

莲谛当向空禅说道:"奇呀!你到衡山石洞去,虽没有盗得那一把弓,然而能把方克峻的女徒弟劫得前来,方克峻却和他的一班男女徒弟悄没有一人知觉。看来他的道法很是有限,纵有那一把弓,未必便能取我性命。怎么我的算法却没有一些把握了?我也但愿这般的算法没有一些把握,才是你我的造化。"

空禅听完这话,略同莲谛鬼混了一会儿,便又转到自己的卧房去。从茶壶里呷了一口冷茶,向菱菇顶梁上喷了几下。

菱菇从梦里惊醒过来,睁眼一看,粉腮上早羞得通红起来。却见一个精赤条条的大和尚,一丝不挂,像似一尊欢喜佛般,马跨到自己的身上来,不住地用手解松那纽扣儿。菱菇这一急非同小可,也认出这无法无天的秃驴,便是衡山派空禅师兄了。不禁圆睁杏眼,倒竖柳眉,握起粉团般的小拳头,向空禅左腰眼里打来。

空禅一见势头不对,一翻身,已下了云床,说:"来得好!这弄到我十年前的本行来了,我就且陪你玩这么一回耍子。"

那时菱菇因一拳打了个空,早从床上直拗起来,用一个海燕凌风式，下得云床。两足还没有落地，跟后又换一个叶底偷桃式，一脚就向空禅右腰眼里踢来。空禅忙使了个醉菩提的架子，虚闪一下，就换个海底捞月式。倏地菱菇把那只脚缩回了，因这地室的面积很大，有施展手脚的份儿，便又用一个鹞子钻空势。见空禅已有了防备，遂又变了个饿虎扑羊的身法。

空禅也觉得她的功夫不弱，急将身躯一偏，便一个鲤鱼打挺，让开她的双手，换了一个蝴蝶穿花式，来伤菱菇的前心。菱菇的身法很是矫捷，一个乳燕辞巢式，就穿到空禅的背后。空禅早换了个猛虎大翻身的架势，却和菱菇打了一个照面。

菱菇一面用手脚和空禅厮斗着，一面早运起气功，两道剑光便从两眼中射出来。空禅早防她要有这一着，口里不住地打着外国梵语，便吐出一道风飕飕、寒飕飕的黑光来。那黑光向上冲着，刚和菱菇的剑光碰个正着，如同仇人见着仇人的一样，只听得哧哧作响。

菱菇不禁暗暗叫了一声苦，看那黑气愈涨愈大，自己的剑光愈缩愈小，竟小得同蛛丝一样，早觉有一股冷气直冲心络，那剑光已不见了。并觉着冷气冲入咽喉的时候，周身的阳气竟施展不出，明知自己的气功已坏。

学剑的人，坏了气功，比寻常害病的人还加倍痛苦。菱菇那时就不由得叫了一声哎呀，一脚立不住，身体不由得向后一仰，一个龙拿虎掷的儿女英雄，竟似一匹小绵羊，心里更是一阵酸一阵疼的，四肢上却又软得像棉花一般的软，连动弹都不能自由，哪里还有什么抵抗的能力呢？

空禅收了黑光，不禁喜得一笑，仍将菱菇容容易易地抱到那云床上面。

此时，菱菇心里的伤痛，我编书的却苦说不出、写不出、画不出。她心里越是伤痛得说不出、写不出、画不出，那空禅一副快活心肝，也越跟着有说不出、写不出、画不出的快活。空禅不住地用手解着她的胸前纽扣，她不住用手在那里挣脱着。

正在这非脱不可、欲脱不能的时候,不防听得外面当当当响了数声,如同摇着响铃一般的响。空禅不由心里吓了一跳,忙向外面发话道:"什么事这样地大惊小怪,可是哪里反了人马杀上山来?"叫了一会儿,并不听得有人答应。

空禅连忙跳下床来,模模糊糊地披着衣服,出房去了。

菱菇看空禅穿一身尼姑的衣装,方才恍悟到,空禅改装将她从衡山洞中劫了出来,那时在匆忙之中,没有仔细看明他的面貌,哪里料到是他把自家劫得前来?忽想到这地方警铃作响,或者我们衡山派有人前来解救我了,如果有人前来救我,纵算我这性命是在这贼秃手里牵得回来。想到这里,转觉有些心安神稳,耳听着好消息。蓦地又想起一件事来,心头小肉不禁又鹿鹿地跳个不住。因自己在睡梦的时候还当作自己是个红花幼女,就怕这秃驴色胆如天,在我未曾醒过来的时候,早要丢尽我兄长的颜面,使我破犯师父的戒律,他已不许我做红花幼女了。心里不禁越想越怕,越想越跳得凶急,伸手向自己身上一摸,竟与往常无异,那颗心也就立刻稳住了。

再听外面的铃声转有些沉寂的样子。陡见一个人,凶神似的闪进房来。菱菇心虚胆怯,却怕是空禅又转得前来,早吓得魂灵飞上九霄云外,不禁一头向那石壁上碰去。

亏得那人手眼迅快,一把将菱菇拉转回来,说:"菱妹,你是怎么样的,可曾被那东西污了没有?"

菱菇一听是他的兄长苏奇的声音,伸一伸头说:"哥哥,我的剑功坏了,我险些没有脸面见我哥哥。"

苏奇听罢,这一喜非同小可,便将菱菇负在肩上,出了室门。却见迎面来了一人,不是别个,正是空禅。看空禅手里拿着一块红红的方巾,猛地向自己扬了一扬,登时便觉得有些头晕目眩起来,兄妹两人同时都暗暗捏了一把汗。又觉身体往上一抛,凌空与腾云相似,唯恐这一跌落下来,在势又不能施展手脚,怕不要跌得粉身碎骨?却不料身体一凌空,就好像有人将他们接住的一样。

苏奇兄妹还疑空禅是使的妖术，各自凝神一望，星光下，早见一个白袍老者，腰间系一副黄丝绦，伸手将他们兄妹接得住了。苏奇兄妹都不禁向那老者叫一声："师叔！"

你道这老者是谁？不是黄精甫，却是哪个？黄精甫当将他们带至华山石洞，一路上向苏奇说道："天球、天鹏都被我拘回华山，你们兄妹又劫得出来，我自己要办的事，以及你师父请我帮办的事，俱已办妥。其余的事，本该由你师父办理，我已令剑星辅助他一臂之力，断没有不满意的道理。你们兄妹随我回去，将息些好了。"

苏奇兄妹心里有说不出来的感激，因是自家的师叔，非比别人，却用不着对他说出什么感激的话。

看官要知，苏奇怎么会到空禅的卧房里呢？著书人在先，一支笔在那里忙着，却没有分写到此，于今趁着黄精甫把苏奇兄妹带回华山的时候，不妨按照当夜的情节，逐一写来。

原来苏奇这夜由华山回到衡山，见了他师父方克峻的时候，诉说黄师叔已带他徒弟到峨眉去了，约同师父和徒弟一齐向峨眉山去，好相机行事。

方克峻听罢，重又闭着眼睛，不知做了些什么活计。忽然睁开眼来，面上现出一种又惊又喜的神气，连忙吩咐小童把那弓箭取得上来。小童走到那间房里，口里念了一番咒语，容容易易把弓箭取得下来。

方克峻佩了弓箭，带着苏奇出了山洞。不消一刻工夫，已飞到了峨眉山上。在峨眉山前后探寻了一会儿，还不见黄精甫到峨眉来。方克峻好生惊讶，自己坐在山那边一座枯树下面，令苏奇在山前后再行探望一番，看他们可曾到来没有。

苏奇领命而去。好一会儿工夫，不但黄精甫师徒没有前来，连苏奇前去探望的人也不知跑向哪里去了。忽然抬头一看，见天空间有一团的黑影，像流星一般快，向山头上飞落下来，刚飞到那棵枯树下面。

方克峻知是华山派的人到了。谁知向那飞下来的黑影一看,不是黄精甫,认得他是黄精甫的大徒弟鲍剑星。

方克俊便问:"鲍师侄,你师父现在哪里,可和你同来没有?"

剑星道:"怎么没有同来?我师父曾吩咐我来,对师伯说我师父自己的事。至于师伯令我师徒帮办的事,由我师父担当办理,其余的事却由师伯办理。因苏师兄这回前来,必有一重风险,也得由我师父将他们兄妹带回华山,却令我来帮助师伯,拘获一班违犯戒律的人带到衡山,烧毁了这个鸟寺。"

方克峻明知黄精甫平日的行径,有鬼神不测之机,这回不来和我碰面,其中也许有一种奥妙机缘。于今听完了剑星这一番话,只猜不出其中是什么道理。

剑星又说道:"我师父曾说他自己承办的事,由他在今夜办理,师伯应该办理的事,须得由明日上午办理,更妥当些。"

方克峻听了笑道:"我何尝不作如此想?只是我的道法总不及你师父高强,不能有透彻的解悟。"

两人在树下谈叙了多时,忽见树那边闪出一个短童模样的人来说:"我师父的道法不错,果算得这古树下面有一个穿红袍的老者。"一面说,一面在方克峻面前抖下一封信来。

克峻、剑星见了,好生诧异,再看那短童,已不见了。

方克峻看那信封上写着一行米派的草字,是"克峻贤徒亲剖",却认得是师父桐叶道人的亲笔。方克峻不禁屈膝再拜,拆开那封信来,在星光下兀自看了一遍,心里便有些明白起来,便向剑星笑道:"我师父信中的意思,我这时虽未便说给你听,日后也许有你明白的日子。今夜圆洞寺是不易破袭的,我们且去山下游逛一番,正好明日上午,到山那边去相机行事。"

两人就此到山下去了,我且按他慢表。

单说苏奇那时领了他师父方克峻的命令,探寻华山派人是否到得峨眉山来,忽然转念想道:"黄师叔到峨眉山来,应该早就前来了,怎么我到衡山,再由衡山转到峨眉,黄师叔却还没有前来?黄师叔和我师父的交情最厚,我们衡山派和华山派向来是守望相助,痛痒相关。黄师叔已经准许我们亲自前来,却没有不来的道理,来时也不至延挨这多久的工夫。想必他们师徒两人已到圆洞寺里去了。"

想到这里,他也模仿着他师父方克峻的算法,把两个眼睛闭了一闭,运算了好久时间,不禁眉开眼笑起来,自己对自己说道:"不错不错,我到圆洞寺去探访一遭,自然我妹妹可以脱险,自然我们兄妹二人得在那里会见了黄师叔。"

一面想,一面便使用运气飞腾的功夫,伸开了两只膀臂,向山坡下飞去,竟似风飘黄叶般地飞落在圆洞寺的正殿上面。在屋上拾了一片瓦,向地下一掷,觉得下面没有些动静,便从屋上飞落下来。见正殿上塑着三尊大佛,在一盏琉璃灯下,越显得金身灿灿。殿上悄没有一人踪迹,便抽身走出了殿门,向后面走去。刚走到殿后一间寮房外面,看那边有一眼枯井,上面盖着一个大石鼓。苏奇的眼光最锐,能在黑夜里数着指上的螺纹,于今却一眼看到石鼓上握手的所在,却像被人捏得很光滑的。苏奇好生诧异,忙又将身子跳得上屋,伏在那屋瓦上面,果然停不多时,便见一个尼姑从对面寮房里走到井旁,伸手轻轻搬开石鼓,向那井下便跳。却被苏奇看在眼里。

苏奇知道这是走入地室下的一种机关,又从屋上蹿得下来,纵身向那枯井跳下,跳下去好像有十来丈深,一条隧道便现在眼前。隧道旁边,有一间小小的石屋,两边的木杆都安着一例的警铃,上面都排着一盏路灯,照彻得如白昼一般。却听得一阵阵呼卢喝雉的声音,似乎那石屋里有许多人赌钱。

苏奇急走到那石室后面,见那石室像似猪圈一样。上了石屋,头向下,脚向上,一个倒卷珠帘式,向门里窥探着。果见有好几个男女僧俗人等团聚一张小小石桌上面,在那里掷花骨头耍子。内中却有那个由枯井跳下去的尼姑在内。

忽然又见有一个女子匆匆走得前来。苏奇怕被她瞧见了,仍将身子回到屋脊上面,却窃听那女子走进门来说:"你们倒会寻快乐呀,可知仙人洞里出了大乱子了!"

欲知后事如何,且俟十二回再写。

第十二回

罗汉戏观音爱河没顶
妖光吞剑火赤日当空

话说众赌徒当向那女子问道:"仙人洞里究是出了什么乱子呢?"

那女子道:"这件事连我们教主也不明白是什么道理,一个是嵩山派的祁天鹏,一个是泰山派的卫天球,正在洞里和我们教主对面谈心。陡然他们同时都叫了一声哎呀,便不见了。我们仙人洞里,向没有出过这样的大乱子,有多大本领的人,敢在我们教主面前使弄他的神通呢?便是那个苏菱菇,却被空师的一炷闷香闷倒在他的卧室里面,此时空师已回到他卧室里,要和菱菇结欢喜缘。我们教主却又未便去惊动他,只吩咐我们各存戒备的心是了。我们都停止歌唱,各自回房。想不到你们这里,还听你们吆五喝六,耍这花骨头,你们真好快乐。"

那女子说完这话,众赌徒便也暂时停止了他们赌钱工作。

就中有一个男子的口音,向那女子笑道:"新姑娘,我道是什么事惹得你这样大惊小怪起来,祁天鹏、卫天球在仙人洞里不见了,却干我们甚事?我怕新姑娘的卧房和空师的卧房联络一处,就同一朵并头花一样,新姑娘和空师平时那种挤眉弄眼的情形,哪一回瞒得过我?新姑娘的耳朵最快,我怕你在那间室里,听着这间室的隔壁戏,你不要笑死,也要恼死。"

那女子笑道:"你倒会挖苦人呢!我是同他清水下杂面,没有半点儿交涉的,各自干各自的事,我问他做什么?那些事儿,就是真火烧到头顶上,呷一杯冷水,也止住了。我当真就这么下贱吗?"一面说,一面便笑向门外去了。

苏奇在屋上听到这里,早已急得三尸神躁发,眼见这女子走出门来,便悄悄随在她后面,远远看她走到一间石室里去了。

苏奇看这石室东首,还有一间石室,比这石屋的规模还大,一时救妹子心切,就怕空禅在那石屋里面和他妹子厮缠得开不了交,自己的本领又怕敌不过空禅。眼看那一例排着警铃,心里登时便有了计较,便溜到那木杆旁边,摇了一摇,只摇得当当当作响。苏奇便悄悄从僻路兜向那石屋而去,两脚不敢踹在实地,怕踹中了下面的油线机关。

果然警铃响动了一会儿,苏奇便看那石屋里面跳出一个光头秃顶的人来,直向前面走去。苏奇看他走得远了,虽然木杆上的警铃当当当连响了一阵,大约地室中人都存着戒备的心思,却没有见一个人在外面东张西望。

苏奇便到那石屋里背出了菱菇,又遇空禅使弄妖法,在那呼吸存止的时候,不是黄精甫暗中来解救,却如何能逃出圆洞寺一步?因为以下这三种情节,在上回书中已经交过排场,却毋庸缕缕细述,这支笔却又要回写到空禅身上去。

原来空禅那时听得警铃响动,忙不迭地出了卧房,眨眼间已到仙人洞里。看莲谛手里握着两块红红的方巾,坐在那云床上面,便有衡山派一班师兄、师弟,一个个都提着宝剑,保护着莲谛,像似准备有人前来厮杀的样子。那一对对狡童、少女,这时都不知躲向哪里去了。

莲谛一见空禅来了,说:"外面有什么祸变?你可拿我这东西到外边去巡查一会儿。"

空禅回说:"没有见得什么祸变。"

一面说,一面便接过莲谛手里一块红红的方巾,出洞巡查一会儿,又没有见外面有什么敌人走得进来。恰又走到自己卧室左近的地方,却看苏奇负着菱菇,从自己卧室里走出来,空禅便把那块红红的方巾向苏奇面上一扬。

这一块红红的方巾，是他们峨眉派用的一种纯阴袭阳法。纯阴袭阳法和摄阳回阴法大不相同，摄阳回阴法是他们峨眉派人的一种软功夫，纯阴袭阳法却专将这块红红的方巾作用。因为这块红红的方巾，系用女人的月经炼成，仗着他们峨眉派的妖术使用出来，阴极格阳，能使中毒的人轻则头晕目眩，像似天旋地转一般，重则周身的阳气发泄无遗，以致七窍流血而死。

欲破这纯阴袭阳的妖法，非用火气不可，若在赤日炎炎之下，这妖法便使用不灵了。苏奇是南岳中的人物，南岳派的功夫，不外火气作用。苏奇兄妹虽为方克峻的徒弟，但功气的火候还未练到十足的时候，多少却也有几分的成绩，所以被空禅用那纯阴袭阳的妖法，将那块红红的方巾向上一扬，只觉有些头晕目眩，却不能伤害他们性命。

那时空禅把这块方巾向上一扬的时候，却见苏奇兄妹的身体陡然凌空，山石若无障碍，从此便不见他们的踪迹了。空禅不由暗吃一惊，却不疑是黄精甫前来解救他们，转疑苏奇的道法有冲墙入石的妙用。回想苏奇虽是师父门下的首徒，他的法力原不及自己高强，怎么一别以来，他居然练出这么大的本领？但见他因自己使用纯阴袭阳的妙法，便逃之夭夭，他的气功虽有几分火候，毕竟还怕我们峨眉派中纯阴袭阳的妙法。

想到这里，心中转觉宁帖些，放开胆量，在圆洞寺上上下下寻查了一会儿，哪里还寻到苏奇兄妹呢，便又转到仙人洞去，报告莲谛。

莲谛道："我方才轮算了一会儿，却算得是华山派人把这东西解救去了，他们今夜已回到华山，无论如何，未必再到我们圆洞寺来。于今我倒想起一句话来，你能依得我一件事，我便把这话说给你听。"

空禅道："教主要我依你什么事儿？"

莲谛向两边望了望，见还有许多衡山派犯戒的徒弟，各自捉着宝剑,站在那里巍巍不动,便说道:"你们都给我传话出去,叫地室中人一律不用戒备,你们大家都寻些快乐才是。"

那些衡山派犯戒的徒弟领会莲谛是借此遣开他的意思,便大家一哄,都笑着出去了。

莲谛却从帐幔后面唤上一班童男、少女,吩咐他们奏起乐来,又向空禅说道:"我这几日心绪不宁,今夜却算得华山派黄精甫永不再来和我为难。你我的性命又不该丧死在衡山派人手里,我心内转又开了一朵欢喜花。"

一面说,一面将空禅拉到云床上,笑得哈哈地说道:"你这身体,从今便算我的了,不用胡乱再去寻野食吃。好心肝,我叫你依我的事,便是这件事。我对你要说的话,也是这一句话。"

空禅也笑说道:"教主可记得那一夜?你叫我在这里睡,我对你总有些生怯怯的。教主笑着叫我脱小衣服,我还没有解着纽扣,你口里不知说些什么,已将我这一身的白肉露出。你在我背上击了一下,骂我是蠢牛,可恰我这蠢牛,真是蠢不过,却忘记向教主问明那是什么玩意儿,足足地和教主忙了大半夜。教主真个好热劲儿!"

莲谛听完这话,眼睛里几乎笑得一条缝了,说:"你不要再嚼舌头。"

空禅笑道:"不说不说,我们干正经。"

作书的也不知他们的什么正经,直干到天光大亮,两人再不搭话。刚合上眼,忽地莲谛在怪梦中惊醒过来,推着空禅说道:"咦!你醒来也未?"

空禅把眼睛揉了一揉,问:"教主是怎么样的?"

莲谛道:"我心里有些跳得慌,咽喉里好像要冒出火来了,难道我的性命真个要断送在方克峻匹夫手里不成?他既来寻我,我纵极力躲避他,也是躲避不来的。空禅,我怕你我的缘分,前一度是罗汉戏观音,这一度要成永诀,怕是观音别罗汉了。"

空禅问:"教主可曾做了什么怪梦?"

莲谛不肯说，迟疑了一会儿，不禁叹道："我想这梦不验罢了，哎呀呀，我夜间那一副快活心肝却抛到哪里去了？我心里这时转又觉有些热辣辣的，好像半点儿力道也没有了。"

两人就此起身妆洗毕，适值这日山前山后的人来写缘，莲谛略和那些人敷衍了一阵，回到方丈室，便向空禅说道："有一个十来岁童子，和一个十四五岁的小姑娘，我看他们像是嵩山派人，你赶快把他们带到方丈室，用好言劝他们归附我们峨眉派，劝不来，你就给我了他们的账。你照我的意思做去，要紧要紧。"

空禅领命而出，便将石胆、铁娘二人带进方丈室。这是第五回书中的事，在诸君记忆力稍强的人，应该记得。

那时空禅把石胆、铁娘带到方丈室，却不见莲谛是在哪里。及至石胆、铁娘用最后的手段，各自放出两道剑光来，一齐射在空禅的身上，却又不见空禅的踪迹了。那四道剑光落在对面墙壁上面，就凿成四个窟窿，铁娘听得外面有一阵呼火的声音，便负着石胆，从窟窿里钻出去。忽觉石胆已不在背上了，究是怎么一回事呢？

其时在铁娘、石胆方面，还疑惑这其中的缘故，完全是空禅使的魔术，其实这当儿，却正是方克峻和峨眉派人斗法的时候。莲谛在先见空禅去了，很有些坐卧不宁的样子，便回到仙人洞去，唤几个童男、少女唱着曲儿开心，要抛开那时的烦恼。

不一会儿，便见一个女子慌忙进来，噪道："不……不……不好了，外面起了火了。"

莲谛听得这般消息，吃惊不小，吩咐那女子拿着警铃一摇，便有许多衡山派犯戒的徒弟走进洞来。莲谛令他们把守洞里的机关，亲自就走出洞来一看，见半空中红光缭绕，又像火光，又像珠光。这时天上起了一层黑云，遮住了日光，耳边听得一阵阵呼火的声音，好像有许多人要到圆洞寺来救火的样子。在那红光之下，看有好几个尼姑，手里扬着红红的方巾，使用着纯阴袭阳法,把那红光抵敌得不能下来。

忽然从破云里吐出一个红红的太阳来,煞也作怪,那空中的红光,当这赤日中天之下,如同平白地添了救兵的样子,却越发红得厉害,把屋上的、瓦地上的树木都照映得红红的。说时迟,那时快,似乎见那一团红光中间,分射下两道红色的剑光来。剑光到处,就听那许多的尼姑各自叫了一声哎呀,都被那剑光杀得一颗头变成了两半颗。

莲谛一见势头不对,便要回到地室中去。好像那红光要从当头顶上直罩下来,莲谛便不禁口里念念有词,喝一声:"疾!"只见有一道白光,从她口里直喷上来。这原是莲谛练的一种最厉害的摄阳回阴法,只见那红光碰到了这道白光,便像似倦鸟归巢的样子,都掺入那白光里,现出一种粉红色的光来。莲谛不由暗暗心喜。

忽然那红光又从白光里伸吐出来,而伸吐出来的时间,比掺杂进去的还来得迅快,一会儿,上面红光便和下面的白光划分两截。红光红得像血一般红,白光却白得像雾一般白,那红光却见这白光在下面紧抵着,好像仍现出退避三舍的样子。那红光不住向上地退着,那白光也不住向上地进着,一步紧逼一步,丝毫也不肯相让。

忽然莲谛听得嗖的一声响,却疑惑那红光上面有弓箭射了下来,回想梦中的事,却不禁有些心惊胆怯起来。就在这虚吃一惊的时候,那白光从此便矮得下来,却还不见有弓箭射下。那白光向下退一步,那红光又向前进一步,那白光愈缩愈小,那红光却愈涨愈大,在空中盘旋拿掷,转又显出自鸣得意的样子。转瞬间,那白光便缩小得不见了。

莲谛到这时候,就知道自己的法力坏了,不禁打了一个寒噤,但想逃,已被这红光逼住了,逃不脱放出红光的人手掌。却见从那红光里闪出一个红袍的老者来。

欲知后事如何,且俟十三回再写。

第十三回

僧空禅斗法圆洞寺
方克峻火烧峨眉山

　　看书诸君大略猜着这位红袍老者便是方克峻了。方克峻在昨夜看过他师父桐叶道人那封信后，心里早有了一个着落。当和鲍剑星到山那边去逛了一会儿，两人便又盘在一块山石上面，坐以待旦。

　　方克峻忽向剑星说道："鲍师侄，你师父给我帮办的事已经办好，却留你来帮我日间到圆洞寺去。但据你师祖信中的意思，明日到圆洞寺去，却须得你和我同去。不过那时要听我的主意做去，是不会错的。"

　　剑星道："师父令我帮办师叔，自然要听师叔的调度。"

　　方克峻笑了一笑，眼看天光大亮，剑星便请克峻且到圆洞寺左近所在，探问一回。方克峻只不理他，又带着他在那边看了一会儿山景，直到上午的时候，方克峻道："时候到了！"旋说旋同剑星使用飞行的法术，飞向圆洞寺的所在。

　　方克峻便从身边取出一道符来，贴在剑星胸间，说："此符的功用，大得不可思议，如果一位光明正直的剑侠人物贴着这道避火符，便能入火不烧。休论是世间凡火，便是三昧真火，也烧不了你的一根毛发，且能在火光中奔腾驰骤。这意思你可明白了吗？"

　　剑星听罢，把头点了一点，就此方克峻便运足了剑字门的气功，放了一把三昧真火。那火光愈放愈大，向下面烧着。煞也作怪,仿佛下面有东西挡住了似的,火光只盘烧着,烧不到下面的一片砖瓦。

当方克峻用三昧真火烧圆洞寺的时候,正是石胆、铁娘放出剑光注射空禅的时候,在空禅借用土遁出方丈室的时候,正是铁娘、石胆从方丈室里钻出来的时候。究竟那时石胆被什么人劫去的呢?

当空禅用法力将石胆带到迷魂阵的时候,正是鲍剑星误认铁娘、石胆为峨眉派人,要从火光中冲下来擒捉铁娘、石胆的时候。剑星却不料在火光冲下来的时候,单擒铁娘一人,又不料铁娘便是他师父黄精甫的掌上明珠。那时剑星把铁娘擒得上来,便听方克峻吩咐他带着铁娘回华山去。剑星却不明白方师伯吩咐他到华山去是什么道理,也只听受方克峻的意思做去。更料不到他师父竟会认出铁娘的道理。

方克峻在吩咐剑星带铁娘回华山的时候,气功略一停顿,三昧火却未停止焚烧,一换气,那红光越发涨得厉害。

方克峻在那里放出三昧真火,下面圆洞寺的尼姑却扬着那红红的方巾,借用纯阴袭阳法,想抵挡他的三昧真火。圆洞寺里的尼姑虽逃得过毁骨焚身的死剧,却逃不过他放出的那道剑光。莲谛虽没有被方克峻的剑光伤害,却终究敌不过方克峻的三昧真火。

著书的作这几种关节,看书诸君回想到前几回事实,大半已明白了,却不用作书的不惮辞烦,浪费了许多笔墨。于今要向下写去,自然还在方克峻身上向下写去。

那时方克峻在光中闪得下来,好像自己在斗法的时候用力太猛,也有些吃不消,便收摄了三昧真火,指点着莲谛笑道:"你的法力也很不小,胆量更大得骇人,你引诱着我们衡山派的徒弟犯了戒,却又要盗劫我那一把宝弓。于今一班的也落到我的网里,看你还有什么方法能逃脱?你以为不应该死我手里,就不怕我吗?你也尝过我手里这把弓的厉害,我只拉着这把弓虚响一下的时候,你的法力是到哪里去了?"

方克峻在说这话的当儿,忽听得有人敲着山门。及至方克峻把这话说完了,那些人早已破门而入,一窝蜂地拥得前来。

原是圆洞寺左近的人家,看是圆洞寺失火,便啸集了一班山农,到圆洞寺来救火。却见寺门关起来了,看上面的火光旋绕在方丈室上面,像似要烧又烧不下来的样子,大家好生诧异,都在那里纷纷议论,说:"圆洞寺里莲谛活菩萨,真个神通广大,道力无边,上次圆洞寺的房屋被狂风吹倒的时候,却没有压伤寺里一人。此回烧了这么大的火,却又烧不着圆洞寺的一片屋瓦,她不是个活菩萨是什么?"

大家在那里谈谈说说,先前还有人呼着灭火,以后都围在那里看热闹,反有隔岸观火、引为奇观的快乐。

一会儿工夫,又见火光下面射上一道白光。一会儿,那白光、火光都不见了,却又变成一道粉红的光。一会儿,仍现出一道火光、一道白光。一会儿,那火光、白光都不见了。

山农见这许多奇奇怪怪的现状,转又觉得诧异起来。有几个性急的,早把山门敲了一会儿,便夺门而进,就此一拥而前。看见那个莲谛活菩萨矮下了半截身子,在一个穿红袍的老者面前,不住地瑟瑟发抖。

山农看那老者腰间挂着一个箭囊,手里拿着一把弓,反疑他是绿林道上的老响马,到圆洞寺趁火打劫,勒逼活菩萨交出钱财。就由一个山农喝道:"还不动手拿住这老强盗,更待何时?"

众人就此一齐上来,盘辫子的盘辫子,捋衣袖的捋衣袖,想把方克峻拿住。先行捶打一顿,再共同处决他一个死罪。只是分明看着方克峻立着没动,却好像他站立的地方有四五尺周围,如隔了一层玻璃的样子,可望而不可即。

方克峻笑道:"你们真是好歹都不懂,却把这无恶不作的妖僧当作是一尊活菩萨。你们不要遇事生风,想在我面前翻一个跟斗是翻不来的。我叫她弄出一些证据给你们看。"

说着,即向莲谛笑道:"你这会儿已不能再在圆洞寺里住持了,漂亮些,就得把我们衡山派人交出来。"

　　莲谛听罢,只是唯唯答应,忙请方克峻随她到后院枯井旁边。那些人也就随后跟得前来。莲谛俯首向那井眼上叫了一阵,却从那井里先后跳出了许多的闲汉出来。那些闲汉都是方克峻的徒弟,内中却夹着一位不男不女的空禅和尚。他们见方克峻一手紧捏住莲谛的手,丝毫不放莲谛有逃脱的份儿,也不禁都吓得面无人色。

　　方克峻口中叽里咕噜念了一会儿,便见空间有许多红盔红甲的神兵神将,纷纷飞落下来。原来方克峻对于驱神伏鬼的软功夫,也有了好几分的造就。但见那些神兵神将不容分说,把衡山派的犯戒徒弟绳捆索绑,一齐押到空间。

　　那一众山农都看得呆了,转瞬间又不见那些神兵神将和众闲汉的身影,只有一道一道的金光,如流星一般的快,直飞向东南而去。

　　再看那个空禅,正在那里使用敛阴回阳法,却敛藏着阴气,伸吐着阳气,也见有一道红光遮住了他的身体。方克峻不由笑了一笑,将那把弓向他虚响一下。好奇怪,空禅听得那弓弦一响,好像有一条小龙飞舞而来,空禅看见这条小龙就像鸟雀见了凤凰,虎狼见了麒麟,心里早吓得直抖起来。就在这大吃一惊的时候,周身的阳气不知弄到哪里去了,那红光也就登时消灭。

　　空禅却见那一条小龙在他身边打了一个招呼,便不因不由地身体缩小了一半。他腰间的裤带本来系得很紧的,就在这身体缩小的时候,裤带一松,那裤子便跟着褪了下来,露出裤裆里一件累累垂垂的东西来。一众山农见了他这件东西,想不到圆洞寺里的知客尼僧腰间会显出这么一个小和尚来。倏地那小龙又不见了,空禅却仍恢复到旧时的体格,用手系好了裤子,不住向方克峻叩头。

　　方克峻道:"我是不害你的性命,你若要问谁人能伤害你的性命,除非是嵩山派人方有这威福结果了你。"

空禅听了一喜,暗想,有一个嵩山派人被我押在迷魂阵里,这回我师父是免不了用三昧真火烧毁了这圆洞寺,怕那个嵩山派人不要被火烧得头焦额烂吗?

空禅在这里想着,方克峻在那里使用道法,倏然间又不知空禅被方克峻押到哪里去了。

当下方克峻又向莲谛说道:"那仙人洞里还有许多的童男、少女,这时讲不起,我同你到那里去一次,我不怕你使用法力,并不怕你那地室里有什么机关。"

那一众的山农听到这里,却见方克峻拉着莲谛的手,把身体虚晃一下,便不见他们踪迹。大家更是诧异不小。

好一会儿工夫,只听得咔嚓咔嚓的一阵响亮,看那地平面裂了一大块。众山农都张皇失措起来,回头看方克峻仍拉着莲谛站在廊檐下面,后面还站着一对对的红男绿女,只不曾看清他们是怎样出来的。

方克峻早已看出一班山农的意思,见了圆洞寺这种无法无天的所在,平时信仰莲谛的道法到了什么程度,这回气恼莲谛的心思也到了什么程度,便向那众山农说道:"你们这山下是属雅州的辖境了,仰托你们给我帮一帮忙,把这东西和一对对的童男、少女都押到雅州去。这东西的法力已坏,你们尽管押着她前去。国家的王法,虽不能处置这东西的死命,却可以由她亲口供招出来,使这许多的男女得各有所归,这事就得仰仗雅州大老爷的鼎力了。"

一众山农听了,都齐声诺诺,把莲谛和一对对童男、少女一齐押到雅州衙门。

雅州府的大老爷薛怀琛得了这样消息,立刻升坐大堂,先传上几个山农,略略讯问一番,不由拍着惊堂木骂道:"你们这些蠢牛,乱说些什么?圆洞寺的住持、尼姑,谁不知她是个道行高洁的高僧?便是本府也是她寺里一位护法。"薛怀琛一面说,一面吩咐把那一对对的男女带上堂来。

忽有一个十五六岁的童子,向薛怀琛喊了一声:"哎呀!"

薛怀琛也对那童子叫了一声:"麟儿!"

原来那童子正是薛大爷的少公子,学名唤作锡麟,在二年前失踪不见。据薛锡麟对他父亲说,是圆洞寺的住持尼僧将他拐到圆洞寺地室下面,乐而忘返,且不知地室下面的种种机关。二年以来,并没有走出地室一步。

薛怀琛听了,忙令一个爷们将麟儿带到上房,和他母亲相见。一面便来讯问一众的童男、少女,无如他们一众童男当中,都宛然不复记忆前事,一班少女当中,都是名门的闺秀,被圆洞寺的尼姑拐到仙人洞里去,这回事机泄露,他们都羞得恨无地缝可入,始终不肯吐出真情。好容易从莲谛口中供出实在情形的口供,薛怀琛登时便有了主意,一面便飞发文书,将一班童男、少女分别发送回籍,一面便调齐城中的兵马,将莲谛押赴刑场。不料在半路之上,忽然不见莲谛的所在,众兵士只得回归雅州复命。

薛怀琛因为不见莲谛的缘故,很受上峰官的一番处分,因为这些事和本书无关,在下也不用去写他。

且说莲谛那时忽然不见了,在诸君的心里,以为这妖僧真个逃脱了不成?谁知莲谛已被方克峻用法力提得去了。

原来方克峻自从众山农押着莲谛和一对对童男、少女到雅州去后,便坐在那天井中间,仍运用他的内功。不一会儿,就张口喷出一般烈焰,只绕着圆洞寺焚烧。这当儿,却没有赶来救火的人了。一时狂风大起,真个风行火势,火助风威,只不消片刻的工夫,把一座禅寺已烧成了一片焦土,只有一座鼓楼没有被火烧毁。

方克峻看那火烧到鼓楼上面,不一会儿工夫,那鼓楼上便闪出万道的金光。那火光碰着金光,斗了好一会儿,便退得回来。但火光一退下来,那金光也倏地不见了。

方克峻暗暗叫了一声："奇怪！"收了气功，忙到那鼓楼上面，看四壁的砖石已烧得红红的，恰没有看见一人。却见那鼓高有四尺、约有一丈开外的围圆，上面还粘着一道符箓，并不曾被火烧毁。方克峻用手揭去符箓，一拳打碎了鼓皮，见鼓里睡着一人，鼻息如雷，像似已经睡熟的样子。方克峻不由暗吃一惊。

欲知后事如何，且俟十四回再写。

第十四回

鼓楼救豪杰侠气干云
石屋遇淫娃春情似茧

话说方克峻一拳打破了鼓皮，看鼓里卧着一个童子，约有十一二岁，韶颜俊貌，迥乎与寻常童子不同。在那里打着呼声，像似已经睡熟了的样子。

方克峻这一惊不小，用手尽性抱着他摇了几摇。那童子仍昏沉不醒。便紧紧附着他的耳朵叫道："醒来！醒来！"

那童子方才停止鼻息的呼声，睁开眼来，定一定神，看见一位红袍老者站在面前，不由哇地哭起来了。说："我的铁娘姐姐呢？我的铁娘姐姐是到哪里去了？"一面说，一面便从鼓里跳出来。

方克峻在他从鼓里跳出来的时候，见鼓底有许多线香粗细的小孔，才恍悟这小童闷在鼓里，因为尚透有这缕缕的空气，所以不曾将他活活地闷死了。当一把拉住他的手问道："你躲在这鼓里做什么？你问的是哪个铁娘姐姐？"

那小童仔细将方克峻望一望，见他从英武中露出和平的神气，并无半点儿伤害自己的意思，又回头向外望一望，见峨眉山还是一座峨眉山，只有这圆洞寺已被焚烧得剩了一座鼓楼，只不知是何人前来烧毁了圆洞寺。但因那老者操弓佩箭，想必也是烧毁圆洞寺的一人，便也毫无畏惧，向方克峻诉说了一阵。

方克峻听罢，更是诧异不小，心想，怪不得这鼓楼上闪出一道一道的金光，没有被我三昧真火焚烧，原来这鼓里还睡着这么一个空前绝后的剑侠人物，那金光想必是他的元神了。我师父夜间有信到我，曾说我不能处置空禅、莲谛的性命，我想不是我自己的法力不能伤死这两个东西，却是我的威福及不上伤害这两个东西的意思。我在先曾轮算了一番，知道圆洞寺要毁在我手，知道这两个东西要死在嵩山派人弓箭之下，就越相信我师父这信中嘱咐我一种的话不错，他不是嵩山派人吗？他不是嵩山钟师兄的徒弟金石胆吗？

想到这里，便向石胆将火烧圆洞寺的种种先后情形，述了一遍道："你师祖信中的种种意思想来，铁娘已幸喜无恙，卫天球、祁天鹏两个东西，现今早被你黄师叔黄精甫拘到华山，便是我的大徒弟苏奇和女徒弟苏菱菇，也被你黄师伯劫得去了。这莲谛、空禅两个人妖，却合该死在你手，你的福分可也不小。"

石胆略向克峻谦谢了一会儿，便同克峻下得鼓楼，还没走有一箭多路，只听咔嚓一连响亮。回头一看，那鼓楼早已倒塌下来。

方克峻却信在先鼓楼着火的时候，已烧得支撑不住，不过仗着金石胆的元神，将这鼓楼撑得住了。金石胆下得鼓楼，便不由得有些战栗不安地坍倒下来。这话说来很有些叫人迷信，但据方克峻那时的意思，却信得自己估得不错。

至于金石胆如何被空禅押到那鼓里去，那鼓里摆设着什么迷魂阵，这些事，金石胆已对方克峻说了。方克峻却也明白得很，但是编书的不在这里说穿，不是我故意留下这么一个闷葫芦，盖迫于文情和笔阵的要求，有不得不然之势。

于今且说方克峻和石胆，当日又在那圆洞寺的所在，封塞了地室里种种机关。他们练道法、剑术的人，白日劫人，在平常人惊为奇谈，他们却当作一件很平常的事。

方克峻那时和石胆离开了峨眉山，知道那官衙里种种手续已经结束，但因为自家的法力尚不能随便伤死莲谛，岂那时候不成国法的国法，可以处置莲谛的死命，可怜莲谛在俯颈就刑的时候,似乎自家的身体已不知不觉地出了刑场,身上刑具一些也没有。就这么恍恍惚惚地到了一种所在,也不知恍惚中经过了多少时间,及至睁眼一看,远远就见那个穿红袍的老者,站在一片树林下面,把一把弓、一支箭授给了一个生气虎虎的童子。

莲谛一眼看见这童子的模样儿,想起那夜梦中的事,便不禁跪在地下,向着那童子叩头。无如她已犯滔天的罪恶,岂叩头所能了事的? 一支翎箭便了结她的终身冤孽了。

这时候,适逢铁娘从华山到来,和那童子金石胆师姐弟相逢陌路,便由石胆介绍她见过衡山开派宗祖方克峻,一路同到衡山石洞,看方克峻把衡山派的犯戒徒弟一一处决已毕,又仗着金石胆的威福,一箭射死了空禅。铁娘便越信得石胆的威福大得骇人,师父所说的话果然不错了。

看官须知,这是七八回书中的事,此番是回写那两回的文字,却不用铺张扬厉,再把那些情节按部就班地复写出来,也只得在这回书中虚掠一笔。

其时方克峻便向铁娘、石胆说道:"在三月以前,华山开派宗祖黄师弟曾对我说,凭我们的道法,未尝及不上做开派宗祖的资格。但传徒弟不是一件当耍的事,徒弟违犯了戒律,自然师父不能曲徇私情的。若看那徒弟行径靠不住,将来总有违犯戒律的一日,要你收这徒弟做什么呢? 徒弟看来不是一个违犯戒律的徒弟,却终究违犯了戒律,要你教这徒弟做什么呢? 你教的男女徒弟很多,我收的男女徒弟不少,请你看看我的徒弟怎样,再查查你的徒弟在外面犯杀犯淫犯戒又怎样。你要晓得收留犯戒的徒弟,纵容犯戒的徒弟,师父的罪恶比徒弟还大。你多一分罪恶,即减一分福气,若再把传徒弟当作一件好耍的事,你这个开派宗祖就很不容易做下去。你是我的师兄,我爱敬你,却不能不向你说。黄师弟这篇话,琅琅入我耳朵,点点记我心头。你们见我今日拘办犯戒的徒弟是怎么样,你师父将来惩治你那大师兄是怎么样,再看泰山开派宗祖惩治他大徒弟卫天球又是怎么样。

我做开派宗祖,就因把传徒弟当作一件好耍的事,现今是怎么样。你们将来一个做五岳名山的首揆,一个也算五岳名山的副首揆,若把传徒弟当作一件好耍的事,将来又是怎么样。黄师弟因我是他的师兄,他爱敬我,想我轻罪惜福,才对我说这话。我因你们是我的师侄,我爱敬你们,想你们添福避罪,才对你们说这话。你们别要倚着法力浅而凤根深,年纪小而福分大,便用不着惜福避罪。可知莲谛那么一个凤根深、福分大的人,尚用不免有今日的结局,你们应知莲谛所犯的罪,未必是莲谛一人犯的。我收留纵容一班违犯戒律的徒弟,我的罪恶不小,但劝你们将来不肯收留违犯戒律的徒弟,不致迷失来路。我因你们轻一分罪,即重一分福。"

方克峻说完这话,铁娘、石胆都唯唯听命。

忽然苏奇、菱菇回来了,见了方克峻,具述在圆洞寺经过的情形,并言卫天球和单雷对峙的缘故。单雷已被黄师叔放回恒山,自家兄妹在华山修养些时,黄师叔却令将天球、天鹏带到衡山,交给金师弟带回嵩山石洞。

方克峻听了大喜,便令苏奇将天鹏、天球提到阶下。天鹏、天球因和单雷对峙的时候,已拷得体无完肤,四肢也没有力了,皮肉也疼痛了,走一步路,也有些吃力的样子,全不像曾做过道家功夫的人。此时被苏奇兄妹押到衡山,登时都觉得筛糠也似的发抖。再看方克峻板着冷酷的面孔,实无颜说出告哀乞怜的话,也就不向方克峻说什么了。

方克峻却取出一个布袋来,将天球、天鹏盛在里面,把袋口紧紧扎好,令石胆把口袋背在肩上,并说:"这两个畜生的道法已被你黄师叔取去了,他们一切转不如常人。你放胆带着他们回去便了。"

石胆看两个这么大的人竟盛在一个可容斗米的口袋里,已是奇怪极了,再把这口袋负在背上,觉得又没有一斗米重,心里就更加诧异不小。唯有铁娘明白这是袖内乾坤、壶中日月的一种道法,当和石胆向克峻辞谢一番。

克峻将他们送出山洞,也就对他们说一声:"后会有期,前途愿自珍重!"便仍回石洞去了。

这里石胆负着口袋,铁娘挽着石胆的手,一飞冲天,只消一会儿的工夫,已回到嵩山岳麓。

打云间飞下来的时候,石胆看见前面有一棵大榆树,高可十丈,四围都围着许多的小榆树,好像诸孙罗抱阿家翁的样子。铁娘仍挽着石胆的手,腾到树颠,却见树丫中间有桶口大的一个圆洞,铁娘挽着石胆,猛地向那圆洞里跳去。石胆不由叫了一声哎呀,两脚已经落地。看铁娘仍然挽着他的手不放,站在面前。再看上面的圆洞已不见了,前面却是一条石道。

在那石道上走上一会儿,又转了一个弯,石胆见已到了自家学习剑功的一座石屋。走进了石屋,便把那口袋放在铁槛里面,遂同铁娘回到他自己的房里。猛然看见石床上卧着一个老叫花子。

那老叫花子见石胆同铁娘走进来,便问:"金师侄,你认得我吗?"

石胆看那老叫花子不是别人,正是当初把他带到嵩山石洞的老叫花子。曾听师父说过,知道他是自己的师叔朱子民,便不由挽着铁娘,各向朱子民行了一礼。

朱子民又向石胆问道:"金师侄,你这性命可知是谁救下来的?"

石胆听他的话,便回道:"还不是方师叔把我救出鼓来的吗?"

朱子民便笑了一笑说:"金师侄,是方克峻把你从鼓里救出来的,不错,金师侄不妨把那时失陷圆洞寺的情形说给我听。"

石胆听罢,便按照那时间的情形,粗枝大叶说了一遍。

原来石胆被空禅用魔术拘到圆洞寺地室下的时候,空禅猛地飞起一脚,向石胆顶额上踢去,说:"去吧!"

要是寻常学习剑功、道法的人吃空禅踢这么一脚,不拘你修炼得多年的功夫,就被空禅那一脚踢得前功尽弃,从此昏沉过去,一些人事都不知了。谁知石胆却又不然,空禅在那一脚踢起来的时候,看石胆仍像行若无事的样子,顶额上红也不红,反把空禅的脚指头踢得有些疼起来。空禅很是诧异,便算定不是自家的法力不济,却是他的根底大得骇人,料想不是随便就劫取他的道法、伤害他的性命。好在自家的魔术虽是吃不住他,但不怕他逃跑,并不怕他有还手抵抗的力量,便将他一把抱到怀里来。

这当儿,石胆似乎觉得空禅用力把自家从怀里向上一抛,眨眼间便不因不由地走入一间很大的圆圆石屋里面。那石屋里有许多风骚俊美的小姑娘,袒着粉白的酥胸,露出红红的乳头,你来摸石胆的脸,他来搂着石胆的腰,唱曲儿、做手势的,现出种种淫荡不堪的情态来。

石胆是个未成年童子,对于男子之间那一件玩意儿,尚不懂得竟有天造地设的一种妙理。但一班的小姑娘把那玩意儿形容给他看,贴肉沾唇,你唤了一声:"情哥!"她叫着一声:"好兄弟!"

石胆转想到师父的戒律,不敢稍有犯戒的念头,换心丹本来换不过他这颗心来。但看这许多小姑娘的情态叫人可怜又复可爱,却又不忍呵斥她们,无论如何不忍放出剑光来伤害她们的性命,转把空禅那一件事忘乎所以,好像他那颗心又弄得软了。

正在这般开不了交的时候,便见这石屋里陡起了一阵狂风,好像有一个人影子闪到石屋中来,叫着一声:"石胆,你师父的戒律,你可领会了吗?"

石胆不由凝神摄虑,再看那石屋里,什么人都没有了。

欲知后事如何,且俟十五回再说。

第十五回

谢援手石胆拜奇人
订戒律剑仙会岳麓

话说金石胆被那一班娇小疯狂的小姑娘包围住了，正在欲把持而不能把持的时候，风声过处，似乎见一个人影子闪进那石屋中来，叫着一声："石胆，你师父的戒律，你可领会了吗？"

石胆猛地听到这两句话，如同醍醐灌顶，登时便悔醒过来，连忙收神摄虑，像似耳无声目无见般，那颗心先前像棉花一般的软，此回又像钢铁一般的硬。一会儿，重把眼睛睁开一看，什么人也没有了，只见有丝丝白气，向那屋角圆圆的小洞里飘散而出。石胆暗叫奇怪。这当儿，似乎又被人在他顶梁上用手一拍，石胆便觉得倦眼惺忪，身体有些支撑不住，早在那石屋里鼾声大作起来。

方克峻在鼓楼上一拳打破了鼓皮，将他唤醒过来，哪里明白他还是蒙在鼓里。

石胆在那迷魂阵所经过的情形，虽经铁娘屡次问他，他因铁娘是一个千金幼女，不好意思对她说出这羞人答答的话来，总有意搪塞她，说是回到嵩山再说。但石胆却因在那石屋里听有人向他说出师父戒律的话，还疑是三峰祖师的在天之灵前来点醒他的，怎的想到是朱子民显的道力？

那时朱子民听石胆说着这话，说到那撩人情怀的时候，总是半吞半吐，不肯仔细明说出来，知道他因为铁娘在旁，有些碍口不便说明。忙又接着他的话说道："不错，你的性命是方克峻从鼓里救出来的，你要晓得，在那心肠软化的时候，你已不知不觉地陷入迷魂阵里,任你福分大得怎样,一破了戒律,你这性命便保不住。方克峻纵来救你,又有什么用处?不是我暗中提醒了你,把你送到睡乡里,我怕你要死在鼓里。这仍由你前世修来的福,所以在那判分人兽关头的时候,才得我前来提醒了你。你没有前世修来的福,我纵想极力提醒你,也提醒不了。你看那一班娇小玲珑的女孩儿,是真的吗?她虽是那东西使的一种魔术,但她们迷人的神态比真的还厉害,她运用种种淫荡的神态引逗你。如果你的心肠只软了一软,若进一步上前去拥抱她,纵然你是练过童子功的人,也总有些摇摇心荡,抱着她无所不至。所谓销魂地狱,就在这时候被她勾去一魂,进一步便勾去二魂,再进一步便勾去三魂。试问没有魂的人,如何能活?你休要因为铁娘在旁,不肯显然把那时候的情形吐露出来,须知是瞒不了我的。你师父没有传授你的戒律,你便出山做事,然而你不出山,那件事又办不妥,其中却也有一种不可解的道理。但你这次出山,险些破了戒律,你师父没有传过你的戒律,我不来告知你,你再轻易出山,遇着这样的魔厄,你的福分虽大,我也不能解救你了。"

　　石胆听毕,心中一感激,不由向朱子民叩头谢道:"师侄在那时候,只觉一班小姑娘的神态如小鸟依人,鲜花绽蕊,心里只有怜爱,并无丝毫垂涎的意思。难道真要被她勾去三魂了吗?"

　　朱子民道:"就因你没有丝毫垂涎的意思,总算你的造化大,我刚在那时候提醒了你。你以为你这颗心就能长此把持下去了吗?我若不在那时候送你到睡乡去,纵用你师父的戒律提醒了你,恐怕我一动身,你的魔运又临头了。我纵能救你一次,却不能再救你,这个理由,你师父会明白,你将来学成你师父的道力,也会明白,你有你师父回来传给你的道法。我的徒儿已由华山回到衡山,我回去要传给他们道法,却不能在这里和你多谈了。"

　　说到这里,又向石胆嘱咐道:"你师父的戒律要紧。"一面说,一面便头也不回地走出室门去了。

　　这里铁娘和石胆略谈了一会儿,铁娘曾说:"我们这次出山,仗着师弟有那么大的福分,却险些伤害了师弟。我们学道、学剑的人胸怀磊落,不用避什么嫌疑,更不用说到害羞的话。师弟在那种生死的关头,若不是朱师叔前来提醒了你,祖师的神卦也有不灵验的时候了。以后师弟要这个心上用功夫,把这颗心稳得住了,断不致再会有这样的魔运。"

石胆唯唯领受,铁娘也就此回到自己房里。石胆依着铁娘的话,在那心上用着功夫。谁知这心上的功夫真难做得,你越想稳住它,越稳它不住,似这么终日不闲用了两三月的工夫,那颗心却稳得住了。真有泰山崩于前而色不变、麋鹿兴于左而目不瞬的定力。金石胆虽未学受他师父的道法,但大道不外一心,他能在心上用功夫,已有了几分成绩,自然这一颗纯正的心不是在先那般要把持而恐不能把持的心了,不拘外界有什么魔力来引诱他,此心一正,在道力上也有些根底了。

诸君诸君,当此桃叶青青、梅子绽彩,已是初夏的风景了,诸君应记得在三月以前,钟维岳曾对金石胆说,出山去须得三月后回到嵩山。

钟维岳出山的时期,是正月八日,这天却是四月八日了,诸君可知钟维岳出山去干什么事?要惩治犯戒的徒弟,却如何要择定日期,必迟至今年四月八日呢?

因为在十五年前四月八日的那一天,是桐叶道人传给钟维岳执掌戒律的日子,正是钟维岳收祁天鹏做徒弟的日子。桐叶道人传给钟维岳的戒律,就是戒杀、戒淫、戒盗。戒杀只限杀戮良善,戒淫只限淫人妻女,戒盗只限盗劫人家用血汗换来的钱财,这种戒律。在一班未尝问道的人看来似很严,若在他们学道人眼光中看来,还算是极宽的戒律。钟维岳在先又把他师父这三种戒律详细订定,这戒律便细如牛毛,丝毫不容假借。不但钟维岳受着桐叶道人的戒律,便是五岳名山中几位剑侠人物,除去钟维岳而外,如东岳泰山孙旭东、南岳衡山方克峻、西岳华山黄精甫、北岳恒山朱子民,都在那十五年前四月八日这一天,奉受他们师父桐叶道人的戒律。不过执掌戒律的主权,是由钟维岳独力担任。

那时桐叶道人曾在岳麓山巅,令钟维岳做嵩山的开派宗祖,孙旭东做泰山的开派宗祖,方克峻做衡山的开派宗祖,黄精甫做华山的开派宗祖,朱子民做恒山的开派宗祖。

唯有朱子民不愿承受恒山的开派宗祖,桐叶道人当问他是什么意思。朱子民回道:"师父的法令,徒弟本不敢违拗,但徒弟还有下情容禀。师父是传授戒律的人,大师兄是执掌戒律的人,徒弟自信也能遵守师父的戒律,不过徒弟这时的道法、传徒弟的资格还及不上,徒弟的夙根又薄,哪里还敢受这么大的重责,便承接这一路的香火?"

桐叶道人笑道:"我何尝不知你的夙根甚薄?但你平时积的功德甚厚,你的道法虽不及你大师兄,却未尝及不上传徒弟的资格,受不起恒山派的这一路香火。"

朱子民道:"师父看徒弟将来承受得恒山派的这一路香火,徒弟也算得将来能承受得恒山派这一路香火。但徒弟情愿将来做开派宗祖,不愿现在做开派宗祖,徒弟若不能传下个好徒弟来,要做这空心开派宗祖去干什么?徒弟能托师父的福,将来能传下个好徒弟,不致违犯师父的戒律,徒弟要还做这开派宗祖去干什么?徒弟不敢自信自己收的徒弟将来能成一个好徒弟,又不能信得众师兄所收的徒弟将来都成一个好徒弟。但他们的法力比徒弟高,他们能在这时候承受开派宗祖的重责,徒弟不愿受。"

桐叶道人听罢,便向钟维岳、孙旭东、方克峻、黄精甫等说道:"你们都听见了吗?他是不肯承受开派宗祖,看他将来教成的徒弟怎么样,你们却不可违拗我的意思,看你们将来教成的徒弟怎么样。我这戒律看去似很平常,若在没有定力的学道人,行来却很不易。你们的徒弟犯了戒律,如果这徒弟是值价的,犯戒后应图自尽。不能自尽的,唯有师父拘来,或由自己惩办,或交给你们执掌戒律的大师兄,等我十五年后,这一日,仍到岳麓山来,你们在我门下的人都得事先谨慎,不可把戒律看作儿戏。那时宁可使吾道失传,却不能容得你们犯戒的徒弟犯戒。"

钟维岳等各听桐叶道人这话,大家都因为自己有点儿道法,不致收留不成才的徒弟,教成不成才的徒弟,容他们有犯戒的行径。论情理虽则如此说,事实却又办不到。一过了十五年,除去华山黄精甫、恒山朱子民,却不能说自己的徒弟没有犯戒。

钟维岳因为他大徒弟祁天鹏违犯了戒律,在正月初八日那一天,出了山洞,报到昆仑山去,见他师傅桐叶道人,叩头道:"徒弟是师父门下的大徒弟,蒙师父指令徒弟执掌戒律,却怪徒弟自己瞎了眼,误收祁天鹏那个犯戒徒弟。徒弟担不起这么大的罪恶,特到师父座前报罪。"

桐叶道人听罢,长叹了一声道:"凡事之不可理解者,不谓之天命,即谓之天数。我因你是我的大徒弟,心地光明,道力也有几成的火候,所以令你执掌我这戒律,并听你把我的戒律详细订定。不料天数已定,竟使你这执掌戒律人的徒弟犯戒,他们犯戒,你的罪恶还在其次,我也停止百年飞升的时期了。过去的事,于今已过去了,懊悔是懊悔不来。我知你今天是要到我这边来。你的道力本也不小,就因有了这个犯戒的徒弟,添一分罪恶,即减一分道力。比较十五年前的道力,是大不相同了,认什么罪,谈什么天数,你来的意思,是要在我跟前练习三月的道法,把这道法练得同十五年前一样,好传给你那徒弟金石胆,叫他将来在嵩山派中造成吾道中一根擎天玉柱。我就听受你这样的意思,收你在这里修炼道力,四月八日的期限快要到了,却不用你把我门下的人一齐邀到嵩山,我自会使他们不约而同地都得到嵩山来。先用你那犯戒的徒弟做个榜样,好使我门下未经犯戒的徒弟知道前车已覆,后车当戒。"

钟维岳听毕,再拜而起。从此便在桐叶道人跟前练习了三个月的道法。

这天已到四月八日了,桐叶道人在下午的时候,打发钟维岳先回嵩山，自己准在夜间二更时候，便到岳麓山巅。"

钟维岳领命而行，回到嵩山石洞，先来看望石胆。

石胆道："师父这三个月是在哪里的？可知大师兄曾被卫天球劫得去吗？"

钟维岳道："我哪有不明白的道理？只可惜我一只神虎却被卫天球那个东西炸得没有形影了。难得他们都被方克峻盛在口袋里，押到我这里来，看他们能逃过四月初八这一天吗？"

石胆道："师父既然明白，为什么出山去呢？"

钟维岳道："我若早明白要闹出这样的祸变，我也不用出山去了。直到在你师祖跟前学习了三个月的道法，我才明白得有这么一件怪事。"

说至此，又和石胆各把别后的情形仔细述了一遍。后面铁娘知道师父回来，也前来拜问一番。

看看天色已晚，钟维岳便在那铁槛里取出那个口袋来，揭去上面的符箓，看口袋里卧着两人，如同两个初出娘胎的小孩子一般。看他们鼻息全无，睡在那里，动也不动，好像已经死去多时的样子。铁娘、石胆二人不禁同时吃了一惊。

欲知后事如何，且俟十六回再写。

第十六回

罪无可赦桐叶仙锄奸
诚能格天金石胆证道

话说金石胆当现出很诧异的样子向钟维岳道:"大师兄和卫天球两人,可是在这口袋里饿死了吗?"

铁娘也接着说道:"他们已将近三个月屈伏在这口袋里,点点水米没有沾牙,道法已坏的人,怎禁得起三个月不进饮食?我们师兄弟却因有符箓封在口袋上面,没法给他们的饮食,也只好由他们饿死在这里面了。"

钟维岳摇头道:"饿死是没有的事,我来讲个比喻比给你们听。你们看这初夏天气的蚕,在新茧未圆的时候,没有桑叶给他吃,就得饿死在蚕箔上了,如果扁扁伏伏地屈伏在那蚕茧里,这蚕却变化为蛹,不饮不食,却没有蚕蛹饿死在茧中的道理。看他们这个模样,屈伏在这口袋里面,不像个蚕蛹像什么呢?"

铁娘、石胆听到这里,方才恍然明白过来。

钟维岳道:"蚕蛹的本身便能出这茧缚,却不能仍化为蚕。我使他们出这口袋,依然能得到旧时模样。"

旋说旋从那口袋里倒出两个人来,在他们身上抚摸了一会儿,转眼间,看天球、天鹏竟似初经孵化的蚕蚼,倏地变成两个大蚕的样子,身体却高大得像平时一样。他们自己都觉得伏在那口袋里,竟是做了一场大梦。但是他们的道法已坏,一切转不如常人,不像平时那般雄赳赳气昂昂的样子。

钟维岳遂又用锁将他们锁起来,他们也只有痛哭流涕。前事已茫然不能记忆,似乎还知钟维岳要来伤害他们的,也不向钟维岳说什么告哀乞怜的话。就此钟维岳牵着天球、天鹏,带领铁娘、石胆,出了山洞,直到岳麓山巅之上。

看那半边月亮已斜照到西山巅上,钟维岳当向铁娘、石胆道:"我师父的法驾快要到山巅来了,你们须站在我的背后,临时好拜谒师祖。"

铁娘、石胆唯唯听命。石胆看天球、天鹏两人都跪列在一块山石下面,半点儿也不敢动弹,心想,他们枉做了我师父和我孙师叔的大徒弟,年纪比人大,也学有十余年的道法,自然在那颗心上用过了一番死功夫。在师门的时候,未尝不拿着师父的戒律,自己警诫自己,到头来却弄到这样地步。他们虽然都算得是我的师兄,然这种犯戒的事非同小可,谁也没力量能容得他们不死。除了看着他们受师祖、师父的处置,还有什么话说?

石胆刚想到这里,只觉得有青色的电光在天空闪了几闪,接着又听得几种声音,像似箭镞离弦声,连续不断,好像有几多飞行剑士,一起一落,随着那青色的电光闪个不住,却一齐闪落在山巅上面。

石胆看是一位青袍红履的老道士,后面还随着一大群的男女人物,都站在那老道士的背后。那老道士见了他师父钟维岳,只说一声:"对不起大师兄!"

钟维岳也向他回说一句:"对不起孙师弟!"

石胆才知这老道士便是泰山开派宗祖孙旭东孙师叔了,后面站立那许多的男女人物,却是孙旭东的徒弟了。便要同铁娘前来拜见一番。

钟维岳急止道:"这是大家迎接我师父的时候,不是你们拜识师伯、师叔的时候……"

话犹未毕,又见正南方飞来朵朵的红云,那一道一道的红光,把山头上映得红红的。看那朵朵红云,一齐飞落到山头上。

石胆向那人一看,认得他是衡山的开派宗祖方克峻,后面都是方克峻的徒弟站在那里。方克峻只向钟维岳说了一声："大师兄,我们好久不见了!"

钟维岳也不约而同地向他说一声："方师弟,我们好久不在这里相会了!"

石胆本要前来和克峻相见,但因师父曾说这是迎接我们师祖的时候,不是拜识各个师叔的时候,就不便向方克峻打一问讯。

这当儿,却见正西方又飞来东一闪西一闪纯白的电光,像流星一般的快。那许多纯白的电光,照在山头上,顿时现出一个光明世界。同时正北方又飞来两块黑云,在前的一块黑云,比在后的一块黑云要大得数倍,看这两块黑云,黑得像墨一般黑。回头再看那许多的白光,又白得像圆圆的月亮一般白,看他们一齐飞落到山头上,原是华山的开派宗祖黄精甫、恒山的开派宗祖朱子民,各领着自己的徒弟到嵩山来,向钟维岳点一点头,各人心里已有了各人的路数,却也不用多说什么。

石胆见了子民,不便向他拜见。铁娘见了他父亲黄精甫,也知道这时候不是他们父女谈心的时候。

忽听得风声陡起,只刮得山上的花枝树叶瑟瑟作响。从这阵风声之中,倏地飞来长虹似的一道金光,盘旋上下,一闪一闪地摇摇无定。那时钟维岳见到一道金光,便同孙旭东、方克峻、黄精甫、朱子民等师兄弟五人同时都说了一声："师父来了!"一面说,一面早已都跪伏在山巅之下。

石胆看他们各山的师兄弟们都在自己师父的背后跪倒下来,便不由和铁娘二人也跪在他师父钟维岳的背后。

再看那金光,已飞落下来,却是一个体干魁伟的老道士,后边跟着一个小童。那老道士光头秃顶,胖胖的脸,还圈着横一路竖一路的麻子。月光之下,看他一路一路的麻子里面,都发出灿然夺目的宝光来,身上披一件道袍,那道袍上发出湛湛的彩光。看来是一件道袍,细看却是一件衲袄。这当儿,刚好吹过一阵风来,吹得那道袍上的结衲片片飞舞,抖起片片的树叶,有桐叶一般的大,使人一望就知,这件道袍不是布帛做的衣裳。脚上穿着一双麻筋织成的草鞋。像他那样的装束、那样的相貌,在戏台上也没有见过。

其时桐叶道人便宣言道:"你们在我门下的人都到我这里来了,你们就有自知罪恶,不敢到这里来,我也有这道力,把他拘到这里来。我在十五年前这一日,向你们说的话,你们自己应该记得,你们能容得自己的徒弟犯戒,我却容不得你们的徒弟犯戒。"

桐叶道人说完这话,孙旭东便挨近一步,跪在桐叶道人面前,叩了几人头,说道:"徒弟这种眼睛,哪里配做得泰山的开派宗祖?就是误收了匪人,也该平时加意窥察他的行径,不该传给他道法。于今这东西已被大师兄锁押到这里来了,一切均听师父的主张吧!"

桐叶道人听了,坐在那大石上,理也不理。好半会儿工夫,才苦笑了一声道:"奇呀!亏你自己还知道自己瞎了眼,我看你还是痰迷了心,不但你是痰迷了心,连我在十五年前,好像也容得那个糊涂虫钻到我心坎里,却令你做起泰山的开派宗祖来了。你容得你自己的徒弟犯戒,丝毫也不敢得罪他,我却不能容你放着徒弟犯了戒,丝毫也不敢得罪了你。不要说你那犯戒的徒弟由我主张惩办,你既认得我是你的师父,你纵不认我这师父,看你自大为王地再在泰山做一回开派宗祖!"

桐叶道人说这几句话的神态,并不十分严峻。看孙旭东跪在那里哭起来了,桐叶道人又说道:"我的戒律虽和大徒儿详细订定的戒律看似略有不同,实则仍是一理。却不料天数难凭,竟使他执掌戒律人的徒弟犯戒,这也不能完全怪他,只因我看他在五年前收的那个三徒弟倒是他嵩山派中的中流砥柱。他却有那么大的福分,直接传授他师父的衣钵,即间接传授我的衣钵。"说着,即令钟维岳把石胆带得上来。

石胆当向桐叶道人行了三拜九叩首的大礼。

桐叶道人忙一把拉起石胆说道:"你师父因收了你那个大

师兄,已不能执掌我的戒律,处死那犯戒的徒弟,你孙师叔却容得他那个大徒弟,不加拘束,又不是执掌戒律的人,固不能处死他那犯戒的徒弟。你的年纪小得很,又没有学得道法,但因你的威福甚大,却能执掌我的戒律。不过这时候仍由你师父给你摄理,俟你学成道法,这执掌戒律的全权便得交给你一人执掌。于今要处死那两个犯戒律的东西,却非得你亲自动手不可,便是你的师叔、师父犯了戒律,也得由你这样地处死。"

边说边令小童在天球、天鹏身上撒了些引火药料,却叫金石胆放出剑火来。

石胆领了桐叶道人的法旨,也用不着向师父、师伯、师叔等人多说什么客气话,竟运用自己的气功。气属火,气功用到有几分火候,张口便吐出一道剑火出来。那剑光只着到天球、天鹏身上,只听得咔吱咔吱响了两声,天球、天鹏也不禁同声一哭。就在那一声哭出来的时候,他们的脑袋都和身体脱离了关系。那火剑只围着他们两人的尸首焚烧,直烧到皮焦骨烂化成灰,金石胆才把那剑火收回了。

孙旭东在旁见了,想起那时师徒的情分,却忍不住暗暗弹了几点眼泪。看桐叶道人的神态,已不容他再做泰山的开派宗祖了,就此便在桐叶道人面前宣告脱离泰山开派宗祖的关系。才想到朱子民在十五年前不愿做恒山开派宗祖的话,不由暗暗对朱子民叫了一声:"惭愧!"

桐叶道人当又向钟维岳、方克峻、黄精甫、朱子民四人说了一声:"后会有期,到那时候我再来看你们,能容着犯戒的徒弟犯戒,你们也细细扪心一想,看我能容得你们犯戒的徒弟犯戒?我还有几句要紧的话,越发和你们说穿了吧,国家的大事,天数本难挽回,我们学道的人过问也没有用着。但有时为救民而动干戈,要看这一方人民可以救脱苦海,那么也未尝不可。愿你们各自保重前程,不可忘了来时的路。"说着,便带着小童,驾起一道金光,直飞向西南去了。

这里孙旭东、方克峻、黄精甫、朱子民等人，都因为自家还有要紧的事，不便和钟维岳多谈，各人都说了一声："再见再见！"竟带领他们的徒弟，各人回归各人的山洞去了。

四月八日这个问题，作书的也就从此告一结束。

那时铁娘见她父亲到嵩山来，拢共和自家也没有谈一句话的机会，心里却也有些依依不舍。但因来日方长，未必将来无相见的缘分，也就一步一回头地和石胆两人，随她师父回到山洞。

石胆在山洞中练习八年的道法，石胆的天分很好，又能专心用功，有钟维岳那样的好师父，终日不闲地传给金石胆道法，又时时刻刻把自己所详细订定桐叶道人的戒律讲给金石胆听。有钟维岳那样的好师父，还愁教不出金石胆这样的好徒弟来？

这时，适逢朱子民前来，对钟维岳说："师父又命兄弟做恒山的开派宗祖了，兄弟因屡辞不可，但兄弟自信在师父门下，直到现今，尚未做过造孽减福的事，讲不起也就把这千斤的担负承担了下来，并请钟师兄到恒山一行，办理接受开派宗祖的仪节。"

钟维岳这时却因金石胆思亲心切，一面令金石胆回颍源去，将他的母亲带到山洞，一面便随朱子民到恒山去了。

在金石胆把他母亲从颍源带回来的时候，因母亲受家族的欺凌，很感激朱子民师徒两人，又得铁娘服侍他的母亲，便一心一意地修炼道法。

这夜，金石胆刚练过道法以后，便睡在那个石床上面。一觉醒来，忽见有斗大的一块圆石从房门外打进来，恰好打在金石胆顶额旁边，只打得金石胆的顶额上火星四溅。金石胆便从床上直跳起来，抬头向门外一看，天光已亮，却又看不见有什么人前来。

忽地，铁娘慌慌张张地跑来说道："师弟，我的叔母到哪里去了？"

金石胆听完这话，好似天空间打下了一声霹雳，不禁一阵心酸，流下数行泪来。

欲知后事如何，且俟十七回再写。

第十七回

岳麓洞小豪杰忧亲
乌鼠山老英雄戏友

话说金石胆这夜练完道法以后，便和衣睡在石床上，一觉醒来，已是天光大亮。

忽见有酒斗般大的一块圆石从房门外打进来，刚好打在金石胆顶额上，只听得骨碌碌一声响，那石块打得金石胆顶额上火星四溅。金石胆把气功早升提一半到头顶上，逼得那石块飞跳起来，落在一张石桌上，打坏了一把铜质的茶壶。

金石胆暗暗诧异，知道是有人前来对付他的，还怕他再使出什么危险的手段来。不禁从床上一跃而起，竖目而视，侧耳倾听，却再也看不出有什么东西打来，听也听不出有些风声响。好一会儿工夫，见没有动静，便开开门来。四面望了一会儿，恰没有一个窟窿，只是不知这石块是从哪里打来的。回身拿着那石块仔细一看，却同寻常石块一样，并看不出有奇怪的地方。

忽地黄铁娘慌慌张张地跑来说道："师弟，我的叔母是到哪里去了？"

石胆陡听得这句话，不禁一阵心酸，流下泪来，说："姐姐，我母亲怎不在你的房里？"

铁娘道："老叔母须比不得你我师兄弟二人有这一点儿道法，且不知石洞里的种种机关，向来不曾出我那房门一步。便是师弟早晚定省，都由师弟亲自到我房里。她老人家偶然间要向师弟说一句话，也令我来请师弟到我房里去。今天我一早起来的时候,就不见了老叔母。明知老叔母是不会走到师弟这里来的,我一路寻找她老人家不着,这一吓真是非同小可,特地赶来告知师弟。"

"师弟,哭是哭不出道理来的,我们赶紧寻找老叔母要紧。"

石胆听她这话,参详方才被那石块打进房来的缘故。早知他母亲是凶多吉少,一面哭,一面指着桌上的石块,把方才的情形向铁娘说了。

复又咽泪说道:"姐姐,我虽有这一点儿道力,能算得过去未来的事。毕竟这道力功夫不深,能知其然,不能知其所以然。何况轮算着过去未来的事,全要镇定心神,使一点儿灵台,晶莹如水,不拘算着哪一件事,多少却也有一些把握。如今我的母亲忽然不见了,心里更是痛刺刺的,好像魂不附体的样子,勉强要镇定心神,轮算一会儿,请问这心神如何能镇定?不能镇定心神,如何能算得准我母亲是被谁人绑劫去呢?还请姐姐给我算一算吧!"

铁娘也流泪道:"我在小时候就没有娘了,却将老叔母也当娘一般孝敬,你是知道的。何况我们师兄弟如同在一娘胎里生了出来,你的娘不是同我自己的娘一样吗?老叔母不见了,我的心飞了,我的道力这时候却及不上你。凡事只能算得一些吉凶,什么过去,什么未来,我却没有这把握能算得出。你我师兄弟,还讲甚样客气话吗?你的娘不见了,你不能镇定心神轮算个来龙去脉,难道我的心神还能镇定得住吗?"

石胆听完这话,含泪点头。本欲到祖师那里问一问卜算,但那卦爻却甚简单,只能判断吉凶,却不能指明怎样的吉、怎样的凶,吉是什么情由,凶达到什么程度。何况这件事早已明白是凶多吉少了,无论那卜爻判凶判吉,却不能转变凶吉的断词。

石胆便停止问询。所问是吉,也不能因吉便作吉观。所问是凶,这心里的惨痛,那就更不忍言了。当同铁娘在石洞又寻了一遍,哪里还寻得着呢?

转同铁娘商议，石胆要去寻找母亲，如果不能将母亲寻得回来，也就不愿回山学道法了。

铁娘要随他同去，石胆道："这个如何使得？师父若在山洞里，你可随我同去。师父不在山洞里，你一去这山洞中就空无一人，怕不要再闹出什么大乱子来吗？"

铁娘无奈，也只得让他一人出了山洞。好在他的福分大得骇人，此去断无意外的危险。只因他此去没有一条线索，欲从哪里将他母亲寻得回来呢？

不表铁娘替他担心，且说石胆出了岳麓山洞。这时正是五月初旬的天气，山田里小麦正黄，就有许多农夫起早在山田中割麦。

因为近来天气很热，石胆知道这班割麦的农夫都是披星戴月地忙着农工生活。便走那麦田的左近所在，问那些农夫在清晨的时候可见有什么电光在空中流动。

那些农夫都齐声回说没有。

内中却有一个农夫向众农夫说道："我见得一件很蹊跷的事，多久要告诉你们，就因你们正忙着割麦，没有工夫听这闲话。如今听这位朋友问我们可见到什么电光，电光我是没有见到，却见有一团黑影，如流星一般快，在人头上直飞过向西方去。眨眨眼便不见了，这不是一件很蹊跷的事吗？"

那一众农夫听了都笑道："这个你可是撒了一个弥天大谎，我们怎么都没有见到呢？"

那农夫道："你们都低着头割麦，所以没有见到，我睡在麦耙上，自然看得分明。我不是个猪狗，怎么我平时说出话来，你们都是一百个不相信。我若有半句撒谎，就叫我去死掉。"

石胆听到这里，看那农人一种天真未凿的样子。说者无心，听者有意。知道这是一个路数了。究竟他母亲是被谁人绑去，绑到什么所在，这线索尚没处寻着，不过只得准备向西方寻去。

刚走到山坡下面，却有一个衣服破旧的老者，翘起八字式的花白胡须,坐在一块大石上面,向山上望着,像似等着什么人前来的样子。那老者虽然已有了一把年纪,精神倒也很好。

刚好金石胆匆匆要走到他面前来,那老者光翻起两个眼睛,在金石胆头顶上一看,看见他天庭高起,皮里像似安着一块鸽蛋的样子。忙起身迎上来,抓住金石胆的衣袖笑道:"金公子来了,方才得罪了公子,求公子原谅我老了不中用了。"

石胆听他这话,不禁吃惊问道:"请问老丈尊姓?何以看见了我,便知我是金某,又说什么老了不中用了。"

那老者又笑道:"我不是老了不中用,一个石块打出来,怎么不曾伤坏公子的头皮呢?"

这几句话,直说得金石胆急也要急死了,气也要气死了。

但听那老者又接着说道:"公子的相貌,没有认不出来的,公子要问老朽的姓名,怎么知道公子这般的相貌,请公子到寒舍去,自然告知公子。并请出令堂来,和公子会一会面。"

石胆听完这话,好同一根根针都刺到自己的心坎里。暗想:看这老者的神情言语,我一猜就知他不是寻常的老者,今天绑去我的母亲,并在我头上打了一石块,我和他有什么过不去的事,竟来找我下这样的毒手,就引我到他的巢穴去,好结果了我的性命,并没有什么大不了。我只要去会一会我的老娘,我们母子都死了也瞑目。

金石胆想到这里,又联想到山田间那农夫所说的话,益发信得这老者的本领不弱。明知随他前去是祸多福少,但能求得见老娘一面,其余的祸福也就不暇顾及了。

打算已定,含着满眶的眼泪,随着那老者下了山坡。

刚走有五十多里,到一个野村中,那村中有个酒店,酒幌子高高挑出檐外,迎风飘荡着。

那老者向石胆笑道:"我长了七十九岁,一日不吃酒,口里便要淡出什么鸟东西来。现闻得这一阵酒香,好像有许多酒虫子要爬出喉咙来了。寒舍离此地尚远,日间恐怕是赶不到的,公子不妨同我进店去吃一杯酒。"说着,即挽着金石胆的手,走进店门。

金石胆觉得他那一手的手势,来得十分沉重,自己的功夫也还不弱,不知怎么似的,那双手被他拉得住了,要想挣脱也挣脱不开。

那老者把石胆拉坐在一旁,命酒保拣上好的酒、上好的菜送上来。

金石胆在这时候心里焦躁万分,巴不得膀子上插起翅膀来,变作一只飞鸟,好在青天白日之下,飞到他母亲的身旁。

却见这老者偏生在这焦急的时候,硬要拉他吃酒,没奈何只得坐下。但他思亲心切,连茶饭都不想吃,哪里还吃得下酒去。并且听他师父钟维岳曾吩咐他学道人应该注意的行径,像这类孤村酒店中多有下蒙汗药伤害行人,何况又怕这老者对他有不良的念头呢?

看那堂倌送上一盘肉、一壶绍兴酒上来。那老者见了,怒道:"你们这些东西,开店的怕大肚汉吗?这一壶酒、一盘肉济得甚事?快些开上一坛高粱、八碟肴菜上来,好给老夫吃个高兴。"

那堂倌看了老者两眼,怕他是来寻开心的,无论两个人是否吃得了一坛高粱、八碟肴菜,且看他衣衫褴褛,哪有这许多的银子算给这一席酒账呢?口里虽答应他,面子上却显出为难的神气来。

那老者不由嚷骂起来说:"我知道你们这些死囚,看了我们这样衣服的人,吃不起一坛酒、八碟肴菜,是来寻你们开心的。我尽管先交上五两银子,先交钱,后吃酒,你们要叫我吃得快活,若再和我有意刁难,看老夫性起,拆毁了你这鸟店!"边说边从身边取出一块银饼来。

那堂倌看去,约有五两的光景,连忙赔笑说道:"你老人家怕银子放在身边遗失,叫我们账房保管,这就好极了。吃完了酒，再还给你老人家，若有损失，须得责令我们账房先生赔偿。"说着，便把那一大块银子，交给那掌柜的收过。

那老者笑了一笑。

约有一会儿工夫，便开上一坛酒，鸡、鸭、参、膘、肝、肚、肉、蛋八碟肴菜上来。

那老者向金石胆谦辞了一会儿，见金石胆一味峻拒，点滴高粱不肯饮，也不肯吃一筷肴菜，那老者笑道："你这怕的什么？须知我要伤你性命尽管怎样地伤你，你不能逃脱我的掌心。像这类孤村野店，学道人怕人算计，本不肯在这类地方吃酒。但有我在这里，你尽可大胆喝几杯，弄点儿肴菜吃吃，晚间还要同你赶路呢。你急欲见你母亲，急是急不出道理来。今晚包管你能见你母亲一面，你放心就是了。"

金石胆听老者这话，忽又转念想道，他若果是恶意，我和他由山上直走到这时，他何时不可作我，定要将我引到酒店里才下手呢？如果他不是恶意，为什么绑劫我的母亲，在洞中打我一石块。看他的神形，令人颇难索解。胸中的算法一无主计，纯用理智来推测，却也想不出什么道理来。

虽然那老者劝他饮酒、食肉，但他也只有流泪的份儿。望着老者喝了一坛高粱、吃了八碟肴菜，他的肚皮并不甚大。在这种热天，脸上也没有一滴汗珠，也不知这一坛酒、八碟菜，是吃到哪里去了。

老者吃完了酒菜，算过了账，便同石胆出了店门。当由老者在前，石胆在后，一口气又跑有三百里路，跑得像飞的一般的快。

石胆看老者行路不起灰尘，知道他练气的功夫，同自己一样，都有了十足的火候，才能如此。

一时天色已晚，云中吐出弯弯的新月，天上布着淡淡的疏星，那老者回头向石胆笑道："日间不便使用着飞行术，但不跑了这么远的路，我这副老骨头闲得又实在难受。这时候我们何不腾空飞了起来，飞起来的时间，要比走的时间快到二十倍呢！"

　　石胆点一点头，两人蹑足腾空，约飞有一两个时辰。刚飞落在一个巉岩耸立的山头上，老者指着一个山坡里说道："寒舍就在这地方了。"

　　金石胆随他走入山坡，只见一所大石屋，临岩建筑，上面甚狭，下面甚宽，也没有盖瓦，望去像一座高大无比的坟茔。怪石周围都一例排着参天古木，幽静却到了极处。

　　那老者上前敲门，里面仿佛是听得老者的声音，即有人应声出来，呀的一声门开了。

　　石胆便随着老者走进了门，见开门的是一个二十上下的少年，问老者道："这可是金公子？"

　　老者点头应是。

　　那少年倏地向石胆哜喝了一声道："冤家相见，不是你，就是我了！"

　　欲知后事如何，且俟十八回再写。

第十八回

星夜寻亲轻身入虎穴
井边垂钓举手得鲈鱼

话说那少年倏地向金石胆哧喝了一声道:"冤家相见,不是你,就是我了。"

石胆看这少年来者不善,疑惑是受了老者的骗诱,也就运用了气功,看他们是怎样地对付。

这时候却听老者向那少年骂道:"孽畜,不得无礼!怎敢来同金公子比武?像我们这种人家,怎好没有规矩!"

那少年见老者怒骂起来,吓得退入门内左边一间房里去了。

老者哈哈一笑,挽着金石胆的手说道:"不打不成相识,这个蠢材,真是不懂道理。不瞒公子说,昨夜瞒着老夫到岳麓洞去,盗劫令堂,就是这个蠢材。他得罪了令堂,不给老夫知道便罢,一给老夫知道了,怎容得他无法无天,和公子结下不解的冤仇?什么冤家不冤家,那是我的大蠢材不是,怎能怪公子?公子不用和他计较什么。有我这个老头子,夜间当作令堂面前,责罚了一顿。他不但不敢瞒着我对令堂放肆,且再不敢对公子有无礼的举动。"说着,便拉着石胆向里面走去。

石胆听这老者的话,才恍然知道自家的母亲是那少年盗劫前来。观老者的语气,这少年是他的小儿子了。究竟我和他大儿子结下什么不解的冤仇呢?这番看老者并不是有意骗诱我的了。

石胆一面想,那老者一面已挽他到右边一间房外,把房门帘一揪,说:"金公子,这不是你的老太太吗?"

石胆向里一望,一颗心直喜得要跳出口来。原来是自己的母亲,同一个光艳夺目的青春女子,在灯光下并坐着。见石胆来了,那女子便站开一边。

石胆走进来,向他母亲请一个安,说:"娘可知儿子到这里来的?"

他母亲见了,即流泪道:"我只打算不能见我的儿了!儿呀,不是祁老丈将你带得前来,你怎知娘在这里呢?"

金石胆听得"祁老丈"三个字,不由暗暗地叫了一声"哎呀"!

那女子急从旁说道:"金公子奔波了一日,也该到客堂去吃杯茶,老叔母且慢慢地和公子再谈吧!"

那老者正站在房门口,忙将金石胆请到房外。

这屋是三开间,中间是个客堂,两边是两个卧房,左边房里安着三眼锅灶,客堂里的陈设却也整齐。

老者将石胆请到客位上坐着,自己坐在主位相陪。老者待石胆坐定,茶话已毕,便向右边房里叫道:"凤姐,金公子难得到寒舍来,你快去到你哥那里,叫他出来,向公子赔罪。这个蠢材东西,真是见笑金公子……"

话犹未毕,即听得右边房里应一声"是",凤姐便姗姗而出,走进左边一间房里一看,便匆匆出来说道:"二哥不在那边房里。"

说着,仍自回右边房里去了。

那老者疑惑是凤姐劝不醒她二哥哥,特来掉一句枪花,好敷衍过去。便起身在左边房外,朗朗地说道:"你这东西,真是生成一副骡子骨,不懂得人事。那大蠢材死有余辜,我因他既是嵩岳派的人,犯下滔天的罪恶,论理由嵩岳派人处置他的死命,我不好去拘办他,叫老钟的面子上太不得过去。在别人家死了大儿子,应该伤心,我死了他那个蠢材,不但毫不伤心,反喜欢到了极顶,就因他这种蠢材,活在世上一日,哪一日我就受着万人的唾骂。你这不懂人事的东西,不是吃了一十九年的饭,是吃了一十九年的屎。你的法力还及不上你的妹妹,眼前就没有我这个老子了。你瞒着我做这种得罪人的事,叫我做老子也得罪了人,你不出来赔罪就行了吗?"

说了一阵,只不见里面有人出来,反把金石胆听得有些难为情起来,觉得坐也不是,立也不是,说也不是,笑也不是。

那边房里凤姐也接着说道:"阿爸不用说了,二哥实在不在房里,阿爸几曾见女儿在你老人家面前说谎?"

那老者听了,还不相信,便走到房里搜寻了一会儿,恶狠狠地出来说道:"这东西一去,那还了得?凤姐快取出我的神剑,我去把他的脑袋割得回来。"

凤姐在隔壁房里听完这话,不由哇地哭起来了,便同金太太一同走了出来,手里正捧着一支长不及五寸的小剑,扑地跪在那老者面前,泪珠儿益发流个不住,说:"这个如何用得着阿爸亲身出马,孩儿拿着阿爸的神剑,阿爸只说他逃向哪地方去,我把他赶回来,再向金公子赔个不是。如果他是不肯回来,我用阿爸的神剑,取下他的首级,好吗?"

那老者摇头道:"不行不行……"

两个"不行"尚未说完,接连金石胆也跪下来了,说:"老丈若杀了二令郎,却叫晚生何以为情?"

金太太也说道:"无论怎样,还请祁老丈原谅他少年人的性格。"

那老者实在拗不过石胆母子二人的情面,一臂扶起了石胆,一臂吩咐凤姐起来。用他的八卦神算,轮算了一番,不由长叹了一声道:"罢了罢了,金公子休见笑老夫太没有家法,须知这个蠢材,今夜逃了出去,眼前虽系嵩岳派的大敌,将来却转为嵩岳派的股肱。凤姐也不用去赶他前来,这是天机,唯有老夫和金公子的师祖、师父及朱子民三人心里明白。"

说着,急令凤姐仍带着金太太回房休息,即向石胆说道:"老夫姓祁名光,大儿子便是你的大师兄祁天鹏,方才逃出去的那个蠢材,就是老夫小儿子祁天雕,比天鹏小得二十四岁,凤姐是老夫的小女,她的年纪比天雕小两岁。贵老师没有对人谈说老夫这个人,就因老夫生了天鹏那个不肖的儿子,坍尽我祁家的门面,说出来叫老夫太没有面子,不能见人,这正是贵老师的忠厚行径。"

说至此,又将自己的来源,及天鹏、天雕的历史,并同昨夜种种情节,一五一十地向石胆说了个梗概。

原来这山便唤作乌鼠山,当初祁光并不住在乌鼠山,他的道力虽及不上钟维岳,剑功法力却比钟维岳高强。祁光的剑功没有师承,原因他自己凤根聪颖,全由心领神会而来。本来他住在太行山下,那时祁天鹏已三十一岁,在钟维岳门下学成了道法,祁天雕年才七岁,凤姐年才五岁。

恰好这日,天雕因他父亲不在家中,便同着一班小朋友到山上玩耍,玩了半天,大家都觉得身体也玩疲了,肚中也玩饿了,各人都回到家中吃饭休息去。

祁天雕的年纪最小,他的游兴偏浓,小孩子一团天真烂漫之气,总觉这山上好玩,比坐在家里快乐些,虽玩了半天,腹中并不觉饿,身体上也不觉有一些困倦。看着那些小朋友走了,兀自在半山间寻着好玩的地方玩去,却好玩到一处地方。

忽看见一个枯瘦老头儿,独自坐在山井旁边,伸直钓竿,向井里钓鱼。

祁天雕年纪虽小得很,但生来便聪慧绝伦,觉得钓鱼这一件玩意儿,是小朋友玩的事,老年人不当做这勾当,并且知道钓鱼要向溪水里去钓,井水里怎钓出鱼来?他看见这种稀奇难见的事,疑惑这老头儿不是疯子,定是傻子,便站在老头儿旁边,向着他嘻嘻地笑。

那老头儿见了问道:"小朋友,你也喜欢玩这个吗?"

祁天雕笑道:"这正是我们小朋友玩的事,你上了这一把年纪,也似一团孩子气的,你的年纪虽老,要钓鱼还要请教请教我这个小师父。"

那老头儿笑道："要请教你何来？"

祁天雕听了，又抵着嘴一笑说道："你要钓鱼，怎不向茶杯里去钓，怎不向面盆里去钓？"

那老头儿又笑道："你可能在茶杯里、面盆里钓出鱼来？"

祁天雕道："你是个戏子吗？茶杯里、面盆里钓不出鱼来，这井里就有鱼来上钩吗？"

那老头儿听了一笑，说："如果我能在井里钓出鱼来，待怎么样？"

祁天雕道："你能在井里钓出鱼来，我就佩服你是个好老。"

那老头儿道："你要我在这井里钓出什么鱼来？随你指什么鱼，我能钓什么鱼。"

祁天雕笑道："像你这筷子粗细的一根芦竿，钓鱼线又是烂棉线，不是细麻线。你便向溪水里去钓鱼，也只能钓半寸长的小鱼，你就在井里钓出一个小鱼给我看。"

那老头儿道："你不用小觑我这根芦竿，在我手里用起来，比铁竿还坚强，你看是一根烂棉线，我用它比粗麻线还要结实。我大鱼也能钓，小鱼也能钓，便是在溪水里钓不出那样的鱼，我在井水里也能钓出来。"

祁天雕笑道："你不用空口说白话，想哄骗我们小孩子，是哄骗不来的。也好，今年三月间，我的阿爸曾在松江地方买一尾鲈鱼回来，这鲈鱼称起来有一斤多重，煮出来比别样地方的鲈鱼好吃。据阿爸说，别样地方的鲈鱼没有四鳃，唯有松江出产四鳃的鲈鱼。我如今就请你钓出一尾四鳃鲈鱼，我就相信你不是空口说白话哄骗我们小孩子的。"

那老头儿听了点头，随手把钓竿一抖，接着听得扑的一声响，那钓竿直提起来，却是一个空钓。

祁天雕看了，只是嘻嘻地笑，那老头儿即现出很诧异的神气出来，说："难道我真没有一些本领，能把那尾鱼钓得上来，白白吃他跑掉了不成？"说着，又把鱼钩放入井中。

祁天雕在旁笑道："你是一个空钩呀？"

那老头儿像似没有听见他说话的样子，便向祁天雕笑道："你看我在这井里，钓出一尾四鳃鲈鱼来。"一面说，一面早又将钓竿在井里抖得几抖。

老头儿叫一声来得好，随手将鱼竿提得起来，便见一尾重约二斤的鲈鱼摔在一块石头上。那鱼仍在石头上倏倏地跳。

祁天雕暗暗叫着奇怪，走近那石块旁边，扳着鱼嘴看来，果是一尾四鳃的鲈鱼。起初看那鱼鳃里嘘出来的气，尚只一线，后来看那鲈鱼的嘴，连连合拢几下，那嘘出的气，就渐渐粗了。

那石上也蒸上腾腾的热气，愈蒸愈高，眨眼间浓云密布，白日无光，将一座葱葱郁郁的山坡，迷蒙得如在黑夜，仿佛有白果大的雨珠，倾盆似的从天空间直倒下来。

猛然电光一闪，看似有一条白龙，在天空中舞着。接着又听得一声霹雳，像从山上劈下来的样子。祁天雕忙用两手掩住了自己的耳朵。

霎时云也消了，雨也住了，依然现出一个青天白日的世界。回身再看老头儿，及石上一尾四鳃鲈鱼都不见了。

自己身上淋得像落汤鸡一般，心里暗暗一想，实在不明白那老头儿怎会在井里钓出一尾四鳃鲈鱼，鲈鱼口里怎会嘘出气来，怎么这老头儿和鲈鱼都不见了。只见有一条白龙飞舞空中，又怎么在青天白日里，忽然会下了那么大的雨，劈下那么大的雷来。

想着，便一步一步地走下山坡，跑回家中。

忽见凤姐从里面走出来，说："阿爸已回来了，你身上淋得这个样子，快回房去换一换衣服，去见阿爸吃饭要紧。"

祁天雕听说他父亲回来，也没工夫去换衣服，一口气便跑到厅上，抱着他父亲的磕膝说道："阿爸，你老人家出去有好多天了，可想我不想我呢？哎呀呀！阿爸为什么流泪哭起来了？你心里有什么难过，莫是想念我的娘吗？"

祁光便拭泪回道："我没有什么难过,不过偶然流几滴眼泪罢了。你的娘是死去三年了,我白想她也是无益。你是在哪里回来的?身上却淋得这个样子,快去换过衣服,到我这里吃饭,我有话要向你说。"

祁天雕听罢,才慢条斯理地回到房中,换过了衣履,兄妹二人便陪着他父亲吃饭。

祁天雕却不等他父亲问他,先将在山上遇见老头儿的前后情形向他父亲说了一遍。祁光听罢,便问那老头儿是什么模样,天雕急将那老头儿的模样,形容给他父亲听了。

祁光忽地放下饭碗,在桌角上拍了一巴掌,不由怒骂起来,说:"朱子民真不是个好相识,他要钓鱼尽可到别处地方去钓,为什么到我们太行山上钓鱼?我宁可拼去这条老命,也要同他到桐叶道人面前,评一评这个道理……"

话犹未毕,却见朱子民已笑容可掬地走了进来。

欲知后事如何,且俟下回再写。

第十九回

旧事重提热心崇戒律
玉人已往何处显冤魂

话说祁光一时光起火性,在那里嚷骂朱子民,还说要同朱子民到桐叶道人面前,评一评这个道理。及见朱子民笑容可掬地走了进来,他明知朱子民的道力不弱,且不问他是从哪里进来的,自己反觉得有些难为情,便把燎天的气焰,登时挫息下去,连忙起身抱拳说道:"子民兄,我们有好多日不见了。"

一面说,一面便将子民拉在一张凳子上坐定,回头便叫天雕、凤姐二人快来相见。

天雕、凤姐听了,便来拜过了子民。天雕向子民身上打量一番,心里有许多蹊跷的话要想问他。好像他有意和自家为难的样子,连问了几句,他理也不理。天雕只得在一旁站定,转噘着嘴不作一声。

当时子民便向祁光笑了笑道:"祁兄太客气了,我们彼此总算是老朋友,只需在那生气的时辰,少怒骂朱子民一两句,正不用这番如此恭维。"

祁光道:"该死该死,这是兄弟的心神错乱,得罪了老兄,总求老兄格外原谅。老兄大略也知道兄弟的苦情,就因那个大蠢材当初做强盗的时候,他虽然也称得绿林中一条汉子,但是兄弟祖宗相传以来,都是清白得很,兄弟怎容得天鹏做强盗呢?天鹏怕兄弟拿家法去处置他,投到嵩山,求钟兄保护。钟兄对他说:'过去的事已过去了,我们正不用追究过去的事。看你的根器不薄,做强盗太可惜,你能苦心追悔前非,在我门下学习道法,遵守我的戒律。我和你父亲是好朋友,可以设法求你父亲,不用家法来处置你。'

"天鹏巴不得转入嵩岳教门,有嵩岳派这道护身符,料想我不好意思违拗嵩山派的情面,再用家法来惩治他,便苦心一志地学习道法,我听了也很欢喜。

"谁知他学成了道法以后,胆敢违犯嵩岳派的戒律,竟投到张献宗那里,什么邪淫奸盗无法无天的事,都干得出。论理这种东西,是兄弟生出来的,前次犯了兄弟的家法,兄弟看在维岳兄的情分上面,饶恕他一回初犯。他现在又犯了维岳兄的戒律,一犯再犯,兄弟如何还能容得他?当然由兄弟将他拘得回来,处置他的死命。

"无如当日天鹏入嵩岳教门的时候,维岳兄曾和兄弟有言在先说:'天鹏是祁兄的儿子,儿子犯了家法,老子本有处置儿子的全权。但祁兄已开放他一条自新的门路,容恕他是个初犯,让我来教诲他。他不在我嵩岳派的门下便罢,既入了嵩岳派做我的徒弟,我将来传给他的戒律,他如果犯了戒律,自然由执掌戒律的人处置他。我嵩岳派若纵容他没有处置,那时才用得着你的家法。就譬如你儿子做了官,违犯做官人的条律,自然有国法来处置他,他逃脱了国法,才是你用家法的时候。'

"我明知维岳兄对我说这派话,是怕天鹏那个蠢材,将来万一再违犯了嵩岳派的戒律,转怕我做老子的偏袒儿子,不忍坐视儿子犯戒受死,要同他行蛮动武。

"其实我何尝不明白他的垂戒苦心,宁可使他嵩岳派的道法失传,也容不得受戒的徒弟犯戒,没有不杀一儆百,反将这犯戒的徒弟,让给人处置的道理。

"我当时曾对维岳兄说:'天鹏未受老兄戒律之前,这儿子当然是我的儿子,他犯了家法,我能赦便赦,要杀便杀。我不是看你们嵩岳派的戒律尊严,别人却怎配干涉我的家事?如今天鹏已受老兄的戒律,从此听从老兄的教令,这儿子已不能算是我的儿子了,他做了嵩岳派的人,犯了嵩岳派的戒律,我今日在老兄面前,已向他放弃老子处置儿子的全权。那时候再用不着管问你们嵩岳派,处置不处置受戒的徒弟犯戒的事。'

"维岳兄听我这话,一句句都打到他的心坎上,并且我又对维岳兄说:'天鹏既入老兄的戒门,我只当他做了和尚。譬如现在的人犯了法,一做了和尚,无论以前犯过什么法,官里都不能奈何他,除非他做和尚的时候,再犯了佛戒,那么也由监院执法这一类和尚来惩治他,哪里还用得着俗家的家法?做和尚的人出家无家,休论我是个平民,不便干涉出家人的事,破坏佛门的规矩。便是我兄弟和贱内百年以后,如果你们嵩岳派中离他不得,也不用他回家奔丧,我只当作这儿子已做了和尚了。'

"我和钟兄说过这样话,不图转瞬间,已过了十余年,我在江湖上听得天鹏犯了嵩岳派的戒律。表面上他虽然是嵩岳派的人,毕竟他是我的儿子,儿子做下歹事来,自然要坍尽老子的台面,何况江湖上人多有知天鹏是我的儿子,却不说他是嵩岳派的徒弟。我哪有这张脸在江湖上行走?他做的歹事越多,不要说维岳兄的罪孽因之越重,便是我自己、我祖宗,也受这东西祸累不浅。

"我兄弟既干碍维岳兄的戒律尊严,又和维岳兄有言在先,不便将他拘回来处死。

"维岳兄现在又不曾怎样地去处置他,纵然维岳兄不将他嵩岳派的雷厉风行的戒律当作玩耍的事,却叫兄弟一时间束手无策,又是好闷,又是好恼。

"想兄弟的一世英名,竟被这东西坍丧殆尽,祖宗遗传的清白,竟被这东西玷污殆尽。回来想起这心中的苦痛,不禁暗暗弹了几点眼泪。

"适听得天雕说及老兄在井边垂钓的事,兄弟想老兄的这类举动,怕老兄借此要来收我天雕做徒弟。将来天雕若在老兄门下犯了戒律,兄弟不能拘管他。

"他们虽不是在一娘胎里生了出来,但兄弟终怕天雕的性格,仍有些靠不住。万一他在老兄门下做下歹事来,天鹏前头的鞋子,做了他后边的样子。那么使兄弟不要闷死,也要气死,以致一时间心神势错,气恼起来,信口开河,得罪了老兄。叨在知己,老兄谅不见怪,就算兄弟一切均知罪罢了。"

朱子民听了笑道:"我到你们太行山钓鱼,犯你什么法?便以钓鱼为名,想收你儿子做徒弟,你有什么话说?你同我到我老师面前,要评什么道理?你说我朱子民真不是个好相识,我把你仍看是个好相识,谁见怪你什么?

"要知你这个小儿子,须比不得你那个大儿子。你那个大儿子,生有一种强盗的根性,怪我们钟师兄走错了眼,误收他这个强盗根性的人做徒弟。我不能劝止他,竟致钟师兄这个执掌戒律的徒弟犯戒,这也是钟师兄的前世孽缘,谁也不能怪。

"你这个小儿子,并没有生一种犯戒的根性,我自己可走不了眼,便是我要将你这小儿子做徒弟,你也不能阻止我。我生平只收一个徒弟,就因不肯乱收犯戒根性的徒弟,这也是我今世积的一点儿福缘。谁也不能说我胡乱要收下徒弟来。

"老实告诉了你吧,我的意思要想来钓天雕做我的徒弟,无奈时机未到,这是由于天雕的业魔未尽,勉强来钓他是不中用的。

"我昨日在颍源收了一个金石胆,是翰林金植杉的儿子。我因金石胆同我没有师徒的缘分,已送给钟师兄做徒弟了。

"今天到太行山来,虽没有钓着一尾小鱼,等待这小鱼长得大了,迟早要上我的钩钓。这尾鱼,也终有化为龙去的一日。

"你要明白,天雕若和我有师徒的缘分,你纵不放他上我钩钓,也许有上我钩钓的时候;天雕和我没有师徒的缘分,我纵想钓他也是枉然。

"我知道传徒弟不是一件当耍的事,徒弟将来有缘得传我的道法,我不收这徒弟做什么来?徒弟将来违犯我的戒律,我要收这徒弟做什么来。再说一句你不用见气的话,你的法力虽比我高强,道力却远不及我。

"你的大儿子,我知道已被钟师兄拘回嵩山石洞去了,无论如何,他是免不了五年后四月八日的那一天期限。你是不知道的,你现今把你小儿子收在身边,自然要由你传给他的道法,等你小儿子成人以后,你看他比我的徒弟是怎么样,我再看着我的徒弟比他是怎么样。

"凡事总有一定的机缘,气闷也是枉然,烦恼也是枉然。我的忠告,只有这几句话,后会正长,我们再见吧!"

朱子民一面说,一面便从容地走出门来。

这里祁光正不住暗暗地发愣,明知朱子民已经去了,勉强留他再谈几句,是不中的,只得将朱子民送出门外。

回来便向天雕、凤姐说道:"方才这老头儿说的一派话,你们都听清了吗,记清了吗?难得你们的大哥已被拘到嵩山,这正是我们祁氏门中不幸中的幸事。你们以后在我跟前学习道法,要苦心一志地学习,不要使这老头儿见了笑话。"

天雕、凤姐出娘胎的时候,就没有看见过有那么一个哥哥,今日朱子民同他父亲所说的话,第一次刺到他们的心坎里,就是这个未曾会过面的大哥哥,违犯了嵩山派的戒律。什么是戒律,他们这时候虽不明白,但他们这个未经会面的大哥哥,死期已不远了,他们都各自洒了一些眼泪。

当日吃饭已毕,凤姐忽向她父亲问道:"那老头儿既是阿爸的老朋友,他有这本事,能在井里钓出鲈鱼来,阿爸可有这本事没有呢?"

祁光道:"那是他用的法术,不是本事。我的法术比他还大,你们不要因你们那个大哥哥的事,惹得心里烦恼。难得他拘到嵩山,正是我今日开心的事。朱子民从来不见得会打诳语,这时候我很愿意显出比朱子民还好的法术,给你们看。"

凤姐道:"什么是法术呢?却同玩把戏的一样好看。"

祁光点头道:"真是同玩把戏的一样,但比把戏玩得还好看,你要我显出什么法术呢?"

凤姐道:"我怎么没有见阿爸玩过一回把戏,阿爸也会玩把戏吗?只要阿爸玩出好的来,随便阿爸要玩什么,就玩什么。"

祁光道:"把戏是玩,不是显;法术是显,不是玩。"

说至此,又向天雕望了一眼。看他泪痕未干,像似仍在那里伤心的样子,便又接着说道:"天雕,我的儿,你别要哭了,你要想阿爸显出什么法术来,阿爸便当显出什么法术来。你想是好不好?"

天雕道:"我想什么呢?我那个大哥哥,我是没有见过,我想阿爸显出我的大哥哥那个人来,给我看一看。阿爸说是我的大哥哥,我不信得便是我的大哥哥,我仍是不要看。但我第一是想的我那亲娘……我娘死去已三年了,记得那时我才四岁,我娘是什么相貌,身上穿的什么衣裳,我都记得。阿爸能把我娘显出来,我抱着我的娘,睡在我娘的怀里,亲热热地叫一声娘,我才欢喜……"一面说,一面仍不住地流下泪来。

凤姐也流泪道:"正是的,我娘是到哪里去了?她撇得我好苦呀,就得请爸快显出我的娘来,我要问她怎么不来抱我、不来疼我,人心是肉做的,她的心怎么比生姜还辣?"

祁光一听不好,我因疼爱这两个孩子,想显出一些的法术,消除他们心中的烦恼。不料他们要我显出他的娘,反惹起我的烦恼来了。

原来祁光原配许夫人性情极粗率,生一子,名天鹏。许夫人死了,四十岁上续弦娶一位水夫人,为人又是温柔,又是慈爱,生有一子一女,子名天雕,女名凤姐。天雕、凤姐,都生得粉妆玉琢,怪可爱的,是凡左邻右舍,都称赞这两个孩子,说他们的娘生得好,才会养出这两个玉人儿的小孩子来。

不幸他的娘被人用毒药害死了,这人的道法,是比祁光高强,使祁光的八卦神算,全无一些灵验,没处去捉拿仇人报仇,且不知这仇人姓什么,叫什么?

如今他娘死去已过三年,使祁光细想起来,这光景就同在眼前的一样。但幽明路隔,无处去问死人了,唯有死人的一座小影儿,犹浮沉在祁光的脑海里,摇荡无定,当时也不禁点点滴滴地眼泪洒个不住,便准备显出水夫人一座小影儿来。

欲知后事如何,且俟二十回再写。

第二十回

母子痛离魂形同槁木
英雄惊报怨虎啸深山

话说祁光想到水夫人惨死的情形，心里暗暗叫作惭愧，眼里不由点点滴滴地流下泪来。延挨了一会儿工夫，把眼上的眼泪擦干了，向天雕、凤姐说道："岂但你们想见一见你的娘，我也觉得和你的娘有三年不会了，我把你娘的小影儿显出来。"

说着，忙把眼睛闭了一闭，又延挨了一会儿，口里不住地说道："你们两个小孩子，快把眼睛闭一闭，等我说张眼，再张开来。你们不信我的话，偷看了是要害眼疔的。"

天雕、凤姐怕害眼疔，各把眼睛闭得紧紧的，不敢偷看。约有吃一杯茶的工夫，就听他父亲喊一声："张开眼来。"

天雕、凤姐张眼看时，不由把眼泪鼻涕都笑出来。

原来一把椅子上面，坐着一个少妇，绾着松松的髻儿，生得圆圆的脸儿，两道柳眉，一双杏眼，那眉眼中间，有一粒菜籽大的红印。身上穿一件绿绸小袄，腰系百蝶的彩裙，笑容满面地向着天雕、凤姐二人招一招手。

天雕连忙跑到他娘的面前，用手托着她的嘴，口里不住唤作姆妈。

凤姐跑得也甚快，却没有跑到她娘面前，一步跑不稳，便跌了个寒鸦扑水，头上不由暴起老大的一个疙瘩来，哪里还知道什么疼痛，爬起来又跑，到她娘面前，拉着她娘的手，哭道："姆妈，你可想我不想我呢。好狠心的姆妈，怎么我们喊了半会儿，连理也不肯理我们一理儿？"

祁光在旁看这形状，心里好生刺痛，暗想，这不过是我显出来的一种法术，哪里是他们什么姆妈？他们的姆妈，已死了葬在泥里，魂灵儿不知飞向哪里去了。如果当真是他们姆妈活了过来，终日地乳抱他们、拉扯他们，不知他们要喜欢到什么样子。这两个小孩子，把我显出来的法术，竟当作是他们的姆妈，看起来实在叫人伤心。

想着，口里不知又暗暗念些什么，便开声说道："天雕的娘，你这是什么话，孩子们喊叫了一会儿，你怎么像没有听见的一般？"

话才说完了，那天雕的娘，果然一手拉着天雕的手，一手把凤姐搂在怀里唤乖乖。

这一来，天雕直喜得眉开眼笑，说："我直当作姆妈已死了，原来我的姆妈还活着呢。妈呀，你一去三年在什么地方的？你可知儿子要想死了呢！"

凤姐也笑道："这不是我姆妈搂我的吗？我的妈，你可喜欢我不喜欢我呢？"

他们兄妹俩不住在那里笑说着，祁光不住在那里流着眼泪，任凭祁光流抹了多少眼泪，他们一个在姆妈的怀里，问着姆妈，一个坐在姆妈的腿上，叫作姆妈。不打算这姆妈并不是他们的姆妈，更不打算他父亲站在一边，洒了许多的眼泪。

祁光把眼泪又流抹了一会儿，说："天雕的娘，你有三年不疼爱你两个小心肝儿，难得今天你回来了，当要表现十分喜欢他们的形容，才是你做娘的疼爱儿子、女儿的道理。"

这话方才说完，凤姐的娘一手把凤姐抱起来，和凤姐接了一个吻，一手又将天雕搂在怀里，不住地心肝肉儿乱叫。

这一来，他们兄妹俩的快乐，真是快乐到了极顶。祁光心里的苦痛，也就苦痛到了极顶。

就在这时候，祁光倏地用两手把天雕、凤姐从他姆妈怀中抢了回来。

天雕、凤姐又不由得都哇地哭了一声,只一眨眼的工夫,再看哪里还有什么姆妈呢,单剩有一把空椅子了。天雕、凤姐都不由得放声大哭起来。

忽地他父亲又叫了一声道:"孩子们,哭是哭不出什么道理来,你们的姆妈现在这里。"

凤姐道:"在哪里?"

天雕道:"我的姆妈走了就行了吗,你也舍不得我们,再回来疼爱我们才是,晚间还要同我姆妈睡觉呢。"

祁光便把天雕、凤姐放下来,凤姐回头一看,不禁近前一步,眼泪鼻涕都哭出来,说:"姆妈,你这是怎样的?"

天雕也不由哭道:"姆妈,你怎么好端端躺在这里?"

原来厅上不知何时有了一张那么大的床,床上睡着一个死人,千不是,万不是,正是他们的姆妈,头枕在一个红红的枕头上,两脚放在两个砖头上,脚前放着一碗米,米里放着一酒杯子饭,点着一闪一闪的灯光。

天雕急跑到他姆妈的身边,说:"姆妈,方才是说也有,笑也有的,一个人好好的,又怎么会死起来?"

凤姐道:"我不相信姆妈又死了,这是怎么好?"

兄妹俩于是各抱着他姆妈摇了一会儿,四只水汪汪的眼睛,只顾愣愣地望着姆妈,口里又不住呜呜咽咽地叫着姆妈。叫了一会儿,只没听见他姆妈答应,兄妹都不禁睡到姆妈的身上,翻来转去地哭嚷不休。

忽地凤姐哭道:"哎呀呀,姆妈的鼻孔里,怎会流出这许多血来?"

天雕也哭道:"妹妹,你看姆妈的肚皮,高肿得什么样子?"

他们兄妹各说了两句话,便在那床上又哀哀地哭,这哭声如雁叫长空,如猿啼两岸,真个天地为愁,草木含悲。接连祁光也放声大哭,都哭得一佛涅槃、二佛出世。

忽听得有叫门的声音,把门搭子敲得连天价响。

原来是左邻右舍,听得祁家一阵阵号哭的声音,像似号丧的一样,只不知是什么缘故。有几个好事的,走出来见祁家的大门没有关闭,便走到厅门口,看厅门关起来了,把那门搭子敲了一阵。

那厅门无故自开,外边叫门的人,匆忙间没有想到其中的道理,大家挤进来一看,见祁光和他两个男女孩子,都伏在他家的神主面前,好像都哭得昏沉沉的,便将祁光叫醒过来,问是什么缘故。

祁光回说:"不过偶然想起小孩子的娘来,哪里能使我们父子三人,不同声一哭?"

说着,即在天雕、凤姐身上都轻轻地各拍了一巴掌,说道:"孩子们,不要哭了,便由今天哭到明天,再由明天哭到后天,还能把你们的娘哭回来吗?"

凤姐早拍得醒转过来,说:"我的姆妈又到哪里去了?"

天雕也哭道:"哎哟,我姆妈死得真好惨也!"

那些邻人见祁家没有别的变故,谁耐烦看他们在那里痛哭,也就回去各做各的事了。

天雕、凤姐还不住哭着姆妈,问他父亲:"又将姆妈送到哪里,怎么眨眨眼连尸首都不见了呢?须要还我们的姆妈来。"

祁光道:"那不过是我显出来的法术。"

天雕、凤姐方才明白过来,便齐声向他父亲哭道:"阿爸快快再把这法术显出来,叫我们再得见姆妈一面,就死也是情愿。"

祁光道:"不要再显了,桌椅都安置原处,我这时的方寸已乱,哪里还能再显出你们的娘来?"

天雕果见桌椅都移过方向,不但床上没有了姆妈,连那么大的一张床,也不见了。但想起他姆妈死时的情形,心里好不伤痛。转向凤姐说道:"妹妹不用哭了,我们若能学得阿爸这样的法术,要见姆妈,并不是什么难事。哦,我想起来了,记得当初姆妈临逝的时候,鼻孔里也流出红红的血来,肚皮上也高肿得什么似的。我看别人家也死过人,不像姆妈死时的那种样子,我可要问一问阿爸,我姆妈是得的什么病死的。"

祁光道:"你的娘是被人毒死的,我几想把这话告诉你们,就因你们年纪小,告诉你们是没有用处的。"

天雕道:"我姆妈是被谁人毒死的呢?阿爸何不使用法术,把那毒死我姆妈的人显出来。"

祁光道:"我若知你娘是被谁人毒死的,我早已要显出那仇人来,给你的娘报仇了。"

天雕听了,也不说什么,但他终因自己的娘死得太不明白,心里屡想要替他的娘报仇。究因自己是个孩子,又不知仇人是哪一个、现在什么地方。他虽然没有报复母仇的把握,却未尝一时一刻,丢开这报仇的心思。

天雕长到十岁,凤姐已是八岁了。祁光便先传给他们的剑功,准备剑功告成,再传给他们剑术。

天雕学剑两年,成绩虽及不上凤姐,但在剑功上已有了三四分的火候。

他因想念着母亲的仇人,这日听说邢县城内的城隍庙,那个檀香木偶的城隍庙菩萨,最有灵验。偷偷瞒过父亲,连夜向邢县跑去,想求城隍菩萨,把他母亲的仇人在魂梦中显说出来。

刚走到离邢县不远的地方,月光之下,见有一个老头儿迎面走来,向他撞了一个满怀。天雕在匆忙间,也没有看清那老头儿的面貌,仍然嘣着一口气向前走去。

刚走到邢县东门城外,时已四鼓,那城门已关闭起来。看那城墙有两丈多高,自信纵跳的功夫,还可以跳上城墙,遂将双足一蹬,向城墙上跳去。

谁知仓促间跳得太迅快了,跳得比城墙还高,两脚没有踏在城墙上面,身体落了空,不由一头栽跌下来。登时跌得昏扑在城墙下,没有知觉。

在昏迷中也不知经过了多少时刻,醒时睁眼一看,只见自己睡在一个山坡中间,看这山并不像似太行山的模样。

天上的残星,闪闪有光,山上的树木,萧萧作响。愁人眼里,总觉含着无限的哀思,便伏在那山上放声大哭。

也不知自己明明跌落在城墙下,昏沉沉是被谁人带到这里来的,未免疑惑是邢县的城隍菩萨显的威灵,自己被城隍菩萨带到这里来,或者能在这里探访到仇人的下落。

他伏在山上想了一会儿,又哭了一会儿;哭了一会儿,又想了一会儿。眼看东方已吐出鱼肚白的颜色,山上有了行人的踪迹,便哭问一班行人,这山唤作什么山。那一班行人,都回说:"这是乌鼠山,属甘肃地界。"

天雕听了,记在心里,便在这乌鼠山上探访了数日。无如他不知自己母亲是被仇人用什么毒药害死的,且不知仇人的姓氏、是甚样的面貌,却叫他在什么地方访出他母亲的仇人来?

他日间在山上,有时逢人说项,问他母亲的仇人在哪里,好像疯癫了似的。有时跑到高山巅上,临风痛哭,非哭到眼泪干、咽哑时,简直不会停止。哭疲了,就在什么地方拣一处略可避风雨的所在,放下身躯安睡。腹中饥了,自己晓得身边没有银钱,也不必寻投饭店内吃饭。山中木实,在平常人是不能入口的,他在腹中饥饿的时候,尽可以取来充饥。遇着毒蛇猛兽出没的地方,他睡下来怕受其侵害,就缘到最高的树枝上面,也可以打盹一夜。

似这么探访了数日。这日刚在半山上行着,心里胡思乱想,就想夜间有什么神人前来托梦,在梦中说出那仇人的相貌、姓氏、居址来。可是这种好梦,接连数夜只是寻不着,未必今天就能够寻出这样的好梦来。

正想到这里,猛觉得背后有人在肩上拍了一下道:"你站在这里想些什么?你没看见仇人的面貌,不知仇人姓什么、叫什么、住在什么地方,还想替你母亲报仇?"

天雕不由暗吃一惊,急忙回身看时,只见一个鬓眉雪白的老丈,向他含笑点头。

天雕看这老丈的头顶光滑滑的,没一根头发,颌下一部银针也似的胡须,飘过胸膛。身体不甚高大,但屹然立着,没有一点儿龙钟老态,两目如明星、如流电。看他这神气十足的样子,哪里像似个老年人?又听他这几句话,问得很是蹊跷。

天雕有这眼力,认得出这老丈不是寻常的人物,连忙跪下来问道:"老丈这样的神态,在我眼中看来,像个神仙。请问老丈究竟知我母亲的仇人是谁呢?"

那老丈听了笑道:"我虽不是个神仙,但凡神仙所做出来的事,我都可以做得出来,你要给你母亲报仇,不是一件易如反掌的事吗?好孩子,你要知你母亲是怎样被人害死的,那人是谁,是什么相貌,姓什么,叫什么,住在什么地方,有我给你帮忙,包管你如愿而偿。我同你一块儿去给你母亲报仇,好吗?"

天雕听完这话,心里正说不出来的感激,不住地向那老丈叩头,把头都磕得咚咚地响,险些连头皮都磕破了。

那老丈连忙一把将他拉起,口里呼哨了一声,倏地起了一阵腥风,只刮得山上的沙石飞扬,树上的枝叶纷纷飘落,从山涧中跳出一只披发猛虎来,张牙舞爪,飞扑到老丈面前。吓得祁天雕脸上变了颜色。

欲知后事如何,且俟二十一回再写。

第二十一回

假田铎设局赚英雄
真刁鼎登坛显法力

话说祁天雕觉得那一阵腥风过去，山中沙石飞扬，树上枝叶纷纷折落。倏地从山涧边跳过一只披发猛虎，张牙舞爪，咆哮了一声，直飞扑到那老丈的面前来，那种目眈眈、齿巉巉的神态，像似要吃人的样子。

祁天雕骤然间见这情状，也不禁吓得脸上变了颜色，转念想到老丈和自己的能耐，总可以对付这个孽畜，不致被它噬伤，也就不用害怕，准备对付的方法迎击。却见那老丈比着两个指头，在猛虎头上轻轻打了一下，喝道："孽畜，你瞎了眼认不得人吗？我将你呼得前来，怎容你同这孩子比武？"

说也奇怪，那披发猛虎，听得老丈这几句话喝出来，那般要吃人的样子，一些也没有了。伸直前蹄，跪在老丈身边，那老丈便将天雕抱在怀里，一飞身跨上了虎背。

天雕听那虎又啸了一声，这一声比前来得大了。古语说得好："云从龙，风从虎。"一时虎啸风生，山上的树木沙石，就鼓荡得像潮水相似。

那虎又行得甚快，仿佛腾云驾雾，眼前的景物，一转瞬就飞一般地退后去了。那虎虽然跑得太快，天雕和这老丈骑在它的身上，却甚稳健，那老丈更是行若无事，像似骑惯了猛虎的样子，直由山这边飞奔过山那边来。

只消一盏茶的时辰，计程奔有十多里路，看见前面有一所规模宏大的山庄。

那虎刚奔得庄前，便将前两蹄向下一蹲。老丈仍抱着天雕，从虎身上跨下来。对着那虎说道："这时用你不着了，你且去歇歇吧。"说着，又将虎头上轻轻拍了一巴掌，那虎自会扬头弹尾地去了。

老丈握了天雕的手，走进山庄。看门前的气派，俨然似大户人家的样子，有两个童仆站在大门内，见老主人带着一个十二三岁模样的童子进来，卑躬屈膝地拱着手退立两旁，直待老主人和这童子走进去了，才恢复旧时的形状。

那老丈拉着天雕，走进了一间大客厅。

天雕虽从他父亲学过两年的剑功，毕竟是没有见过世面的小孩子，看厅上的陈设太华丽了，所陈设的古玩珍器太多，天雕眼睛里也没有见过这些珍玩东西，只觉他是小户人家的孩子，走进在这天堂也似的客厅，行止举动之间，很有些局促不安的样子。

那老丈便俨然高坐，把天雕抱在自己的磕膝上坐，那一种温和慈蔼的神态，谁也一落眼便看出这老丈是个高年的有道之士。

一时道童献茶已毕，那老丈自言姓田，名铎，就是乌鼠山的人氏。

天雕道："蒙老丈带我到这里来，要给我母亲报仇，老丈知那仇人是怎样害死我母亲的，仇人现在哪里？赶快请老丈想想法子，要把仇人捉得来，非得我亲自动手，活摘下他的心肝，好祭我的亲娘。"说至此，眼里早流下泪来。

田铎道："你不是祁光的小儿子吗？你的名字是不是唤作天雕？"

天雕道："怎么不是！"

田铎道："好一个祁天雕，这么小的孩子，尚知要报复母亲的大仇，可是尘世间再找不出像你这样的孝子来。

"我转问你一句，那夜你在城墙上一头栽下来的时候，昏沉中怎会到我这山上来。在你的意思，是因神圣可怜你的孝心，将你送到这里来的,你可看见有什么神圣吗?你要知庙堂上那些土形木偶,哪有什么威灵,如果在冥冥中有这样惊人的举动,阳世间再没什么不平的事了。神圣是没有将你送到这里来的,其中的缘故,你也该有些明白了。

"你并不曾向我说出报仇的心事,我怎知你存着这报仇心事呢?你没说出是祁光的小儿子祁天雕,我怎知你唤作祁天雕呢?就从这一点想来,再回想你在昨夜半路上遇见那个老头儿,以及将你在昏沉中带到这山上来的,不是我还有哪个?"

"神圣是不能帮你报仇,休论神圣不能帮你报仇,便是你父亲有那么大的法术,且不能给你母亲报仇,并不知你母亲是被仇人怎样害死,及仇人的姓名、住址。你看我的法力,不见得不如你的父亲。

"我和你父亲并没有会过,你父亲不知我这个人,我知道你父亲唤作祁光。你父亲欲为你母亲报仇,就因不知仇人是谁,凭他有怎样好的法术,要做这个没有题目的文章,就寻找一辈子,也寻不出仇人的踪迹来。

"然而我能知道那仇人是怎样害死你母亲的,并料着这仇人在什么地方,是个什么样的人。可知你父亲的法术,虽和我没有上下,他的道力却远不及我了。你要我帮你的忙,把仇人拘得来,我没有不帮忙的道理,并由你亲自动手,随便怎样处置他,活祭你的母亲。但是我有一个要求,我帮你报了仇,你须安心住在这里,做我的徒弟,我来传给你的道法,不明白你的意思以为怎样?"

天雕听罢,直喜得哭出声来。回道:"老丈能给我帮忙,叫我亲自动手杀了仇人,这是我父亲所不能办到的事。老丈能包管我办得到,我只求能够报复母亲的大仇,休说老丈有眼瞧得起我这孩子,要收我做徒弟、传给我的道法,这又是我心里说不出来的感激。哪怕老丈叫我做茶童、做小厮,服侍你老人家一辈子,我还有什么不愿意吗?就得快请老丈把我母亲的仇人捉来。"

田铎听了笑道:"是呀,你父亲不能给你母亲报仇,我能帮你的忙,给你母亲报仇。我的道力比你父亲高,留你在这里做我的徒弟,你自没有不答应的道理。你看我略使一点儿神通,把你母亲的仇人显出来,我包管由他自己报出姓名,说出当年害你娘的缘故,便叫你动手处置他。但我叫你动手,你绝不可不动手,我不叫你动手,你绝不可动手。须知那人的能耐,比你还高强呢。"

天雕点点头,暗忖,难得老丈给我帮忙,报复母亲大仇,这真是做梦想不到的。可惜我父亲和我妹妹都不在这里,如果他们亲眼看见我抓出仇人的心肝来,不知要怎样地感谢这位田老丈呢。

他心里虽这么想,谁知事实上却老大和他理想反对,这也是当时的情迹波诡云谲,令人有意想不到的奇妙。不是作书人故弄狡猾,横起波澜,话休絮烦。

且说田铎那时从膝上放下祁天雕来,令他站立一边。

天雕依着田铎的话,站在田铎的右边,却见田铎一不烧符,二不捏诀,口里不知说些什么。猛地厅上起了一阵风,便从厅外飞进一个黑面金身的神将来。在田铎左边站定问道:"法师唤小神有何差遣?"

田铎便向他附耳说了几句,那神将连说:"遵令!"仍然飞一般地去了。

只不消片刻工夫,又听得厅外风声陡起。天雕疑惑那神将要把他母亲的仇人带来了,却看那神将单是一个人飞了进来,向田铎说道:"那东西的法力甚强,小神却拘他不得。"

田铎不由勃然大怒道:"本法师是奉太上老君的律令差遣着你,你敢在本法师案前扭一扭吗?那东西又没有三头六臂,怎说是拘他不得?"

那神将道:"小神实在自己的法力不能拘他前来,不是小神有意违拗太上老君的律令,还要求贵法师的原谅。"

田铎翻着眼算了一会儿,把手一扬,那神将便没精打采地去了。

田铎勃然怒道:"这东西真是一个坏蛋,他的法力很是不小,玄武使者尚不能将他拘得回来,少不得要请动大菩萨了。"

说着,向外面叫一声:"来人!"便有一个道童前来,听受田铎的吩咐。摆设香案,焚好了沉檀速降。

田铎高坐在法座上,口里念了一会儿,恰没见有什么大菩萨到来。田铎脸上很显出十分焦急的样子,右边烧了一道符,左手捏了一个诀。忙了一阵,却没见有丝毫的响动,休说大菩萨不曾前来,连神将也没有一个。

田铎直急得秃头上放起一把火来,便走到坛前,散开了头发,烧甲马,化朱符,做那步罡踏斗的勾当。

忽然田铎把桌上的法戒只一拍,却从檐边响了一声,跟着一阵怪风陡起,只吹得飞石扬沙,房屋都摇摇震摆。便是天雕站在旁边,也不禁被这阵风吹得毛骨悚然,坛上的蜡烛险些几番被风吹灭。

田铎两眼不瞬地望着烛光,将要熄灭了,只对烛光喝一声,火焰登时又伸得起来。接连两三次,烛的火焰伸有五六寸高,直在风中动也不动,那风便会停止。接着从厅外飘进一个武装玉面三头六臂的人来,这种人的模样儿,便在戏台上也没有见过。

那人垂手拱立田铎面前,说:"贵法师呼吾神有何使唤?"

田铎照着对付那神将的样子,向他低声说了几句,那人也连说一声:"遵命!"去了。

田铎便对天雕说道:"这是玉面哪吒太子,有他前去,没有拘不来那东西的。你在这里等着,他把那东西拘来,凡事总要听我的调度,你只装作袖手旁观的样子。须知由我问明那东西果是你母亲的仇人,才叫你前来对付他;若不是你母亲的仇人,你就杀了一个无冤无仇的人,便算给你母亲报仇,天下哪有这样糊糊涂涂的事?"

天雕连声答应,总觉田铎这一派话,句句刺入自己的心坎,谁知仇人只在眼前，却从何处去拘仇人呢？这且不在话下。

一会儿，便见厅外电光一闪，便从飞檐上滚下两个人来。

天雕留神一看，分明是方才那位玉面哪吒，押进一个长不满三尺小孩子身材的老头儿来，不是他额下长着一部花白胡须，几无从辨认他是个老头儿模样。

那哪吒把那老头儿押在阶下，便向田铎笑道："法师看这东西的法术却也不小，不是吾神拨冗前往，哪里能将他手到擒来，不知贵法师还有什么差遣？"

田铎摇摇头，哪吒便在厅上，用乾坤圈在那老头儿的顶梁上照了一照，倏然间已不知去向。

天雕看那老头儿仍现出倔强的神气，向田铎骂道："你姓田的住在山这边，我住在山那边，两不相干，要你替祁家出力报仇，和我作对做什么？我将来不报你的仇恨，将你碎尸万段，也算不了是个刁鼎。"

田铎听了，便将案上的法戒拍得连天价响，说："好个不知死活的刁鼎，你敢顶撞本法师吗？快将当年害死水夫人的情形，一五一十地说来。你以为顶撞我，不肯认下自己的罪状就行了吗？你要报我的仇恨，除非做鬼再报复吧。"

说着，便在案上褡裢袋里随手取出一把有连环的师刀来，在那刁鼎面前晃了一晃。奇怪，看刁鼎一见了那把师刀，从前怒骂的神气一些也没有了，早泪流满面地哭起来，身体又抖得像筛糠相似。

田铎边晃着师刀，边向他喝道："孽障，你再不供认，更待何时？"

刁鼎哭泣求道："法师不看同道的情义，逼我供出当年的罪状，便打死我，我也不肯承认。我没有供认罪状，看法师有什么方法处置我的死命？"

田铎听罢，把眉头皱了一皱，便盘膝向法台上一坐，两眼合着，好像默祷什么似的，嘴唇微微地开合，如此好一会儿。

论理那刁鼎总该没有神将在旁拘押,早逃之夭夭溜得走了,却像受了什么定身法似的,哪里还能走开,只在厅下咬着牙关,听凭田铎是怎样摆布。

田铎默念了一会儿,不知怎么似的,案上仿佛有人添送一碗黄澄澄的水上来,说盐卤已取来了。只听着那人说话的声音,看不见那人的横眼睛竖鼻子。

看田铎下了法台,便指着刁鼎笑道:"本法师打算给祁家报仇,算是一件易如反常的事,想不到你这种东西,真是不打不出血的脓包,却叫本法师费如此的周折。本法师也薄有一点儿道法,怎容得你不肯招认,就放出你回去了吗?没有这样容易的事。"

说着,便执着师刀,在刁鼎胸间衣服一划,便露出胸膛来。

田铎便用师刀在他两肩窝里剜了两个透明的窟窿,看刁鼎还是咬牙忍受,便用一个纸卷,濡着满纸卷的卤水,在他两肩窝伤害的所在,沾濡了一会儿。

忽然刁鼎不由得叫一声"亲娘"出来。

欲知后事如何,且俟二十二回再写。

第二十二回

空报仇小侠入牢笼
巧相逢奇人掀黑幕

话说厅下的刁鼎,在这一声"亲娘"叫出来的时候,他脸上惨苦的神气,惨苦得不可形容。

厅上祁天雕心里的痛快,也就随着痛快得无从描写。

那田铎在刁鼎两肩窝里,沾濡着盐卤,又板着一副面孔,向刁鼎冷冷地说道:"你这东西,太不识相。凭你有多大的法力,不被本法师拘来便罢,一经本法师将你拘得前来,你虽然咬着牙关,不肯招认,还容得你不肯招认吗?"

那刁鼎听了,摆一摆手,田铎也把手缩回了,刁鼎又向田铎哭着说道:"你问我是怎样害死祁光的妻子,害死她有什么用处,我心里是明白,大略你心里也是很明白的。

"你既有这道力,明白我是怎样地害死祁光妻子的,害死她有什么用处,苦苦地用严刑拷问我,又为什么?你既不看同道人情分上面,欲给你痛痒漠不相关的人报仇,你是要拷出我的罪供,才好处置我的死刑。

"就因我们一班同道的人,要处置那人的死罪,须由那人亲口招出实供,再处置他,才可以避免同道中人向你讲一讲同道中的规矩。你可知用这样严刑拷问着我,便是国家也没有这样的非刑。

"我们同道中几见人用过这样杀手的毒作呢?你已为座上的法师,我为阶下的囚犯,你要怎样拷问我,还不听你怎样地拷问吗？但你也该讲一讲同道的道理,老实给你说明白了吧,你想用这种非刑,硬要在我这两肩窝拷出什么供,我就不算是一个刁鼎。"

田铎又冷笑了一声道："不错,我是道法中人,本该懂得同道人的规矩,要懂得处置同道人的道理,不懂得规矩道理,算得什么同道中人。但你无辜害死人家的妇女,已违犯了我们同道中的规矩,你还算是我们同道中人吗？只当你是社会上一个凶蛮不讲道理的败类。我对你这个凶蛮不讲道理的败类还用得什么客气,同你讲道理吗？大略我尽这样地便宜了你,要想从你的口里逗出一句实供,是逗不出来的。"

说着,又从那褡裢袋里取出一把长不及五寸的铜锉来,在刁鼎的锁子骨上,慢腾腾锉了一会儿。那刁鼎好像痛彻心肝,头上的汗滴个不住,眼中的泪流个不住。

接着那锉越锉越快起来,锉声也越来越高。刁鼎更是横心忍受,把牙关咬得咯咯的,把眼睛闭得紧紧的。

接着田铎又用卤水洒在两边锁子骨血肉模糊的所在,洒了一会儿,又锉了一会儿,锉了一会儿,又洒上一会儿。那血骨纷飞,斑斑点点滴在地上,都是黑的。

那刁鼎好像已痛死过好几次,却总被田铎将他唤醒过来,刁鼎的无情之泪,在那里流个不住,祁天雕的有情之泪,也在那里流个不住。

刁鼎到了这时候,好像也有些熬不住了,即在厅下大呼一声道："田法师,我这时真个招了。"

田铎方缩回了手,即见刁鼎切齿供道："法师不是问我怎样害死祁光的妻子,害死她有什么用处吗？我本拟不肯实说出来,到了这种关头,我也顾不得性命了。

"我在十年前的时候,曾被祁光栽我一个跟斗,逃到乌鼠山来,苦心练习我的法术,想报复以前的大仇。谁知我在暗中曾见过祁光数次,就因他的法力来得纯正,眼中的元神又十分充足,任我这法术再厉害些,我也不能伤害他一丝一发。

"就准备趁他没有回家的时候,前去伤害他男女两个孩子。谁知他这两个孩子,虽没有学得点点道法,来历却大得骇人。虎父无犬子,我不能伤害祁光,还不能伤害他两个孩子吗?

"我在暗中用隐身法遮住自己的身体,趁祁光的妻子在吃茶的时候,我暗暗用了一些水莽草莓汁,滴在那茶杯里。祁光的妻子,哪里知道是我在暗地作祟,日间吃了那杯茶,到了夜间药性发作。祁光回来了,看见他的妻子,已经口流鲜血地死了。

"任他的神算好到怎样,却不知我前来害死他的爱妻,报复他的前仇,这是什么缘故呢?就因祁光的法力虽好,道力却甚有限,再遇到有道力比他高明的人,在暗中算计他,他的神算也有不灵验的时候。

"缘由这八卦的神算比不得道力,道力是由自己的觉力,明如镜鉴,不爽累黍。八卦的神算全仗着鬼神的指引,试问鬼神如何敢得罪道力高强的人呢?这是我自己从肺腑里掏出来的实供,没一句是假。贵法师的道力高明,大略早已就知道了。请贵法师仍看在同道人情分上,快点儿送我回去,我也不想有个活命。"

刁鼎一面招着口供,田铎一面写着。

到了末了的时候,田铎便放下一支笔来,指着刁鼎向天雕笑道:"这东西所招出来的实供,你听清了吗?记清了吗?"

天雕听罢,像刁鼎所招的供词,实在叫人相信。就想不到在十年以前,他自己的父亲,是如何栽了刁鼎一个跟斗。更想不到自己兄妹两人都是个小孩子,没学得点点的法力,凭什么能使刁鼎不敢下自己的毒手。

当下实在有些按不住了,早哭了一声:"母亲的灵魂不远!"便向田铎问道:"我这时可以处置这东西吗?"

田铎道:"他的供词已招认了,不拘他有多大的道力,经我用这把师刀,剜穿他两边锁子骨,又用神铧铧了一会儿,他有本领敢使出什么法术吗,这正是你处置他的时候。"说着,即将自己的师刀授给了天雕。

天雕执刀在手,一蹿身早蹿到刁鼎面前,用师刀在刁鼎胸间只一剜,已将他那活跳的心肝,从胸膛里剜出来了,把在手中。那尸首也就随后躺在地下。

忽地觉得陡起一阵狂风,在那阵狂风之中,便见一个大倍寻常的野人,来夺取天雕手中的心肝。天雕不禁一松手,那野人便不见了,不但那手中的心肝被野人攫拿而去,便是刁鼎的尸级,也去得不见踪迹。

天雕惊讶了一会儿,看田铎站立一旁,仍是行若无事的样子,天雕哭着叫道:"方才那样光景,老法师可瞧见了吗?"

田铎笑道:"那是我显的一些法术,把那东西的臭皮袋,一股脑儿着令夜叉送到江边喂鱼去了,用得你这样地大惊小怪?"

天雕听了,点一点头,很是佩服这老丈的法力高强。

忽然想起一句话来,又向田铎问道:"那东西站在厅下的时候,比我们孩子的身体还小,不是他嘴边生了一把胡子,简直看不出那东西是个老头儿来。难道那东西已活到六七十岁,还是小孩子身材吗?"

田铎笑了笑,说:"论刁鼎的身材,同我差不多,不过他是学过道法的人,但凡学过道法的人,他的身材能大能小,大则能显出丈八金身,小则也能显得同七八岁时小孩子一样。刁鼎因自己知道自己的罪过,被我拘到坛前,不肯显出自己的本相来,要遮蔽我的眼目。我的道法,不是自己说着大话,要算是同道中一个大拇指了,休说他显得同七八岁的小孩子一样,哪怕他死了化成灰、化成水,我总有这觉力,有这眼识,认出他是个刁鼎。"

天雕听罢,仍有些解不透其中的道理出来,只是这种道理,在他脑海里略浮沉了一会儿,瞬息间便过去了。

田铎当此便唤了道童上来,收过了法器、香案。

天雕忽向田铎告别。

田铎急握着他的手笑道:"你这个小孩子,说话不算数吗?你说我能帮你的忙,给你母亲复了大仇,休说是做我的徒弟,便是做茶童、做小厮,你没有不愿意的,怎么我帮你报了母亲的大仇,你过了河便拆桥,你这小小的年纪,这一点儿信用也不能保守吗?

"你要明白,我的年纪虽有七十二岁了,还没有收过一个徒弟。想不到我已是要下土的人了,所怕法术带到土里去也是无用,满心就想收一个徒弟,传授我的衣钵。

"但是传徒弟这一件事,是要看这人的根器,有没有做我徒弟的缘分,可是这种有根器的徒弟,又实在不容易寻着。我有一个小女,比你小得两岁,她也很聪明,性情也甚刚正,我可以略传她一些道法,却终因她是个女孩儿,将来能在我跟前学习一些道法,却不能传给我的衣钵。我好容易遇到你这个天性最笃、根器极深厚的徒弟,你又一口允许我,情愿做我的徒弟,却不知你这么小的年纪,说话竟不算数了,你这是什么道理?"

天雕流泪回道:"承老师父帮我的忙,报复我母亲的大仇,徒弟心里有说不出来的感谢。看老师父的法术,又比徒弟的父亲高强,徒弟不愿随从老师父学习法术,更要随从何人呢?不过徒弟已报复母亲的大仇,徒弟欲回去见我的父亲,见我凤妹,把报仇的事告诉了他们,叫他们听了也痛快。随后就到师父山上来,徒弟绝不肯出言反悔,望师父放徒弟就去好吗?"

田铎听罢,脸面上顿现出不快乐的神气,沉吟了半响,才向天雕说道:"我说你说话不算数,不错,你要回去见你的父亲,见你的凤妹,要将报仇的事告诉了他们,叫他们听了也痛快,我不便阻拦你。但你再回到这山上来做我的徒弟,这话恐怕是办不到了,不是你自己不肯前来,其中却要另生出一种枝节。

"你可记得在五年以前,有一个朱子民在太行山钓鱼,曾对你父亲说出要收你做徒弟的话来?我的算法,只怕你此去还没有回家,便被朱子民收你去做徒弟了。我帮你报复你母亲的大仇,你不能做我的徒弟,朱子民没有帮你报复你母亲的大仇,你却去做朱子民的徒弟,我就不相信你说话不会算数。"

天雕道:"老师父怎知朱子民便在半路上要收我做徒弟呢?"

田铎道:"你这时没有学习道法,就不懂得这其中的奥理,你学成了道法以后,自然有明白的时候。

"我看穿了你的心思,本来情愿做我的徒弟,不情愿做朱子民的徒弟。殊不知你不愿做朱子民的徒弟,那朱子民决定想出绝妙的方法来,硬逼你做他的徒弟,你虽学有两年的剑功,怎敌得朱子民的法术?到了那时候,你能逃过朱子民手掌心吗?你有什么方法,能避免这个不愿意的勾当呢?

"拢共和你说几句,你辜负我的爱意,自己承认自己说话不算数,你就出山去做朱子民的徒弟。若知道我这个老师父待你不薄,自己担保自己说话有效,就不用离这乌鼠山一步。

"你怕父亲、妹妹不知你前来报过了大仇,在家里盼望着你吗?这倒是你一件很可以放心的事,我早晚给个信儿,告知你父亲。你父亲若来看望你,他自会前来;不要来看望你,分了你学道法的心神,你白想他也是无益。将来你学成了道法,你父子兄妹会的日子正长呢!

"我对你要说的话,已经说明白了。你去与不去,全听你自己的便,我并不勉强你。"

这几句话一说出来,却难坏了祁天雕。看这老丈的神气,和自己却有依依的意思,好在父亲的年纪未老,有得我们父子兄妹聚会的时候,便一口答应了田铎。从此便安心住在田铎家里,学习道法。

田铎的女儿田珠珠,和天雕都是童年卯角,两小无猜,亲爱得了不得。

天雕每日照例学过一会儿道法,便和田珠珠在庭间作耍,田铎也不禁止,并且对天雕表示出将来欲将珠珠给他做妻子的意思。天雕听罢，越发把珠珠看待得和别个不同。

　　恰好这天田铎因有个朋友招呼他出山有事，没有回来。天雕同珠珠玩了一会儿，便兀自跑到山上闲眺，见山上树木葱茏，甚是可爱，心里好生畅快。

　　忽然觉得背后有人，在他肩背上拍了一下，说："祁天雕，你跟你母亲的仇人做师父，你这孩子真是蒙在鼓里。"

　　天雕猛听得这几句话，登时吃惊不小，回头一看，不见得有什么人来拍着他的肩背。暗暗地叫了一声"奇怪"。

　　欲知后事如何，且俟二十三回再写。

第二十三回

指迷路子民下说辞
送毒草天雕惊噩梦

话说祁天雕猛然觉得有人在他肩背上轻轻一拍,说出他跟着母亲仇人做师父的话来。天雕听完这话,很是诧异不小,回头一看,并不见什么人在他背后。

天雕不禁暗暗叫一声"奇怪",在四面望了望,仍然身边不见一人,暗想,这些话是从哪里说起?我母亲的仇人刁鼎,已被我师父擒到法坛,吃我用师刀挑出他的心肝来,已经身死多时,怎么我似乎听得有人在我背后,说我跟着母亲仇人做师父的话来。难道我母亲的仇人,便是我师父吗?我师父的法力比我父亲高强,他既是我母亲的仇人,我瞒过父亲出来,给我母亲报仇,他既然知道我是寻仇而来,就该斩草除根,凭他那样的法力,没有处死不了我这小孩子的,为什么不杀我,反要收我做徒弟呢?哎呀,我想起来了。师父曾对我说出朱子民要收我做徒弟的话来,于今我已做了我师父的徒弟,如何再做朱子民的徒弟呢?这莫是朱子民在暗中作怪,要收我做他的徒弟,硬说我母亲的仇人是我师父,他好乘机离间我师徒的情感,收我去做徒弟?我虽是个孩子,没有多大见识,然已看穿朱子民的鬼蜮心肠,我偏不上他的当。

天雕在那里想着,接连听得远远地打个哈哈说道:"是呀,你分明亲眼看见刁鼎已被你用师刀把心肝挑出来,以为自己母亲的大仇,已报复了。

"我来转问你几句话,你在先可认识那个刁鼎,是个甚模样儿? 当初刁鼎在你父亲面前,栽一个跟斗,是怎么被你父亲栽一个跟斗? 刁鼎的尸级,被野人攫拿而去,这野人是哪里来? 人家用三合会的妖术,蒙蔽了你的眼识,欺骗你这孩子,你连刁鼎的来由都不曾问明,被人家欺负了,你还以为你师父果然是你母亲的仇人。你要报复你母亲的大仇,已给他知道了,凭他那样的法力,应该斩草除根,随便怎样下你的毒手,你总是逃不了性命的,何苦来要收你去做他的徒弟呢?

"你要明白,百行孝为先,你这孝心在未曾感觉之前,动也不曾一动,一经感觉起来,便如怒马奔腾,秋潮荡决,绝非手刃母仇,不足泄去你胸中的幽愤。任谁要来扼制你的孝心,也扼制不住。你的孝心高到极顶,自有鬼神在暗中默佑,无论他的法力好到什么程度,不过练些役鬼驱神的软功夫,鬼神能侵害你分毫吗? 不但不能侵害你分毫,你的孝心出于至诚,报仇的心一日不死,鬼神必默佑你报复大仇。任凭那仇人有多大的本领,也绝逃不了你的掌握。

"他不设成圈套,用一个伪刁鼎来给你报复你母亲的大仇,你的报仇心不会死的,你的报仇心不死,他固然有法无处使,不能伤害你一毫一发,却越发使他心神不安。

"就不若和你联络感情,索性收你做个徒弟,使你越发信他的话,不容易给外人拆穿他的黑幕。你要知朱子民本来想收你做徒弟,却不在这时候收你做徒弟,这其中的缘故,不是你毫无一点儿道力的孩子所能了解。

"就可惜你这种天性笃厚的孩子,一着了仇人的道儿,就同糊涂油迷蒙了心窍,扁扁伏伏的,连家乡都不想回去,情愿随仇人做徒弟,反把朱子民的好意,当作鬼蜮心肠,你母亲的英灵不泯,那么也含泪在泉下了。"

天雕听了这一派雷轰的话,心里不由有些踌躇起来。

那人说话的声音,似在山坳间发出来,便信步向山坳间走去。再看分明有一道电光。在身边闪了过去，回身细看，并没有见到什么电光，接着又听得有人距离他十步远近的光景，哈哈大笑起来。

天雕也学过两年的剑功，知道那人是迷踪术的硬功夫，并不是隐身法，听那人的声音，绝不像朱子民的腔调，明知追上去想抓住他，再仔细问他一番，恐怕是办不到，便也将信将疑地向前问道："什么是三合会？三合会用什么法术，能遮蔽人的眼识两障？那刁鼎究竟是个甚模样儿，当初是怎样地被我父亲栽他一个跟斗？我是个小孩子，怎么明白？"

话才说完，又听得仿佛有人向他回道："这几种的玩意儿，我便对你揭说出来，你仍有些不相信。等待你真个报复你母亲的大仇，回去见你父亲问个明白，当然你父亲要告诉你，有你明白的时候。

"你把自己的仇人，当作师父孝敬，又要和仇人的女儿结下不解缘，你师父也会向你说，你在他那里做他的徒弟，他早晚给个信儿告知你父亲。你回去时，就知他可曾有没有给信儿到你父亲的了。你不要给你母亲报仇，不要真个手刃仇人，情愿随仇人做徒弟便罢，如果想替你母亲报仇，真个要手刃仇人，认出那个假田铎真刁鼎是你的仇人，不是你的师父，就得再鼓铸你至诚的孝心，仍然恢复到初时模样。

"你切莫怕自己本领小，报不了母亲的仇，要求人帮助。你要想到那东西所以设了个假圈套，他不但不杀你，反收你做徒弟，和你联络感情，不是畏怯你的本领，是畏怯你这孝心。你有这么血热热的孝心，专要去给你母亲报仇，自有鬼神默佑你，并不用人帮助，自有你报仇的机会。

"人家要帮助你，不是给人家母亲报仇，就没有这么血热热的孝心，却怎能奈何法术高强的刁鼎？我来提醒你，也因你当初的孝心所感，我和刁鼎无仇，也不勉强便收你做徒弟，只有一句话，我得要在事先吩咐你。

"刁鼎害你母亲,不错,是用水莽毒汁害死你母亲的。你将来请君入瓮,即以其杀人之道,能杀其人之身。

"刁鼎害你母亲,并没有伤害你们兄妹。你伤害了刁鼎,也不可伤害刁鼎的女儿刁珠珠。我吩咐你的话,向前做去,包管你前途没有危险,你要人帮助你做什么?"

天雕听到这里,还想那人再有什么话说出来,不意这说话的声音,顿时便停止了。天雕便准备要回说的话,向那人说来,谁知说了一阵,只不听见有人答应,天雕这才恍然明白那人已去得远了。

天雕愣了一愣,暗想:在先因为信仰田铎的心思太重,他说一句,我便听信一句,他做一件事,我便相信这一件事,并没有察觉他说话时,往往显露出马脚来,不是这人在暗中提醒了我,我哪里知道假田铎,便是一个真刁鼎呢?这人若说他不是个朱子民,假田铎和我说话的时间,曾露出怕朱子民的意思来,也许这人便是朱子民了。若决定便说他是个朱子民,我又没有看见他的相貌,如何便能指定他是个朱子民?何况他说话的声音,又不像似朱子民的口气呢。是朱子民也好,不是朱子民也好,总之他说的话,包含着一种大道理,我可以断定他的话不假,不似那个真刁鼎假田铎,偏会在舌尖里面,说出许多的漏洞出来。哎呀呀!我不是被这人来提醒我,我不但不能报复我母亲的大仇,且自己骗着自己,打算母亲的大仇已报,服服帖帖地情愿入仇人的牢笼,做仇人的徒弟,我这个忤逆子,忤逆到了极顶,他还说我是个孝心人呢!

即如这人果是朱子民前来,说出这番劝人听闻的话,离间我们师徒失和的,我宁可把这话当真,便死在假田铎手里,也好见我屈死的母亲;不可把这话当假,随便仍做仇人的徒弟,使我心里终觉不安。

拿定了这个主意,又回想到他母亲死时的惨状,一时痛彻心肝,非得立刻回去,结果了仇人,他这颗痛刺刺的心再也稳不住。

一面想,一面泪眼婆娑地回到田铎家中,听说田铎尚未回来,不由急得六神无主,兀自坐在自己学道法的一间房里,光翻着那个圆鼓鼓、骨碌碌的眼珠,望着两扇窗门出神。

珠珠不知天雕另换了一副心肝,听说天雕回来,便赶到天雕的房里,欲逗着天雕玩笑。却见天雕像似疯癫了的样子,只顾目不转睛地望着两扇窗门,那眼泪便由眼角直流到两边的小腮鼓上。

珠珠见他流泪,眼眶里也不由红了一阵,忙走近一步,拉着天雕的手问道:"好好的怎么会哭起来?"

天雕只不答她,那珠珠偏不通窍,本难怪她这女孩子,解不透天雕心里的痛苦,直拉着天雕的手不放,口里还央告着说道:"好哥哥,你不要哭吧,我不懂得你是哭的什么,但看你这个样子,我心里也觉得难过。好哥哥,我们再到外边去耍一会儿吧!"

天雕像似没有理会她口里说些什么,并没有见到她是珠珠,却被她纠缠不住,不禁转眼一看,扬手在珠珠的粉腮上打了一巴掌,说:"我叫你认得……"

珠珠不由流泪哭起来了,说:"好狠心的哥哥,你打了我,不是同打你一样吗?"

依天雕一时性起,还要痛痛快快打她几巴掌。忽然想到方才在山间的时候,曾有人嘱咐他,不可伤害了珠珠,也就把这燎天的气焰,登时扑息了一半,便勉强向珠珠面上望一望,说:"不是你吗?我直当作是打的谁人,不曾伤坏了哪里吗?"

珠珠连说:"没有没有,我是你什么人,便打伤我待怎么样?"

天雕又向四面望了望,悄没有一人前来,忽然板下面孔,向珠珠问道:"你姓什么?"

珠珠道:"我姓田。"

天雕道:"你父亲姓刁,你怎么姓田?"

这两句话把珠珠问得噤住了,一言不发,天雕道:"你究竟是姓什么?"

珠珠道:"我不能说,说出来我父亲知道了,要砍头的。"

天雕道:"你可知道我的剑功厉害吗?你对我实说出来,我不去告诉第二个人,你父亲怎会知道?砍头是不会有的事。你不对我实说出来,我先杀了你这颗头。"

珠珠流泪道:"好哥哥,我是姓刁。"

天雕道:"我也知道你是姓刁,你唤作刁珠珠,怎么你父亲却叫你姓田?"

珠珠道:"我不懂得?"

天雕道:"你敢说几个不懂得。"

珠珠道:"我实在是不懂得,你要我说是懂得,便杀了我这颗头,我还是说一句不懂得。"

天雕看她那样光景,大略是实在不懂得了,便又问道:"你父亲现在到哪里去了?"

珠珠道:"听说是一个朋友带他出去的,到哪里去,我不知道。"

天雕道:"在几时回来?"

珠珠道:"谁知他是几时回来。"

天雕也不向下问了,便倒在床上,心里像似思量着什么似的。

珠珠见天雕陡然变卦,只想不着他变卦的意思,但因平时有玩有笑,两个人好得了不得,还疑惑天雕是真个发起疯魔病来,心里转有些舍不得他。听他鼻子里打着呼声,便给他把被盖严了,把眼睛擦了一擦,兀自走出房外去了。

天雕在模模糊糊之间,仿佛也见得她走出房外,只不知自己睡了多少时辰,醒来天光已黑,觉得脚下有一人睡着,连忙坐起来,把眼睛闭了一闭,重又睁开来,仿佛见有一双绣鞋露在被外。遂伸手在那人的腿上摇了几下,转又觉得虚若无物,那人已拗起身来,泪流满面地站在天雕面前,说:"天雕,你须上来认我一认。"

天雕便凝神定气地不住向那人仔细一看。正应得古小说书上,所谓不看犹可,这一看只惊得抖个不住。

原来那人不是别个,正是他父亲当初用法术显出来的亲娘。但听他的亲娘叫一声:"天雕儿呀,娘的仇人,就是刁珠珠的父亲刁鼎,你给为娘报仇要紧。"

天雕猛听得这几句话,又见他的亲娘,用一个纸包向他面前一掷,那纸包刚掷在他的唇上,就同粘上了一层胶油似的,再也取不下来。看他亲娘说完了几句话,倏然便不见了。

就在这焦急万分的时候,忽然醒来,仍是一场大梦,觉得唇上果有一件东西,摸在手里试了几试,像似一包茶叶。便点起灯光,就灯前打开纸包一看,并不像茶叶,忽然暗暗想道,这可不是水莽草吗?

欲知后事如何,且俟二十四回再写。

第二十四回

刁法师余痛忏前情
祁法师深山谢俗客

话说这水莽草出产南方,祁天雕是太行山人,并不认识这是一包水莽草,凭他的理想推测,疑惑他母亲的梦魂相接,赠送他一包水莽草。究竟这水莽草从何处而来,下文自有交代。

当时天雕把水莽草收在怀中,想起他母亲的大仇未报,并且那个真刁鼎假田铎,有十多日没有回来。

每到极伤心的时候,独自仰天大哭大号,先前流的是泪,接着流的是血,以后连一点儿血泪也没有。

他虽是个小孩子,平时的食量极大,他一个人所吃的,寻常两个人吃不了。却在这十几日以来,他点点茶饭也没有进口,只嚷着要酒喝,喝醉了干哭一阵便睡,不拘什么人向他问话,他只是呆呆地看着这人,不说什么,有问他什么事,徒然伤痛到这个样子,他终是回一句停会儿再说。

这日天雕刚才起床,便听得呀地作响,房门无故自开。

忽有人高叫着一声:"天雕!"

天雕听那人的声音,正是假田铎真刁鼎的口气,便大踏步出了房门,不见一人,方才想到这声音来得很远,像似从大门外送进来的。

直走到大门口,那看门的童仆也不见了,却见那假田铎真刁鼎,骑着披发的猛虎,在门口前打着转,一见天雕来了,便在虎头上拍了一巴掌道:"伙伴伙伴,我很舍不得你,请你另择良主去吧。"说着，便从虎身上跨下来，那虎也啸了一声，转瞬间便去得不见踪迹。

这假田铎便从容走进大门，却听天雕向他哜喝了一声道："冤家相见，须还我母亲的性命来。"

口里虽这么喝着，却看假田铎那种凛厉难犯的样子，又不禁吓得直抖起来，重行鼓着勇气，要和假田铎拼命的样子。

假田铎只用一手拉着他的手，向前走着。天雕觉得那一手的手势，来得十分沉重，周身的功夫，都施展不出，暗想，我母亲梦中嘱咐我的话，怎么一些也不灵了？我看这种光景，哪里能报复母仇，少不得我还要死在仇人手里。我死以后，未知我的父亲、我的凤妹，还能给我母亲报仇吗？想到这惨痛的时候，益发恨这假田铎入骨。

那假田铎直把他拉到厅上，便向天雕流泪道："你方才想必受了些惊恐，以为我伤害你的性命，其实我若不真心想同你解释冤仇，也不将你弄到这里来，收你做徒弟了。你给你母亲报仇，出于你血热热的至诚心，然而凭我这样的道法，伤害了一个人，原不算事，这时除了你，实在没人配能报复你的大仇。既然你已被人提醒了，揭穿了我的黑幕，我此番绝不抵赖，只我便是刁鼎，用水莽毒汁暗害了你母亲的，先前杀的那个刁鼎，以及什么请神遣将，都是用的我们三合会的法术。

"我那时暗害你母亲的缘故，本来就是那假刁鼎说的一种缘故，这也怪我自己瞎眼，认不得你是性情中第一个至诚的人。小不忍而乱大谋，暗害了你的母亲，你的报仇的孝心一发，如春涛不可遏止，便使我心惊肉战，有些神魂不安的样子。你这报仇心一日不死，我的心神一日不安，我的法术，可也不小，见了你总觉有法无处使。魂儿梦儿，都好像顷刻便要死在你手里似的。没奈何设成了一个圈套，使出一点儿法术，迷蒙了你的眼识两障，用一个假刁鼎，算是帮你报复你母亲的大仇，使你死了报仇的这条心。随我做徒弟，这冤仇已算解释，用不着多说了。谁知背地里有人却看上我刁鼎,又将你那已死的报仇心,重行鼓荡起来。想同你结缘,准备将来收你去做徒弟。

"我已是要下土的人了,又造下这弥天的罪孽,及今恍悟过来,总觉从前的冤孽,终久解拆不开,迟早也有冤冤相报的日子,我绝对是逃不了的,何必再大开杀戒,造下层层的孽障?孽障越深,我的罪过越重,仍然是逃不了性命,就不若爽快些,岂可因我贪生一时,把你这少年人英名丧尽?

"我日前出山,原为躲避你的,不意冤魂相缠,觉得躲避也终须躲避不来,这回我全家已迁徙一空,我把你拉到厅上来,凡事听我的主意而外,给你报复母亲的大仇,没有别的方法。"

天雕听到这里,便流泪向刁鼎道:"说到报仇这一句话就好了,你有什么主意?"

刁鼎伸手在自己怀里一摸,叫了声:"不好,难道我应该粉身碎骨而死吗?"

说至此,又掐着自己的指头算了一算,不由仰天哈哈笑道:"一报当还一报,意外的事,是断不会发生的,你可快将怀里那包东西拿出来。"

天雕忙从怀里取出那包水莽草来,流泪说道:"这是我母亲在梦中送给我的。"

刁鼎道:"对呀,我这时何尝不知是你母亲在梦魂中送给你的?我的性命,并非一文不值,不是你的孝心感动鬼神,使我魂梦不宁,冤鬼相扰,终觉自己是逃不了你这一关,断没有容容易易地给你报仇的道理。"

边说边在腰间解下两个金麒麟来,说:"报仇是报仇,师徒的名分自是师徒的名分,这点儿东西,是我特地留下送赠你的,也不枉做师徒一场,你收起来。我的时候快要到了,你若疑惑我这意思是假,我当天发个誓,来世叫我照这样死在你手。"

一面说,一面用两个手指,抓起桌角上一块银镶的三角板来,两手只几搓,搓得银屑纷纷坠落,又从一把茶壶里,倒出一杯冷茶,把那包水莽草放在杯中,忽然讶道:"冤鬼,只有这东西,便可报复我的仇吗?"

说着,从抽斗取出一个小拇指粗细的瓷瓶,那瓷瓶里还盛着大半瓶的药粉,把那药粉泼入杯中,遂又将那一对儿金麒麟,系在天雕腰间。

天雕没奈何,也由他系好了。刁鼎便令天雕端着茶杯,向他口里灌去。

天雕哭了声说:"我母亲的大仇报了,师父的情谊本也不小,我就因要报复我母亲的大仇,很对不起师父啊!"边说边端起茶杯,向刁鼎口里便灌。

刁鼎接着一口气把那杯茶呷完了,夺过天雕手里的茶杯,掷向地下,一掷就是粉碎。

刁鼎仍端坐在那里,像似闭目养神的样子,一会子开声说道:"好一服清心散,我吃了这杯茶后,便没觉有冤鬼来缠我了。"

说至此,又向天雕说道:"这药性尚未发作,我的时候在下午不在上午,你安心等着好了。"说着,仍然紧闭双目,一言不发。

天雕没奈何,只呆呆地等到傍晚的时候,才听刁鼎叫了声哎呀,便从椅子上倒栽下来,看他口鼻流血,已是一命呜呼。

天雕便放声哭道:"前次要杀师父,使我这一颗报复母仇的心,哪怕就拼着一身剐,师父一日不死,我的报仇心也一日不死。我母亲的大仇报了,我们有几月师徒的情分,又不容得我不哭。"

哭罢一场,便悄悄在山间挖一个坑埑,将刁鼎的尸体掩埋起来。

祁、刁二家的冤仇,从此略告一结束。

天雕回到太行山上,却见他父亲大笑不止。天雕因他父亲笑的意思,大略这时候已知道自己报复母亲的大仇了,便将报仇的缘故,逐层逐节,一字不遗地向祁光说了。

祁光也猜不着提醒天雕的人,便是朱子民,且不认识刁鼎,但既是同在江湖上走走的人,大家提起姓名都还晓得。至于刁鼎曾说在祁光面前栽一个跟斗,究竟是栽一个什么跟斗,祁光在江湖奔走了一辈子,没有和自己过不去的冤家,就是不肯轻易栽人一个跟斗。

忽然想起来了,原是某年某月,祁光在湖北武胜关地界,开厂收徒,他虽有这样的法术,但不靠着这法术吃饭,只好牛刀小试,凭自己一点儿本领,教几个资质好些的徒弟,维持他的生活。

想不到有个甘肃人黄杰,他打探得祁光是谙习法术的人,毕竟疑惑他的武功有限,想用自己的武功,来栽祁光一个跟斗。

祁光看黄杰使过一路刀法,很是当行出色,年纪老而资格高,知道他是甘肃省的一个有名人物。只是黄杰定要与祁光对使一趟。

祁光又不好推却,只得勉强奉陪,二人站了门户,才交手几下,黄杰忽向祁光笑道:"你是让我的吗,怎的不把看家的刀法拿出来?"

论祁光的刀法,原非黄杰所能及,不过他的为人,不喜欢得罪远方的朋友,枉结冤家。有这一种的缘故,任凭黄杰叫他使出看家的刀法,他还是不肯认真厮杀,还手使出来的刀法,总使黄杰有格开的余步。黄杰却以为祁光刀法实在不是自己对手,使得兴发,把全身的神力,一大半贯注到刀锋上,一手紧似一手,闪闪刀锋,逼将过去。

祁光一步退让一步,只往后躲。黄杰好胜的心极高,见祁光步步后退,心中甚是畅快,打算再逼紧几手。任你祁光如何会退让,也退让不来,只得低头服输了。

这时候便有祁光的几个徒弟,站立一旁,知道他师父的刀法高强,不该败在这个老头儿手里,不由同时都吼了一声道:"师父,须仔细些,不要把半世的威名丧在一个老头子手里。"

祁光没想到黄杰务求必胜,相逼到了这一步,又听他那几个徒弟一声吼了出来。拱手认输,这种辱没家声的事,祁光本不愿做,此番实在有些耐不住了,就得显出他的真实本领来了。

黄杰的刀法,刚要刺到祁光的胸口。不知怎么似的,祁光使了一个单鞭救主的刀法,却和黄杰的刀碰个正着,一使劲,把黄杰的刀尖削断了。

黄杰忙擎回那半截刀,便跑出圈外,口里连称:"佩服佩服,不但我向来佩服祁君的法术高强,且佩服祁君刀法厉害。"说着,不由飞红了脸,向祁光拱了一拱手,掉头不顾地去了。

想不到他从此便和祁家结下不解的冤,祁光也没想到这黄杰便是刁鼎,便照当日的情理论来,未尝是祁光的不是。如今祁光曾听天雕说那刁鼎是怎样貌相、怎样身材,方才恍悟过来。那年在武胜关栽跟斗的黄杰,便是寻仇暗害天雕母亲的刁鼎。

天雕又问道:"孩儿到乌鼠山去后几个月,父亲怎像没有这回事的一般?"

祁光道:"我何尝不要出山寻你?但算得你此去没有凶险,却又因有一件事放心不下,打探了数月,如今这件事已告一结束,我心里好生快乐,也不由破涕一笑,方才大笑的缘故,就是这一件事。想不到你已报复了你母亲的大仇,这总由你的孝心所感,这其中的理由,连我也有些解释不开,你有这样的孝心,居然能报复你母亲的大仇,无怪朱子民曾对我说出'你这个小儿子,须比不得你那个大儿子'的话来。"

天雕因又问他父亲道:"阿爸所以破涕大笑的那一件事,还是什么一件事?"

祁光直不答他。一会儿凤姐出来,和天雕各自哭说一番,却没有谈到这一件事,天雕也忘记向他父亲再问下去。

祁光转因那一件事,怕自己出头露面住在这太行山,终觉不便。又听天雕说乌鼠山地势幽僻,不常见有人到山上来,因搬到乌鼠山上筑屋而居。从此便次第传授天雕、凤姐两人的剑功道法,觉得天雕虽是个男子,资质不及凤姐,剑功道法的成绩,只及得上凤姐的十分之七。

光阴就这么容易过去,转瞬已是八年,天雕因为胸中有一句要紧的话,多久曾问他父亲,不是一次了,祁光或用别的话岔开,或是喝止他不要多问,天雕又曾问及凤姐,凤姐也不肯说。

却在这几日时间,祁光因朱子民做了恒山派的开派宗祖,他和朱子民是个朋友,理当往贺一番。祁光却终有碍自己的颜面,怕有人当面认出他是祁天鹏的父亲祁光,却不愿前去。便对天雕说出恒山的石洞机关,这时便不怕朱子民要夺天雕做他的徒弟,令天雕到恒山去,拜贺朱子民。谁知天雕尚未到恒山去,便要惹出天大的祸事出来。

欲知后事如何,且俟二十五回再写。

第二十五回

癞叫花半路进谗言
小侠客深林斗剑术

话说祁天雕自从报复他母亲大仇以后,随从他父亲练过八年的道法,虽然道力不强,法力不及他妹子祁凤姐,但既承受他父亲的法术,法力上也有六七分的火候。

这日领受他父亲的命令,带着白璧一双,到恒山去拜贺朱子民,归正恒山派的开派宗祖。谁知刚飞行到吕梁山上,坐在一座树林外休息。忽见前面有一个癞头叫花,满面泥垢,看有许多的蝇虫,在他那癞头上开着聚餐大会。年纪只在四十上下,身上衣服破烂不堪,腰里缠着一个缠袋,手中撑着一根打狗的铁杖,疯疯癫癫地从前面走了过来。

那叫花刚走到树林边,忽低头向天雕,上下一打量。天雕看那癞头叫花的两只眼睛,闪闪霍霍,有逼人的威势,不由得暗叫奇怪。一望而知这叫花不是叫花堆中的人,但不明白他是什么人,有什么大能耐,为什么事要假装叫花,便站起身来,向那叫花点头含笑。

那叫花问天雕道:"阁下可是姓祁?"

天雕听他劈口问出这一句话,又听他说话的声音,如凭空响了一个大雷,不禁哎哎了一声回道:"你怎么知道我姓祁呢?"

那叫花不答他,复又向他问道:"阁下可是祁天雕?"

这一句话,更把祁天雕问得噤住了好一会儿,才向叫花说道:"你知道我叫作祁天雕,在先可曾认识我,你要问我干什么来?"

那叫花道:"我不要干什么,我只知道你,并不认识你,问你一句原不要紧,如果我认识你,也不用问你了。"说着,便放开脚步就走。

天雕忙近前拉着他的衣袖问道:"请问你怎么知道我?"

叫花道:"你打算我不知道,你就真把我当作是糊口乞食的叫花,一些道力也没有了。"

天雕道:"你的道力既知道我是祁天雕,又来问我,不是毫无意思的,你究竟问我干什么来?你不要瞒我。"

叫花道:"笑话笑话,我问你一声,你就说我含有什么意思。你拉着我来问我,你是干什么来?我怕认不准你便是祁天雕,没得吃你骗了,还要被人家笑话。"

天雕道:"你有这道力,看我这未曾会面的祁天雕,开口便说出知道我的话来,怎么我承认你的道力不错,你又怕认不准我是祁天雕呢?"

叫花道:"我怕我的道力,也会有不灵验的时候,如果我见到什么人,便认出什么人,遇到什么事,便看穿什么事,能有这样道力,还怕什么干不来,我要假装这叫花做什么呢?不错,你果是祁天雕,你做过什么事,家里有多少人,住在什么地方,这时你受谁人的指使,打算到哪里去,你说得一丝没有走板。我也有要紧的话同你说,若有一件说得不对,你不是祁天雕,我再和你在这里厮缠干什么来?"

天雕听这叫花的话很奇特,且并没有丝毫加害的神态,他既来盘问我,我不告知他,他自然也会明白,不若索性说了出来,看他是对我说出什么要紧的话。

心里这么一计较,便对叫花说出自己曾做过什么事,家住在什么地方,家里是几个人,这回是到哪里去的。

叫花听了,把头摇了几摇,说:"我承认我自己的道力,也会有不灵验的时候,你是何人,装什么祁天雕?"

天雕急道:"真人面前,是烧不了假香的。"

叫花不待天雕继续说下去,又接着他的话说道:"你承认你是祁天雕,家住乌鼠山,你家里有老父,有胞妹,你这点点道法,是在你父亲跟前学出来的。你在十二岁未学道法的时候,曾替你母亲报仇,毒杀了你的师父刁鼎。这番是听受你父亲的命令,到恒山去拜贺朱子民归正恒山派的开派宗师,这几句话,却说得不错。但我不相信祁天雕能给母亲报仇,不能给你兄长祁天鹏报仇,大略因你那个兄长,不是同你在一娘胎里生出来的,就把你兄长杀身的大仇,几至痛痒漠不相关。你是祁天雕,我看你本一是天性纯笃的人,原不像这样凉血……"

天雕听罢,蓦地显出很诧异的神气,说:"这真冤枉极了,记得在二十年前,听家父说我有个兄长,唤作金钟罩祁天鹏,曾学得家父的一些道法,因他在江湖上做了强盗,怕家父处置他,投到嵩山钟维岳那边去,做了嵩岳派的大徒弟。后来我这兄长又在江湖上违犯了嵩岳派的戒律,被他师父拘回嵩山,不知是怎么样。我母亲是被刁鼎暗害,我不能不拼着性命,去替我母亲报仇,我这兄长,是违犯他师父的戒律,譬如同违犯国家的王法一般,这人违犯了国家的王法,按法当处以死刑,他就是我生身的父母,也只当作是死于国法,不是死于仇人之手,却叫我如何能替他去报仇呢?我自从在小时候,曾听得我父亲说出我这兄长,违犯嵩岳派戒律的话来,知道他已被钟维岳拘回嵩山。后来我给母亲报复了大仇,专在学道法上用功,不曾追问我父亲个究竟怎样,大略我这兄长,已被钟维岳处置他的死法,他虽违犯他师父的戒律,是死是活,在势我不能过问。但他同我总算是兄弟,如果他就这样草草终场,我心里总觉难过。"

叫花睁开两眼,向天雕望了几望,听他说完这话,仿佛有些忍耐不住的样子,摇着手说道:"不用说了,我承认你是个祁天雕,你报仇不报仇,全由你心里过得去同过不去。我有几句话,借你的口,回去传到你父亲的耳朵里,你说有一个癞头的叫花,要问你父亲嵩岳派的戒律,是什么戒律,钟维岳是什么一个执掌戒律的人物,他有这道刀执掌戒律,明知你的兄长,将来有违犯戒律的一日,他收你兄长,传给你兄长的戒律,这不是把收徒弟当作一件好耍的事;没有这道法,不能执掌戒律,不知你兄长将来有违犯戒律的一日,他收你兄长,传给你兄长的戒律,这又不是把传戒律当作一件好耍的事?他在八年前,四月八日那一天,用他的戒律,处置他大徒弟和卫天球,他的戒律是怎么样?现今放着他二徒弟黄铁娘、三徒弟金石胆,同在石洞,像似小夫妻的样子,他的戒律又是怎么样?你的兄长不犯戒,他说犯戒便犯戒,他不喜欢你这兄长,要陷害你兄长的生命,当初收你兄长做徒弟为什么来?他的二徒弟、三徒弟犯了戒,他说不犯戒便不犯戒,他喜欢二徒弟、三徒弟,宽容他们犯戒的人,说是不犯戒,当初他定下那样的戒律为什么来?你父亲要拍姓钟的马屁,想候补孙旭东的位置,做那泰山派的开派宗祖,明知你兄长不犯戒,死得太冤枉,却专想候补泰山派的开派宗祖,要钟维岳在桐叶道人面前说几句好话,却看在钟维岳的情分,逢迎钟维岳的势力,不好因你兄长死得冤枉,怒恼了一个钟维岳。我不拍姓钟的马屁,不想候补孙旭东的位置,做泰山派的开派宗祖,明知他二徒弟黄铁娘、三徒弟金石胆,已违犯了他的戒律,不佩服钟维岳做嵩岳派的开派宗祖,不要他在桐叶道人面前说几句好话,不看他的情分,不怕他的势力。就因你父亲忘记你兄长死得冤枉,不得不借你的口,说这几句要紧的话。你回去对你父亲这样说,看你父亲有什么样话回答你。"

祁天雕本不明白他兄长祁天鹏是怎样违犯戒律,又听得叫花说出这话,很是蹊跷,正要向叫花又问说什么,忽从林子里传出一个少年男子的声音,夹着一个女孩子的声音,在那里说笑,不由偏着头,听他们说笑些什么。

这叫花忽向树林子里望了望,笑道:"你看那林子里,裹包着什么蹊跷的事。"

祁天雕道："哪有老成持重的少年男子,和好人家的妙龄女子,在林子里说笑的道理?"

乞丐忽仰天笑道："你哪里知道,这是朱子民两个男女徒弟,在那里卖弄风骚,明知我同你在林外说话,他们却故意装腔作势,嘎嘎,他哪里明白我叫花子肚皮里还有几句春秋。我不知道他们是朱子民的徒弟便罢,既明知是那老东西的两个徒弟了,同他们相逢,就不能讲客气,由他们在我跟前卖弄神通。"

说着,随手捏了一个诀,举向树木中一照,托的一声,响出一个掌心雷来。这种掌心雷的功夫,因为人身原有阴阳二电相触,便会响出一个掌心雷来。其声音功用,和天上的雷霆相仿佛。这叫花举手响出一个掌心雷来,只震得山鸣谷应,树木里随着一起一伏,如被狂风鼓折。

天雕方打算这树木中的少男少女,真个要被叫花一掌心雷打死了,不防在这狂风鼓折的时候,从林子里摇出一个华服翩翩的少年来,指着那叫花骂道："你这臭叫花,就学了一手掌心雷,也用到我们面前献丑?我们师兄妹坐在树林里说笑,干你这臭叫花的屁事,平白地放出杀人心来,下这种毒手?小爷不使点儿本领给你,看你也不知道我的厉害。"

那叫花听了,也不和他多说,用双手齐眉比着,便从两眼中闪出两道纯绿的剑光,直向那男子的头上飞去。

那男子笑嘻嘻地叫一声"好",早从鼻孔里射出两道金黄的剑光来,对准那绿光横截过去。

天雕只见这四道剑光,如四条游龙在空中游斗,看那绿光,好像有些敌不过金光的样子,知道这金光比绿光还厉害。自己也学得一些剑功,能从口里吐出一道黑光来,不过这种黑光,休说敌不过金光,便同这绿光比斗起来,就如鹰雀见了凤凰,牛马见了麒麟,心里打算要吐出黑光,解救叫花,哪有这胆量去救人呢?欲要不解救叫花,又没有在那里袖手旁观的道理。

正在非救不可欲救不能的时候,忽听得有娇滴滴的声音,在空中叫道："师兄请放手吧,我们这种人,原不必同一个臭叫花较量。师兄看他那颗癞头,这种脓包的本领,算不了是个好手,既非好手,你就杀死他一百八十,值不得什么。师兄,我们还去干我们的正经事吧!"

那男子听了,口里应一声"是",忙将金光招了回来。

那绿光只在空中腾拿,再也射不到那男子身上,好像隔着一层能避免剑光的东西样子。再看那男子已不见了,只听得破空发出两种很尖锐的响声。

天雕抬头看见赤日炎炎之下,两道光芒如闪,像流星一般快,直向西北方闪去,眨眨眼间,不知闪落到什么地方去了。再低头看那叫花子坐在地下,又像有些吃不消的样子。

天雕忙附着他的肩背问道："你没有伤坏哪里吗?"

叫花连说："没有没有。"一面说一面切齿恨道："我不打算朱子民这两个淫乱无耻的徒弟,偏巧也到这里来了,我看他们年纪小,没有什么大不了的本领,须比不得朱子民。也是我今日合该倒霉,管问这些不相干的事,被这两个小鬼头欺负了,一掌心雷,劈不死这两个小鬼头,反被他栽我一个跟斗,叫我如何消得去胸中的这口恶气?"

天雕问道："你认得朱子民吗?"

癞头叫花回道："我自然是认得他,五岳名山的领袖,哪一个我不认得?"

天雕道："你认得他就好办了,你随我到朱子民那里,把这两个鬼头淫乱无礼的举动,去告诉朱子民,自然朱子民要用嵩岳派的戒律,处置这两个鬼头的性命。"

叫花道："什么戒律不戒律,这原是哄人的话,除去华山黄精甫,谁人不能使自己的徒弟不犯戒?我到朱子民那里,告诉他两个徒弟淫乱无耻的举动,这两个小鬼头,当然是朱子民心爱的徒弟,少不得他是偏护其词,硬说他这两个徒弟不犯戒,我正用不着再做这种没趣的事。你莫以为这两个小鬼头欺负了我,我死了这条心,有朝一日,叫他们认得我这叫花子的手段。"

一面说,一面向天雕说一声"再会",竟撑着铁杖去了。

天雕在那里发了一会儿愕,蓦地想到他兄长祁天鹏,不禁心酸一阵,洒下几点英雄泪来。

欲知后事如何,且俟二十六回再写。

第二十六回

风驶云飞英雄身似箭
山高月小剑士气如虹

话说祁天鹏兀自在那里洒了几点眼泪,心忖,这叫花的举动很是蹊跷,他说的话,怎么一句句都打在我的心坎?我看朱子民既纵容这个男女无耻的徒弟,他也不是个好东西,我还去拜贺他做什么?

想到这里,便有了一个计较,仍回到乌鼠山,见了他父亲祁光,放声大哭。

祁光道:"你哭的什么事,你没有到朱子民那里去吗?"

天雕道:"孩儿不过偶然想起我的兄长来,心里有些难过,孩儿并没有到恒山去拜贺朱子民。就因在半路想到一句话,不得不回来向你老人家问个明白。"

祁光道:"你有什么话,只管说来。"

天雕道:"父亲可是要做泰山的开派宗祖吗?"

祁光道:"为父未尝没有这个志愿,在近几年来,虽因你兄长在嵩岳派犯了戒律,处置死刑,躲在乌鼠山不肯出头。但想你得传为父的衣钵,能给为父争光日月,使一班同道中人明白,我姓祁的虽生了那个不肖的大儿子,还教成这个扬名显亲的小儿子,将来有这机会,得那桐叶老人的提携,或可以接受泰山派的一路香火。"

天雕听完这话,越发相信癞头叫花的话,便照着叫花那一篇话,向他父亲说了一遍。

祁光听了,不由惊讶失色道:"糟了糟了,你还是问我这一句话,你在哪里会到这癞东西的,你可明白这癞东西和嵩岳派有仇,你可相信他的话是真是假?"

天雕信口说道:"孩儿在吕梁山会见那癞东西,看他的言语太蹊跷了、举动太诡秘了,如何相信他的话不假?"

祁光道:"还好,你没有上那癞东西的欺骗。你那兄长,如果不违犯嵩岳派的戒律,嵩岳派人如何能处置他的死命?须知一个人的道力,能处处算得准,事事做到周,那就可以白日飞升,做个神仙的伴侣,不在尘世间做剑侠了。钟维岳就因不知你兄长将来违犯他嵩岳派的戒律,才肯收他做徒弟。你兄长是钟维岳的徒弟,徒弟犯了戒,师父的罪孽比徒弟大,岂但钟维岳因你兄长犯戒,他受无辜的拖累,几乎受不了嵩岳派这一路香火。便是为父也因你兄长曾做邪淫奸盗的许多歹事,也没有脸面去见天下的英雄,为父幸喜能教成你这个小儿子,和你的妹妹凤姐,算是为父补报你那个不成才兄长的冤孽。钟维岳幸得教成他那个二徒弟黄铁娘、三徒弟黄石胆,也算是补报他误收你的兄长做徒弟的罪过。"

天雕听到这里,复又问道:"黄铁娘是什么人?金石胆又是什么人?怎的癞头叫花信口诬蔑,说他们像似一对小夫妻的样子?"

祁光道:"这癞东西胡乱诬蔑好人,该当天雷劈打。铁娘是华山开派宗祖黄精甫的女儿,石胆是颍源进士金植杉的儿子。当初我听你兄长犯了他师父的戒律,你兄长一日不死,我心里一日不安,因他这个辱没门户的东西,不知要流却许多眼泪。后来你到这山上来,报复你母亲大仇的时候,我打探得你兄长在嵩岳山巅,已被金石胆用三昧真火焚烧。就因你兄长已经被处死,我一时想起来,却不禁开颜一笑,以为这是我祁家的喜事,并不是凶事。你也曾将我笑的缘故问我,我怕你小孩子的性格,只不便告诉你。"

天雕听罢，却疑惑他父亲打着诳语，明知再问下去，还不是多说几句废话，便擦干眼中的泪，行若无事地同他父亲祁光、妹妹凤姐吃过了夜饭，早回到自己房中。

　　祁光打算天雕到房里去做功夫了，便到凤姐房中，略向凤姐指点第二步学习法力的门窍，再回到自己的房中，却不见天雕，心里好生诧异。走出门来一看，祁光的眼功却还厉害，能在黑夜里数指上的螺纹，白日间看见天上的星斗。那时祁光远远见山头上站立一人，朝着星月，手舞足蹈了一会儿，好像是从怀中取出一个纸条，对着星月绕了几个圆圈，就点火把那纸条烧着，明知他是烧的一道符箓。烧完符箓以后，那人又手舞足蹈一阵，旋舞旋向上升起，约升了五六丈高，悬在空中，即向东移动，仿佛风驶云飞，一阵快似一阵。

　　祁光看他那飞行的形势，原是从自家学的第一步的飞行法，岂有认不出是天雕在空中飞行的道理？便将双足一蹬，并不用点火烧符，全身已腾空而行，直飞到那山头上坠落下来。

　　再向前一看，看天边有一团黑影，仍然向东移动，估量着距离这山头约有百里远近的光景，遂借用着他十年磨炼而成的隐身法。他这隐身法，并比不得普通的隐身法，不过是一种幻象，就因他的身体毫无变动，但是在平常人眼光中看来，并不见有什么影迹。若遇到道法高强的，硬看着他的方向，认定他是用的一种幻象，并无疑惑，却也看得见他的身体，没有使用什么隐身法，这是他心里要身体成幻象，所以一般人看了，却没有见到什么。譬如他用这种幻术，执着一把刀，他心里要将这把刀成幻象，隐藏起来，一般人看了，只见他是个空手，不见他有一把刀。其实他手里却执着一把刀，你想一把刀何以幻得没有影迹，人看了便是空手呢，这又是什么理由？因为这把刀也是幻象，并没有一把刀，所以他心里要成幻象，也便成了幻象。他使用这一种幻象的隐身法，又因他的形体，本来是一点儿灵气，但既成形体以后，这一点儿灵气，却包含在形体之中。他练习这第一步的飞行法，假借符箓的外功,实则符箓也不外心理的作用。

古人有三年而画符箓一道,不是符箓难画,是心理难明。

第一步的飞行法,是专借符箓的作用,但在画符时的心灵,焚符时的心灵,也只运用着这一团元气。

第二步的飞行法,却不假借符箓的作用,因为法力高强,气功的火候充沏,只是一团浩气,在空中飞行着,比用符箓要快到数倍。因为假借符箓,是借用他力,全用气功,是专用自力。譬如人在初稚时,不得不倚赖他力,到少壮时,则唯恃有自力,这其中的理由,不但道法高深的人,胸中了了,就是不明白什么唤作道法,如我们一般的文人,也不难心领神会。

祁光在乌鼠山巅之上,引用他一种本来幻象的隐身法,把形体隐藏起来,再使用他这一种最神秘、最流通、最迅快的飞行法,向那黑影的所在飞去。看那黑影虽距离有百里的远近,飞进来只追有一会子工夫,就像在眼前一样。再一转瞬时间,已和那黑影比肩而飞,闪目向他一看,可不是祁天雕是谁?

祁天雕在那时候,仿佛也听得背后有些声响,有一个使用隐身法的人追得前来,一展翅听那声响已在他的身边,暗叫可不是我父亲追得前来吗?他心里正在这么想,祁光急变换平时的腔调,旋慢条斯理地却和天雕飞得不即不离,旋问着天雕道:"小朋友,你飞向什么地方去,寻什么人,做什么事?"

天雕一听不是他父亲的声音,听他这类腔调很和平,不是专为寻仇而来,便也毫不迟疑地答道:"我是到嵩山去寻一个人。"

一句话才说完,忽然天雕有些懊悔起来,不该对未曾会面的人,说出自己的实话。但这句话已说出去,如何收得回来?虽不继续再向下说,但祁光在暗中听了他那句话,已似乎很注意地问道:"你到嵩山去寻什么人呢?"

天雕已后悔自己说话太鲁莽,不该对未曾会面的人说出这一句话,但话已出口,听那人又很注意地问他,一时又想不起可以遮掩的话,明知他的本领比自己大,又不好对他说出江湖上什么桥不管桥、路不管路的过场,白顶撞了他,只得说一句:"等待到嵩山再奉告吧。"

天雕说完这话,听他也不接问下去,便一路向嵩山飞来,仿佛他仍紧紧地随在身后飞行着。天雕飞得慢,他也飞得慢,天雕飞得快,他也飞得快,一会儿,好像已渐渐听不清后面的风响。天雕疑惑他另飞到什么地方去了,眼看前面葱郁郁云深深的一座山头,天雕知道这是嵩山了。便在空中摇摇摆摆地荡动,经过二三分钟的光景,缓缓地坠将下来。

凑巧有一阵风吹来,似乎有个人的声音呼了一声:"天雕。"

天雕在匆忙时间,辨不清那人的声音,仿佛身体被那阵风吹落在十丈多高的大榆树上。那大榆树中间,有一个圆洞,约有脚桶围圆。站在树枝上,向圆洞里一望,黑暗暗不见什么。

蓦地被人向前一推,天雕叫一声哎哟哟,身体好像在那圆洞中栽一个跟斗。还未落地,似被人用两手托住他的两脚,说道:"你仔细些,不要踹中这涧里的油线机关。"

这时候,天雕听那人说话的声音,才想到是在空中飞行时,曾有人使用隐身法,追蹑前来,曾问自己飞向什么地方的话,和他的声音若出一口,并联想到在缓缓坠落下来的时候,有一阵风吹来,恰好被这阵风吹落在一株大榆树上。

听他的声音,唤了一声天雕,估量完全是这人前来,将我引入嵩山石洞以内,但耳朵里虽听见那人说话的声音,却看不见那人的什么横眼睛竖鼻子。乃把眼睛闭了一闭,重又睁得开来,看见洞里露出反射的光来,隐隐约约,也看清自己身上所穿的衣服,却仍不见那人是个甚模样儿,仿佛那人又将他在手里放下来。

天雕虽不明白那人是否为嵩岳派的人物,但自己这回到嵩山石洞,并没有在父亲跟前探出嵩山石洞机关的情形,入洞的机关在什么地方,出洞的机关又在什么地方,不是人在暗中度过一阵风,吹进石洞中来,怎会明白这入洞的机关,是在大榆树丫中间一个圆洞中呢？

天雕这么想了一阵，两足不敢乱移一步，所怕就是无意踹中洞中的机关，却因那人说话的声音，并不烂熟，就知道自己的名字叫祁天雕。

回想到八年前在乌鼠山遇刁鼎时的情形，也曾劈口说出我是姓祁，并揭示报仇心事的话来，就估量这人的道法，却和刁鼎仿佛，只在百步五十步之间。他既知自己是祁天雕，我祁天雕到嵩山来，寻什么人，做什么事，大略他有这道力，心里已有了几分路数了。他心里已明白我的路数，我又何妨对他说出实话？他是嵩岳派人，听我说出实话来，便来处置我，我不说出实话，难道他就不来处置我吗？何况看他的行径，未能决定是嵩岳派人，或者是嵩岳派反对的人。如果是嵩岳派反对的人，我对他说出实话，他或能帮助我，栽钟维岳一个跟斗，好报复我兄长的大仇，这又是何等快心的事！

天雕想到这里，正打算向他说出实话，求他指明石洞里是什么一种油线的机关，出洞、入洞可是同一处的机关，却不料那人先开声向他说道："你在空中飞行的时候，我问你到什么地方去，你说是到嵩山去寻人，我问你去寻什么人，你说到嵩山再说。于今你已到嵩山来，并且我将你送进这嵩山石洞中来，你也该对我说个明白。"

天雕道："我是寻的嵩岳派人，不拘哪一个，寻到了他，我拢共和他算个总账。"

那人道："也罢，我看你这脸上没有凶险的气色，你想在这里杀人，是一件很不容易的事，嵩岳派人，也不配杀你。我与其从中劝阻你，你信了癞头叫花的话，劝阻你怕也劝阻不来。不若将这里种种机关告知了你，给你去见一见嵩岳派人，才知道天有多高、地有多厚，并明白那癞叫花，原是吹的几句脓包，离间你和嵩岳派人失和的。你尽管去打探一番，回来我再现出真面目来给你看。"一面说，一面便将那洞里的机关，说给天雕听了。

看官要明白这人是谁呢？我想看官参观前半回书中的文字，大略疑惑这人正是祁天雕的父亲祁光了，似这么演成一面事实，看去也还不错，但是当时没有这样笨事，我这部《五岳剑仙传》书中，也没有这样笨笔。

欲知后事如何，且俟二十七回再写。

第二十七回

岳麓洞剑仙施道力
乌鼠山豪侠责狂儿

话说那人并不是祁天雕的父亲,看官要问他毕竟是谁,作书人若在这时候交代明白,不但自己感觉趣味平淡,就是诸位看官们,必也更觉无味。

于今且说祁天雕听了那人的话,也不管他的话是真是假,看前面果有一个隧道,那隧道铺着三角形和平方形的砖石,却在那平方形砖石上面走去,不敢一步踏在三角形的砖石上去。

如此在洞中辗转了一会儿,便见前面有一座三开间的石屋,右边一间石房,从窗内射出荧荧的灯光。

祁天雕走近窗前,那窗门一半纸糊,一半用玻璃嵌成的。放眼在房外玻璃这边,向房里玻璃那边望去,看见一个石床上,睡着一个少年,那少年的头角上,皮里像似安着一块石子的模样,睡在那里鼾呼不醒。

祁天鹏也不认识这少年便是金石胆,自己的本领,是否敌得过那少年,但他从家里悄悄出来的时候,原打算寻到嵩山石洞,暗暗结果了钟维岳,或是暗害了金石胆,总算他们师徒两人,同他兄长有杀身的大仇,只要能给兄长报复了大仇,死生都在所不计。可是在这洞中觅了一会儿,却没有见到有什么老者,在什么地方,方才估量钟维岳也到恒山去,拜贺朱子民了。却见这床上卧着一个少年,且不问他是不是金石胆,总算他是嵩岳派人,便不是金石胆,该同金石胆多少有些关系。打算到窗里去,趁那少年的不备,好相机行事,下他的毒手。哪知才转到这个念头,转眼间便见窗内现出一道金光,那金光愈涨愈大,遍照着那少年的身体。

祁天雕曾在吕梁山上,看一个华服翩翩的少年,同那癞头叫花比剑的时候,知道这金光的厉害。虽认清这石床睡着的一个少年,并不是在吕梁山同癞叫花比剑的那个少年,但看见这道金光,遍照着他的身体,心里不禁有些害怕,勉强鼓动雄心,一头向窗户内攒去。谁知那纸糊玻璃镶的窗户,比铜墙铁壁还坚固,幸亏他的气功已有了好几分的火候。这一头触下去,并没有碰破头上一块油皮,不过被那窗户逼得击回来的时候,几乎要跌得个仰面朝天,任凭祁天雕的雄心十分猛烈,还不是鼠儿吃不动生铁,只得退缩一边?但看那少年仍在床上,鼾呼不醒,像似没有惊动的样子,也不想他这是什么缘故,便抽身上了大道,循着平方石上,一步一步地向前走去。

刚走有一箭多路,看前面又是一座三开间的石屋,石屋里也荧荧闪出灯光来。再走近那石屋右边一间房外,向里一看,窗门是紧紧闭着,黑暗暗没有什么。再到右边房里向窗内一看,窗门也是关闭着,从窗缝内射出光来。

天雕仔细向窗缝看个究竟,哪里是什么灯光呢,原是这间房里,对面放着两个石床,右边石床上,趺坐着一个年纪在二十开外的女子,蠓首蛾眉,态度十分安逸,闭目合掌,趺坐那石床上面,遍体笼罩着缕缕的绿光。反照对面一张床上,坐着一个老妇,也在那里默念经文,只听不清她是打的哪一国的梵语。

祁天雕看在眼里,打量这窗户,也是不容易一头冲进,只在那里仓皇失措。

忽然呀的一声,那窗门无故自开,并且窗内的人仍在那里打坐的打坐,念经的念经,不但没有起身询问开窗的人,并且丝毫不曾移动,好像没见有这回事的样子。

天雕这一喜非同小可,悄悄探身入窗,用左手捏着自己的鼻孔,右手从怀中取出两瓶闷香,拔开瓶塞。好一会儿工夫,才将那闷香依旧收好。

看那女子仍是打坐云床，一缕绿光，仍照着她身体围绕。只是右边床上的老妇，竟被这闷香熏翻了，仰卧在石床上，口不能言，身不能动，像似耳无闻目无见的样子。

天雕也不知这老妇便是金石胆的母亲，忽然一转念间，想起他父亲曾说钟维岳的二徒弟黄铁娘、三徒弟金石胆的话，并没有说及钟维岳还有什么四徒弟、五徒弟。便是钟维岳还有其他的徒弟，大略以黄铁娘和金石胆的本领，最是了得。

方才在那间石房里，看是那个少年，被金光笼罩着身体。于今在这间石房里，又见这少女被绿光围绕着身体，他们的道法，是何等厉害，管许一个是金石胆、一个是黄铁娘了。

天雕想到这里，便也顾不得什么，从眼里放出一道墨也似黑的剑光来，那黑光刚碰到绿光上面，只听得当当作响。那黑光便不住地向后退着，那绿光仍笼罩那少女的身体。论理黑光同绿光接触的时候，那少女总该在云床上惊醒过来，谁知看她仍是闭目合掌，像似丝毫没有惊动的样子。

祁天雕尝过这绿光的厉害，便走近那老妇的床前，看这老妇并不像学道法人的模样，要取她性命，虽然易如反掌，但以自己的一身道法，一个毫无本领的龙钟老妇，未免太不值价。不过这老妇既居住在石洞之中，料想铁娘、石胆破戒的情节，她总知道那其中的底细，不若将她带回家中，慢慢问她个水落石出。

主计已定，容容易易地把那老妇负在肩上，刚才穿出窗门，双脚落在一块很大的平方石上，忽听得扑的声响。天雕回头一看，那窗门又自由自性地关起来了，心里不禁暗叫奇怪。不知这窗门自由开放，究是一个什么道理。且不去问他，便走到最后一处三峰神像的屋间，跳上神鼋，在三峰真人左眼上，转动了几下。登时觉得神鼋移动了方向，好像有人托住自己的两只脚，凌空向上一抛，哧的一声响，已出了山洞。

接着听得有人说话的声音，问天雕道："你这时候该知道天有多高，地有多厚了，哎呀！你肩上背着什么？你自己犯了法，要叫你父亲向钟维岳师徒叩头赔礼吗？"

祁天雕道："我只恨本领不及金石胆，钟维岳又不在洞中，如果将来有这机会，处死这师徒两个，给我兄长报仇，我死了也甘心。"

那人哈哈笑道："你要寻钟维岳吗？你不妨上来认一认我，我就是一个钟维岳。"

天雕听罢，仔细向前一看，月光下果有一个黄衣草履的老者，笑容满面地站在那里，转眼间又不见了。即听钟维岳的声音，远远又打着哈哈笑道："你要暗害钟维岳师徒，如果容容易易地被你暗害，你就浅视钟维岳毫没有一点儿道力了，你也不扪着心头想一想，你有这道法，能在钟维岳石洞进出一步吗？在你的意思，以为金石胆身上的金光、黄铁娘身上的绿光、金石胆的窗门，你没有这本领撞得破，黄铁娘的窗门，又无故地自由开放，任你在石洞中闹了一会儿，并没有一人知觉，你也知道这几件蹊跷的事，实在蹊跷，不是钟维岳在暗中保护着两个小徒，你早已在暗中伤害了他们了。不是钟维岳用催眠术蒙蔽了两个小徒的窍门，你早已在伤害他们的时候，吃他们惊醒，下你的毒手，你还能出这石洞吗？癞头叫花的话，是离间你同嵩岳派人失和的，你心里糊涂，你老子不糊涂，你今日糊涂，小时不糊涂，所以钟维岳才开放你一条生路。如果钟维岳不看你老子的分上，不看你小时候的分上，你要对钟维岳师徒无礼，要想逃脱钟维岳的掌握，没有这般容易。"

天雕听罢，即望空骂道："你这老杀才，老猪狗，老不死的恶贼，你既看我老子的分上，看我小时候的分上，不好来杀害。你在八年前，何不看在我老子的分上，看我兄长小时候的分上，开脱我兄长的一条生路？我晚间在家出来的时候，我不打算还是你这老猪狗在我背后盯梢，把我引进石洞，显本领给我看。我心头火起，恨不得咬下你老猪狗一口肉来。"

钟维岳又在暗中笑道："你兄长是我的徒弟，我不能客气，看什么情面，不处置犯戒的徒弟。你不是我的徒弟，我不能不客气,顾不得什么情面,要处死你这骡子骨的小东西。你得罪我徒弟吗,你骂我的吗?你骂了我,还夹着骂你老子,只是你骂我的话,你记清了数目,我一共去同你老子算账。"

天雕听了,又向空中骂道:"你这老杀才,你二徒弟、三徒弟犯了戒,你毫不处置他,反处置我兄长不犯戒的徒弟。"

钟维岳道:"你兄长不犯戒,你看见的吗?你说我二徒弟、三徒弟犯了戒,你有什么证据吗?那癞头叫花原是给屎给你吃的,你连屎都吃下去了。并且你在吕梁山上,听那癞头叫花说那林子里说笑的一对青年男女,是朱子民的徒弟,你就认作是朱子民的徒弟,你看见过朱子民有这两个徒弟吗?你知道朱子民有几个徒弟?我看你的心肠,虽是一副生铁般的心肠,耳朵却好像棉花一般的耳朵。专和你拌嘴是拌不过来的,将来我自有一种证据给你看。"

天雕听到这里,也懒得向下听了,耳中只听得一阵呼声,直飞向西方而去,心知钟维岳已经远走高飞,仍背着那个老妇,使用他的飞行法,回到乌鼠山。

进门即见他父亲指着他破口骂道:"逆畜,你出家还有家吗?方才钟维岳兄到我这里,说你这逆畜,到嵩山去把金太太劫得回来。你这逆畜,骂我是老猪狗,还骂你钟仁伯,我不知向他叩了多少头,才消去他的愤恨。你这逆畜,还不把金太太请到凤姐房里,回来我有话问你。"

天雕碰了这一鼻子灰,没奈何把金太太且送到凤姐房中,出来见祁光叩头哭道:"孩儿同那姓钟的师徒势不两立,那姓钟的怎么冤赖孩儿,骂着我父亲呢?"

祁光道:"你还说人家冤赖你,你骂人家的话,你记清了吗?"

祁天雕只得照着骂钟维岳的话,一字不遗地向祁光诉述一遍。

祁光道:"天雷怎不劈死你这个逆畜?你在晚间从家里出去的时候,就是我这个老猪狗在你背后盯梢,也只怪我这个老猪狗,该当受你这逆畜骂个狗血淋头。我因要探明你的心迹,变换了自己的口气,在空中问你到什么地方去,你说到嵩山去寻一个人,我问你寻哪一个,你回我一句到嵩山再说。后来你飞得慢,我赶得慢,你飞得快,我赶得快。不防钟维岳已有这样道力,明白你听信癞头叫花的话,到嵩山去要和他们师徒为难,特地从恒山赶回嵩山,在半路间向我招一招手。我在他一招手的时候,身体不由在空间退飞回来,而退回来的时间,比飞进去还加倍迅快。钟维岳兄曾对我说,你既要到嵩山去寻他师徒为难,他并不同你一般任性,叫我回去等你前来,问一问你,可知道嵩岳派是怎样一个嵩岳派。我听得维岳兄这样吩咐,放心回转家山。不料维岳兄方才前来,说你骂了他,夹着骂了我,又把金太太劫得回来。如今维岳兄仍到恒山去了。你在嵩山,闹出这样天大的祸,叫我做老子的,怎么能对得起人呢?"

天雕听完这话,方才想到这乌鼠山使用飞行法的时候,曾听得有人在后面追来问话,料不着还是自己的父亲追来,暗想:后来好像已渐渐听不见后面的风响,大约是父亲这时已被钟维岳召回说话。我就不知我父亲变换了口气,要探问我,我更不知钟维岳效作我父亲所变换的口气,来戏弄我。怪不得钟维岳向我曾说出我骂了他,夹着骂了我老子的话来。不过我和钟维岳师徒有仇,和金石胆的母亲无仇,不能因和金石胆有仇,连带说同他母亲有仇。难道这老妇是金石胆的母亲,我倒要问问她,这两个先行交易择吉开张的儿子、媳妇,是怎样一个水落石出,看钟维岳还能在我父子面前说得嘴响!想着,便把自己的意思仰着脸对他父亲说出。

祁光听罢,不由勃然大怒,指着天雕骂道:"逆畜,你可该死,怎么还敢在我跟前诬蔑好人?"

一面骂道,一面唤一声:"凤姐,快取我神剑,把这逆畜砍了!"

欲知后事如何,且俟二十八回再写。

第二十八回

山庙识裙钗形同妖魅
石坟藏剑侠月照荒郊

话说祁光的这把神剑，形式规模像似韭叶一般，这把剑原是祁光的师父送给祁光的，这剑锋利无比，剑铁极轻，剑锋极薄，是用缅南的软铁，在炉鼎中炼过十年的火候。

当祁光初学剑功的时候，祁光的剑师便教他将这剑托在手中呼吸、运精、运气、运神，精气神剑，凝合为一，一呼则剑上起了一层薄薄的波澜，一吸则云消雾散，依旧是新发于硎的一支小剑。

祁光在师门学剑五年，他的剑术火候到了什么程度，这剑的神功奇效也到了什么程度。本来这支剑有斩铁如泥、吹毛不过、杀人不见血的三种特点。再在祁光手里，运用他精、气、神的剑术，凝注到这剑锋上去，自然神乎其用，能在百里以外，飞抉人头，一若探囊取物。

祁光在这把剑上并没有杀过什么人，其中却也有一个缘故。

一则祁光在江湖上积怨不深，不肯把杀人看作一件平常的事，再则祁光便在社会上做些行侠仗义的勾当，但凭着自己的剑术道法，却也算得是个作家，普通在社会上欺人生事的人物，已足够对付的了。所以祁光虽有这支神剑，轻易不用佩在身边，令凤姐收藏箱箧间，只当作是一件传家之宝。

那时祁光方唤凤姐："取我神剑，把这孽畜砍了！"

凤姐听完，早在房中吃了一吓。

天雕看他父亲这种盛怒难犯的样子,早不禁泪如雨下,向祁光叩了几个头,仰着脸央告道:"儿子虽然不孝,却从不敢得罪父亲,父亲今夜责备儿子的话,叫儿子听了肉痛。"说着那眼泪益发如撒豆子般流个不住。

祁光看这形状,方才饶了天雕,又令凤姐用解药将金太太解醒过来。

祁光亲自用好言安慰金太太,说:"我去将公子带来,请太太勿惊。"

凤姐又小心服侍金太太,不许天雕进房。

祁光又对天雕重重申斥了一番,天雕没奈何,也只有含泪忍受。

本来钟维岳是祁光的老朋友,嵩山石洞,又是祁光一条熟路。并且金石胆的家世相貌,祁光也曾探听得明明白白。准备到嵩山石洞中去,将金石胆带到家中,令天雕向他赔礼,就可以省事无事。谁知在一路之上,祁光也有些疑惑起来,因想钟维岳不在山洞,洞中也只有一对孤男少女,其中或许会发生不正当的事迹出来。心里存了这个念头,仍借用着隐身法,到了岳麓山洞之中,已是天光大亮。看石胆兀自在床上鼾睡不醒,祁光的法术,一半是幻象作用,随便什么东西,祁光心里要成幻象,便是幻象。因为这东西的本来是幻象,什么东西都成了幻象,不但窗门无所遮拦,即岩石亦无障碍,就是这岩石窗门,本来也无非幻象。

祁光那时随手在洞中拾了一个石块,探手入窗门,煞也奇怪,那一扇玻璃窗门,虚若无物,一石块便向石胆的头上打下。论理练童子功的人,元阳充仞,那顶额比铜铁还坚强,休说这石块不能伤害分毫,便用寻常的刀剑,向他头顶上砍去,不但砍不破他一块油皮,反把刀剑砍卷了口。如果这个练童子功的人,一经走失元阳,这功夫便解散了,头顶哪有那么坚强呢?不但寻常的刀剑能危害他性命,就是用这一颗石子打下来,他不死必受伤。

祁光看这石子,打在石胆的额上,只打得额上火星四溅,益相信石胆的元阳未散。那个癞头叫花,真是信口雌黄,污蔑嵩岳派不犯戒的人犯戒。及至石胆睡在梦中醒来的时候,祁光已去得不见了。

作书的交代明白,这以上的情节,是补叙前文,前文已经叙明,以下也只略叙一番,无须不惮辞烦地复写出来。

那时石胆曾听得铁娘的话,自己的母亲不见踪迹,在半山间遇着祁光到乌鼠山来。

母子相逢已毕,祁光却逼着天雕向石胆赔个不是,谁知天雕满腔的愤气正没处发泄,既不能奈何金石胆,又被祁光逼勒他向石胆赔个不是,心里好生气闷。迨至祁光向他房里一看,才知天雕已经逃亡。祁光一时性起,决意用神剑宰杀天雕。就因碍着石胆母子的情面,转向祁光给天雕讲个人情,又因这时道力上的进展,与八年前不大相同,借用那八卦神算,却能算准天雕现在虽为嵩岳派的大敌,将来绝为嵩岳派的股肱,也只得权且放宽一步。

话休絮烦,于今要说祁光把天雕听信癞头叫花的话,到嵩山寻仇的各种情节,并同自己昨夜经过情形,子午卯酉,向石胆说了一阵。

石胆方才恍然明白,但不知癞头叫花同嵩岳派有何冤仇,连祁光也不明白。石胆只得当夜把他母亲带回嵩山,准备等待师父回嵩山时,再向师父询问一番,这且不在话下。

却说天雕那时逃亡出来,他本没有一定的去向,躲在山那边一座山神庙间,暗想,我兄长或者违犯嵩岳派的戒律是实,癞头叫花的话,虽一半不可信,但钟维岳既能纵容他二徒弟、三徒弟违犯戒律,并不理问,可见他对于这"戒律"二字,不过等于虚文,也无怪造成我兄长这个不守戒律的徒弟出来。我兄长若因钟维岳的戒律紧严,亦何至违犯了他的戒律?若说金石胆不犯戒律,何以我想问问他的娘,我父亲竟不许我开一句口?我的本领也看得去,如果金石胆是练童子功的人,不违犯戒律,元阳充足有余,就不怕我怎样地对待他;若是违犯了戒律,走散元阳,他能束手听我对付吗? 我在嵩山石洞的时候,见他身上笼罩着金光,那是钟维岳在暗中作怪,并不算是金石胆的本领。

金石胆要直接传授他师父的香火,我的兄长一日不死,这嵩岳派后来的香火,哪里轮到金石胆头上? 金石胆纵是听受桐叶道人的法旨,处置我兄长的死命,用他那三昧真火焚烧,但他因为传授衣钵的缘故,巴不得我兄长死在他手,才能畅所欲为。照这种种情形看来,叫我如何不仇视石胆师徒呢?

我父亲恼不起钟维岳,对于我仇视嵩岳派的行径,是处都有屈辱我,竟不容我分说,反要我向仇人赔个不是。我如果不逃亡出来,如何拗得过我父亲的话? 我固不敢得罪父亲,但因我兄长的缘故,我又何能向金石胆赔个不是? 这回我逃亡出来,我怕是绝逃不了我父亲的手。然我宁可死在我父亲的神剑之下,哪怕就粉身碎骨,也绝不肯向仇人说一句低头的话。只是我若死在父亲的神剑之下,使我父亲蒙着不仁不慈之名。不若在这里悄悄寻个自尽,以掩天下人的耳目,那么我死在九泉之下,也对得起我的兄长了。

天雕想到其间,真比拿刀割他的心肝还痛。他是练过几年剑功的人,用三昧真火焚烧自己的身体,这死法也觉得太惨,除去这个死法,死的路数很多。

正在那里预备要怎样一死的计较,因面朝山神庙偶像站着,忽觉得背后有些声响,天雕不禁暗吃一惊,疑惑是他的父亲来了。

回头一看,月光下分明看见一个年纪在十六七岁的美貌女子,向着他憨憨地笑,说:"一个人怎么好好地寻起死来?"

天雕因这女子的言语太精灵了,态度太风流了,既不像似大家的闺秀,又不像似绿窗的贫女,哪有这么一个妙龄人儿,在人静更深的时候,孤独一人跑到这山庙中来呢? 我父亲的法术高强,平时所制服的花妖木怪、野魅山魈,实在不少了。恐怕这女子就是那一类的东西,乘我在寻死的时候,精神涣散,前来戏弄我,这真叫作"时衰鬼弄人"了。

　　天雕方想到这里,又听那女子扑哧一声笑道:"人家因你少年人死得太不值,特地前来指引你一条生路,你还疑惑人家是山魈野怪,是乘你寻死的时候,前来戏弄你的。你既想到唐诗上有一句'时衰鬼弄人',大略你也读过诗书,你又是剑术上人,大略古小说书上,如聂隐娘一流人物,你看她们的行径,也疑惑是什么魑魅鬼怪,我们剑侠中人,胸怀坦荡,无所谓避却男女嫌疑。你怎的疑我的态度太风流,难道就像你这般悲切切痛刺刺的样子,你就把我当作是正当人物吗,我看你这种意思,还不明白江湖上人应该注意的行径。我们略有一些道力的人,看那人的神态,便知道那人心里的意思,你怎的认我言语太精灵了,难道像你这种傻子,念几句死书,学一些死功夫,抱着死题目,你就把我当作是一个老成女子吗?我看你这副心眼还是不明白什么东西叫作道力。"

　　天雕听完女子这话,把自己肚肠子都说穿了。无论她是魑魅也好,不是魑魅也好,横竖我是快要死的人了,如果她是个奇女子,我掏出肺腑里话,同她商量,多少或受她一些好处,不是个奇女子,我就同她多谈一会儿,再寻择死路以自尽,于我亦未尝有损。

　　想着,便向那女子掩泪说道:"承情小姐关切我,欲指引我一条生活。但我不在这里寻死,我父亲必用神剑来杀我。蝼蚁尚且贪生,我何至不惜一死?这其中实在有不得已的苦情。"

　　那女子摆手道:"不要向下说了,你的苦衷,我拢共都知道,你今夜绝不会死在你父亲神剑之下。但我道力本来有限,却只能算准今夜的事,若是明天的事,我不能保险说这句太平话。岂但我的道力,只能算得今天,不能算得明天,就是我师父,也只能算准十日,不能算准十日以后。你父亲的道力,不过只借着八卦神算，这时纵能算准一月以后的事，一半也会有不灵验的时候。"

天雕道："我今夜便不死在我父亲的神剑之下，未知明日是怎样，迟早是不免一死。但小姐欲指引我一条生路，可是指我到华山去，诉告黄精甫吗？我听得黄精甫的戒律很严厉，他手下没犯戒的徒弟。我本想到黄精甫那里，告金石胆一状。小姐的道力，无所不知，望乞小姐明白告我华山石洞的机关，我今夜就投到黄精甫那里去。"

那女子道："华山石洞，你是去不得，一去就被黄精甫关起来了。他的戒律，虽然很严厉，对于自己的徒弟丝毫不肯宽容，但有人到黄精甫那里去，诉控别处山岳派犯戒的事，黄精甫也不问是非曲直，先得将原告关起来。就因黄精甫洁身自爱，只保守他华山派的门户，对于别处山岳派的犯戒的事，不轻易问理，免得和自家师兄伤了和气。先关原告，是拒人于千里之外，不向华山去诉控别山岳派徒弟犯戒的事，黄精甫那里，你是去不得。"

天雕道："华山既不可去，那么叫我到什么地方去呢？小姐是何人，尊师又是何人？小姐要指我一条生路，可是指我到尊师那里去吗？"

那女子笑道："好一个糊涂虫，也会说出这几句聪明话来，你问我是谁，我师父是谁，你到我师父那里，自会明白。"

天雕听了，只好横了心，打算随着这女子去避一避风头，再作第二步计较。

那女子又向他笑道："论理你是宾，我是主，我得让你先行。但我先投到我师父的门下，你的年纪虽比我大，你到我师父那里，便做我的师弟，只好由我在前引路，你随后来吧。"

那女子一面说，一面舒开一双猿臂，身体便直飞起来，悬在空中，向天雕招招手道："请来吧，我师父那里，没有多远的路，一会儿就到了。"

说着，却看天雕在下面点火画着符篆，一会儿，已展动膀臂，飞向空间,又回头向天雕笑道:"你不会飞行功,只会这点儿飞行法,借着驱神役鬼的魔术,还说人家是妖怪呢!"

天雕听罢,心里对她自愧,但因她既说她师父那里没有多远的路,至多不过几百里路。及至跟着她向东飞有一千多里的路,还没有飞到。

又飞了好一会儿工夫,恰好也飞到一座高山之上,那女子在前面呼着天雕的名字说道:"到了到了。"

两人先后飞落在半山中间,看那里一片山郊,有十来座坟茔,中间有一座略大些石坟,四面有无数小坟茔围护着,像似诸孙罗拜阿家翁样子。

那女子带着天雕,在中间一座坟茔左近,用铁指搬开六尺围圆石鼓般的坟顶。

忽然从里面蹦出一个人来,喝一声:"哪里走?"

欲知后事如何,且俟二十九回再写。

第二十九回

入山洞小侠认机关
搬石鼓奇人窥道法

话说那女子搬开坟顶,从里面蹦出一个人来,喝一声:"哪里走?"及至见是那女子带着一个少年前来,登时换了笑容,垂手拱立一边。

那女子一手挽住天雕的手,提着他的顶心发,向坟顶下一个圆洞中掷去,也不知那洞中的深浅。

天雕被那女子提着顶心发掷下的时候,仿佛身不由主般坠下了万丈深渊,两脚刚才落地,觉得落在一个很绵软的东西上面,也就没有跌伤。抬头向上面一看,不见什么,知道那石坟顶已盖好了,四面更是黑暗暗没有一丝光线。

却听得那女子的声音向一个男人说道:"我师父可在洞中吗?"

那男人应一声"是"。天雕便又觉一只软玉温香的手,执着自己的手,一步一步向前走去。鼻孔里闻得那一阵阵脂香、粉香,明白是女子仍搀着他的手,走进前去。

天雕经过这几种的情形,不知这女子是谁,这女子的师父是谁,这山是什么山,这是一座什么山洞。虽然看那女子毫没有加害自己的意思,然究竟不能决定她是毫没有加害自己的意思,专给自己开引一条生路。

天雕心里刚这么想着,好像自己已随着那女子走入一大间圆圆的石屋里面,但认不清这石屋的规模,因一时觉得空气徒然沉闷,才估量这是一个石屋。又觉一步高似一步,向前走着,并不像踏着什么石级。刚走到那最高的地方,忽见前面有一团亮光,如在赤日之下,拿着一面镜子,照着那黑暗的所在,由这面镜子,反射出一种亮光来。借着这一团亮光,才看清那女子的容貌,确是从山神庙所见的那个女子。

天雕虽然年轻,不是没有把持的人,然自己的一只手,已被那女子一只温香软玉的手挽住了,在那山神庙见她的容貌,也不过比寻常的女子生得标致些。而在这洞中眼光黑暗了许久时间,陡然借着这一团白光,看那女子韶颜稚齿,百媚俱生,那一双秋波,闪闪欲活,便是铁石人也不由摇摇心动。

天雕只觉那女子的神态可爱,女孩儿的肌肤,又是破题儿亲炙第一遭,他那一颗心,也不禁动了一动。只是在这一动的时候,便已收神摄虑。

再看那屋并不是一个石屋,两边上下都钉着很厚的铁板,看前面走下去,是一步低似一步,才悟到在后面走上去,一步高似一步,就因这地方像个屋脊形,由屋脊那边走上来,固属一步高似一步,再由屋脊这边走下去,自然也一步低似一步。走到那白光的所在,却被女子双手将他向上一抛,以为这一抛,势必跌落下来,谁知却又不然,原是那地方一团亮光,是由上面一个圆圆的窟窿照下来的。女子将他抛上去,天雕就势一转身,已站在上面铁板上,看见面前有一个圆洞,才想到这其中的缘故。

那女子一纵身,也由窟窿间蹿到上面,站在天雕身边,说:"前面弯弯曲曲,东一根,西一根,横竖不成行地竖着许多的木杆,木杆上都点着一盏玻璃灯。我们走下铁板,切不可走着中间道路,踏着洞里的机关,那还了得!须循着一根根的木杆,弯弯曲曲地向前走去,保险你不出岔。我在前引着路,你在后面紧随我,免得你靠住我的手,我挽住你的手,要被别人看见了,又说我们泰山派人,违犯了戒律第几条第几款,拿我去处死还是小事,污染了我的人格,败坏了我的名誉,那就太冤枉了。"

天雕听罢，才知这山是泰山，这石洞便是泰山石洞。这女子虽未明白说出姓名来，也许是泰山派的人物，她师父不待说明，自然是已经斥革的泰山开派宗祖孙旭东了。

　　想着，早被那女子一手甩脱他的手，走下铁板。前面便是一根木杆，当由那女子在前，天雕在后，循着那东一根西一根的木杆，兜转了几十个弯，才见前面现出十丈多长的一道石墙来。那石墙中间，有一个门敞着，没有关闭，随着那女子走进石墙，看有一个规模宏大的住院，泅钉兽环，门前两边蹲着一对石狮，有二三尺高，盘在两个大石鼓上。那大门却是紧紧关着，门额上也高高点着一盏大玻璃灯，玻璃灯四面，朱书"泰山石洞"四个字。

　　那女子却不上前叫门，走到左边石狮子背后，从身边取出一根金针，挖那石狮子的屁眼。忽听得骨碌碌作响，天雕却不打算石狮子屁眼里，也会响出几个屁来。看那女子收了金针，已走到门前，自己仍随在那女子的身后。

　　忽然听得当的一声响，接着又是呀的一声，那两扇大门开了，门内也高悬着两盏大玻璃灯，照彻得同白昼相似，立着两排的俊仆，俨然像似王侯的府邸。那两排俊仆，一个个手里执着一把短刀，见那女子和天雕走了进来，各向他们行了个劈刀礼，好像预知有远客前来，预备排班摆队似的。

　　天雕随着那女子走过好几进石砌的砖屋，看两旁和中间的各门各房里面，都点着灯火，各门各房里面，都有人在那里说话，直走到最后第五进一间大厅上。那厅上空无一人，两旁和中间的陈设，古色古香，鼎彝俱备，迥与尔时乌鼠山刁鼎家中的陈设不同，刁鼎家中的陈设，有此华贵，无此古雅，不拘什么人，走到这厅内来，也不由顿生静念，绝无一丝浮嚣的气息。

　　那女子便请天雕在一旁石几上坐定，说："远客来了，我师父还未出来，待我去禀报一声。"

　　天雕看那女子，走进左边一间上房里面，连忙站起身来，准备孙旭东走出来，便向前叩头请安。正想时，忽见那女子从房中导出一个环佩叮咚、羽裳朱衣、神光满脸的美妇人,缓步走了出来。

天雕偷眼看这妇人,年纪约在二十开外,态度十分娴雅,心想这哪里是孙旭东,听说孙旭东是有了一把年纪的人,道衣草履,何尝是个妇人。但因这妇人的神气也绝不像什么山妖木怪,女子的能耐,是她教出来,她的神通,也绝不在孙旭东之下,哪里还敢怠慢?忙叩头跪拜下去。

那妇人笑容满面说道:"辛苦祁君了,祝红红,还不快搀扶起来!"

红红便向天雕笑道:"还不快起来,到这里还搭什么架子,叫我真个搀扶你起来不成?"

天雕也只得起来。

那妇人先在上面坐下来,吩咐天雕就座。天雕见红红垂手侍立在妇人身后,哪里肯坐呢?

那妇人道:"祁君远道降临,岂不可坐?"

天雕方才坐了。

那妇人回向红红说道:"孙法师不在洞中吗?"

红红低声向那美妇人回说几句,也不知说些什么。

那妇人道:"既然孙法师现在洞中,你带祁君去见一见孙法师,有什么话,回来再向我说。"一面说,一面向天雕说了声:"简慢!"径自起身回房去了。

红红便来向天雕笑道:"你要见孙法师,我就带你去见一见孙法师,你不用害怕。"

天雕遂跟着红红,经过几间房屋。刚走到一间石房外面,红红随手推开了两扇门,从门里透出灯光来,天雕并没有存心看这屋的规模形样。红红让他跨进房去,随手又即将房门关起来。

天雕看房里四围,都蒙着铁板,那门板写着"当心"两字,知道下面有油线机关,不敢妄动。这是一间空房,并没有人居住,连床帐椅凳都没有,只是一个大石鼓上,放着一盏灯,其余什么东西也没有。

　　天雕在房里出了会神,寻思道:"我不是做梦吗,怎么会到这种地方来呢?我在山神庙见这女子,心里疑惑她是山魈野魅、木怪花妖,一点儿不含糊。谁知却把她当作是剑仙剑侠,如聂隐娘一流人物,被她使用魔术,造成种种的幻象,把我关在这里做什么?照这种种情形看来,那东西简直因我父亲平生所除的妖魅怪物太多了,她乘我寻死的时候,有意来报复我,只把我引诱前来,关在这种地方。我心里才明白,这是我命里该这么结果,才是这么痰迷了心窍,容容易易投入这东西的罗网。"

　　天雕想到这里,又在墙壁上看了一遍,抬头看屋角四面都粘着符箓,蚯蚓般的篆文,也看不清是写些什么,明白有符箓粘在四面屋角,自己纵有点儿法术,哪里能冲出这种铜墙铁壁呢?待要勉强想施展蛇行的身法,绕到那屋角上面,揭去上面的符箓,或者万一能冲出这铜墙铁壁。才转动这个念头,谁知那符箓上即现出一团金光来。

　　天雕知道这金光的厉害,所谓见白狗咬了人,望着白多都要害怕的,便又收转念头再看那屋角上没有金光,仍是贴着符箓。天雕这一来,更没有丝毫回生的希望了,打算端开油灯,搬起石鼓,拿石鼓碰着自己的脑袋,自己仍寻个自尽,总比死在他的法术之下要死得值价些。便端过油灯,才将石鼓搬开来,天雕转不禁得心里跳动。

　　原来那石鼓下有一个圆洞,可容一人出入,分明看清洞下有十来层石级,估量石级前面还有一条隧道,遂探身入洞。刚站落在一层石级上,陡听得扑地作响,那洞口好像仍被那个大石鼓关闭起来。

　　站在石级上,看下面有一个很大的石坪,石坪前面,有一所规模极大的石屋。忙走下石级,进前又走了数十步,一看那石屋中灯烛辉煌,从窗槅子里边透出来的光都照成一片的光明世界,屋门、窗门都关着。

天雕便伸头在一处窗缝里窥探,只见屋中的陈设如同画图上所见的天宫一般,右边一张金碧辉煌的交椅上面,端坐一人,就是在吕梁山所见的一个癞头叫花,垂眉合目,像在那里入定的样子。左边一张形式较大些的一把交椅上,灿烂夺目,也端坐着一位道家模样的老者,满脸的青气,身上穿一件已经破坏的青布道袍。他这般相貌、这般装束,坐在这般金碧灿烂大交椅上,反觉得太不称。也在那里低眉合目,像似癞头叫花的一样态度。

天雕大略估定,这老头儿便是孙旭东了。当中安放着两耳三脚的大炉鼎,鼎里一缕一缕香烟往上面鼎孔中袅出。两边分排着一对儿金质的烛台,有三尺多高,上面高烧着膀臂粗细的大蜡烛,烛焰上各吐出一朵莲花,都含着几分的道气。

天雕正在那里窥探着,忽觉脸上有一阵清风吹来。登时屋门大开大放,屋内的烛光在天雕眼光中闪了几下,闪得天雕有些眼花缭乱起来。天雕闭着双目,凝一凝神,再睁得开来,大踏步向屋里走去。却看烛光依然如旧,那右边交椅上,坐着那个癞头叫花,已慢慢地睁开眼来,向天雕含笑点头说:"是红衣圣母叫你来拜见孙旭东孙法师吗?这时孙法师已入定了,你不妨和我谈谈。"

天雕也不禁站立一边,却听癞头叫花含笑说道:"你父亲枉自恭维钟维岳,不敢说钟维岳一句坏话。要做这泰山派的开派宗祖,承受泰山派的一路香火,休说你父亲没有这种造化,便是钟维岳自己,也没有这么大的造化。你看我们泰山石洞的机关,和嵩山石洞比较起来,就知钟维岳的道法远不及我们泰山派的孙法师了。什么是戒律,钟维岳的戒律自是钟维岳的戒律,孙法师的戒律也只有孙法师的戒律。孙维岳倚仗桐叶道人的势力,滥用刑律,处死孙法师的大徒弟卫天球,你兄长祁天鹏欺负了我们孙法师,这道人的门下,自当畏怯钟维岳。如今桐叶道人已听信钟维岳的话,没有孙法师这个徒弟了。你要明白,桐叶道人的道力虽然高强,但强中更有强中手,不是孙法师现今胆敢背叛桐叶道人,准备和钟维岳为难,实则迫于种种事实的要求,不得不另走上一条门路。"

天雕听到这里,胸中有许多话要问癞头叫花,一时却问不过来。

忽见孙旭东已在那一把大交椅上醒过来了。

欲知后事如何,且俟三十回再写。

第三十回

一棒当头丹房惊法力
孤身入道衣钵欠真传

话说祁天雕那时心里有许多要紧的话要问癞头叫花,一时只不知怎样问起才好。忽然见孙旭东展动双眉,慢慢地睁开眼来,指着天雕向癞头叫花问道:"这可是祁天鹏的兄弟吗?"

癞头叫花应一声"是"。天雕忙走近孙旭东面前,要跪拜下去。

孙旭东拉起他说道:"不敢当,请问你是五岳名山哪一派的人?"

天雕道:"晚辈没这缘分,做五岳派的人物。"

孙旭东道:"你这话就讲得太客气了,凭你的法术,随便做五岳名山哪一派的人物,不是一件极容易的事吗?剑仙、剑侠都是人做出来的,谁生成便是剑仙、剑侠?只是你心里打算做哪一派的人物,便能做哪一派的人物。我的话就这几句,多问也是无益。"

祁天雕回道:"我的本来,原没有一定的趋向,但是嵩岳派的戒律是钟维岳自己的戒律,何以说他是自己的戒律呢?就因他的戒律虽有时处死犯戒的人,究竟不能教成他本来容易犯戒的徒弟,务得不犯戒的地步。徒弟犯了戒,他要处死那个徒弟,便不能逃脱他的掌握。他不要处死那犯戒的徒弟,这徒弟也就逍遥在戒律之外。我所以说他的戒律是自己的戒律,这种不平的戒律,实用着'戒律'二字做假面具,招摇惑众,反不若没有戒律,老实讲几句公理,教徒弟做些公道事,来得光明正大。我因钟维岳偏是对我兄长要雷厉风行地处死他,表示'戒律'二字,是何等的尊严。偏是对于二徒弟黄铁娘、三徒弟金石胆,就模模糊糊地不加理问,又显出他的戒律,是何等的不公道。我既仇视钟维岳有杀兄的愤恨,又仇视他不平等的戒律,不拘泰山派、衡山派、华山派、恒山派哪一派人,有和我抱着同仇的忾愤,肯把我收留在洞,不逐出门墙之外,对我讲几句公道话,叫我做些公道事,我没有不听受指挥,肯扭一扭吗?无如衡山派本和钟维岳狼狈为奸,华山派和嵩山、衡山两派守望相助。说到恒山的朱子民,接二连三地在我面前卖弄他的道法。但我在吕梁山曾见他两个男女徒弟,那种说笑的情形,不见得是个光明正大的教派。这一派教宗,晚辈也不愿轻易踏进。如今既蒙红红姐姐把我带到泰山来,我除了这地方,哪里还有我的栖身所在呢?"

孙旭东听了,一想不好,我本意使癞头叫花黎绍武在他面前显出小小的神通,因他的资质很好,想收作徒弟。如今他既被红红带到石洞来,他和我是没有师徒缘分了,但红衣圣母这个人,泰山派却非她不能存在,她既明让暗夺,要夺取天雕做徒弟,唯有将天雕仍让给她好了。想着,又向天雕说道:"你不是见过红衣圣母吗?红衣圣母的道法比我要高得几倍,你要做泰山派的人物,不必做我徒弟,竟可在圣母跟前学习道法,就得看你有这缘分没有。"

天雕听孙旭东这样说,不觉讶然问道:"老法师看我和红衣圣母有师徒的缘分吗?"

孙旭东笑道:"有缘千里来相会,无缘对面不相逢,各结各的缘,各修各的道,无所谓有没有。"

天雕道:"话虽这么说,然法师叫我怎样结缘呢?"

孙旭东瞑目不答,仍像似要入定的样子。

天雕立了一会儿,见孙旭东已没有话说。那时癞头叫花本没有名字,据他说唤作黎绍武,他本是孙旭东新交的道友,见孙旭东说出这几种的话来,明知孙旭东要将天雕让给红衣圣母做徒弟了。没奈何,只得迎合孙旭东的心理,当向天雕笑道:"呆子,你既见过红衣圣母,怎么不提起拜师的话来?"

天雕方才恍悟,只失悔自己太不细心,不拜认师父,如何能结师徒的缘分呢?

黎绍武已瞧出天雕的意思,说道:"你要再去拜师,并不是绝对办不到的事,不过你将来有这造化,受了红衣圣母的成全之德,将如何报答呢?"

天雕道:"我如果得受圣母的道法,使圣母道统延长不灭,这就是徒弟报答师父的道理。"

黎绍武道:"这话也说得很对,老实再告诉你,红衣圣母虽没有订定了什么戒律,但收徒弟的章程,看去很容易及格,却又极不容易及格。只在你求师意诚,报仇心切,是没有不合格的。"

天雕道:"要怎样才合格呢?"

黎绍武偏着癞头思量了一阵,说道:"且等你此刻到红衣圣母那里再说,至于人初到此地来,有什么要问的话,你这会子也明白了一半了。但圣母是什么人,这泰山派的机关怎么比嵩山更造得险固,那吕梁山间所遇的男女二少年究竟叫作什么,我黎绍武告诉你未尝不可,但不告诉你是稳当些。"说着,便挽着天雕的手,看孙旭东仍然入定,也不去招呼他,竟同天雕走了出来。

刚走到石坪上,忽听得孙旭东的声音叫:"黎兄转来!"

黎绍武听他这类声音来得十分凄惨,只得将天雕仍带进来。却见孙旭东皱着眉头向黎绍武流泪道:"我在八年前四月八日那一天,因受我师父的斥责,不容我享受泰山派的这一路香火。依我的意思,立愿恨自己缘悭福薄,再没有这张脸见人,从此绝谢朋侪,苦心修持,什么也不要了。无奈我的一班徒弟看我坍不起这个台,苦苦地要求我,仍保守这泰山派的一脉香烟,并得道兄的提携,又将圣母请到泰山来,做我的护身符,使我在这泰山派独树一帜,以致违叛了我师父的法旨,居然和我师父脱离了师徒的关系,立愿要在泰山撑个局面。无奈数由前定,我只怕将来泰山派的人物势必至死无葬身之地,不若就此散了伙,把这泰山让给圣母,我好遁入佛门,也可因此减除了一分浩劫。你是我的道友,肯听信我的话,一同随我学佛,冤仇宜解不宜结,佛门中的道路甚广,我们何必大开杀戒,以自害害人呢?"

那黎绍武本来好一团的高兴,他也曾和钟维岳结下海深的仇,想大家联络一气,好报复他的愤恨,想不到孙旭东陡然变卦,会说出这种虎头蛇尾的话来,现出很惊讶的神气,问孙旭东道:"道兄说的这话,我兄弟很不愿听,道兄方才入定的时候,可是见有什么幻象没有?"

孙旭东道:"这并不是幻象,我方才入定间,听得有个人唤作我的小名儿,我一听是我母亲的声音,登时愣一愣,仿佛见我母亲在面前哭泣说:'你有这点儿根基,从此遁迹空门,定可降龙伏虎。若仗着这点儿根基,专和人争强好胜,你小心些,别要发糊涂,连累娘在泉下不安。你将来亦必至粉身碎骨,那么为娘也只在泉下等一等你了。'说着,便扯着我这件道袍,哭个不住。醒来一睁眼,仿佛我母亲站在我身旁流泪,我的眼泪也不禁洒下来了。看道兄在石坪上挽着天雕的手走着,特将老兄招呼前来,我们相交日浅,总算是个道侣,我的意思,就要立刻偕老兄剃度出家,多一事不若少一事,固然不去和人争强结怨,也用不着介绍这位做圣母的徒弟。他和圣母果有缘分,经你去介绍,只算多此一举,没有师徒缘分,你去介绍也无用。"

黎绍武听他这话,半晌没有回答,便是天雕听了,也很觉不快。

这时候,忽觉有一阵香风吹进丹房来,这种香风,非兰非麝,又与炉鼎中喷出来的烟香不同。香风飘处,却见红红拥着红衣圣母,凭空从房外飘进来。

众人见圣母来了,都起身相迎。

圣母忽向孙旭东、黎绍武问道:"方才你们觉得有人到这丹房里来吗?"

孙旭东、黎绍武都指着天雕说道:"可是这位进来的吗?"

圣母摇头道:"不是不是,那人的道法很是高强,简直到这石洞中来,如入无人之境,不是我有这一点儿神通,如何明白他竟到我们这石洞中来?请问二位,你们虽没有见到什么人前来,也许有一些惊觉。不然,那人在势不能在黑夜间来,破袭我们泰山石洞的机关,前来干什么呢?"

孙旭东被红衣圣母这几句话提醒了,恍悟入定时的事情,不是他母亲英灵不泯,能到这丹房同他讲话,像这样神秘莫测的丹房,就是寻常学道法有本领的人也不容易偷进这丹房一步,何况已死的母亲英魂能到这丹房中来,乘自己在入定的时候讲话呢?

孙旭东这会儿恍悟不是母亲的英雄魂到丹房来托梦,也许有本领极大、道法极高的人在暗中幻成母亲的形象,前来阻止他的雄心,但未明白这人是谁。就因自己的道力及不上这人的道力,实在又不能算准他是哪一路的人物,便将入定时所经过的事情向圣母说了一遍。

圣母道:"对了对了,这是你亲眼所见的影响,如何虚假得来?请你自己想一想,你母亲魂灵,无论能不能到这丹房一步,固然不能说是你母亲前来,你的年纪大了,不比孺慕时想念母亲,心中或幻出一种现象,在入定时显露出来,既不是你母亲前来,又不是你心中生出来的幻象,这不是那人悄悄隐入丹房,显出一点儿神通,阻止你的雄心,你在入定时,如何会见到这般幻象呢?"

孙旭东听罢,没有回答。

黎绍武问道:"圣母估算这人果是钟维岳吗?"

圣母紧闭双目,虚掐着无名指一算,开眼说道:"这哪里便说是钟维岳前来?此人若在这地方一千里路以内,凭我的道力,没有算不准的,无如现在已出一千里以外,我不能指说他是谁,呼吸千里，在我们会道法的人，并不算什么事，如何能指说他便是钟维岳？天下这么大，岂但钟维岳就有这么大的本领？不过他是一个人到石洞来，不敢和我们显然为难，却在暗中作祟，涣散我们同派人的势力，将来更不可不防他兴师动众前来。但我是不怕他前来，但他的同党越来得多，越显出我的神通，不拘他是哪一路的人物，同我们有什么过不去，要来争强结怨，无论他再用明枪暗箭，怎样地来对待我，我有本领，也使他死无葬身之地。"

孙旭东听完这话，既已恍悟不是他母亲真个在他面前哭泣，又听圣母如此这般地说了一阵，不因不由，消灭了遁世的观念，把那违背桐叶道人法令的雄心重行鼓荡起来。

却看祁天雕站立一边，只顾光翻着两眼，望着他们说话，不待黎绍武近前介绍，便指着天雕向圣母说道："这后生的根基颇不薄弱，承圣母的盛情，将他送我做徒弟，自信我这点儿道法，不及圣母十分之一，总乞圣母收留，将来这后生得传圣母的衣钵，也许是泰山派的一个人才。圣母其许我。"

圣母向天雕望了望道："他的根基很好，可惜没这缘分，得授我的衣钵。孙法师既不愿收留他，仍将他放出石洞，叫他还向自己父亲去请教吧！"

孙旭东听毕，默然无语。

天雕想起黎绍武所说拜师的话来，今听圣母的言辞，虽然十分坚决，看她的神态，未尝没有通融，早扑地翻倒虎躯向圣母行了三拜九叩首的大礼，口称："师父肯收留弟子做徒弟，将来学成了道法，师父叫徒弟火里火去，水里水去。"

圣母也变换了语气说道："不是我不肯收你做徒弟，但我总收你做徒弟，你实在没这缘分，得传我的衣钵。"

天雕问是什么缘故。

圣母转眼向红红望了望，红红便向天雕说道："师父并不因你是个男子，不肯传给你的衣钵。师父的衣钵虽然不拘男女，然而必传授一个童男、一个童女,你已犯了色戒,不是童男的身体,师父纵肯收容你,只略传你一些法术,道力是没有大成的希望了。"

天雕忙分辩道:"我父亲的家教甚严,平时不许我同妇女说一句笑话,我又没有娶妻,姐姐怎说我犯了色戒,不是童男的身体呢?"

红红不由红着脸说道:"好不知羞耻的男子,你自己经过的事,自己心里该明白。你的元阳已走散了,还说自己是童男的身体,你打算没有人看见你肉里的心,就不明白你心里经过的事?"

天雕听罢,只急得两眼流泪,半晌不作一言。

欲知后事如何,且俟三十一回再写。

第三十一回

动元阳英雄破色戒
斗剑法奇侠劫门生

话说红红向天雕说出那一番话,只急得天雕眼泪直流,半晌间一言不发,心想,我实在从来没接近过妇女,怎么她说我不是童男的身体,不能传授圣母的衣钵?我的志愿,本要报复兄仇,原不望得受圣母的衣钵。但她硬说我已破了身,我纵有千百张口,千百张口里皆生有千百张莲花妙舌,要向她分辩,请问这些话,再叫我如何说得出口?

天雕在那里想着,红红仿佛已看出他的意思,说:"你有什么话,不便对我说了,不便在我师父同二位法师面前说出?须知男女的界限,在胸怀坦荡的人,本无所避忌,你尽管说出来。"

祁天雕急道:"我实实在在没有犯过色戒,在师父面前,如何敢欺瞒姐姐?"

红红笑道:"你如何能欺骗人呢?你想想,我说的绝无差错。"

祁天雕忽然想起来了,说:"我在乌鼠山同刁鼎的女儿刁珠珠,除去一共在刁鼎前学习法力的时间而外,未免两小无猜,我偷偷地同她扮作一对儿新人。实际上虽没有沾染,然而在那时候,她已把我当作丈夫,我已将她看作未婚的妻子。难道这可算是犯了色戒,已无复童男的身体吗?"

红红笑道:"呆子,那是你在十二岁时候做的事,本为小孩子的游戏一种,休说你们男女孩子好得了不得,会做出这玩意儿来,便是我们在小时候,女孩子同女孩子在一起玩耍,彼此相好起来,高兴也曾扮作这般的玩意儿来。人在小时候,知道些什么?你怜我爱,本为天赋的一种真情,这并不能说是犯了色戒,更不能说你就因此破了童男的身体。你再仔细想想,我说的话绝无半点儿差错。"

天雕真个偏着头想了一会儿,休论真没有交接过妇人女子,并且在睡眠的时间,精关很固,向没有走散元阳,梦中也没有见到邪淫的现象,动乎中而摇其精,会干出那男女之间的一件真玩意儿来。自己想得不错,但因红红是圣母的徒弟,红红对我说这番话,圣母未尝对她表示出不以为然的神气,可见得她的话不啻由圣母亲口说出来的。

天雕思来想去,总想不着一个破了身体的证据。当向圣母叩头道:"弟子已是二十岁的人了,在这八年以来,固没有做过这种羞人的事,也没有说过这种羞人的话,师父能相信姐姐这话,一丝不会走板?"

圣母正色道:"岂但她的话一丝没有走板,这话也不啻由我说出来的一样,你所以不能接受我的衣钵,不能练习道力,就因看你已破了色戒,不是童男的身体。你不信我有这点儿道力,能看出你破了色戒,你不妨再问一问这二位法师,我几曾向人打过诳语?"

天雕道:"镜不磨不明,钟不敲不响。徒弟本相信师父不会打诳语,用不着转问二位法师,求师父向我明白宣示则个。"

圣母听了笑道:"这话若由我说出来,须知你不是见了我,才破犯色戒。红红,你别要藏着闷葫芦,不如说穿了吧!"

红红转向天雕笑道:"我问你,晚间我将你带进石洞的时候,你曾在那地方向我脸上望一望,一时情不自禁,心旌有些摇荡起来。就在你心旌摇荡的时候,早已走散元阳之气,破犯了色戒,不是童男的身体了。你想我这话对不对?不要把你肚肠子都说穿了吗?"

天雕听完这话，不由相信圣母虽没有订定什么戒律，但钟维岳戒律中的戒淫一条，只说戒淫是不妄淫，没有说一时妄动了邪念，便算破犯了色戒。可见圣母的教派，比钟维岳要高到好几倍了。何况这件事，除了我自己而外，什么人也不知道。圣母师徒就同亲眼看见我这颗心的一样，神通果然不小。悔恨不该一时没有把持，竟致破了色戒。口里虽不说什么，面子上却现出很难为情的神态。

　　其时，圣母便向孙旭东道了谢，令红红扶起天雕，领到自己的丹房而来。天雕看圣母丹房里的布置极简单，没有孙旭东丹房中那种金碧辉煌的样子。丹房中炉鼎俱全，有一个翩翩华服的少年，打坐在石台上，盘膝闭目，好像正在做功夫。忽然睁开双目，看见圣母带着红红、天雕进来了，连忙跪下来，向圣母合掌。

　　圣母笑道："很好很好，你的道力有诸内而形诸外，你同红红将来有接受我衣钵的缘分，务要加倍刻苦做功夫，不可迷失来时的路。"

　　少年唯唯听命。天雕看这少年，两眉如卧蚕，两目如点漆，相貌甚是英伟，从中正刚健之中，另显出一种翩翩的风度来，认得出他是在吕梁山同癞头叫花比剑的少年，不由暗叫一声"奇怪"，心忖，这少年同癞头叫花原是一家人，怎么癞头叫花指说他是朱子民的徒弟，把自家人当作是别人的徒弟，动手比画，好像仇人遇见仇人的样子，这是什么道理？这少年当时同一个年轻女子在树林里说笑，这女子我虽没见她的面庞，但听她那种说笑的声音，好像一个极妖冶、极淫荡的女子。少年既同这女子说笑，又在那密森森的树林里，一个是极风流极娇小的少女，一个是极英伟极标致的少男。我虽没有见他们做出什么苟且的事，然我听他那种说笑的声音，来得太亲近、太甜蜜了，我能谅解他们没有什么苟且的行径吗？我在进山洞的时候，只向红红脸上望了望，望她的脸庞，竟似芙蓉出水，琪花映日，我心里只是动了一动,却只在这一动之间,圣母同红红姐都说我破犯色戒,走散元阳,非复童男的身体,不能接受圣母的衣钵,证成大道,难道这少年同一个少女,在树林子里喁喁情话,就不算破犯色戒吗?并且那少女称这少年师兄,听她那种语气,管许她也在圣母的门下了。仓促间我没有辨清那少女的声音,果是红红姐,然既称少年师兄,天下断没有剑侠中人,误认人做师兄的。少年破了色戒,圣母像似没有这回事的样子,反说他有接受衣钵的缘分,我的心略动一些,随即收摄住了,圣母怎的说出不能接受衣钵的话,这又是什么道理?

天雕把这两种道理在脑海里沉浮着,自己向自己解释一番,究竟解释不出个所以然来。

圣母指点那少年服气的功夫,一会儿,又命红红打坐在少年右边的一个石台上说:"我在先只将你们师兄妹两人都有这缘分传我的衣钵,你们当然要心心相印地做功夫,不要使你们新进的师弟见了笑话。"

天雕又不禁愣了一愣,圣母这类的语气,圣母所收的徒弟,除我没有第三者,当日在吕梁山呼年师兄的那个少女,不是红红还是谁呢?我实在那时没有见红红的面庞,不是圣母说出收徒弟的话,哪里明白在吕梁山那个极妖艳、极淫荡的女子却是红红?

天雕似这么地胡思乱想,又看圣母照着指点少年的话向红红指点一会儿,可惜那些话都是海阔天空,叫人听不懂。红红盘坐在石台上,闭目低眉,像似女菩萨般做着功夫。

圣母已回过头来,看中间一张石桌上的蜡烛被门外一阵风吹得摇摇无定。圣母忽失惊道:"方才偷进孙法师的丹房,现出一种幻象的人来了,我看看这东西是怎样三颗头、六条臂膊!"口里这么说,左手捏了一个诀。

那时少年和红红都在石台上睁开眼来,天雕也站立在圣母的左边。圣母在捏诀的时候,口里不知念些什么,即听有人厉声喝了一句道:"来得好!"

　　此语才毕,就见得门外立着一位龙钟的老者,相貌衣服无一不似在太行山钓鱼的那个朱子民,也像在那里念咒作法的模样。遂听得洞中一阵阵的人声鼎沸,七言八语地吵嚷起来。

　　天雕看朱子民已吐出一口涎沫,直打向圣母的左手上。

　　忽听圣母叫一声:"哎呀!"好像一声哎呀未叫出来的时候,天雕已不见朱子民的踪迹。接着又从门外吹进一口气来,将桌上的烛蜡吹灭。接着又听得洞中一声声警铃作响,虽然黑暗暗不见什么,就好像有千军万马相杀的声势。紧接着两道金光裂帛也似的一声响,从丹房内直向外面射来,好像那金光打了一个转,即听得朱子民的声音喝一声:"敕!"

　　霎时狂风大作,在这狂风怒号当中,夹着听得洞外飞石扬沙声、警铃响震声、狂呼杀敌声,耳朵里却听不过来。紧接着又见一团极浓密的黑气,风车也似的在房外庭中旋转着。同时见有五六道长长短短的金光,十来道若断若续的青光,七八道疏疏落落的绿光,一齐向那浓密的黑气射去,竟似数十道彩虹,时而闪开,时而合拢。那一团黑气也时伸时吐,时缩时涨,伸则狭而长,缩则大而扁,吐则昂藏,涨则弥纶。忽然咔嚓一声巨响,拔地而起,只震得四围房木有些战栗不安的样子。那六道金光也就东驰西突,像和那一团黑气宣告脱离,那若断若续的青光、疏疏落落的绿光,也就现出远避三舍的样子。

　　天雕这时候觉得眼前一黑,耳朵里忽听得朱子民的声音叫一句好,又见那五六道金光同着许多的彩光、青光,在空中闪了几闪,方才看见那一团黑气仍在那里打着盘旋,那金光、绿光、青光只傍着那黑气围绕。那一片喊杀的声音,如千军万马开仗似的,接触了好一会儿工夫,那黑气方才渐渐地消灭,像似入土而没的样子。再看那金光、绿光、青光都不见了。

　　那圣母站在丹房里不动,那红红同少年依旧分坐在两边的石台上,霎时风平声静,房外不见一人。

圣母又定一定神,忽高声叫道:"朱子民,好大的胆量,这还了得?"

旋叫旋掐着无名指,轮算了一会儿,又柳眉倒竖、杏眼圆睁地说道:"咦!这其中定有人在暗中主使,若没有人在暗中主使,朱子民哪有这样的狗胆,来斗一斗我们泰山派的这些强龙?他此刻虽然借着土遁逃了,凭我们泰山派三部分的势力,休说他是逃回恒山,哪怕他就逃到九州外国,没有拿他不回的。不过他已畏避我们逃了,我们也有我们的正事,用不着同他这种狗咬吕洞宾的东西计较什么,谅他也不敢再到这里来寻死。"

红衣圣母这么自言自语一会儿。天雕问是什么事,朱子民到这地方来做什么。

圣母道:"痴小子,在你的意思,朱子民到这地方是干什么的呢?"

天雕道:"我在八岁的时候,朱子民曾到太行山下,想收我做徒弟,我父亲却不肯将我送他做徒弟。如今可是算得我投到师父门下,欲来抢我做徒弟的吗?"

圣母道:"不是不是,朱子民却不要抢你做徒弟了。当初你在小时候,天真烂漫,朱子民很愿收你去做徒弟。于今却不是从前了,你既同嵩岳派结下不解的仇,朱子民和钟维岳呼同一气,怎肯收嵩岳派的仇人做徒弟呢?朱子民既不是来抢你做徒弟,又不是和孙法师有意为难,他要暗害孙法师的性命,也不先到我这地方来了。朱子民此次来的意思,你应该想到你父亲已不承认你是儿子,你又同嵩岳派有杀兄的仇,自然朱子民帮着嵩岳派的忙,想将你拘到恒山处死。但你幸到我们泰山来了,幸得要做我徒弟了,朱子民不想转你的念头便罢,若再转动你的念头,凭我们师徒,同孙、黎二法师师徒的道法,怕他什么朱子民?你放心住在我丹房里好了。"

天雕听罢,又向圣母叩谢一番,便请圣母传授她的道法。

圣母忽然说道:"哪有这般容易?你因破犯了色戒,没有缘传我衣钵,做我的徒弟很不合格。但你既专诚一志地要拜我为师,因此我才肯收你做徒弟,你既做我的徒弟,不能模模糊糊地传授你的道法。我收徒弟,自有我收徒弟的章程,我怕你这章程不易遵守,一辈子不要望有报仇的时候。"

天雕听到这里,只不知圣母说出什么确难遵守的章程来。

欲知后事如何,且俟三十二回再写。

第三十二回

传法力圣母收徒
入牢笼英雄丧胆

话说祁天雕听完红衣圣母的话，便问圣母道："不拘什么确难遵守的章程，徒弟无不奉命遵守。"

圣母道："你既做我徒弟，自然是泰山派的人了。要知我们泰山派虽违背了桐叶道人的法旨，然而独树一帜，与国家的反叛不同，不过嵩山、衡山、华山、恒山四派的党羽，少不得百般要向我们懊恼，这水火刀剑，仍是免不了的事，我们万没有束手待毙的道理。我不是钟维岳那些文绉绉的戒律，我懒得去理他。这时候，我有几句口头戒章，你须仔细留心一点。你学得一些道法，除了真同你为难的人，待人接物，务以礼让为先。倘若仗着所学的道法在江湖上横行无忌，无端伤人性命，那时候我绝不肯轻恕你。"

天雕道："弟子此番出来，为的是要报仇雪恨，只要将仇人制服死命，绝不敢轻易和人动手。"

圣母道："报仇是你分内的事，不在此列，还有几句话，益发同你说了吧！你如遇敌不前进，杀；走漏泰山派秘密消息，杀；临阵奸淫妇女，杀；做敌人眼线卖友，杀；违背我的法令，杀；同室操戈，以致师兄弟失和，杀。这几种口头告诫，你自信能遵守，我立刻传给你道法；不能遵守，说一句不客气话，就得将两个'山'字叠起来，赶快请出。"

天雕道："弟子只当作是怎样确难遵守的章程，原来是极平常、极容易的几句口头告诫,弟子件件都遵守。若违背师父的章程,是杀是剐,全听师父的便。"

圣母听罢,忙正色道:"祁天雕,非是我揹勒你做我徒弟,这是你心悦诚服,遵守我的章程。"

天雕道:"大丈夫一言既出,有何反悔?"

圣母点了点头,遂叫天雕坐在那男子的下首一个小小石台上,圣母自不断地挨着次序,来指点三个徒弟的道法。

这日,天雕见圣母出丹房去了,自己坐了一会儿功夫。猛然想起坐在自己上首的少年来,忙回头看时,见那少年仍闭目静坐,仿佛不知道有人回头看他的样子。再看红红坐在那右边的石台上,仍做那观音合掌的身势,苦练她的道法。

天雕遂立起身,向那少年附耳道:"兄弟进师门已有三天了,还没请教师兄的尊姓大名。"

那少年只当没听得。天雕又在耳朵里絮聒了一阵,那少年才睁开眼来说:"这是我们师兄弟坐功的时候,不是请教尊姓大名的时候。"

天雕听他的话很觉惭愧,赔着笑说道:"对不起大师兄,我们静坐一会儿再谈吧!"

方才说完,那少年已从石台上下来,也向天雕笑道:"师弟认识我,却不知我姓名。愚兄本不应该在坐功时多言,分了心神。但既蒙师弟赐教,不妨畅谈一会儿也使得。不瞒师弟说,我姓薛名星符,在吕梁山同癞头叫花黎绍武比剑的时候,师弟是不是曾在那里观阵?"

天雕道:"师兄既是师父的大徒弟,大徒弟自然是接受师父衣钵的人了,请问大师兄,你凭什么接受师父的衣钵?师兄不是朱子民的徒弟吗,为什么又做师父的徒弟呢?"

星符道:"我不是朱子民的徒弟,自然能做师父的徒弟。你从前那一点儿法力,却是刁鼎同你父亲传给你的,你一般也做了师父的徒弟。你做刁鼎的徒弟,又在你父亲跟前学过几年的道法,才做我师父的徒弟,你还问我是朱子民的徒弟,为什么却做我师父的徒弟,这句话实在问得我莫名其妙。你几曾在朱子民那里,见我做他的徒弟呢?你又问我凭什么接受师父的衣钵,师父同红红师妹已将那其中的道理讲给你听,你又何须问我?"

天雕道:"我所以要问师兄的话,胸中有些解释不开。如果自己能解释这是什么道理,也不用向师兄请教了。师兄和祝师姐既不是朱子民的徒弟,癞头叫花如何指说你们是朱子民的徒弟呢?我在初进石洞的时候,见祝师姐那花一般娇的容颜、玉一般温的神态,我的心只摇摇一动,随即收摄住了,怎么师父和祝师姐都说我在那摇摇心荡的时候,我已破犯色戒,走散了元阳,无复童男的身体,不能传师门的衣钵?难道师兄同祝师姐在吕梁山树林子里有说有笑,俨然好似小夫妻的样子,这不是破犯了色戒吗,怎的师兄和祝师姐两人都能接受师父的衣钵呢?并且你们同癞头叫花都是泰山派的人,怎的你们又在那山间比起剑来?这些缘故,我自己也勉强解释过一番,实在想不着可以解释的道理出来。但想你们必另有一种缘故,师兄、师姐的行径俱不是违犯色戒的人,比不得嵩岳派里黄铁娘、金石胆,那癞头叫花既认出你们是泰山派人,也没有无端同你们比剑的道理,不妨请师兄向我明白宣示出来。"

星符听他的话,不禁笑了笑,说道:"我问你,你说我曾做朱子民的徒弟,这话还是黎绍武向你说的,还是我们自己向你说的?我同师妹在那树林子里说笑,你听我们说笑些什么?不错,黎绍武是泰山派人,我们也算是泰山派人,岂但都是泰山派人,并且孙法师虽名为泰山派的开派宗祖,实则也唯我师父的马首是瞻。这泰山石洞的机关,也由我师父重新建造出来,我们既是泰山派的重要人物,黎绍武也是泰山派的人物,那一句不认识的话,恐怕连哄骗三尺童子也哄骗不去。但我们既认识他,为什么动手比剑,自家人闹到自家人的头上来呢?这一种道理,你是不能传授师父衣钵的人,我不好向你说,说出来你仍是个不知道。

你不妨再将你所说的话转来问我师父,或者师父有这道力,向你解释一番,你尽管在我师父面前说我们破犯了色戒,自家人闹到自家人头上的事,不要含糊其词,你说得不明白,叫师父听了也不明白。"

天雕听完这话,回头看红红也在石台上睁开眼来,便也懒得再问红红。忽然暗叫了一声苦,心想,我不是糊涂虫钻到脑子里去吗?我在家中学习八年道法,何尝落过人家的圈套?现今糊糊涂涂地落在人家圈套里,尚兀自不明白,不因不由,朝这条行不通的路走吗?我在山神庙见红红的言语太精灵了,态度太风流了,心里明明白白,看穿她不是正经路数,一些不含糊。就是在吕梁山见癞头叫花指说这两个东西,是朱子民的徒弟,我何尝见朱子民有这两个徒弟?并且黎绍武说我兄长不违犯嵩岳派的戒律,黄铁娘和金石胆两人都违犯了嵩岳派的戒律,我兄长何尝不违犯嵩岳派的戒律,石胆、铁娘违犯了嵩岳派的戒律,我有什么证据?就这么容容易易中了人家的圈套,直到这时候,人家说话间露出马脚来,我心里才明白,照这种情形看来,无怪我父亲怒骂我,不是吃了一十九年的饭,是吃了一十九年的屎,简直就该这样地屎迷心窍。只是我的法术,及不上他们,他们呼同一气,费却这些周折,闹这些玩意儿哄骗我上他们的圈套,一不谋害我性命,二不要想我金钱,他们要同嵩岳派为难,有我不见得便是嵩岳派的对手,没有我又不见得敌不过嵩岳派。看他们设下这种圈套,并不是毫无用意,费却这许多周折,以哄骗我的。并且我在小时候,曾在太行山井中钓出一尾松江的四鳃鲈鱼,据朱子民对我父亲说话时的口风,总算我将来有缘分做他的徒弟。前日朱子民到这里来斗法,他明明要抢我去做徒弟,怎么我听信谗言,反疑朱子民是来杀害我呢?我更不能怪我父亲,平时常说我心肠虽是生铁般的心肠,耳朵却是棉花般的耳朵。

天雕似这么自怨自艾地想着,于有意无意之间,见星符、红红又将两眼合上,像似入了睡乡的样子。天雕把眼珠骨碌碌翻了几翻,便有了一个计较,打算逃出这泰山石洞。好在这洞里机关,在脑海里沉浮了一会儿,还是明如镜见。若侥幸逃脱出来,回到家中,随杀随剐,全听自己的父亲主裁,不致陷落在他们网里。

计较已定,此时哪敢怠慢,连忙出了丹房一看,却是一片光明大道,什么也没有了。

天雕这一惊非同小可,一口气向西跑有多久的时间,也不知跑了多少的山路。忽然举眼望了望,只觉四面都是雾沉沉的,布着黑暗的空气,什么也不见了,耳朵里忽听得红红的声音叫道:"师兄快些,师弟逃出丹房去了。"

天雕不禁又陡然吃惊想道,难道我跑了这么久的时间,这么远的路,距离丹房在咫尺间吗?怎的听得红红的声音就在眼前呢?怎的在这青天白日的时候,四面都迷蒙着黑雾呢?怎的当我出丹房的时候,这石洞里种种景象、种种机关、种种人物,什么也不见呢?天雕兀自思量不出是什么道理,在这黑雾迷离当中,一无所见,更无从辨别方向。

接着又听得星符的声音说道:"师妹用得着这样地大惊小怪?他有本事,能逃出这丹房一步吗?这门口都画了许多的界限,撒着满天的飞网,朱子民且不能从门外混进门内来,他能由门外逃出石洞去吗?你就看轻师父没有一些神通了。"

天雕听他这话,更不由吓得三魂少二、七魄剩一,顿时觉得身体异常疲乏,昏昏地想睡。就地坐下来,抱着自己的磕膝打盹。刚睡了一会儿,忽觉有一股非兰非麝的香气冲入鼻管,闻了这香气之后,顿觉有人用手掌在头顶上掩盖了一下,好像似头上加上一道紧箍咒的样子,好不疼痛。一阵阵痛醒过来,哪里还有什么黑雾呢,只见自己仍坐在星符下首的一个小石台上,那个红衣圣母现出盛怒难犯的样子站在他面前,指着他冷笑道:"我劝你把逃跑的念头快点儿打消吧!非是我少了徒弟,要勉强你唤我师父,实在因你和我有师徒的缘分,你自己做的事,岂能瞒得过我？不错，癞头和尚和我这两个小徒是设成圈套骗你到这里来的，你没有缘传得我的衣钵，是我假托其词，只传给你的法力，不肯传给你的道力，就怕传给你的道力，被你知觉了我的秘密，不肯随我做徒弟。于今我的秘密已被你拆穿了，我是色界天中一个混世女魔王，外面越做得好看，里面越变得稀奇，不但我这两个小徒都破了色戒，是凡在我门下的人，除了你这个呆子，哪一个没有破犯了色戒？论理你今日既违背我，想跑出去，本没有多工夫来和你说话，随便怎样，都可以了你的账。只因你是个有些来历的人，不能用待平常人的法子对待你，仍开你一条生路，不但不追究你私自逃跑的罪，凡是我这里秘而不宣的事，你都得预闻，比白日飞升还快乐数倍。如果你不肯扁扁伏伏听我的话，从今日起，便叫你知道我这紧箍符的厉害。"

天雕经历这样的险境，他本有几年火候的法力，却见了红衣圣母这般冷笑的面孔，早有些心虚胆怯起来。那些无礼的话虽然听不入耳，然不敢闹脾气，恐怕把事情闹翻了，身入虎穴，如何讨得便宜？只得平心静气，听圣母数落了一阵走了。却暗暗地想道，我做梦想不到她是色界天中一个混世女魔王，这妖人的邪淫险毒，平日间无法无天，可想而知了。我脱险后，不能纠合群力除了这个孽障，我就不算是神剑祁的儿子。才思量到这里，哪知头上仍是一阵阵的疼痛，比前次更痛得厉害，那头上简直像似被夹棍夹得痛彻心肝的样子，更痛得一阵紧似一阵，眼中的泪、鼻窍里的鼻涕，都不断地流下来，脸上的冷汗比黄豆还大。天雕直痛得一佛涅槃、二佛出世，高叫了一声："亲娘，我真要死在这地方了。"

欲知后事如何，且俟三十三回再写。

第三十三回

槛凤囚鸾丹房惊铁汉
飞虹掣电黄侠射红灯

话说祁天雕觉得头上疼痛,一阵紧似一阵,眼中的泪、鼻窍里的鼻涕,都不断地流下来,脸上的冷汗比黄豆还大,简直痛得一佛涅槃、二佛出世,哎哟哎哟地把亲娘都叫出来,心想,这是打哪里说起?回头再向星符、红红望了望,看他们笑嘻嘻的,都不住在那里你望着我,我望着你。天雕越是疼痛得厉害,他们越发现出很开心的样子来,他们越现出很开心的样子,天雕越是气恼,越衔恨他们师徒入骨,那头上的疼痛益发比以前痛得厉害。

人到极苦恼、极疼痛的时候,未有不抱厌世的观念。天雕痛到抢地呼天的时候,不由将心头一横,准备一头碰死在石台下面。说来奇怪,天雕才动了寻死的念头,好像周身已是软洋洋的,不能动弹分毫,那头上更痛得像有无数的芒刺在肌肉里乱钻乱刺的样子。

这时候,才听得红红向他笑说了一声道:"师弟,你敢再对师父有丝毫怨望、丝毫违叛的心思吗?你就不知师父的道法厉害了。此后不拘你在哪一时、哪一处地方,如有丝毫怨望的意思、违叛的举动,你总逃不了师父这一手的厉害。你打算要寻死便会寻死吗?但师父因你这资质好,收你做徒弟,好传给你的法力,和嵩岳派为难。你是师父的一条臂膊,如果这么容容易易地由你寻死,师父又何必费这样的周折,收你做徒弟呢?我劝你死了这条心,一不用寻死,二不用怨望我师徒,没有丝毫反对泰山派的行径。你的头痛一会儿,就不会痛了。"

天雕听她这话,且打消了寻死的念头,这个念头一打消,身体便顿觉恢复了自由,心里暗暗叫作奇怪,姑再退一步想,暂缓着怨望违叛的意思,这个意思缓了下来,头上的疼痛也就渐渐松活了许多。再一转念间,便一些也不痛了。

偏巧这夜星符、红红二人都被圣母带到一处地方去,究竟带到什么地方去,圣母没有说明,天雕也不知道。却趁圣母带着星符、红红去后的时候,兀自坐在丹房,看丹房里一张台子上面摆着一面镜子,就灯光下面对镜一照,看是头上被盖着什么东西,居然有这样的厉害。原来照着自己的头发上,粘了一道黄纸的朱符,长约二寸,宽约一寸,上面弯弯曲曲地写着篆文,才想到在昏沉时间,被圣母用手掌在头顶上掩盖了一下,像似头上加一道紧箍咒的样子。原来却是粘了一道紧箍符,怪道圣母曾向我说出紧箍符厉害的话来。却喜这时圣母师徒不在丹房,想用手揭去头上这道紧箍符,忽觉得头上一阵阵又疼痛起来,以为这时候没有对圣母起了什么怨望反对的意思,总该痛一时便不痛了。延挨好一会儿工夫,又觉眼花缭乱,简直那痛就不会停止。伸手在顶发上一摸,摸着那纸朱符却非常坚硬,像似摸着一片火镰的样子。刚摸到那符角上,用力一揭,谁知不揭犹可,这一来,固然没有揭去顶发上的朱符,那头上痛得差不多要炸裂开来,那揭着朱符的三个指头就痛得像似有千百口针在指甲里乱戳的一样。忙把手缩回了,又摸着四面的头发,也坚硬得同千百口钢针相似,不是一根毛孔里长着一根头发,却是一根毛孔里都捆着了一根钢针。

天雕一时情急智生,横一横心头,咬牙怒目地挨着疼痛,拿了一个茶碗,褪开裤腰,在那茶碗里溅了半碗尿,顾不得什么肮脏,以为用这半碗尿浇在头上的朱符上,这紧箍符触着秽臭之气,应该没有灵验,随便怎样,没有揭不去的道理。谁知不浇犹可,天雕头顶上浇了半碗尿,那紧箍符上也潮湿了一片。煞也作怪，那头顶上如同压着千斤闸般，痛得抬不起来。用两手支着两边的颧骨，撑住了头，等到头上的尿干了，简直同释去重负的模样，方才不觉有什么疼痛。再想伸手去揭头上的紧箍符，仍是照前一样的疼痛、一样的坚硬，还不是叹一口气罢了。

自此天雕每想揭着紧箍符，或有丝毫怨望圣母、反对泰山派的意思，那头上就变本加厉地一阵痛似一阵。圣母也不时来指点他学习法力的门径。圣母的法力，却和祁光、刁鼎的法力不同。祁光、刁鼎的法力不外幻象的作用，圣母的法力同峨眉圆洞寺住持尼姑莲谛是一样，最恶毒、最厉害的法力。究竟她的法力恶毒到怎么样，厉害到怎么样，后文自有交代。

于今单说圣母照例每日到丹房来，指点天雕学习法力的门径，光阴迅快，转瞬已是一月了。天雕在这一月以内，并没有见星符、红红到丹房中来，但因圣母的行径极神秘，除去她的心腹要人，她平时向天雕所说的话，不许天雕再对人吐说出来。如果天雕把她的神秘行径向孙旭东或黎绍武等露出半句口风，就吃不消头上那道紧箍符的厉害，并且圣母对于嵩山各派的人物，虽然立在敌人的地位，但总抱着人不犯我、我不犯人的主义，不比黎绍武和嵩岳派人，结下不解的仇。哪知因一件启衅事端，嵩岳派和泰山派的人闹出许多惊神泣鬼的祸乱出来。

其中的紧要人物，泰山派则有祁天雕，嵩岳派则有金石胆，究竟是怎么一件启衅的事端呢？

看官回想，上文书中，乌鼠山刁鼎不是有一位女儿，唤作刁珠珠吗？那时珠珠年纪尚小，刁鼎曾对祁天雕说，全家已迁徙一空，究竟迁到什么地方呢？

原来珠珠有个母舅，姓黄名国雄，在安徽凤阳山村中，是个首屈一指的大富户。刁鼎将珠珠送到凤阳黄国雄家中，托黄国雄抚养珠珠，所有家私全数归入黄国雄掌握，男女童婢，也做了黄家的童婢。

黄国雄是侠盗出身，但早已洗了手，不做这种买卖了。老年没有子女,得珠珠甚喜。那时正值明清鼎革的时期,中国的人民死于兵刃水火之中,以致盗贼蜂起,民不聊生,唯有黄国雄是强盗出身,虽然洗手不做,他在绿林中班辈既高,资格又老,所以一班新水子的强盗都干碍黄国雄的老面子,不好意思转动黄家的念头。官兵中多有想在那仓皇扰攘的时候,私剿黄家的财产,幸得刁家的童仆都一知半解地会使一些魔术,时而发显出种种怪象,吓得官兵望风而逃,再也不敢垂涎黄家的私产。有这两种原因,所以黄家在干戈纷扰、民不聊生的时间,家私、人口都得侥幸无恙。

  珠珠到黄家来,便改换男装,暗中嗣黄国雄为女,改名黄异。黄家人都迎合黄国雄的心理,都呼黄异为少爷,不称小姐。珠珠也洗尽巾帼女儿脂粉的气习,俨然自命一小少爷,称黄国雄为父,自称儿子,知者早识为黄家的甥女,不知者也就认作是黄家的儿子。

  黄国雄曾练得一手的好箭法,江湖上有神箭手的诨号。黄异的年龄渐渐地大了,终日间操弓挟矢,随从黄国雄学习箭法。箭这样兵器,一要孔武有力,二要眼明手敏,所以孟老先生有两句话,所谓"其至尔力,其中非尔力"。黄异却也算得是一位红粉英雄,膂力过人,不像似妙龄玉质的女子,又肯下苦功打熬着活力,所以到十六岁的时候,开六十石的硬弓,她练习目力的初步,揸开五指,看指上的螺纹,经久不瞬。

  如此者一年,便看那笔管也似的指头也像五根木杆一般粗细,那指上的螺纹分明历历如绘,进一步便在灯光下练习目力,进一步又在星光下练习目力,更进一步,又在黑夜练习目力。人家伸手不见五指,她能数着指上的螺纹了,并且看那指上的螺纹,竟与车轮相似。她练过这番苦功,她的目力好到了什么程度,她的箭法也就跟着好到了什么程度。

  凤阳山市间有一座古蚍蜡庙,门边竖着两根旗杆,有十来丈高,距离黄家只有二里多路。在黄家的大门口,向山上看着,一抬头便看见那两根大旗杆高入云际。有时黄异看见有什么飞鸟落在那旗杆颠上，黄异一拈弓，便能在那旗杆颠上将飞鸟射落下来。有时黄异到山上射猎，常到虮蜡庙休息。

庙里有两个穷道士，穷得甚是可怜，痨病鬼的样子，倒很有些本领。黄异曾在黑夜间，看见他们在两边的旗杆颠上，这个由这边的旗杆颠上，一个乌鸦展翅式，已落到那边的旗杆颠上，偏巧那个也在这个时候，由那边的旗杆颠上，一个海燕凌风式，又落到这边的旗杆颠上，似这么穿梭般地玩着，无意间却被黄异看在眼里，暗地曾告知黄国雄。国雄却不信山间有这么大本领的人，更不信两个痨病鬼般的道士，也有这么大的本领。黄异心里虽不以国雄的话为然，但不肯当面批说国雄看轻了天下英雄。她每到山上射猎一次，照例必到虮蜡庙去拜访一次，无如那两个穷道士都不肯在黄异面前露出自己的本相来。黄异日久探不出道士的行径，只将这件事在脑海里浮沉了几番，也就渐渐停搁下来。

这日，黄异却没有到山上射猎，因为晚间多吃了几杯酒，兴致甚豪，兀自佩着弓矢出了大门，随意向山上玩着。本来她一双天足，没有受过包裹，在黑夜间登山履险，视为很平常的事。黄国雄也因她性情荦荦，不拘一格，从温柔妩媚之中另露出一种刚健的态度，却用不着加意防闲。她仗着有一点儿法术、一些本领，白日射猎，黑夜登山，都是独往独来，不怕毒蛇猛兽来伤害她。且不怕有什么浮滑少年来吊她的膀子，她随意在山上玩了一番，因在黑夜，恰没有一个好所在供她的玩赏。忽然想起前面有一座石桥，黄异在十三四岁的时候，每喜到那石桥上看那桥下的游鱼，浮泳溪水间。如今是在黑夜，哪有游鱼可看呢？但黄异就因一时没有供她可以玩乐的所在，遂走到那石桥来，盘膝坐在石桥上。果然这夜的天气太黑暗了，游鱼因没有一些光线，都沉没水底，不肯浮泳到水面来，只得将小时候在她父亲跟前所学的一些道法，且用着开一回玩笑，伸手向桥下一放，溪水如落下一块石头,咚咚作响,水珠四溅。随手又向上一提,溪水又随着涌起有一二尺高。似这么玩了几次,心里觉得很有趣。

忽然见得溪中的水映彻通明,似乎觉有一阵很尖锐的怪风从头顶呼呼响了过去。那一阵风声响过去,一转眼,那溪水又黑暗下来。仰头向天空一看,匆忙间见那蚶蜡庙前,左边的一支旗杆上,仿佛点着一盏红灯,黄异也没有看清那旗杆斗上的什么人站在那里,估量这地方离蚶蜡庙有一里多路,一时高兴起来,便从身边解下一把硬弓,走过石桥,拈弓搭箭,嗖的一声,向旗杆斗上射去。以为这一箭射下去,总该把那红光射灭了。果然那支箭却射得不偏不斜,正射在左边的旗杆斗上。不但没有射灭了红灯,似乎被红灯把那支箭逼得回来,而逼回来的时间比射出去的还加倍迅快。黄异忙闪身一让,那支箭恰好射落在黄异立身的所在,余劲未衰,还在地上,跃跃跳动,心里吃惊不小。再仔细朝那旗杆斗望去,这一来,却望得明白,原来是一个朱衣人,怀里抱着一盏红粉,仍站在那里岿然不动。

黄异暗想,方才我看那旗杆斗上分明就点着一盏红灯,并没有见到什么人站在那里。于今却看见是个朱衣人,怀抱着一盏红灯,并且红灯的光芒映射,那朱衣人分明须眉毕现,像一个老年人的样子,这是一种什么道理呢?

黄异方才在那里寻思,忽然朱衣人怀中仍抱着一盏红灯,从旗杆斗上闪得前来,破空听得一阵响,声如飞虹掣电般,眨眨眼已过了黄异的头顶上。

欲知后事如何,且俟下回分解。

第三十四回

风动窗开高楼赠宝剑
蛛丝马迹野庙探奇人

话说黄异见那红灯在头顶上闪了一下,但那怀抱红灯的朱衣人飞行迅速,转眼间就分明看他飞到天际去了。

黄异在那里出了一会儿神,佩好弓箭,估量这朱衣人绝有绝大的本领,这回我得罪了他,论理总该脱不了他的掌握。谁知他竟飘然而去,不同我计较什么,这算是我意外的造化。

黄异寻思了一会儿,当夜回到家中,明知将这件事告知黄国雄,他仍是个不相信,说出来惊世骇俗,怕别人以讹传讹,要疑惑这又是什么怪异。只得浮沉脑海之中,准备来日假托射猎为名,再到虮蟧庙中,暗暗探试那两个痨病鬼般的穷道士的口风,看是和这朱衣人有没有什么关系。

黄家的房屋很宽大,黄异喜欢住在最后靠花园一间楼上,希图那地方甚是清静,一到晚间,连丫鬟婢女都不许到她楼上来。今夜因在外边遇了这种神奇的人物,兀自和衣睡在床上,只有些睡不着。刚合上眼,忽觉得下部尿急,想上马桶小解。猛听花园间陡起了一阵风,风声过处,听那花枝树叶都被这阵风吹得瑟瑟作响。接着又听得喳喇声响,两扇窗门被风吹开了。幸得房里是点着一盏玻璃灯,没有被风吹熄,只吹得灯光闪烁无定。

这时候,倏见从窗门外飞进一个人来,怀里仍抱着一盏红灯,腰间握着一支宝剑,分明是在虮蟧庙旗杆斗上那位朱衣老者,站在窗下。那风声也顿时停止了。黄异估量这老者不是有意寻仇而来,转想,我晚间是个佩弓悬壶的男人装束,如今武装已卸,显出我的女儿身态,就怕这老者不仅为寻仇而来,这老者要寻仇,也该在那时候当面现开销,为什么要费一番周折,半夜三更闯到绣花楼上,是什么事的？心里这么一想,不禁暗暗捏了一把冷汗。

却见那老者从容笑了一笑,说道:"你那支箭倒运,我这盏灯走运,但我看你真是个巾帼雄才、红粉怪杰,只可惜你和我没有师徒的缘分,特地回到山洞,取来这支宝剑送与你,也不辜负我一片怜才之意。"

说罢,便一手握着红灯,一手解下腰间那支剑来,放在案上,向黄异说了一声再见,两足一蹬,转身已飞出窗外去了。

黄异想不到这老者前来,不但没有丝毫危害的心肠,反赠送一支宝剑,来不及请示他的姓名,问他站在那旗杆斗上所为何来。看他已去得远了,便关起窗门,先到马桶上去解了小便。净过了手,把剑从鞘子里抽出来一看,只觉得秋水浸人,寒风起栗,心知是一支好剑,佩在身边。

第二日起身,妆洗已毕,来到厅前吃饭。国雄见她身边佩着一支宝剑,曾问她这剑是从什么地方得来的。

黄异且不告知他,将这支剑解下来,笑道:"你老人家只看这剑好不好？然后我告知你老人家是从什么地方得来。"

黄国雄放下手中的碗箸,接过剑来,拔开一看,那剑晶莹锋锐,是一支好剑。又从自己身边解下一把宝刀,那刀光芒四射,的是一把宝刀。就中有黄国雄的夫人,将刀、剑看了一下,批评剑不如刀。毕竟黄国雄有此眼力,自说刀不如剑。两人议论,纷纷不一,就此争执起来。

国雄看厅前放着一个大石鼓,有二尺来高,六尺多围圆,随手使劲将刀向那石鼓上一捆,约捆有五寸多深,两边的石屑都纷纷爆裂出来。那刀锋一闪一闪的,耀着中天的日光,余劲未衰,竖插在石鼓上,摇摇闪动。随手又将剑向石鼓上捆下,只听得哗的声响,那石鼓已划分两边,直插入阶石下有一尺多深。那刀在剑捆入石鼓的时候,已凭空跃起有三尺多高,落下来也斜插在一株桂花树上。黄夫人才相信刀不如剑。但这把刀是千金代价买来的,不消说,这剑的价值定在宝刀之上。

不言黄夫人心中计较,且说国雄收了刀剑,回到厅上吃饭。

黄异道:"这是你老人家有意抬高剑的身价,在捆刀的时候,少使一二分气力,在捆剑的时候,多使一二分气力,就显出刀不如剑。"

国雄道:"同是自家人,不用再讲这样客气话。不瞒大家说,我在先口里虽说刀不如剑,心里还怕剑不如刀。其实我在捆刀的时候,我的气力已使到十二分,在捆剑的时候,气力反不如起初了。你是个内行人,岂有看不出的道理?怎样还对我讲客气话,再说什么剑不如刀?"旋说旋又把剑放在手里,看了又看。

黄夫人催着国雄用饭,国雄唯唯答应,两眼只顾在剑上打转,被黄夫人催逼不过,一面看剑,一面慢条斯理地拿起一双箸筷,向口里便送。觉得没有拈了什么,黄国雄不由哑然失笑,接连黄夫人、黄异也笑了。

忽然国雄把剑翻转了几下,一眼看见那剑柄上嵌着"方克峻"三个蝇头小字,猛地从椅子上走下来,拍着大腿嚷道:"可不是的吗!我早估料这支剑的来头不小,刁姊丈只练习那么大的法术,生平没有佩过刀剑。这剑既不是居家的传家之宝,不是大本领人,如何有这支宝剑?喏喏喏!你们不看这剑柄上嵌着'方克峻'三个蝇头小字?"

黄夫人笑道:"我同异儿斗大的字也认不了几个,什么方克峻不方克峻的,很不用你同我们用这字眼儿,是一句懂不来的。"

黄国雄不由也扑哧笑了一声说:"方克峻是个人名,并不是我对你们用什么字眼儿,我往常听刁姊丈说,目下天下的剑侠人物,要算中岳嵩山钟维岳、东岳泰山孙旭东、南岳衡山方克峻、西岳华山黄精甫、北岳恒山朱子民。这五岳名山的几个大头脑,都是桐叶道人传贤的徒弟,只有东岳泰山孙旭东是个糊涂虫,没有接收泰山派千万年香火的福分。其余山岳中的人物,中正刚健,要算钟维岳;英勇敏锐,要算方克峻;高尚纯洁,要算黄精甫;精练明达,要算朱子民。这四个老头儿,行踪极秘密,道法极高强,等闲人不易一见。便是怀姑爷那样的法力,在道法中也是个凤毛麟角,但和这四个老头儿都是闻名不曾会面。异儿这支剑究是从什么地方得来的?你得方克峻这支宝剑,你将来的造化可是不小。"

黄异听完这话,心里暗暗纳罕,看厅上没有旁人,没奈何,只得将昨夜种种经过情形子午卯酉向他说了一遍。

黄国雄咂舌道:"这不是方克峻是谁呢?他身上的衣装就是衡岳派的衣装,不是方克峻,哪有这么大的本领?他虽然同你没有师徒缘分,但既赠送你这支宝剑,其中必有缘故。你往常曾对我说,那虮蜡庙的两个穷道士,曾在黑夜间,看他们在庙门前两边旗杆颠上穿梭般地飞来飞去,我是不相信两个痨病鬼般的道士,竟有那么大的本领。于今又听你说方克峻落在那庙前的旗杆斗上,也许同庙里的道士多少有一点儿关系。我们吃过饭,且不用去探访方克峻,探访他不着,也是无用。不若到虮蜡庙去,看看那两个道士,探问他究是怎样一个人物,是否同方克峻有没有什么关系,你的意思以为怎样?"

黄异点点头。

午饭以后,国雄佩了刀,黄异佩着剑,一齐到虮蜡庙来。那虮蜡庙里两个道士,一名龚伯阳,一名龚式阳,是亲兄弟两人。这日见黄国雄同黄异到庙中来了,两个道士将他们请入禅房,献上茶果,招待得甚是殷勤,简直同小老爷逢迎上峰官的样子。国雄便对他们说出拜访的意思来。

伯阳、式阳都谦说:"不敢当,山鹿野鹤,有什么功能,竟当得老咒外说什么拜访的话。"

国雄见房里没有闲人,便悄悄向伯阳、式阳说道:"有一个人,昨夜到这山上来,仙长可知道? 就是衡山开派宗祖方克峻。"

伯阳未及回答,式阳转现出很倨傲、很诧异的神气道:"你认得方克峻吗? 你在什么地方看见他的?"

国雄道:"我不过知道他在昨夜到山上来,何尝说是认识他? 但我虽不认识他,我这异儿是看见他两次,并送我异儿的一支宝剑,这如何假得来?"

伯阳又接着说道:"这也不能怪你说出知道他到山上的话来,我问你,这异儿姓什么,唤作什么名字?"

国雄随口回道:"她就唤作黄异,仙长怎不知道?"

伯阳又向黄异问道:"你唤作黄异吗?"

黄异点点头。

伯阳忽惊讶道:"我只怪方克峻连人家的来由都不知道,却赠送人家一支宝剑,想介绍人家到嵩山钟维岳那里学习道法,天下哪有这种糊糊涂涂的事?"

国雄道:"请问仙长,方克峻是要介绍谁人到嵩山去呢?"

伯阳道:"我且不说方克峻是介绍谁人,我只问你,你家里可有一个刁珠珠,她不是个生气虎虎的男儿,却是妙龄玉质的少女,你家里可有这个人没有?"

国雄不由指着黄异笑道:"这便是我的甥女刁珠珠,因她初到我家中的时候,改换男装,家中人都呼以少爷,不称以小姐,我给她换个名字,叫作黄异。外边人不知这其中的底细,也只当她唤作黄异,不唤作刁珠珠。"

伯阳点头道:"昨夜三更时候,见方克峻到来,我问:'方兄为什么这时候才来?'

"他说:'我一晚就来了,就因一件事绊住了脚。'

"我问:'是什么事?'

"他说:'某年某月某日,曾装作道士,到刁家化缘,想化刁珠珠,送给嵩山钟维岳做徒弟。'那时刁鼎若肯将珠珠化给方克峻送到嵩山,这刁珠珠已不是现在一个刁珠珠了。"

刁珠珠陡听得伯阳这一番话,忽然想起某年某月某日,果有一个六十上下道士,在她父亲面前,想化自己送给朋友做徒弟,这朋友的姓名却没有说出,不知道便是嵩山的钟维岳。于今事隔多年,想起来这光景就在眼前的一样。但不打算昨夜所见的方克峻,因他装束已经改变,便是数年前在乌鼠山化缘的那个老道士。

心里这么一想,遂将那年老道士化缘的事,以及昨夜两次会见方克峻的种种情形,又向伯阳兄弟说了一个梗概。

伯阳听了,向式阳笑一笑说:"珠珠,你在石桥上戏水的时候,方克峻已在你身上飞闪过去,却飞落在庙前的旗杆斗上。你曾对红灯射了一箭,你只见红灯,没见方克峻,你这支箭射不着红灯,反被红灯逼得退了回来,你就知道方克峻的本领不是个寻常之辈。那时方克峻本到这庙中来,无意间遇见了你,特地回到衡山,取来这支宝剑,赠送与你。你有这支宝剑,将来自然得做钟维岳的徒弟。"

珠珠道:"钟法师要收徒弟,为什么不自己直接收徒,要方法师把这徒弟介绍去呢?"

伯阳道:"钟维岳自从收了他那个不成材的大徒弟,自己不肯收徒弟了,便由华山派黄精甫,把亲生的女儿黄铁娘送赠他做二徒弟;由恒山派朱子民,将颍源金植杉的儿子金石胆送给他做三徒弟;方克峻曾在钟维岳面前有约在先,欲给钟维岳寻一个四徒弟。你既遇到方克峻,日后同钟维岳相见的时候,有方克峻这支宝剑,自然钟维岳肯收你做徒弟。"

珠珠听罢,又问道:"仙长可认得钟法师吗?"

伯阳道:"我们不但认识他,并且他还是我们的朋友。不过方克峻既介绍你做嵩岳派的人物,我们不便引荐你去见钟维岳。天下事总有一定的缘分,你这时多问也是无益。"

珠珠便不再问下去，接连国雄又叩问伯阳、式阳的履历，他们都是摇摇头不肯说。

　　国雄又问伯阳道："珠珠几时才得见钟维岳呢？"

　　伯阳道："我不是预先向珠珠申明过吗？天下事皆有一定的缘分，你这时多问也是无益。"

　　国雄明知这两个道士行径很是蹊跷，也不便再问下去。当日同珠珠回到家中，晚间正同珠珠在厅上谈着伯阳、式阳的事，忽听得对面屋瓦上有伯阳、式阳的声音，各呼了一声："珠珠，我们两年后到铜山会吧！"

　　国雄、珠珠同时走出门外，向瓦垄望了一会儿，又听了一会儿，什么东西也不见，一些声响也没有。

　　当晚，再同到虮蜡庙一问，只有一个火工道人，原来伯阳、式阳都已高飞远走了。究竟伯阳、式阳这时到什么地方，两年后到铜山去做什么，连那火工道人一些也不知道。

　　欲知后事如何，且俟三十五回再写。

第三十五回

教书史剑仙做学究
闹房间恶少缚淫僧

话说黄国雄同刁珠珠两人，当晚问那火工道人："你们庙里两位仙长，是到哪里去了？"

那火工道人回说："他们本没有一定的去向，去时自去，来时自来。我也没有问过他们，向什么去处去，由什么来处来，他们也没有告诉我是到什么去处去，由什么来处来。"

国雄又问道："他们这一去，究竟可回来吗？"

火工道人又回道："回来也是平常的事，不回来也是平常的事，我真不知他们是回来不回来了。"

国雄、珠珠听他这话，只得仍回家中。珠珠却信得伯阳兄弟在这两年期内，是绝对不回到虮蜡庙来。像他们这般闲云野鹤，行踪最为诡秘，他们约我到两年后在铜山相会，我这时若到铜山访他，自然是访不着，也不用徒劳这番跋涉。但珠珠自从听得龚伯阳说出方克峻欲介绍她做嵩岳派的徒弟学习道法的那一番话，总因为一个人得证大道，能想人所想不到，做人所做不来，自家将来有这缘分，得证道法，这一把弓、一壶箭的生涯，正用不着。没有缘得证大道，哪怕你力可射天，一遇到精通道法，如方克峻这一类人，你要用这一把弓、一壶箭，又有什么用处？从此便杜绝射猎的生涯，那虎穴狼巢之间，便没有刁珠珠的游踪所至。

她终日间只蛰处在高楼之上，觉得有些闷咄咄的，没有什么趣味，就抽出那支剑来闲看，因那剑柄上嵌着"方克峻"三个小字，只认得一个"方"字，遂联想到方克峻赠送她这支宝剑，不是舅父看这剑柄上嵌着"方克峻"三个蝇头小字，哪里得知这支剑是方克峻送赠我的？可见我们女孩儿不读书识字，就变成了瞎子。

珠珠想着自己不读书识字的苦恼，就连带想到别人读书识字的好处来，很在黄国雄面前露出自己要读书识字的意思。国雄但聘请一个老学究，在家教授珠珠的书史。偏是那个老学究在黄家馆居一年，不是他自己程度不足，转说学生的天分太高，学生作出来的诗文，还比先生好，那个老学究也就自己向黄家辞退。

接连黄家又聘请一个学究老先生，这个老学究，据他说是姓童，名佳言，是河南人，游学到黄家来，接了黄家的馆席，日间在书房里教书，晚间便不肯留宿黄家。有人问他到什么地方住夜，他总是支吾其词，不肯说出实话。他所教的书史，也不外古来圣经贤传这一类书。但他所作的诗文，都是海阔天空，黄钟大吕之音，本来不同凡响。

珠珠的天分很高，又得名师教导切磋之益，不上一年，居然变成了一个女才子了。

这日，国雄不在家中，老先生看珠珠身边佩着一支宝剑，便借看剑为由，叫珠珠解下剑来。老先生把剑在手中仔细看了一会儿，便向珠珠说道："我不能长久在此地教你，你也不能长久住在黄家读书。我于今有要紧事，须到别处去，此后你我何时再会，尚说不定。"

珠珠听老先生这般说，不觉黯然问道："老师到何处去，有什么要事？"

老先生道："说给你，你也不明白。"

珠珠道："弟子将来要拜访老师，到什么地址拜访呢？老师只言是河南人，究住在河南哪一府、哪一县？老师向不肯说明，此时何妨明白宣示？"

老先生道："拜访是没有用处的，你到河南去，怎容易寻得着我？我立刻就要去了，你此时还有什么心事要说的吗？"

珠珠匆忙间，竟想不起什么心事来。

老先生好像立等她说出什么样子，见珠珠没话说，不由叹了一声道："既没有话说，你知我辛辛苦苦地在这里居了一年，为的是什么呢？"

话才说完了，珠珠再看老先生在面前一闪，已去得不见踪迹了，心里很觉得奇怪。

忽听背后有人说道："珠珠，你怎么随我一年，识不出我是谁呢？这支剑我且带去，过几时再说吧！"

珠珠猛听这话，回头一看，仍不见老先生，不由暗吃一惊，以后却一些声息都没有了。问及黄家的人，都云没有见老先生从大门口走出去。

及至黄国雄回来说，曾见老先生向他拱手告别。国雄挽留一会儿，并欲拉老先生回家，算还束脩，老先生即现出生气的样子说道："你因我看在那几十串钱上，才到你家教弟子吗？像你这种眼睛，只配在绿林中混。"

老先生说完这话，就匆匆地跑走了，那脚步跑得比飞的还快。

珠珠听她舅父这话，更不禁叫作奇怪，暗暗地出了一会儿神，忽然在桌角一拍，把桌上的杯壶都拍得跳起来说："我从老先生读了一年书，怎么识不出老先生是嵩岳派的开派宗祖呢？方克峻同龚道士的话，何尝欺我？直等待他老人家带着宝剑去后，到此时方才明白，童字改成一个重字，添加金旁，不是个'锺'字吗？佳字旁前加一糸字旁，不是个'维'字吗？言字头上加一座山，左边加一个犬旁，右边再添写一个犬字，不是'嶽'字吗？老先生说他的名字唤作童佳言，分明已指示我，是我的师父钟维岳，直到这时候，我才恍然明白，可惜已是迟了。"

黄国维经自珠珠这样解释,方才想到童佳言老先生就是嵩山的开派宗祖钟维岳。自己在江湖上混了一辈子,遇到这种神奇的剑士,竟若失之交臂,亦何怪钟老师说我这种眼睛只配在绿林中混。

国雄见钟维岳来得蹊跷,去得奇怪,怪恼了一阵。但珠珠因钟维岳既然去了,空懊恼也是无益,她陡然又想起一件事来,这件事就是龚伯阳说到铜山再会的话,何不到徐州铜山去走一遭,会见了龚伯阳兄弟,或者可以访出师父的水落石出。

珠珠心里有了这个计较,好像不到铜山去探访一遭,有些吃不下饭去的样子,便将自己的意思对国雄禀明。国雄送她那一把宝刀藏在身边,作为防身的兵器。珠珠穿着儒装,带了盘缠,一路向铜山而来。她的游踪所至,人家见她温文尔雅,风度翩翩,都把她当作是一位佳公子,哪里明白她竟是一位红粉英雄呢?

一路到了铜山,先到城外庙观庵寺的地方,差不多都访问过了,访不到龚伯阳的踪迹所在。珠珠走到城中武圣庙里,去访问龚伯阳兄弟。庙祝不但说没见到龚伯阳兄弟,且不知有他们兄弟两个道士。但因珠珠是个阔绰公子的模样,款留在里面吃茶。

忽地从外面走进一个和尚来,庙祝即向那和尚笑道:"目今的时代,真是无奇不有,开明寺的大和尚倒会变成了一个尼姑,在印师看来,这不是盘古至今第一件奇事吗?"

那和尚坐下来呷了一杯茶,从容说道:"老许,别说这种气人的话,横竖不过是用开明寺几个钱,什么把戏都玩得出来,不过我看这庄知县庄大老爷倒很有些来历。"

珠珠听他们所说的话蹊跷得很,便在有意无意之间向他们问道:"怎么一个和尚却变成了一个尼姑呢?"

庙祝讶道:"这一件奇事,在我们铜山已轰动全城,怎么公子爷还不明白?"

珠珠道:"我初到此地来,人生地不熟,哪里知道贵县出了什么奇事呢？不妨请你告诉我听一听。"

那庙祝听罢，便同那和尚你一言我一句地把那和尚变尼姑一件奇事，当作《西游记》谈说出来。

作书的因为这件事是嵩岳派和泰山派启衅用武的一条线索，与其由一个和尚、一个道士口中叙说出来，有些囫囵吞枣，不若由著书人这支飞花的笔说一个明明白白。

据说这新任铜山知县庄士奇，是南方人，年纪轻得很，在上峰衙门共了十万银子，半月之间，就指补铜山县知事，带了他新娶的太太，到铜山县来履新。不上三日，铜山县里就出了一宗奇案，原因开明寺的方丈大和尚，法名唤作了悟。寺里有价值十万以上的财产。这大和尚虽然唤作了悟，却偏喜狂骚。

是凡公馆里的太太，大半有一种癖性，专喜欢到名山古寺烧香随喜，布施和尚，普结佛缘。

这了悟年纪又轻，对于公馆里的太太到寺里来烧香随喜，应酬又很周到。

那时候，有一位官族公子，姓温，名唤霭仁，爷死娘不在，娶了一位少奶奶，也是个官宦名门之女。夫妇的感情，初时尚称和睦，无如温霭仁家里很有一笔财产，会在暗中作怪，狂嫖滥赌，本是他们公子哥儿的职责攸关。温少奶奶见她丈夫越闹越糊涂，时常半夜不见回家，她的性格本来温柔，除了苦劝软求，没有什么法子。谁知温霭仁听了那些苦劝软求的话，好像嫌讨厌似的，更整日整夜地在外嫖赌。她越是苦劝，温霭仁越嫖赌得厉害，简直一连三五个月，不见丈夫的踪影。温少奶奶见丈夫不肯回心转意，也唯有自嗟命薄，时常到开明寺里烧香随喜，借着解闷。

这时，温霭仁在外有三四个月不回来了，他身边的金银一股脑儿用尽了，想回来同这少奶奶重温旧好，原不过图她一个高兴，借此哄她些金银，拿到外边去胡闹。却看他这位少奶奶，怀中已有了三个月的身孕，在那两情融洽之间，又觉得洞里桃源，不是久经封锁的状况。

温霭仁这一惊非同小可,明明白白,知道这少奶奶怀中的身孕不是自己的亲骨血,本意要将她吊起来,问她曾和什么人有了私情。但因她是何等人家的小姐,若是拷打她,虽然我自己知道,不是我亲骨血,究有什么明证,硬说她和人通奸?她兄弟如虎狼,怎能承认她的怀中身孕不是我自己亲骨血的话来?少不得当官告我一个诬奸的罪,我吃不消还要兜着走呢。

温霭仁想了一阵,早已有了一个计较,加倍对他这位贤妻子体贴温存。在这一夜之间,正话不尽许多的弸雨尤云,叙不尽一番的恩山情海。若在平时,温霭仁回来的时候,他这位贤妻子照例总得向他苦劝一阵,说也奇怪,今夜也不向他说什么苦劝的话。

温霭仁袋子里没有钱了,他这位贤妻子真是贤德极了,不待温霭仁向她启口,很情愿地拿出自己钱来,给他去嫖赌解闷。温霭仁拿着金钱,到外面去逛了一天,暗地里招呼几个不成材的淫朋赌棍,帮一帮忙。到了夜间三更三点的时候,温霭仁带领了一班淫朋赌棍,各持器械,暗暗都在墙头外翻进去,悄没声息,走到后房外面,看窗内灯烛齐明,似乎听得有两个人在房里唧唧哝哝地说话。

只听他那位少奶奶的声音说:"多早晚我那命中的孽冤死了就好了。"

温霭仁猛听这一句话,气得浑身直抖起来,向一班淫朋赌棍做了个手势,只听得哗啦一声响,那两扇窗门被温霭仁一拳打开了,顿时温霭仁和那一班淫朋赌棍都抢了进来。只见一个脱得一丝不挂的大和尚,从帐门内跳出来。温霭仁认得是开明寺的方丈和尚了悟,便喝了声:"伙计们,还不动手?"

"手"字还未出口,那一班淫朋赌棍早逼着了悟穿好了衣裳。这里温霭仁又将他的少奶奶从被窝里提出来,也令她穿好了衣履。他们一对儿野鸳鸯这时手无寸铁,自然不敢反抗,便哀求也是无用。

温霭仁便打开一个大衣橱,把衣橱里的衣服掼作一堆,就将这一对儿野鸳鸯颠倒价锁在衣橱里,外面又加上一把锁,亲自写了两纸封条,叉字形粘在衣橱的中缝间,连夜把衣橱抬到铜山县的大堂,击鼓三通。

　　铜山县知事庄士奇立刻升坐大堂,两边的衙役早已排班站定。庄知县向温霭仁只问不上几句口供,忽然眉头一皱,叫了一声:"哎呀呀,我好苦我好痛!"

　　欲知后事如何,且俟三十六回再写。

第三十六回

和尚变尼姑烟笼芍药
情波翻孽海春满银屏

话说庄士奇向温霭仁问不上几句口供,忽然眉头一皱,叫了声:"哎呀呀,我好苦我好痛!"叫了两句,忙定一定神,现出十分痛楚呻吟的样子,勉强问过温霭仁的供词,令招房填好了供单,便向温霭仁从容说道:"本县听你这派供词,心里已明白了。本当立刻开锁,处置淫僧、淫妇的罪律,无如本县向有心疼病,不想今夜偶然发作起来,照例非到上午时分,不能恢复健康,本县且退堂去养一养病。这衣橱仍放在大堂上,由八个差役轮流监守,这些刁差猾役,怕有舞弊事情,你不妨辛苦一点儿,看护着不许乱动。"说着,便由两个爷们扶着他进去了。

温霭仁巴不得在上午时间开锁,明张旗鼓,好轰动铜山满城的人前来看审奇案,显得这件事不是他自己同庄知县串通一局,借此处分妻子,好另将心爱的外宠实行娶过门来,两眼不住地看护着那一个衣橱。那八个公差,由四个一班,伴同温霭仁监守着,五人十目,分明无私。

一到天光明亮,早接连不断地哄来无数的闲人,挤塞得水泄不通,万头攒动,一齐望着那一架衣橱,便是耳报神也没有这般快。他们早知衣橱里淫僧、淫妇,一个是开明寺的方丈大和尚,一个便是温家的大少奶奶。那衣橱上是锁了一把锁,外面粘上叉字形的两道封条。

直到辰牌时分,方才见庄士奇坐上大堂,精神不大充旺,像似病后新瘥的样子。你道庄知县是真有什么心疼病吗？别人害病，照例是请大夫、开药方，要花钱破钞，他害了这场病，一不请医，二不服药，金关通线索，这把戏却做得十分奥妙，反得开明寺常住的孝敬。及温霭仁舅兄吴荣萃、舅弟吴荣华的贿赂，一共算来，有二万五千两，局外人正无从明白。话休絮烦。

庄士奇坐上大堂，早拿过一根朱签，鬼画符般地画了几个字，交在一个公差手里。那公差如得了将军令箭一般，飞也似的去了。庄士奇便向温霭仁问道："本县问你，这衣橱有没有人动过？"

温霭仁道："学生没有挪移半步，上面一把锁、两道封条，依旧文风未动，这如何假得来？"

庄知县点点头。

不一会儿，公差已将吴荣萃、吴荣华拘得前来。

庄知县向荣萃兄弟问道："温霭仁告你妹子通奸和尚，现双双锁在衣橱，这件事未鸣官府，自有你们两家的家法处置。如今已鸣官府，不是你们用家法的时候了。你妹子做下这种辱没家声的事，今由官法处置她，你须不能怨温生的心肠狠毒。"

荣萃、荣华俱同声回道："老父台明见万里，如果妹子同淫僧通奸是实，要坍尽娘家、婆家两家的门风。凭公断法，生员等何敢多言？若妹子蒙着不白的冤，被温生诬指奸情，亦望老父台代为做主。"

庄士奇应了声是，遂令温霭仁揭去上面的封条，由衙役取过钥匙，咔的一声，那衣橱上的锁开了，差役们把一对儿淫僧、淫妇抬出衣橱。在堂上、堂下，众目睽睽之下，看那和尚和温少奶奶颠倒价仍绑在一起。那和尚一双瘦削如笋的脚，并贴在温少奶奶的腮鼓上，哪里是什么开明寺的了悟和尚，分明是一个年纪在二十开外的尼姑。

堂上、堂下的人见了，都暗暗纳罕。那个霭仁心里叫作奇怪，脸上惊得变了颜色，只望那尼姑的一双脚发愕。

众衙役方要前来松绑,吴荣萃兄弟都齐声道:"哪有这么容易?"

庄士奇道:"解绑才好问话,法堂上岂容咆哮无礼?凡事自有本县替你做主。"

衙役答应了一声,便将她们解开绑来。庄士奇便勘问那尼姑的供词,说:"某省某县某庵观的尼僧,法名唤作某某,游方到温家来化缘,被温少奶奶款留住夜。不想被几个面不相识的人,将小尼同少奶奶锁在衣橱,伏乞县大老爷做主。"

复又传上吴氏。这温少奶奶瞥眼见是一个尼姑,也不明白这其中是什么变故,看那尼姑的相貌,实在又不像开明寺的方丈和尚,她的胆量不由壮大起来,便所说的供词,同这尼姑又甚吻合。

庄士奇早不禁把惊堂木拍得连天价响,指着霭仁骂道:"你这光棍,你自己凭良心说,你妻子前生和你有什么冤孽,有多大的仇恨,惹她无辜抛头露面,受质公堂?你这光棍,不喜欢你这妻子,没有天良,便没有不能说的话,没有不能做的事。左右!快扯下去,打!"

差役答应了一声,便将温霭仁扯到丹墀下,不由分说,依着县大老爷的吩咐,将他重责了一百大板。

这时候,任凭温霭仁有千百张口,也分辩不了。挨过一百大板之后,便上堂自认一时误会,匆忙间误将游方尼姑认作开明寺的方丈和尚,捉奸鸣官是实,并非有意诬栽妻子同和尚通奸。

庄士奇将这项从词质之吴荣萃兄弟,看他们都板着面孔,不说什么。庄士奇有了计较,先吩咐将霭仁的妻子,及游方尼姑带到后堂,然后又向荣萃兄弟极力劝谕一番,就此当庭和解,令温霭仁先负荆到吴家叩头赔罪,再领回妻子完聚。又命他拿出五千两银子来,化给尼姑一笔大缘,就此和解成立,各签了画押。那和解笔录上,有四句骈体判文是:

居刀一样,瓜爪难分。

戊戍腹中一点，斋齐足下分明。

　　和解成立以后，庄知县退入后堂，悄向温少奶奶笑道："你好险啊！在你的意思，以为一个了悟和尚，怎会变成了一个尼姑？你要知道，那了悟和尚，在衣橱抬上公堂的时候，已回到开明寺去了。这位师父，实在又不是个尼姑，我用他赚取那东西五千两银子，这其中的变故，你如何知道？不过我劝你将来不用再到开明寺去烧香随喜了，不要再将那和尚惹进门吧！你是何等人家的小姐，何等人家的媳妇，以后若不丢去这个'嫖'字，舍不得和尚的神通，少不得定要坍尽你祖宗十七八代的面子，恐怕再没有人解救你了。"

　　说到这里，只望着温少奶奶抿着嘴儿笑。转羞得温少奶奶面上不由红晕了一阵，直晕到鬓角上，斜着眼在庄士奇面上闪了一闪，陡然想到，了悟和尚那般肥头肥脑的样子，远不及这位庄大老爷少年英伟，看他那种笑容可掬的神态，心里打算有什么话，要向他说出来，到底有些畏怯怯的，说不出口。

　　庄士奇分明已瞧出她的意思，向左右望了望，不由向她笑道："你有什么话，尽可说出来，商量商量，是不妨事的。"

　　这温少奶奶听罢，未开言，脸上又不由红了一红，复向庄士奇飞了一眼，方才低头说道："真菩萨面前，烧不了假香的，小妇人本不用干这种辱没家声的事。因他在外面嫖娼日子多，把我这冷判官搁在家里，热气也不肯哈我一口，逼得我无可解闷，只好到庙堂去烧香随喜，有意无意地把那个和尚惹进门来。前生的冤孽到了这一步，小妇人如何再敢在大老爷台前说什么害羞的话？但小妇人实在不明白同和尚绑锁在衣橱里面，并不见有人开锁，也不觉得有人松绑，那了悟和尚便会飞也飞不出来。并且大老爷说这位师父又不是个尼僧，照这种种情形看来，小妇人实在糊糊涂涂的，哪里明白大老爷袖内机关，总求大老爷明白宣示出来。"

庄士奇道:"你看这尼僧是谁呢?你就把他当作是个耳无闻目无见的东西。本县叫他坐在这里,他不会站在这里,你就更想到那和尚锁在衣橱里,本县要他回去,他便不能不回去。照这样说起来,本县难道是个神仙吗?虽然本县不是个神仙,却做得神仙所做的事。这些话劝你且不必追问下去,不过我看你的意思,还有什么向我要求吗?你能依我一件事,我没有不依从你的道理。"

温少奶奶笑道:"没有别的话向大老爷要求,大老爷要赚取那东西五千两银子,他有一些现金,已在嫖赌上花尽了,叫他哪里能拿出这五千两呢?少不得变卖我陪嫁的金珠首饰,也偿不了五千两。大老爷少赚这五千两的银子,在大老爷并不算得什么,小妇人实在填不起这笔亏空,望大老爷赦了他吧!"

庄士奇听毕,向那尼姑努一努嘴,那尼姑便去得不见了。遂向少奶奶说了声:"依得依得!"说完这话,便走近温少奶奶的身边,挽着那雪白也似的膀臂至鼻边,闻了一闻,说:"我也倦了,我所以要你依得的一件事,便是这一件事。"

以下的事,不过温霭仁将这位温少奶奶领回完聚,也就不成什么问题了。不过和尚变尼姑这件奇案,铜山县人的议论,纷纷不一。

那时武圣庙里的庙祝同一个和尚,偶然间向刁珠珠说出这件事来,不过在寻常人的眼光,总因为这庄大老爷偷换的手段厉害,而在刁珠珠的意思,却以这种偷换的手段不是做官人能做得出来。她却以为这种做官人也是方克峻一流人物,眼前既访不出袭伯阳兄弟在什么地方,反疑龚伯阳两年前的预约有些靠不住,像这种神通广大的做官人,若不仔细访个究竟,如何安心得下?

当日离开武圣庙,且缓步到铜山县衙门去拜访庄士奇,便到开明寺里去先探试了悟的行径。恰探不出什么证据来。出了寺门,只行不到一里多路,看见前面一个树林,有一个少年在树林边低头坐着流泪。

珠珠走到那少年跟前问道:"你是什么人,怎的独自坐在这里哭泣呢？"

那少年肚内骂道："我笑也好，哭也好，和你过路人有甚鸟相干？"肚里虽暗暗地骂，口里却好好地回道："我自己有我的心事，想起来不由得有些难过。"

珠珠道："你姓什么？"

那人随口回道："我姓温，你走你的路，盘问我做什么来？"

珠珠道："不是我好管闲事，我看你这种神态，简直是要在这里寻死的样子，问一声有甚打紧？你究竟叫温什么？"

少年不由流泪道："我虽是不成材，但也算得书香世族，家里出了这种丑事，惊官鸣府，转使我受这种不白之冤。回想起我心里的委屈，不由我不痛哭，想图自尽以掩耻。我已是要死的人了，何必对阁下再说出名字来，有伤我祖宗的声望？"

刁珠珠一想，这是温霭仁了，忙安慰他道："足下不要生气，你这念头实在错了，休说这种事是世间极平常的事，即算可丑，也是你妻子没道理。你就平时疑你妻子和人有了私情，这次误会捉住了尼姑，当作和尚，你虽向吴家负荆赔罪，但你妻子的私情未实，在你祖宗面上，就不见得损失光彩，你又何苦向这死路上走呢？"

那少年道："阁下的高见果是不错，但和尚我看分明是个和尚，衣橱是我锁的，封条是我贴的，我和衣橱没有离开，怎么一个和尚就变成一个尼姑？并且了悟的相貌，死了烧成灰我都认得。承阁下关切我，只是我心里有些解释不开，这究竟是一种什么道理？"

珠珠道："呆子，天下的奇事很多，你是个什么人，如何便明白其中的道理？你且打消寻死的念头，日久你自然知道这是什么道理。"

那少年方要回话，只一瞬眼，看刁珠珠已走得远了，心里觉得又是奇怪，只得愁眉苦脸地回到家中。我且按他慢表。

再说刁珠珠当日回到城中，已是天晚，便在一家饭店里吃饱了肚皮，待要算还饭账，堂倌说："饭账早有人会过了。"

刁珠珠问："是谁人会的？"

那堂倌说："午间有个甚样衣服、甚样面貌、多大的年纪、哪一方口音一个道士，曾说晚间有个甚样面貌、甚样衣服、多大的年纪、哪一方口音一个客人，他预先已替客人算会了五钱银子的饭账。这里一共算结三钱二分银子，还有一钱八分银子，理当找给客人才是。"

刁珠珠听完，吃惊不小，向那堂倌说道："这一钱八分银子，不用找了，算给你们堂倌的酒钱吧。"

说着，又向那堂倌道："你们见有几个道士？"

那堂倌伸出两个指头。

刁珠珠又问："那两个道士，到什么地方去了？"

堂倌道："啊！想起来了，他们曾吩咐我，请客人不用去寻他，寻也寻不着，他们自然去会你的。"

刁珠珠听了这话，便走出店门，心想，这不是龚伯阳、式阳兄弟吗？原来他们已到了铜山，两年的预约，并不欺我。

欲知后事如何，且俟三十七回再写。

第三十七回

失金刀小住郭家村
陷铁屋惊逢庄知县

话说刁珠珠转想龚伯阳兄弟，不但有绝大的本领，且有这道力，能预先知道我在饭店吃饭。他既说不用我去寻他，他自然会来见我，他是这样对堂倌说，我纵寻他也没有用处。

刁珠珠想到其间，便先觅了一个客寓住下，一则等待伯阳兄弟前来访问，二则暗暗探访庄知县的行径，究是怎样一个人物。似这么住了一月，不曾见有龚伯阳兄弟到来。夜间曾到铜山县署上房屋瓦上去窥探，看这庄知县起居一切，亦无异常人。刁珠珠也不由将探访庄知县的心肠，渐渐松懈下来。

那时正是三伏的天气，异常燠热，入夜起了一阵清风。刁珠珠在寓中开了窗户，手里挥着一把白纸扇子，坐在窗下纳凉。这夜的月光甚是皎洁，照在地上，现出了一个光明世界。刁珠珠向对面瓦垄上望着，吐纳了几口清气，便放下了纸扇，从里衣内取出一把宝刀。那刀柄用八宝镶成，已觉得炫睛耀目，刀锋光芒四射，在这月光下看来，越显得晶莹明澈，不觉精神为之一快。忽觉那刀脱手自去，似被人夺去的样子。

刁珠珠陡然一惊，仔细在窗内、窗外一看，什么人也没有。耳朵里仿佛有个人唤了一声："珠珠，我们到郭家村会吧！"

刁珠珠听那人说话的声音甚微，辨不清那人是谁，回头再四处留心一看，并不见有个人影子。刁珠珠不由更暗叫奇怪，耳朵里虽未听清是不是伯阳兄弟的声音，但总疑惑是伯阳兄弟前来。

遂整了整衣襟，走出房来，问明茶房郭家村在什么地方。那茶房回说，在西门城外三十里路。刁珠珠便将衣装暂放在客寓，连夜雇了一匹骡，出了西门，一直向郭家村而来。刚行到离郭家村不远的地方，那骡子忽然跳跃起来。

原来前面有个女郎，手中并没有持着什么器械，在月光下看来，眉目间很露出英锐之气，拦住刁珠珠的骡头，问刁珠珠从哪里来。刁珠珠看这女郎来得太鹘突、太奇怪了，便答应一声："从来处来。"

那女郎问到哪里去。

刁珠珠回说："到去处去。"

那女郎即现出很诚恳的样子说道："真人面前，怎用得说假话？被人抢夺了一把宝刀，有什么要紧？你在城内雇骡子到郭家村去干什么呢？不若随我到一处地方去好吗？"

刁珠珠听她这话，分明如亲眼看见的一样，早知女郎是个不凡的人，听她的话越说得甜蜜，却越怕她腹中藏着利剑。珠珠在江湖上虽是新出道的雏儿，很明白这其间三教九流的道理，怕着了女郎的道儿，也就向女郎婉言谢绝。

那女郎回说了一声："可怜！"说着，便向珠珠拱一拱手，自向斜刺里走去了。

刁珠珠见女郎去后，心里还疑惑女郎是哄骗自己的，暗想，她是一个千金少女，把我这公子哥儿模样的人骗去干什么事？我偏不上她的当。

当夜珠珠行到郭家村前，便下骡给还骡夫的钱，看那郭家村的气派，一泓清水，四面浓荫，衬着中天的皓月，几疑广寒仙境，非在人间。无如村前吊桥已撤，刁珠珠便在一株古榆树下打盹一番。醒来天上已现出曙光，那瞳瞳的晓日，斜照在树梢头上。珠珠衣上沾了一些露水，便觉得有些寒浸浸起来。在村四围盘旋了一会儿，把身上的露水曝干了，才转到吊桥下。走过吊桥，看见中间一个"八"字大门，前面是一座广场。大门虽开着，不见得有人出入,也没有什么警犬,见了面生人到庄,跑出狂吠,便信步走进大门。

走了好几进房屋,才见有一个二十来岁的汉子从里面走出来,向珠珠问道:"你到这里找谁的?"

刁珠珠被他这话问得愣住了,有意无意地回了声:"我不找谁。"

那汉子道:"你既不找谁,到这里干什么来?你脱开衣服给我搜搜看,只怕你这东西闯进门来,偷了什么,揣在怀里,不搜一搜是不行的。"

刁珠珠听他说要脱开衣服搜一搜,暗想,我是个女孩儿,这衣服如何脱得?他要逼着我脱衣服,叫我怎按捺得住心头之火?便也向那汉子怒道:"我是好好的人,你这东西无礼极了,如何硬说我是贼,要我脱衣服搜一搜?你不把这贼名洗清,专想同我行蛮动武,看我可能饶你!"

正在这开不了交的时候,忽从里面跑出一个白皙脸膛,三十来岁庄主模样的人来,向那汉子哄喝了一声道:"你这奴才,真该万死,怎敢对这位少爷无礼?还不给我滚进来。"

那汉子听他主人的一声呼喝,吓得退避三舍,不敢出来。

庄主人便向珠珠招呼道:"这东西无礼,被兄弟呵斥了。像少爷这样身份,怎么硬说少爷是贼?请少爷到后厅上去好谈话。"

珠珠道:"我是孤单单一个人,身上没有什么,他冤赖我是贼,你这里便是一个窝家。"

说罢一笑,便不因不由,随着那人走进后厅。主宾茶话已毕,彼此请问姓名。珠珠说是凤阳黄异。那庄主人姓郭,名林,铜山县的有名绅士。

珠珠向郭林问道:"昨夜有个人约我到府上来,他有话对我说,请问先生这人可曾到府上没有?"

郭林转问这人姓什么,叫什么,怎样的相貌,多大的年纪。

珠珠被他这几句话问得自己有些好笑,看郭林的面目上有些惊人的神采,全将昨晚被人夺去宝刀的缘故,约她到郭家会面的话,向郭林吐说出来。

郭林惊讶道:"谁呀?"

旋说旋凝神思索了一下,忽然现出很能领会的样子说:"少爷要会这人吗?请在寒舍盘桓几时,到夜间会他吧。"

珠珠却转问:"这人是谁?"

郭林不肯说。珠珠没奈何,只得在那里暂且住下。

忽然有个管家模样的人走来,问郭林可曝麦。

郭林踟蹰道:"今日下午有雨。"说到这里,陡然听得天空间的隆隆雷声。

郭林又自言自语道:"卯时响雷,午后当有大雨。"旋说旋又凝神思索了一会儿,忽然又现出能领会的样子,向那管家吩咐道:"尽可在场上曝麦,今天的雨可算奇怪,除去我门前一座广场点滴没有,凡我这四围十里左近地方,当得雨三寸,你尽可率领伙计们,到场上去曝麦,下雨时不用惊慌是了。"

那管家答应了一声自去。

珠珠又听郭林这类言语很奇怪,但这时没有把握能相信他说的不错。等到午后再验,如果他的话不错,他可算得是个神仙了。心里虽是这么想着,面子上却又不问什么。直到午间吃饭以后,因在村院广厅上面,窗开四面,天气虽有些燠热,但并不觉热得人头昏脑涨。看晴天万里无云,刁珠珠不由暗暗一笑。

郭林仿佛已瞧出珠珠笑的意思,便将她带到门前轩敞间坐定。珠珠果见广场上曝着一场的麦,有许多伙计们,在赤日下翻麦,便是在前所见的那个汉子,也在其内。谁知天有不测风云,珠珠忽听得天空有隐隐的雷声,转眼便见西天有柳扁大的一块黑云向东行来。那黑云愈涨愈大,愈行愈快,只不消片刻时间,又是接连不断的雷声作响,看天空都布着云形雨势,那管家及伙计们都不由现出很惊讶的神气,却并不慌张,仍在那里翻麦。果然霎时间,天气昏暗了一阵,简直昏暗得同黑夜一般,耳朵内只隐隐听得一阵阵雨声,眼睛里只远远见得一阵阵雨势。那雷声更隆隆地不住响着,电光更闪闪地不住晃着,借着这电光下看来,果见场上没有点滴雨水。那雨仿佛在庄院四围以外,接着下个不住。

约有吃一顿饭时辰,陡然天空响了一声霹雳,就在这一声霹雳的时候,云也消了,雨也住了,从破云里吐出炎炎的红日来。

珠珠看场上仍是曝着一场干的麦,两边前面的稻田中,果满贮着雨水,看约下有三寸雨的样子,心里不由暗暗纳罕。郭林见她呆呆地在那里出神,随又将她带到后厅上坐定。珠珠因郭林这种神奇不测的推算,竟将他当作神仙一般看待。

郭林笑道:"我要是个神仙倒好了,这不过比寻常人略有几分智慧而已。我就不相信世间果有仙人。"

珠珠听郭林这样说,越发相信他是个真人,不说假话,便将腹中的心事一一向郭林说了出来,问郭林可知道龚伯阳兄弟钟维岳等一班剑士,并问庄士奇及夺刀人究竟是怎样的人物。

郭林听了点头道:"我不但知道钟维岳及龚伯阳兄弟,并且时时刻刻想会他们,只苦会他们不着。今天难得你对我说实话,将来若有机会,我愿意给你去会一会他们。你要见那个夺刀人吗?在今夜三更时分,包管他到我这里来会你,我说的话绝无差错。"

刁珠珠不懂得郭林话内的意思,复又接着问道:"庄知县的行径,也很有点儿蹊跷,请问他究竟是一个什么人呢?"

郭林笑了一笑,说:"我同庄士奇原是师兄弟,他的年纪虽比我小,却是我的师兄。你说不知道他是什么人物,他已知道你是一个什么人物了。你有什么话,待会见了庄士奇再说。"

珠珠道:"我几时去见庄士奇呢?"

郭林道:"你不是见过庄士奇吗?庄士奇不到这里来会你,我又对你说什么会见了庄士奇再说的话?包管他绝对要来会你,我说的话,绝无差错。"

珠珠便不再问下去。

晚餐以后,郭林忽向珠珠说道:"少爷昨天辛苦了一夜,想必也有些困倦了,应得早些安歇,待有人来会你,他自然会前去会你。且送你到一处去休息一会儿,你看是怎么样?"

珠珠因这两天以内没有洗浴,巴不得到一处去休息休息,好借此将身上揩擦一回,即应了声是。

郭林便向一个小童努一努嘴说:"黄少爷是自家人,你将他带到那地方去,并打一盆热水,给黄少他自去净一净身。"

那小童带了火具,说:"我送少爷去休息休息。"

珠珠跟小童走到一间书房里面,小童点了蜡烛,打了一盆热水进来,自去不提。

珠珠关了书房门,胡乱净过了身体,便前来开门,用手拔着门闩。猛听得扑的一响,像似有什么很宽大的铁板要从门上压下来的样子,吓得珠珠缩手不迭。接连又听得数声扑地作响,眼前像似漆黑了一阵,只一转眼间,依然是明明白白,看面前不是铁板是什么呢?再向四壁一看,原来四壁都是铁板包了,屋梁上又蒙着很浓密的铁网,有二寸厚,四围上下连窗眼也没有一个,并没有一丝缝隙。这一来,把珠珠吓得六神无主,在路间听那女郎劝她不用到郭家的话,一时也涌上心头来了。不由长叹一声,坐在一张床榻上,望着面前铁板出了会儿神,心想,难道死生真有定数,我命里该当死在这里吗?但据龚伯阳兄弟的话,我总不该死在这里,怎么自投罗网,着了奸人的道路?直到这时,我才明白,但是奸人骗我到这里,所为何来呢?珠珠想来想去,兀自想不定是什么缘故。

忽然听得一阵阵嘤嘤哭泣的声音,这声音甚细,触入耳鼓间,甚是凄惨。珠珠因看铁板包围的书房,四面没有孔隙,听那声音似从西边屋角下发泄出来。再一细听,那哭泣的声音又停止了。

珠珠端着烛台，在西边屋角下一照，却被她看出一些破绽来了，原来那屋角下有个茶杯粗细的圆洞。因将烛台仍放在桌案上，俯着身躯，把耳朵凑近圆洞间听着，悄没有一些声响。用眼再凑向那圆洞下一望，似乎有二三丈深浅，里面还隐隐地有些光线。再用鼻向那圆洞里嗅一嗅，只觉有一股臭气，比什么臭气都难闻，心里猜着是尸首腐烂了的臭气，闻得她心头作呕，实在有些支架不住了，便到那床榻上躺下，胡思乱想了一会儿，只觉精神恍惚。

似这么经过好些时间，猛然听得当的一声响，惊得珠珠从床上拗起来，接着又听呀的一声门开了，便见一件光闪闪、风飕飕的东西向案上一掷，不是在铜山城里被人夺去的那把宝刀，是什么呢？接连又从门外飞进一个人来。

珠珠抬头向那人一看，吓得一颗芳心几乎分裂开来。

欲知后事如何，且俟三十八回再写。

第三十八回

生机争一发侠女完贞
珠泪洒千行娟娘遇救

话说那人一落到刁珠珠的眼角里,认得他便是铜山的知县庄士奇,几乎吓得一颗心要分裂开来。

却见庄士奇现出笑容满面的样子,向刁珠珠点头道:"这把刀夺来我用不着,不如仍还给小姐吧!"

刁珠珠听庄士奇这一声小姐叫得非常响亮,一颗芳心又吓得跳个不住,但面子上却装作行所无事的样子,先将那把宝刀收在身边,向庄士奇笑道:"县大老爷休要取笑,我是凤阳黄异,怎么小姐不小姐的,说出这样笑死人的话来?"

庄士奇笑道:"在别人眼中看来,自然你是少爷,若在我辈眼光中看来,就认出你是个小姐。哈哈,真菩萨面前烧不了假香,不瞒小姐说,下官并不姓庄,是泰山派红衣圣母的大徒弟薛星符,小姐也不姓黄,是刁法师的女儿刁珠珠。"

珠珠听完这话,早知自己的行藏已被他拆穿了,再瞒他也是无益,便向庄士奇回道:"不错,我是刁珠珠,请问大老爷如何知道我是刁珠珠呢?"

庄士奇道:"你想我是什么人?五年静坐,是坐什么功夫的?你不细心想一想,那温家的一件奇案,衣橱里分明是颠倒价锁着一个和尚、一个少妇,锁不开、封条不揭,除去我薛星符,你几见那些为官做宰的人有这种偷天换日的手段,把一个尼姑换去一个和尚?什么是尼姑,老实给你说穿了吧,那不过是我变的一种戏法。我有这样的道法,难道我就不知道你是个刁珠珠吗?"

珠珠听罢,又问道:"你夺了我这把宝刀,就不用还我,既还我,也不用夺我这把刀了。你的行径实在有些令人莫名其妙,你不妨向我说个明白。"

薛星符笑道:"我不夺你这把刀,你如何知道我的道法?我不还你这把刀,我放在身边又没有什么用处。你为我已探访了好多日,我的秘密,已给你窥破了,你这时有什么表示,快对我说出来,我就要等你这一句话。"

刁珠珠听罢说道:"我窥破你什么秘密,有什么话向你表示出来呢?"

薛星符陡然变换了一副严厉的面孔,在桌案上拍了一巴掌道:"刁珠珠,你敢是这么不识相,你以为不答应我一句话,就行了吗?你已窥破我的秘密,就这么支吾其词地要骗我,想放你回去吗?真是天堂有路你不走,地狱无门自进来。休说你尽有一些把式、一些戏法,便是龚伯阳、龚式阳,便是钟维岳,便是方克峻,有眼看上了我,待怎么样?我劝你知己识相些吧!"

刁珠珠见他这种横眉竖目的样子,委实令人害怕极了。她初次经历这样的险境,早知自己的一点儿能耐绝不是薛星符的对手,并且单身一个人,身入虎穴,若和他冒昧动起手来,绝不能讨他的便宜。只得极力压住了心头之火,低声下气地说道:"大老爷这些话实在太蹊跷了,大老爷果和龚伯阳、龚式阳、钟维岳、方克峻有不解的仇,尽可以对待他们,与我有什么关系?我本没有窥破你的秘密,你究竟要我说一句什么话?我一不干犯官家的国法,二不和大老爷有仇,我不明白'识相'两字怎么讲?"

薛星符响雷也似的喝了一声道:"飞蛾投火自招灾,你到铜山访便访人,谁叫你多管闲事,半夜三更到我上房上去窥探,干什么来?你在这书房内向那壁角下听些什么,闻些什么,窥探些什么?我们的秘密却被你看穿了,却没一句话回答我们。你有本领,能飞出这地方一步吗?"

刁珠珠因想,薛星符决心来和自己为难,到这时候,还对他这种无法无天的人,就是粉饰哀求,不见得便能无事。不若横一横心,和他硬来,我命中该当死在他手,不拘怎样,都是逃不了,不该死在他手,他的本领再大些,却不能奈何我的死命。这东西要我回说他一句话,这句话他不说我也明白了。我的身体是如何的宝贵,就这么容容易易被他糟蹋了,无论我自己心问口,口问心,自己对不起自己,便是一个女孩儿家,坏了廉耻,还有什么面目见人吗?我与其受他的污辱,不若早些死在他手,倒觉得很爽快。

珠珠在这意念纷呈的时候,一个不怕死的雄心鼓荡起来,她的胆量就登时壮大了,便不由柳眉倒竖、杏眼圆睁,也在桌案上拍了一掌道:"你不要欺我是个青年女子,用智计来赚骗我,拿势力来逼迫我。我是初到铜山来,听得和尚变尼姑那件奇案,看穿你不是寻常为官做宰的人,我就在半夜三更到你上房去窥探,对你并没有丝毫加害的心肠。我现今被关在书房,也是你自己欺人太甚,不是我无缘无故,一脚会闯到这里来。谁知这地面下还有你们一种无法无天的秘密机关。秘密我是窥了,你的行径我是知道了,你对我说大话,说是什么龚伯阳、龚式阳,什么方克峻,什么钟维岳,你真敢在他们面前打一个翻天印,我就信得你不是说大话的。我没有什么话对你说,看你待怎么样?"

薛星符见珠珠现出一种盛怒难犯的样子,他那一副铁板式的面孔转换得比什么都快,登时间换了一种很和婉的口吻,向珠珠点头道:"你肯依我的话,用不着待你怎么样,我们泰山派的秘密,如何容非泰山派的人窥破?谁窥破就得割谁的脑袋,毫没有一点儿通融。不过我看你是个来头很大的人,早想拉拢你到泰山派里结缘享福,把你关到此地来,你纵识破我们的秘密机关,但我早有心对你青眼相看,如何便用对待普通人的法子对待你?你能顺从了我,先和我结个大缘,你看我这样的面庞、这样的本领，有什么辱没你？随后我介绍你到圣母面前，学习道法，你又做我的师妹，自然我对你的情意更进一层，你就做了泰山派的一个大人物，能享人所不能享的福，你又何苦而不来呢？这是你的造化大，我才有眼看上了你。我生平所见的女子，年纪也有比你轻的，容貌也有比你好的，只在我眼光中看了，都觉那些纸人木偶，不值一看。又有几多武艺比你高、法术比你大，受尽千辛万苦，登山履险，访求名师。我在有意无意间遇见了她们，只当作没有看见的样子，谁轻易肯拉拢她们没有缘分的人，做泰山派的人物？这是你前生修来的造化，今生才遇到这样的福缘。我劝你知趣些，听从了我吧！"

刁珠珠听到这里，几乎把胸膛都气破了，便指着薛星符骂道："放你娘的狗瘟屁，有你们这种万恶的泰山派，也无怪产出你们这种万恶的东西来！"一面骂，一面便从衣底拔下那一把宝刀，冷不防一刀向星符扑杀过来。

岂知星符已有了防备，见她一刀扑来的时候，早捞起一只左膀子，迎上前来，一则想在珠珠面前表示出他一只晶莹如玉的膀臂，再则存心卖弄他的本领，看这把刀究竟怎样的锋快。想不到一刀才劈下来，珠珠陡然叫一声："哎呀呀！"

薛星符那一只粉嫩雪白的膀子比什么东西都坚硬，但听得当啷一声，薛星符臂上没有伤坏一些油皮，红也不红一点儿，反把那一把宝刀砍折了口。

珠珠在那一声"哎呀呀"叫出来的时候，觉得那把刀已脱手而去，险些把执刀的虎口都震得分裂开来。再看那把刀已不知去向。刁珠珠见这么一来，早将生死置之度外，不禁握起粉团也似的一只左拳，又向薛星符面前打来。只见薛星符略一闪身，已不见了，即时觉得自家两腿弯里都中了一锥子，再想转过身来，哪里还能够呢？只觉两条腿伸不得，缩不得，动弹不得，就同受了什么定身法一般，但腰能摆展，手能挪移，耳能听，目能视，口能言。

一转眼,又见那薛星符走到她面前来了,露出鸱鹦的微笑。刁珠珠心里明白是被薛星符点中了穴道,只苦自家不知道解救的方法。星符越是对她微笑,她越是气恼,心想,膀臂还能转动,看星符站得逼近,又待握着拳头打来。谁知不使劲,那两腿上胀痛麻木还能忍受,一经把浑身的活力提起来,那两腿越麻痛得不堪,接连上身也麻痛,两膀臂也痛得不能动弹了,浑身如触了电的模样,哪里还能伸着拳头去打人呢,那两眼的泪珠儿不禁如种豆子般地洒下来。她心里越是痛苦,星符越觉得开心,便将珠珠紧紧搂住,待要施出种种的轻狂态度来。

这时候,忽听得有一阵喊杀的声音,像似有无数兵马杀来的样子。

星符忙松开了手,一闪身蹿出了房门,回头向刁珠珠说道:"好!就看你能逃出我的机关。"

说时,只听得房外噼噼啪啪的数声作响,刁珠珠觉得眼前一阵漆黑,房里像有许多的东西倒下来的样子,两脚更如踹在虚空,似乎被一个人将她蓦地向下一推,地板若无阻碍,耳朵里犹听得薛星符叫好的声音,好像自家已被人押入血牢里面。那一股尸臭的气味,比闻得什么秽臭都难当,膝以下都觉有血水沾濡,那周身的麻痛却越痛得厉害,浑身又同发了疟疾差不多。

刁珠珠不由暗暗地流泪叹道:"我的命怎么就该这般不明不白地丧在这里?"看牢里还有些光线,因身体面壁而立,不能转移,只不知这一些光线是在什么地方射进来的,苦着这腿弯被奸人点着了穴道,她心里总打算没人前来解救了,这身体是不能恢复原状的。谁知并不用人用药解救,自能恢复原状。刁珠珠只挨过两小时时间,顿觉得上身两手都能转动了,心里不由得一喜。又挨过一个小时,那两腿也能伸缩自如了,周身无拘无束。回过头来,走动几步,好像有许多碍脚的东西,知道那是死人的骨殖。看牢门大开大放,外面隐约见有房屋,门前还点着一盏半明半暗的油灯。门内东壁有一个女子,仰卧在那里,头倚着铁壁,头以下都浸在血水中,看她面上的容颜,才知她是个女子。

珠珠越想那牢门大开大放,越不敢出血牢一步,所怕就是踹中那门外的机关。却见那女子二目紧闭,花容失色,什九像个死尸,但嘴唇尚微微禽动。便走近那女子身边,附着她的耳朵,低声叫唤了一番,又捏着她的鼻子,觉得有些冰冷,并不见她醒转过来。再将她两手提出血水一看,她冷湿了一片,便将她用劲在血泊中抱起来,仍不见她动弹分毫。用手解开她胸前衣服,只一摸,也是冷冰冰的,但还有些跳动。一时间只不知怎样摆布好,才能将她唤醒过来。因她嘴唇尚有些禽动,便和她两唇相合,紧紧抱着她度了几十口暖气。忽听得她腹中有些咕噜作响,接连一口紧一口地又度了几十口气,接着又听得她喉间响动。珠珠才停止度气,看那女子两手两脚都动了一下,随手将她顶心发向上一提,忽地那女子一开口,吐出一口痰来,刚吐在刁珠珠的顶发上,珠珠也没心肠揩拭顶发上的凝痰。又听那女子抽一口气,不由哇地哭出声来,睁眼见珠珠是个男人的模样,紧接着她的身体不禁又倒抽了一口冷气道:"你是何人,竟如此戏辱我?我不打死你不甘心!"

口里虽这么说,哪有这气力能向珠珠打来呢,两眼的泪珠儿越发像雨点般地流个不住。珠珠早知她的意思,是不识自己是一个红花幼女,便向她从容说道:"姐姐休误认我是个男子,我原和姐姐是一样的,姐姐不信,我有证据给姐姐看,才知我并不是冒充女子,有意和姐姐为难的。"说着,便请那女子细看证据。

那女子仔细一看,便知珠珠也是一个女子,那颗心才像一块石头落下地来。

究竟那女子是看出一种什么证据,欲知后事如何,且俟三十九回再写。

第三十九回

钟维岳孤心救双美
朱子民独力会群魔

　　话说那女子因刁珠珠说有一种证据,能确定她也是个千金女子,当见珠珠摸着两个耳朵给她看。那女子看珠珠两耳垂上都有两个小小的耳孔,不是戴过耳环的女子,耳垂上哪用得着挖着两个小孔呢?因有这种证据,才识得她是个女子,不由向珠珠请问姓名。
　　珠珠说是凤阳的女子刁珠珠,因转问那女子姓什么,唤作什么,是何方的人氏,为何也陷到这地方来。
　　那女子开口便说了声:"一言难尽,连我自己也不知被奸人如何骗到这里来的,险些坏了我的贞节。论理我也有一些剑功、法术,不知怎么样的,如今那剑功、法术也没有了。今蒙姐姐救了我的性命,我不得不将真名姓告诉姐姐。我姓祁,原籍是太行山人,我的父亲单名一个'光'字,我的大哥就是祁天鹏,所以二哥就唤作祁天雕,我就唤作凤姐。"
　　珠珠不待凤姐接说下去,不禁一阵心酸,说:"原来是祁家的凤姐姐,我们还是累世的仇人呢!但我终因当初我父亲毒害令堂大人,那原是我父亲的不是,我也不怨你二哥报复我父亲的仇,这都由冤孽循环,一报还一报,谁也不能怪。姐姐哪里知道,我的父亲单名就叫一个'鼎'字。"
　　凤姐讶道:"原来姐姐真是刁法师的小姐呢,我听姐姐说是凤阳人氏,刁法师是乌鼠山人氏,方才姐姐说出姓名来,我哪里便知姐姐是刁法师的小姐呢？不过我们看似都陷在奸人的网里，别话且不用多谈，谈的日子正长，只是我们打算如何出这地方呢？我们不能出这地方，还不是依旧一条死路？"

珠珠方才因救凤姐的心切，几将自己的祸变遗忘了。这会儿被凤姐一句提醒，又不禁心酸泪落，因向凤姐说道："我不是空救了姐姐吗？这地方密布许多机关，我们哪有本领逃出这地方呢？"说着，不由向前又将凤姐抱住，放声大哭。

凤姐也哭个不住，事情到了这一步，除去一死，更有什么法子可想？

正在这欲生不可、求死不忍的时候，忽听得门前一阵风响，凌空飞下两个人来，倒把珠珠、凤姐都不由吓得一颗心要从口里跳出来。珠珠闪眼向那两人一望，原来不是别个，却是龚伯阳、龚式阳兄弟到来，也不知他们从什么地方进来的，便想到当初曾说到铜山再会的话，直到这时方才准验，便在凤姐肩上拍了一下道："姐姐莫怕，这两位仙长是前来解救我们的。"

凤姐回头，也向伯阳兄弟望了望，见他们毫没有相害的神态，便估定珠珠的话不错。

但见伯阳兄弟都摇摇头说道："我不能解救你们，不过前来看你们是在这里没有，自有解救你们的人到来。"说到这里，便已凌空而去。

珠珠本相信伯阳兄弟的神通、武艺都不小，怎么他既能到这地方来，又能出这地方去，却说不能解救我们的话？他是什么道理？但听他话内的意思，尚有解救我们的人到来，这人也许是我师父了，不是我师父前来，更有谁人有这么大的能耐会前来解救我们呢？

珠珠想到这里，同凤姐各自在血牢里出了一会儿神，忽然叫了一声："哎呀！凤姐姐，我是怎么样的？"

凤姐也说："刁小姐，怎么我这时模模糊糊的，像似要睡觉的样子？"

凤姐刚说完这话，仿佛有什么东西罩到她们头上来，觉得两人的身体凌空起有十来丈高，眼前雾沉沉的，看不见什么。心里又不由昏沉了一阵，昏沉中正不知经过几许时间。

忽然珠珠耳朵里听得有人叫着："小姐醒来，醒来！"

珠珠不由睁眼一看，已不见祁凤姐到什么地方去了，看自己分明卧在一个石床上，面前站着一个女郎，正是那夜骑骡到郭家村，途中所见的女郎，房中更坐着一个年老的妇人。再看自己上身已换了一身女孩儿的衣装，一些血水肮脏也没有了，便不禁跪在石床上说道："姐姐是谁？如何救了我的性命？祁凤姐是到哪里去了？"

那女郎道："你问我是谁，如何救你的性命，我怎能救出你的性命？那是我师父救你的。我领你去见我师父，你自然明白我是谁，并知凤姐到什么地方去了。"

说至此，急扶着珠珠下床，向那老妇招呼了一声道："金太太，请安心静坐一会儿，我领刁小姐去见一见师父就来。"一面说，一面便挽着珠珠走出房来。

走过了好几处石屋，珠珠看这地方的路数，分明也是一座地下室的样子。刚走到一条夹道上，看见一个老者，盘坐在石道上，珠珠不由愣了一愣，随着那女郎走到老者面前，双膝跪下说道："师父，你望得弟子好苦呀！"

那老者笑道："我在你家住了一年，你哪里知道童老师便是我呢？可惜你那时没想到我要讨你一句回话是什么回话，你能恍悟过来，这一个月的困蝎，谁也不能怪谁。不过我这回前去救你，虽把那三个孽畜拘得回来，连带救出了祁凤姐，送给我师弟朱子民做徒弟。所怕将来要同泰山派大动干戈，终不免一场浩劫。我领你方师叔的盛情，收你做徒弟，是因你的根基还好，又实在拗不过伯阳、式阳兄弟的颜面，才肯收你到石洞中来。你得受我的道法，须要处处留心，但这时尚不是受我戒律的时候。"

珠珠听了，心里有好多话要问师父，只不知在哪一句问起。

但听凤姐已无恙脱险,这位女郎据那时龚伯阳兄弟语气中猜来,早知是自己二师姐黄铁娘了,只向她师父问道:"师父是怎样前去救出徒弟的呢?"

钟维岳道:"好在这回闲着无事,不妨把那其中的缘故说给你听一听,你就知道泰山派人的本领,也就可观。这回前去救了你,也的确是一件很不容易的事。"说着,即将这几日所经过的情形向珠珠仔细说了一遍。

原来钟维岳自从祁天雕回乌鼠山的时候,复又转到恒山,襄助朱子民正了恒山派开派宗祖的名位。那时朱子民接受恒山派的开派宗祖,仪节十分隆盛,中岳嵩山钟维岳、南岳衡山方克峻、西岳华山黄精甫,俱到场典礼,由桐叶道人亲自谕令朱子民正了名位,只有东岳泰山孙旭东未经到来。桐叶道人在临行的时候,便向钟维岳、方克峻、黄精甫、朱子民等一班开派宗祖说道:"我早知孙旭东那个东西坐不起一把泰山椅子,这总由我那时怜才心切,误收他这个二徒弟,竟将他正了泰山开派宗祖的名分。他容着徒弟违犯戒律,迟我五百年白日飞升,这也由我前世造下来的罪过,今生才遇见这般孽障。谁料年前在岳麓山巅除去他泰山开派祖宗的名位,他居然夜郎自大,不买我这笔账,仍在泰山做起开派宗祖来。所仗就是红衣圣母那一道护身符。论我平时的道法,没有处置不了这一般的孽障,就因我误收他这个二徒弟,他容着徒弟犯戒,又违背我的法旨,他的罪孽可也不小,他在泰山造一分罪孽,累得我要增加十分罪孽,我觉得罪孽深重,所有的道法反不如其初了。此后我回到昆仑,还须五年面壁,将道法恢复到平时一样。你们在这五年期内,不拘遇到什么祸变,凭你们的造化,只要你们不侵犯人,任谁也不能怎样危害你们的,不用到我那里去诉说什么,分了我学道的心神。实在有过不去的事要我出山,也要等五年后再说。"

钟维岳师兄弟四人听他师父这番言语,都唯唯应是,等待桐叶道人回转昆仑,钟维岳、方克峻、黄精甫也就向朱子民告辞,各回山洞。

且说钟维岳回转嵩山石洞以后,这日,忽见朱子民到来。钟维岳向朱子民望了望,便问:"师弟什么事,竟狼狈到这个样子?"

朱子民摆着双手说道:"别要提这种话了,我昨天到泰山石洞中去,想将祁天雕抢回来做徒弟,见洞里的机关完全改变,孙旭东竟不信我的点化,反和红衣圣母、癞头叫花等一班狐群狗党,仗着人多势大,同我为难。我略迟走了一步,险些坏了我这点点道法,徒弟没有抢回,反在那里坍了我的台面。"

钟维岳听到这里,早气得立起身来,忽然心问口、口问心地参悟了一会儿,转从容自若地向子民说道:"我劝师弟忍耐些吧,昆仑山老祖宗曾对我们说,实在有过不去的事,要他老人家出山,也须等五年后再说。天雕将来总和师弟有师徒的缘分,何必争这五年的时间?我们在这五年期内,尽可不到泰山石洞去,他们实在看上了我们,大略绝不致伤败在他们手里,师弟请回去修持道法。我方才参悟的时候,你在这一个月内外,收徒弟的机缘已熟,又当收一个女徒弟,这女徒弟眼前的境象虽不大美满,但必由我将她送给你做徒弟。"

朱子民道:"我何尝不明白收徒弟的机缘已熟,只不能算得当收一个女徒弟,是以冒昧到泰山石洞中去抢徒弟,一着算不到,几乎输却了满盘棋子。今蒙师兄这样提醒我,凡事听师兄主意而外,做兄弟还有什么话说?"

朱子民去后,钟维岳因想那个癞头叫花黎绍武,数年前曾在我跟前下过面子。他居然会同孙旭东一鼻孔出气,将什么红衣圣母介绍到泰山派,名为帮孙旭东的忙,实则孙旭东却唯红衣圣母的马首是瞻,丝毫不敢有违拗红衣圣母的意思。孙旭东糊糊涂涂地把这个混世女魔王请到洞中来,实则这个女魔王早有驱用孙旭东的气派,想鹊巢鸠占,借着这泰山石洞,做他们一班魔王、魔鬼的大本营,竟串通一气,将祁天雕诱到泰山,想将这个傻子做泰山派的开路先锋。哪知他的道力毕竟走入旁门,能算小而不能算大,管中窥豹,也只略见一斑,枉费这一番机谋,究有什么用处。钟维岳这么想了一会儿,也就罢了。

光阴荏苒,转眼又是一个月的工夫。这天,钟维岳将石胆、铁娘唤到面前说道:"你们方师叔曾荐我一个女徒弟,就是乌鼠山刁鼎的女儿刁珠珠。昨晚龚伯阳、龚式阳两位仙长曾到我这里来嘱咐我,赶快到铜山去干正经事要紧。我想到他们往常曾向我说过,刁珠珠的根基甚好,这种徒弟,踏破铁鞋也寻不着。不过他们都是闲云野鹤,不愿收徒,却劝我看他们的颜面,准许你方师叔的要求,伯阳、式阳二仙长曾对我说过这样的话。我到凤阳去住了一年,看刁珠珠的根基还好,人格又靠得住,不过她的晦运未消,那时尚无缘传受我的道法。她这回已到铜山去了,我想同你们师兄弟俩到铜山去,务将那刁珠珠带回嵩山。但怕她眼前还有不测的祸变,我不好出面,你们不妨在暗中指点她,指点不来,也是她命中注定的磨难,勉强将她带得回来,反为逆天行事。至于我这石洞虽然没有人看守,但凭我这样的道力,却能算准没有要和我们为难的人,在这几天时间,前来窥探。"

钟维岳刚说到这里,忽然把眉头一皱,像有些心血来潮的样子,自己对自己静算了一会儿,不由讶道:"这孩子已陷入人家血牢里去了。"

铁娘、石胆都齐声问道:"敢是珠珠这时已在铜山着了奸人的道儿吗?"

钟维岳摇着头说:"不是不是,这件事正不用你们问我,我料那孩子绝不致这么地草草结局收场。"

钟维岳说完这话,忽听洞中有一阵风响,暗想,我的道力怎么又没有灵验呢?难道我师徒尚未出山洞,便有人来转动我们的念头吗?心里刚才这么想着,就觉得背后走近一个人来,倒把钟维岳吃了一惊。

欲知后事如何,且俟四十回再写。

第四十回

金公子暗赚凌波仙
祝夫人大摆迷魂阵

话说钟维岳回头向那人一望,原来是祁光前来,看他那般愁眉苦脸的样子,像似胸中有难言的苦情,便起身向祁光招呼着。

石胆亦向祁光问了声好,便给铁娘介绍道:"这是祁老法师,姐姐快过来相见。"

接着铁娘也向祁光福了福,叫了一声"仁伯"。

祁光长叹了一声,向石胆、铁娘点一点头,因胸中有事,没有心肠问询他们师姐弟的近况,当向钟维岳说道:"兄弟自从那个天鹏孽畜破犯了道兄的戒律,少在道兄台前请安。不幸近来雪上加霜,膝下仅有一个差强人意的人,还被泰山派人劫去,兄弟的老运怎么苦到这样地步?"

钟维岳只当作天雕已入了泰山派,惹得祁光怨恼起来,想请自己出山,虎口夺食,仍将天雕从泰山石洞夺了回来,不由向祁光说道:"天雕虽入了泰山派,但凭我这一点儿道力算来,将来天雕终不是泰山派的人物。"

祁光不待钟维岳接说下去,不由洒泪道:"道兄尚不知兄弟来的意思,并不是为天雕而来,这也不能怪道兄没有先知之明。道兄平时因泰山派将来不免和嵩岳派为难,所以处处防范泰山派人到道兄洞中来胡闹一阵,将全副精神都运注到防范泰山派人的心思上去,哪里知道我这小女凤姐,于今已被泰山派人劫夺去呢,真比拿刀割我的心肝还痛。"

钟维岳听到这里，运用他纯洁的智慧，仔细推算一会儿，才慢慢睁开眼来，向祁光说道："方才兄弟同两个小徒谈话的时候偶然觉得有些心血来潮的样子，兄弟曾轮算一番，却算得朱子民收徒弟的机会，成熟到十分了，所收又是个女徒弟，由兄弟送到朱师弟那里去。不过他这女徒弟已失陷在泰山派人的网里，当时兄弟没有向两个小徒说明这女子是谁。其实兄弟却未尝算准这女子是谁，就因兄弟的道力不算到那件事，一经推算明了，自信绝无差错，须比不得另一派道法，一算着谁，便知谁的姓氏，却也有不灵验的时候。如今兄弟听老哥这样的话，仔细参识起来，方才明白这女子不是别人，正是老哥的令爱祁凤姐。老哥确知令爱被泰山派人劫夺去了，究竟劫到什么地方，是泰山派哪一种人劫去的呢？"

祁光道："兄弟的道力了无精进，在早间起来，因凤姐突然不见了，兄弟曾排着八卦推算一番，确能推算是被泰山派人劫去了。兄弟但知这人的能耐比小女高强，却不知是泰山哪一种人物，更不知被劫到什么地方去。如果小女得脱危机，兄弟何忍再违拗道兄呢？但想起当日若听朱道兄的话，将天雕送给朱道兄门下，天雕若在朱道兄门下为徒，亦何至有今日？"

钟维岳道："这如何能埋怨老哥？天鹏若不犯了我嵩岳派的戒律，老兄早将天雕送给朱子民做徒弟了。老哥于今既承认我，肯将令爱送给朱师弟门下，凤姐的根基性格须比不得天鹏，如果凤姐将来有不服从朱师弟的戒律之下，我就不敢再摄理嵩岳派的开派宗祖，承受这一路香火了。凭我道力上的推测，令爱当在铜山郭家村，是被泰山红衣圣母门下的匪徒劫去，眼前的境况十分凶险，不是兄弟说一句大话，有兄弟出山，纵然凶险，也没有多大的妨碍。并连带还救出兄弟一个小徒，把那些匪徒拘得回来，这是泰山派有意妨害我们嵩岳派的事情，不是我们逆天行事，便跑到泰山石洞去懊恼他们的。老哥尽可放心，哭是哭不出什么道理来。"

钟维岳说到这里,便向金石胆道:"我有祁法师同行,用不着你们了。你附耳过来,我教你几句话。"

石胆忙凑近身去,钟维岳向石胆低声叮嘱了一番,石胆连称"遵命",即依着钟维岳吩咐的话,兀自去了。钟维岳又照着向石胆所说的话,叫铁娘前来听令,铁娘也站近钟维岳面前,听钟维岳低声叮咛了一番,也依着钟维岳叮咛的话,出山去了。接连钟维岳又同祁光谈说了一阵,大家分头出发,向铜山而来。

于今且说金石胆到了铜山,却听铜山人纷纷传说,都谈说和尚变尼姑那一件奇案。石胆这次出山,是扮作算命先生的模样,他是何等精明的人,装什么像什么,穿了那一身算命的行头,人家也把他都看作一个算命的先生。这晚,刚走到县署外面,便有一个丫鬟模样的人走近石胆面前,福了一福道:"太太请先生到上房里去算命呢!"

石胆随着那丫鬟走进衙门,直到上房里,并没有见到什么老爷、太太。那丫鬟在上房东壁间嚷着请太太出来,嚷了一会儿,并不听见太太答应一声。丫鬟刚要敲着房门,忽见房门开放,那位县老爷的太太已泪流满面地从上房里走了出来。石胆看她身材窈窕,态度风流,头上的青丝蓬松,覆额桃花面上,点点滴着珠泪。那种娇啼婉转的样子,最足使人生怜香惜玉之心。

那太太开口便吐出很娇怯、很脆嫩的口音,向石胆说了一声:"先生请坐。"

石胆便在旁边一张椅子上坐了。

太太不禁又流泪道:"先生,我的八字,怎么这般不济?除了受气,还有什么可算呢?"说罢,便随口报了一个生辰。

石胆明知她所报的生辰是假,却故意推算了一番,不禁把个头摇了几摇,说:"太太这种八字,唯有太太心里明白,我说出来怕太太难为情。"

那太太道:"有什么难为情?不瞒先生说,我在小时候就有一个算八字的瞎先生,说奴是冠带桃花的命,果然嫁得一个做官的人，那些嚼蛆的话倒被他瞎嚼得有些灵验了。无如那个天杀的，他一点儿不知人心，想起我当初同他新婚的时候，在一桌上吃饭，一床上睡觉，虽然我以后没有养个男女，那被窝里肮脏事，我哪一件不曾依他？

"谁知这天杀的陡然变卦，现今铜山县的一班乡绅领他到窑子里去吃花酒、打茶围，他看上那些不爱脸的婊子。日间问了几桩案件，一到晚间，就出去走花路了，撇得我冷清清的，也不理一理。如果他相交那些婊子比我生得俊，也还罢了，我听他爷们说，什么十三红、什么小莲花，连我这丫鬟还比不上，他就像吃了婊子迷药似的，蝴蝶直钻到那花心儿里。

"我曾问他：'你当初既想做嫖虫，就不该想我配给你，你这是做的什么人头畜生的事？'

"他见我这样骂了他，就气恼我不做锡糖，只吃酸醋，丝毫不念香火情，拿了一条鞭子，将我按在地下痛打，打得他精疲力竭了，又逼勒我回娘家去。

"我说：'从过门到你家来，三条大路当中走，你捉住我什么把柄，来骂我、打我、勒逼我回娘家去呢？'

"岂知我不说这样话，听凭他怎样地对待我，也就可以泄去他的心头之气。他听我说出这话来，反骂我别有用意，逼得他在上房内不能安身，才到外面去吃花酒打茶围的。请先生想一想，我就是容貌生得比他不上，又何致逼他不能安身？

"他说过这般话，越发急得头上一根根青筋都暴栗起来，便逼着我跪下来，给他再痛打一顿。我想原怪我先前得罪了他，跪下来算对他赔礼，再慢慢设法牢笼他，对我回心转意，他总该不好意思再打我了。谁知他更打得厉害些，见我跪着不动听他打，又说我要和他拼死，简直打得我寸骨寸伤，肩上的血直滴到袖管里，大腿上的血直淌到脚跟上。可怜我父母怎样地惯养我，捧凤凰般地捧到这么大，我这身躯又素来娇嫩，点点辛苦也吃不消，如何受得起这顿打呢？他这样地打了我，还是要逼勒我回娘家去,我一天不回娘家,他就一天不到上房住夜,从此桥不管桥,路不管路,一对夫妻,便生生解拆开来。

"我挨他这顿打,看他这天杀的弃了家的寻野的,我的一生幸福完了,活在世上,除受罪外,还有什么快乐可享呢?几曾要悬梁自尽,省得退回娘家去活现形。哪知苦命的人连寻死都不能如愿以偿,这丫鬟却苦苦劝我,不要寻死,她说:'太太就这么死了,太太虽没有什么不可告人的事,但有谁谅解太太没有做出什么不可告人的事呢?太太虽身一死,也蒙着这种不白之冤,未免太可怜了。'

"我听丫鬟的话,因此转念间,觉得短见是不可寻的,既不能死,在势又不能回娘家去,就非得那个天杀的在外面走花路,碰到了对头星,给他个白刀子进,红刀子出,不足以泄我心头之气。"

金石胆听她说完这话,心里早有了路数了。

却见她又接着说道:"我看见先生的神气,疑惑那天杀的未必肯对我下这样毒手吗?丫鬟在此,我岂有半句说假?哦!先生呀,你看我这藕一般的膀子,红的是血,白的是肉,你就知道我是个很可怜的人了。"

一面说,一面卷起衣袖,露出那粉嫩雪白的膀臂来,直送到石胆面前,拉着石胆的手,来捏着自己的膀臂。

石胆看她那只膀子晶莹肥嫩,上面果有鞭伤的血痕,心里暗暗计较一番,便趁势握着她的腕脉所在,冷笑了一声道:"你因我大师兄犯了色戒,想这么地引诱我,上你的当,以为我破了色戒,随便怎样,都要以处置我的死命吗?你也不想想,我姓金的是怎样心肝的人,到你们铜山来干什么事的,休说叫我捏着你这膀子,说一句不嫌轻狂的话,哪怕你拉我到床上去睡一睡,然而我心如石,你不能随便赚我破犯了戒律。老实给你说穿了吧,你的行径,这时须瞒不了我,你要我到这地方来,想用香饵钓我,我的行径也瞒不了你,我却要你知道我,把我引诱到这地方来,好乘间下你的手。"

边说边挽定她的手脉,向上一提。那太太的手脉被石胆紧紧握住了,知觉自己的行藏败露,想趁此借遁逃走,哪里还能够呢？要挣脱也不能挣脱开来,看石胆昂着头,要从鼻孔里射出两道金光来,笼罩着那太太的身体,那太太即时打了一个寒噤。丫鬟刚要呐喊,却被石胆剑光射处,眨眼就变成一只狐狸。石胆当然不能让她逃脱,咔嚓一声响,那狐狸早已身首异处地躺死在上房里。

那太太见一只狐狸死了,这却叫作狐死兔悲,她心里的惨痛也就惨痛到了极处,待要放出剑光来,和金石胆抵抗,但手腕脉已被金石胆挽住了,哪里能运用精气神剑的功夫,拿着鸡卵碰石子呢？

石胆见她没有抵抗,不由两足一蹬,屋瓦若无所碍,全身已凌空而行,直把她带到一片郊原所在,才从空间飞落下来。

那太太便向石胆哀求道："我没有到嵩山石洞去扰害,与你金公子有甚冤仇,值得用这么心机、这么手段来对待我？我到了这一步,也只有向公子求情,公子如开我一条方便门路,放我回去,修证道果,我将来悟证大道,绝不有意寻公子为难。公子定要给我当面开销,这时本来要处死我祝红红,比踏死一只蚂蚁还容易些。不过公子想对付我很容易,要知我师父红衣圣母未尝肯和公子开交,公子又何必妄结冤仇呢？"

石胆望着她笑道："你就是红衣圣母的徒弟吗？我听你说这样话,想必你师父的道法可也不小,无奈你已落到我的手里,同你这孽障讲道理、论交情,是说不来的。红衣圣母是个有来历的人,能做我孙师叔的泰山之靠,你既是他的徒弟,大略也有些来历。我此刻倒要显出你的来历看一看,看你是怎样三个头、六条臂膊。"

祝红红急说道："我是一个少年尼姑,用不着公子显出我的来历来。"说着,连忙将身子一晃,眨眼就变成一个三十上下的尼姑。

　　石胆又笑道:"原来和尚变尼姑的一桩奇案,也有你这孽障从中作怪呢,我看你的来历,绝不是个尼姑。"

　　说时,右手仍紧紧挽着那尼姑的手脉,左手跟着捏一个诀。这诀能使魔怪现形,好不厉害。

　　欲知后事如何,且俟四十一回再写。

第四十一回

钟维岳月下捉妖精
方克峻空中斗剑法

话说金石胆当下右手仍挽着那尼姑的手脉，左手跟着捏一个诀，他这诀能使魔怪现形，十分厉害。这尼姑果然不出金石胆的预料，石胆才将诀一捏，尼姑便叫一声："哎呀呀！我的对头到了。"

"了"字不曾出口，看她已变成一个月兔，在月光之下，石胆看这白兔毛白如雪，气息咻咻，暗想，它名字唤作红红，我只当作它是什么红色的孽畜，哪里明白她竟是一只白玉兔呢？她的道法可是不容易修持得来。就因破了色戒，干出许多业孽来，才坏到了这般地步。

石胆这么一想，遂将那玉兔放在地上，准备放出三昧真火焚烧。不料一转眼，那玉兔忽然不见了。

石胆暗叫一声"奇怪"，看它的道法已坏，被这个诀捏得现出原形，难道还有什么方法能逃脱，想要报复我吗？

刚想到这里，忽见面前又现出一个祝红红来，叫一声："金石胆，我在铜山，你在嵩山，两不相干，你和我作对做什么？你以为我现出原形，便不能逃脱你的掌心吗？你就浅视红衣圣母门下的信徒了！我这时不现出我一点儿能耐出来，你也不知我的厉害。"

祝红红刚说到这里，石胆随手又捏了一个诀，岂知红红早已有了防备。金石胆这诀才捏出来，即时觉得眼前昏暗了一阵，那个祝红红又不见了。金石胆运足全身气功,把眼睛闭了一闭,复又睁得开来。岂知不睁眼犹可,才睁眼一看,金石胆的心坎儿里登时吓得直跳起来。你道是什么缘故呢?

原来石胆身前身后,围着许多的青年女子,有时装的,也有古装的,也有脱得一丝不挂的,有说的,也有笑的,也有持着诸般乐器吹弹歌唱的,有肥的,也有瘦的。然而肥也有肥的好,瘦也有瘦的好,都在石胆身边争妍取媚,做出不可形容的丑形怪状,眼睛里却看不过来;吹弹的诸般乐器,歌唱的淫词亵曲,清音婉妙,软语求凰,耳朵里也听不过来;一阵阵衣香、花香、粉香、胭脂香、口舌香,以及女孩儿身上所特有的香气,鼻孔里也闻不过来。任是木石无情,难免不怦怦心动。

石胆只当作不见、不听、不闻一样,想起当日在圆洞寺被空禅蒙在鼓里的时候,所见种种骚形怪状,却没有这般厉害。那时天真烂漫,尚不知男女之间有这一件玩意儿,略略存着一些怜爱的心肠,不是方师叔前来解救,几乎破犯色戒了。方师叔曾对我说,就是这一点儿见色怜爱的心肠,已为破犯色戒的阶梯,我在第一次经过这种情形,略存一些怜爱的心肠,方师叔才能前来解救,若在第二次再存着见色怜爱的心肠,不论有多大道力、多大法术的人,在势都不能前来解救我了。大师兄因破犯了戒律,弄坏到那样地步。我是直接受师父衣钵的人,这颗心略动一了动,人畜的关头,就在这一刹那间,划分界限,柳下惠坐怀不乱,哪知我今日的行藏,更有甚于柳下惠百倍,我岂可受那孽畜的报复,不做天地间顶天立地铜肝铁胆的男子汉,把师父的戒律当作虚文,自甘堕落?我不是糊涂人,自信不会做出这种糊涂的事。想到这里,横一横心头,两眼紫棱棱地放出神光来,响雷似的大喝了一声。

就在这一声大喝的时候,那一群的女魔早已不见踪迹了。眼前却见着两道金光,要向自己身上罩来,却没有看见什么人,什九估定这道金光仍是那孽畜放出来的。古语说得好:"兵来将挡,水来土掩。"金石胆看这两道金光放出来,早输运剑功,从鼻孔内也冲出两道金光来。那两道金光和金石胆两道金光,若有人在月光下看来,好似四条金龙穿梭般地在空中游斗,有时那两道金光伸进一步,金石胆的两道金光退后一步,有时金石胆的金光紧近一步,那两道金光却又转退一步,四道金光在空间旋进旋退地斗着,而进退的时间比什么都快,照得地下一片光明,真个成了一个黄金世界。先前还是旋进旋退地斗着,以后接触起来,有时那两道金光罩着金石胆两道金光上面,哪知一翻身,金石胆的两道金光又转压在那两道金光上。

这四道金光或上或下地斗着,闪闪烁烁,不可端倪。天上的月光、空间的金光,使人在远地看来,还疑惑这是什么月华人瑞。

那两道金光和金石胆的两道金光,或上或下地斗了一会儿,以后却搅作一团,混作一堆,竟似扁圆的一块黄金,在空间翻转,打着筋斗,快得什么似的,如有人在这里观阵,当闪得眼花缭乱,更辨不清谁是金石胆的剑光,谁不是金石胆的剑光。

正在这开不了交的时候,金石胆觉得自己的剑功已开足了一百二十分,开到没有增进的时期。常此力斗下去,绝不是那东西的对手,心里不由有些害怕起来。

忽听得咔嚓一声响,金石胆不由喜得五脏神都笑出来,接连便见那两道金光散作片片舞,顷刻便不见了。金石胆忙收了自己的剑光,心里转有些惊疑,终因自己的剑功没有破坏那东西剑功的可能性。却见一个须发飘然、神采奕奕的老者,笑容满面,现到他的眼前来了。

金石胆看那老者,手里捞着一个白玉兔,那白玉兔的两眼粘了一道朱符,便不由跪在那老者面前说:"师父迟到了一步,徒儿这性命几乎交给孽畜的手中了。"

那老者仰天打了一个哈哈笑道:"不错,你才算得是我钟维岳的徒弟,将来能做得五岳名山的领袖,承受这千万年的香火缘,你的定力很是耐得,你的福分可也不小,能在这迷魂阵中杀开一条血路。你要明白,并非我遣你到铜山来擒杀这东西,实在借此好试验你的定力,究竟好到什么程度。这东西已被我手到擒来,头上粘了这道朱符,不拘它有多大的本领,它总是逃不了的。你放心揣入怀中,它不能伤害你。"说着,便吩咐石胆把胸膛袒开来。

石胆依照他师父的话,看那白玉兔蜷伏着身体,像似睡眠的样子,体干甚小,藏在怀里,并不觉得妨碍身体上的自由。

钟维岳又向石胆说道:"铁娘已到恒山去请你的朱师叔了,昨晚她在郭家村左近的地方遇见伯阳、式阳两仙长,说你师弟刁珠珠合该要受一番的磨蝎,但预算虽然如此,却必要铁娘前去,拦住刁珠珠的骡头,挽此已定的天数。我和伯阳、式阳两位仙长原是一样的意思,哪知数由前定,断非人力所能挽回。铁娘既不能挽回珠珠,使她不向那行不通的道路上跑,今天我同铁娘在下午的时候,看那郭家村的气脉甚旺,火运正隆,算得薛星符、郭林这两个东西,不但练就一般最恶毒、最厉害的法术,他们的火功甚强。我曾运用水风雷电的法力,同薛星符在暗中比斗一会儿,谁知我所运用的水风雷电的法力,在那郭家村以外地方,平地都得雨三寸,只是那郭家村以内的地方,两三点雨也没有,才知他的火焰不是我所能扑灭的。你朱师叔是恒山的领袖,水风雷电的法力,你朱师叔要比我高强,我所以打发铁娘到恒山去,约你朱师叔在今夜三更到郭家村左近的地方聚齐,这时约到二更时分了,我师徒就到郭家村左近的地方等候你朱师叔前来办事要紧。"

说至此,又向石胆吩咐了几句,师徒遂向郭家村来。在村外一座土地祠外歇下,等了一会儿,没有见朱子民前来,石胆因祁光没有着落,因效作他师父心问口、口问心的方法,用纯洁的智慧,推测一会儿,忽然讶道:"师父可明白祁法师现在什么地方呢?"

钟维岳道:"祁法师的脸上虽带着几分忧苦之气,但此行断无凶险。目下虽被困在那地方，然必有人前去解救他，是不妨事的。"

说着，便凝神算了一会儿，不由笑道："原来该是这人前去解救祁法师，这人来得正好，可以帮助你朱师叔的一臂之力，包管大功告成，丝毫没有走错。"

石胆问道："这人是谁，可是伯阳、式阳仙长吗？"

钟维岳道："不是不是。"

话才说到这里，陡然见郭家村内作风空现出数十道红光，村四面空间有许多的兵将，只听得呐一声喊，火球、火箭只向房屋上乱投乱射，那四面的房屋都像着了火。但仔细看来，又没有烧毁些什么。火光中，有一位穿红袍的老者，指挥着那些兵将动手。

石胆看那老者须眉毕现，认出是他的三师叔方克峻到来，不由向钟维岳问道："师父曾说这人来得正好，那火光中不是三师叔吗？"

钟维岳讶道："要他前来干什么呢？但他既前来，必然也有他来的缘故。"

忽然又现出很能领会的样子，向石胆说道："你知道你三师弟来的意思吗？"

石胆也现出很能领会的样子说："师父，徒儿已明白了。"

正说到这里，忽见房屋下面突然现出两道金光、两道红光，直冲下来。看那些神兵、神将，见了这两道金光、两道红光，都纷纷披靡，眨眼间连一个也没有了。石胆也知这是方师叔现出来的法术，并不是什么神兵神将。再看方克峻已在郭家村退败下来，恰没有什么人出来追赶。

方克峻刚飞向那土地祠经过，即听钟维岳的声音高叫了一声："方师弟，请下来好谈话。"

方克峻即从空间飞落而下，一见钟维岳师徒都已前来，便苦着脸说道："果然师兄同石胆都到这里了，我有大不了的事，师兄师徒得帮我的忙,替我想想法子。"

钟维岳道:"老弟的事,没有什么大不了,何必急到这般模样?请坐下来我们略谈一会儿,我的力量做得到,没有不帮忙的。"

方克峻便席地而坐,同钟维岳师徒谈论那大不了的事。究竟是怎么一回事呢?

作书的趁朱子民尚未到郭家村的时候,忙里偷闲,抽出一点儿工夫,将这件事略说一个梗概。

原来郭家村的郭林,十年前在方克峻的门下为徒,已很有些道法了。方克峻看郭林的骨气不佳,恐怕他中途变卦。当初收郭林的时候,原不过为怜才志愿所驱使。因怜才志愿所驱使,轻易收人做徒弟的,原是道法中人的通病,不止方克峻一个。

方克峻略传给郭林一些道法,这日便对郭林说道:"你这几年修炼的成绩,也有几分火候了,看你的骨气,须终不是山林中人。你家有万金之产,又是单传一脉,你以后用不着拘守在这石洞修炼,尽可到家乡去,享受你祖宗遗产,好继承郭家的一脉香烟。只是入我门下的戒律,你得一一遵守,你遵守我门下的戒律,有这点儿本领,时时向我正途上行事,保你无灾无难,你我日后好相见。若不能遵守我门下的戒律,仗着这法术去为非作歹,我将来和你相见时,定使你碎尸万段。"

说到此处,遂将那戒淫不妄淫、戒杀不妄杀、戒盗不妄盗的三种戒律向郭林再四叮咛一番。

郭林一一应诺,就此拜别了方克峻。回到家乡,却步步留心,生怕违犯师父的戒律。方克峻也在暗中时时查察郭林的行径,日久见他没有变卦,反自悔以貌论人,究属皮相,也就不再查察了。

方克峻火烧圆洞寺的时候,所处置门下犯戒的徒弟不少,独没有郭林在内。方克峻却以为出人意料的事。郭林也因方克峻火烧圆洞寺事处置了好些犯戒的徒弟,未免前车已覆,来轸当戒，益发提心吊胆，不敢有丝毫逾闲荡检的行为，违犯戒律，须不是当耍的事。

这日，郭林兀自到铜山城里去，因在城里一个房客家中多吃了几杯酒。这时正是四月中旬，夜间的月色甚好，郭林乘着酒兴，踏月回家，刚从一座桥下经过，忽然一眼看见一个黑影伏在桥下不动。郭林仗着一些法力，不怕鬼怪，直走到桥那边，可是作怪极了，郭林记得桥那边当中有一条大路，不知怎么样的，郭林分明看是走上那一条大路，走了好几十步，才发觉陡然变成一条行不通的道路，路上也没有一个行人。郭林好生惊讶，凑巧有一阵风吹来，郭林觉得全身虚飘飘的，被那阵风吹倒在地，这一惊，真非小可。

欲知后事如何，且俟四十二回再写。

第四十二回

爱水灌情苗安排坑堑
神工运鬼斧密布机关

话说郭林被这阵风吹倒在地，不由暗吃一惊，倒把自家酒意有些惊醒了。从地上挣扎起来，想回头仍转到那桥上去看个分明。猛然见面前有灯光射出来，不由心里一喜，一转念便走近灯光所在。就见一所土筑的房子，有十来间，灯光从门缝里射出来。

郭林打算上前去敲开门来，借宿一宵，省得在喝醉酒时间，糊糊涂涂在路途中胡行乱走。才上前敲着门，即听见一个女子的声音问："是谁？"

"谁"字才问出来，接着又听一个女子的声音叫了一句："红红，这时候来敲门的人，有什么好人？"

那个女子便回道："我们这地方没有强盗，必是走路的行人迷了路，不开使不得。"说着，便听呀的一声开了门。

郭林进门，看那两个女子，年龄一个在二十向外，一个在十八九岁，在灯光下看来，都觉得艳若天仙，真个比玉能温，比花能活，心里不由略有些摇动。然在这摇动的时间，想起师父的诫言，早已按定了心猿意马，拱手向那红红说道："我是多喝了几杯酒，走错道路，只求借宿一宵，明晨一早就走，不敢在府上打搅。"

红红回眸向那二十以外的女子说道："你看这人脸上红通通的，不是喝醉酒的样子吗，姑姑怎说他不是好人？"

那女子听了,向郭林瞟了一眼,含笑点头,便引郭林到客房里去安歇。

郭林看房内的陈设倒也精致,一桌油漆台子,点着一支笔管细、三寸长的红蜡烛。床上的被褥铺得整整齐齐,好像预先知道有人来借宿似的。一时间酒意又涌上心头,倒在床上便睡,只有些睡不着。正打算要一碗醒酒汤来,只因那两个女子已出房去了,自己觉得不好意思打搅人家。不料那红红拢着头发掩着怀,送上一碗醒酒汤来说:"喝醉酒的很苦恼,吃这碗醒酒汤吧!"

郭林见红红言语柔顺,神情娇痴,暗想,这女子倒可人意,只可惜我没有这福,边想边喝着醒酒汤。谁知那醒酒汤喝下去,一颗心就加倍糊涂起来,脸上更加红得厉害。

那红红乘他欲火动炽的时候,只向他憨憨地笑。接连那年纪在二十以外的女子又到房里来了,两个眼睛不住在郭林面上打着转,叫红红回房安歇。

红红不由向她笑道:"姑姑,我的衣食饭碗被你夺去了。"一面说,一面便笑出房去。

那姑姑却不肯一拍即合,抽身也笑出房去,似乎向那红红骂一声:"小鬼头,你的春心动了。"

郭林看姑姑笑出房去,在床上辗转不宁,心里更像油一般地煎熬起来。刚合上眼,睡得不甚沉重,便见那个红红招着手,向他嘻嘻地笑。好容易挨至三更时分,方才渐渐睡熟。蓦地觉得身边有人,吐出呖呖的声音,咬着他的耳朵,低唤了几句,用手在他身上摇了几摇。

郭林兀自惊醒,疑惑是红红前来相就,这时候不由心花怒放,哪里还记得他师父的戒律,一骨碌翻身起来,就将那人双手握住,说:"红红,你来了吗?"

那桌上点着的小蜡烛,说也奇怪,直到这时还不曾熄灭。郭林在烛光下再向那人仔细一看,分明荷粉露垂,柳腰风展,几疑月宫仙子,端在人间。

那人并非红红,却是姑姑,前生的孽缘,紧拍到这种关节,只消在那片刻的时间,郭林已破犯他师父的戒律了。

直到五更鸡唱的时候,郭林忽然用手将姑姑只一推,一句冤孽没叫出口,那泪珠儿早扑簌簌地滚下来了。

姑姑问:"是什么事,哭得像泪人儿的样子?可是嫌我容貌粗蠢,配不上你吗?"

郭林自言自语地哭道:"只怪我自己痰迷心窍,师父的戒律侃侃入我耳朵,点点记我心头,怎么我做出糊涂事来?如果被我师父知道了,那还了得?"

那姑姑笑道:"痴小子,他没有跟着你,怎知你破了戒律?我就不相信方克峻就有这么大的道力。痴小子,你且安心听我向你讲几句要紧的话。我问你,你怕方克峻,还是怕他法力,还是怕他的戒律呢?如果怕他的戒律,你在方克峻门下为徒,当然要谨守他的戒律。现今你已不在方克峻的门下了,还拘守着他什么戒律?如果怕他的法力,你要明白天下会法力的甚多,不止方克峻一个,如有比方克峻法力高强的人做你护身符,传授你法力,你还怕方克峻什么来?一个人辛辛苦苦练些道法,不趁年纪未大、身体未衰的时候寻些快乐,你真是一个痴小子了。"

郭林听姑姑说完这话,心想,她是一个不出闺门的女子,怎知道我师父便是方克峻?哎呀呀,看她这个人倒很有些蹊跷,回想我晚间从桥上经过的时候,曾见一条黑影伏在桥下不动,当时并没有看清是什么。及至走过桥那边来,糊糊涂涂走上一条行不通的道路。

郭林想着晚间种种经过的情形,连带又猜想姑姑话里的意思,早估定她有些来历,但自己违犯了师父戒律了,懊悔也终须懊悔不来,只得横一横心肠,向姑姑问道:"我未尝不明白,一个人辛辛苦苦学成道法,不及时寻些快乐,倒变成了一个呆子。但我师父的戒律太尊严了,他的戒律虽然尊严,如果他的法力及不上拿戒律来处置我,我怕他什么来?如果有人做我的护身符,传播我比师父还好的法力,我又怕他什么来?究竟叫我到什么地方,再寻一个法力高强的人做我的师父呢?"

姑姑笑道:"你这几句话靠得住,就不用怕那个方克峻了。你既和我贴肉沾唇,多少总有一些缘分。但我瞧你的意思,还疑惑我非妖即怪,你几见有什么妖怪敢在你面前献神通呢?你肯随我练习道法,哪怕什么方克峻,你看这案上的一支蜡烛,直烧到这时候,还是这般长、这般细,你就该看出我不是寻常学道法的人了。你随我练习道法,看我传给你的道法是怎么样,回头再想想方克峻的道法是怎么样。若在别人,要随我学习道法,可是一件很不容易的事,你是我什么人,只要你对我说一句低头拜师的话,我们就再结一个师徒的缘分,你的意思究竟怎样?"

郭林听完这话,正应得古小说书上所言"明知不是路,事急且相随",当下便听姑姑讲了一些道法上的功夫,少不得蜜甜甜地行一个拜师的大礼。直到天明起身的时候,红红同姑姑两人将郭林送了出来,向郭林叮嘱了一番后约的话,方才握手告别。

郭林走上大路,看来分明仍是一条熟路,且没有什么丛荆棘莽阻碍前程。再回头一看,哪里有什么房屋呢,只有姑姑、红红两人,婷婷袅袅,并肩站在那大路中间,各拿着一方红手帕,迎风招展,向郭林远远扬了几扬。郭林会过她们的意思,掉转头来,当日回到家中,并不将夜间经过的情形向家中人说明。

郭林自从在衡山归来以后,也娶有妻室。但郭林看他妻子的容颜非常丑陋,多是在一座书房里独宿,积久相安,已成了习惯。自此姑姑每在更深人静的时候,必悄悄到书房来,同郭林重温旧好,并传授他一种很严厉、很恶毒的道法。郭林果觉姑姑的道法真比他师父方克峻高强,有了这道护身符,胆量越来越大了。他屡次犯戒,并不见方克峻前来惩治,更以为自己的道法又足够对付方克峻,且不怕他真个前来惩治,但表面上绝不肯轻易露出自己的本相来。他是个有法术的人,已违犯方克峻的戒律,倒少了一个拘管的人,不妨满足自己的奢望,为所欲为,每在暗中使弄着神通,将人家所积蓄的金珠搬运来家,供他的挥霍。并且这周围远近的人家多知他小时候很学得一些道法回来,虽在那干戈扰攘、盗贼纷呈的环境之中,却没有什么绿林响马。因他有这偌大的财产,看了眼红。

似这么过了两个年头,那姑姑忽然有两年没有前来。郭林每当朦朦胧胧的月夜、闪闪烁烁的星夜,心中也不免存些遐想。谁知姑姑一去竟杳如黄鹤,连魂梦间也不易相逢一面。

这时郭林的妻子已经死了,郭林鳏居了这两年,如何能打熬得住,便要使弄他的神通,物色年轻貌美的女子,供他的兽欲。觉得没有藏娇的所在,便悄悄造下了一座地室机关,什么血牢、什么美人洞。这两种机关,在寻常人造来,确是不易,郭林是个会谙法力的人,驱役一班的鬼斧神工,只不消半月工夫,已造下这样很险要、很神秘的机关。

郭林既造成这一座地室机关,仗着他的道法,在远方劫来粉白黛绿的女子,一股脑儿都藏入机关里。如果这女子扁扁伏伏地肯和郭林结不解缘,郭林便将这女子安置在美人洞里,拣好的给她吃、给她穿、给她戴,这女子却能享人所不能享的福,日久相安。郭林拣那其中最靠得住的,他的爱情自然特别同那女子来得热烈,便也传给她们一手的道法。如果有一班不识相的女子,肚子里有几句三贞九烈的道理,换心丹再也换不过她这颗心来,郭林也就对她老实不客气,将她送入血牢中处死。这种焚琴煮鹤的惨事,在郭林并不算是稀奇,他的道法越深,他的罪孽跟着越重,银钱随手花去,又随手使神通搬了进来。任凭是红楼闺秀、绣阁名姝,只要他画一道符,念几句咒语,是没有弄不到手的。几多的大人家,门不开、窗不破,竟被他搬弄得人财两空,多是寻无可寻、究无可究,连来由都不得明白。

郭林既在家中享人所不能享的福,本来无志功名。偏巧那时铜山知县庄士奇接任以来,便谕令郭林做了那地方的绅士。郭林因这姓庄的和他并无交情,又听和尚变尼姑的那桩奇案,郭林却看出这姓庄的是有些来历的人，亲自到县署中去拜谒一番。在谈话时间，悄悄试探庄士奇的口风，看庄士奇是究竟哪一路的人物，恰没有探问出什么来，也就告辞回家。夜间正在那美人洞中左拥右抱，同一班风流年少的女子在床上调情取乐，不料庄士奇忽搀着他的夫人从罗帐后面闪身出来，不由向郭林打了一个哈哈。

郭林忽见庄士奇这声哈哈打出来，心里也不禁暗吃一惊。却见庄士奇搀着的那人不是别个，正是红红。却听庄士奇、红红都向郭林点了点头笑道："好好，你倒会寻快乐，难得难得，我们同到师父那里去，和你评一评道理。"

郭林见他们这几句话，虽说得令人难受，却都堆着满脸的笑容，便在床上起身，向红红问道："姐姐，这位县大老爷是你何人？"

红红指着床上一个最妖艳的女子笑道："这位姐姐是你什么人呢？"

郭林点头笑道："然则你是一个县太太了。"

红红又指庄士奇说道："我不但是他的新夫人，还算是他的师弟呢！"

郭林道："你们是师兄弟做夫妻吗？"

庄士奇插着笑道："你不是师父的徒弟吗？你们不也是夫妻吗？"

郭林点头笑道："不错不错，原来我们是一家拢到一处来了。"

庄士奇道："我并不姓庄，是师父的大徒弟薛星符。我这夫人，是师父的二徒弟祝红红，你是师父的三徒弟。师父姓秦，现在已树立红衣的教宗，同道中人都称她老人家作红衣圣母，早已被癫头叫花请我师父到泰山山洞，做泰山开派宗祖孙旭东的护身符。洞的事务甚忙，师父没有这工夫同师弟重温旧梦，我们到师弟这里，给个信儿，须知师父还想念师弟呢！"

郭林听完这话，才恍悟师父在这两年没有前来的意思。现在师父已做泰山孙师伯的护身符，可见师父的法力不是那个姓方的所能抵抗，怪得我犯了姓方的戒律，他不前来惩治我，到底是畏怯我师父，不敢下手。

想到这里，便问薛星符道："那癞头叫花是个什么人，如何请我师父到泰山呢？"

薛星符便不慌不忙，将这其中的缘故叙说出来。

欲知后事如何，且俟四十三回再写。

第四十三回

奇女子荒山服蛇虎
老剑仙定计射豺狼

原来,癞头叫花黎绍武当初也是钟维岳的剑友,五岳名山的首领,除去钟维岳,其余如孙旭东、方克峻、黄精甫、朱子民等这一班人物,黎绍武都还认识。但钟维岳因黎绍武在这几年以来,专喜欢做那些不尴不尬的事,也曾向黎绍武极力劝导一番。

黎绍武不听钟维岳的忠告,也就罢了,反因此久谏成仇。悄悄跑到钟维岳石洞中来,看钟维岳正兀自睡在石床上,像似已经睡熟了的样子,黎绍武一时动了杀机,便从身边抽出剑来,不敢竖起身子向前走去,恐怕惊醒了钟维岳。蹲下身躯,狗也似的一步一步往前爬。爬到石床前,听钟维岳睡着打呼,不由暗暗笑道,你钟维岳一般也死在我手,看你以后再敢对着我说我的坏话?

想着,先立稳了两脚,慢慢将腰向上伸着。才伸了一半,猛见钟维岳的身子动了一动,即时觉得头额上被踢了一脚,似乎这一脚踢下来的时候,听得钟维岳喝一声:"去吧!"只踢得黎绍武向后便倒,手中的剑扑地掼在一边,就此昏昏沉沉不省人事。

也不知在昏沉中经过多少时间,猛然清醒过来,觉得自己睡在洞外一块山石上,头还有些疼痛,四肢百骸间连一点儿气力也没有,像似才害了一场大病初好似的。好容易挣扎起来,哪有这胆量再到钟维岳石洞去寻仇呢?但黎绍武近来的大毛病,就是对人恩仇不得了了,待他有些好处,他知道应该赤心报答,但不能分明怎样是好处,怎样不是好处。若对于和他稍有嫌隙的人,他也不问是非曲直,动不动要使一点儿厉害给人家看,何况今日吃了钟维岳这么大的亏,哪里泄得这胸中的恶气,就此准备走遍天涯,访求名师好友,练习道法,好报钟维岳的大仇。遇见举动形容略为诡异些的人物,他无不留心访察。

这日,刚游到关索岭地方,在一座山坡下歇脚,想起自己在外访求名师,已走遍不少的地方,恰没有访到真能敌得过钟维岳的人物。看这山形甚是险峻,想其中也必有道法高深的人出没其间。心里正在这么想着,只见一个二十来岁光艳夺目的红衣女子从前面山坳中走过来,莲步款款,像似风都吹得倒的样子。

黎绍武看了这般孱弱不中用的女子,不由倒抽了一口冷气,暗暗弹着眼泪。却又怕那女子看见自己一颗癞痢头、一身肮脏的衣服,连忙扯着衣服,蒙住了头脸。

忽听得那女子的声音说道:"这山上的毒蛇猛兽甚多,你这臭叫花,兀自跑到这里哭泣,是因一班毒蛇猛兽看你这颗癞痢头有些发呕,不要将你吃下肚子去的?"

黎绍武被女子这话提醒了,即放下衣服,打量了女子两眼,把眼泪揩了揩说道:"我生得这颗癞痢头,不怕毒蛇猛兽,小姐凭什么兀自敢在山上行走呢?"

那女子听了笑道:"你这人倒也有些眼力,你我相见也很不易,你问我凭什么敢在山上行走,好在今日闲着无事,我就凭这个做出一些来给你看,你不要笑话我敌不得钟维岳。"

黎绍武听她说出"钟维岳"三字,心里不由愕了一愕,猛听得那女子佯咳了一声,就在这一声佯咳出来的时候,那女子忽然盘膝坐在山石上,好像默念着什么似的。黎绍武坐在旁边,偶然向山前面两边望了望,只见成千累万的毒蛇,好像从各处山洞中游出,东一处,西一群,纠合着十来起,向这山坡下游来,大的在前,小的在后,纵横牵连,约占了许多面积,左右前后也不知有多少,竟同出洞的蚂蚁相似。有十来条最大的白蛇,约有十丈多长,身子粗得同柳扁一样,直游到面前来,昂着蛇头,像似要吃人的样子。

黎绍武不由吃了一惊,谁知那十来条大蛇并不是前来吃人的,昂着蛇头都像对这女子点了几点,接连后面有许多的蛇,五颜六色,式样不同,也有比这大蛇略小些的,也有丈许长吊桶粗的,至少也有七八尺长茶杯粗的蛇,算是极小的了,都昂着蛇头向女子点了几点,一般地也像叩头礼拜。

黎绍武不由把舌头伸了伸,再看那女子,两眼已睁开了,口里不知说了些什么,但声音甚是低微。那十来条大蛇好像已听得了似的,回身向后面的蛇,把蛇甩子掠了掠,好像操场上演着大操,教练官叫了一声向后转的模样,那纵横牵连的毒蛇一齐回过身来,被这十来条大蛇押着,头也不回,三五成群,各自分头散去。

黎绍武看见这种形状,顿时笑逐颜开,简直把这女子看作天神相似,向女子恭维了好些拍马屁的话。

那女子且不答他,向着山空虎啸了一声,就在这一声啸出来的时候,只听呼啦啦一阵阵腥风陡起,登时山上的砂石飞旋,那半山间的树木被腥风吼得像潮水一般,座下的石块好像都被这风震得摇战起来。狂风刮得这样起劲,若在平常人,两眼便不能睁开。

黎绍武在两眼上也做了好几年功夫,任凭沙尘飞扬起来,黎绍武眼睛瞬也不瞬。只见山那边十数只猛虎出来,直到半山间,便连成一队,迎面向山坡下扑来。那在前一只吊睛披发猛虎,白额上像似写着一"王"字,扑到那女子面前,突然仰面一声大吼,如同半空间起了一声霹雳。

黎绍武这时胸有成竹,料知猛虎不是前来伤人的。果然那只吊睛披发猛虎吼了一声,弹着蛇矛般的尾巴,两前腿在山石上一伏,向女子跪下来。在前的虎既向女子跪拜,在后的虎也都弹着尾巴跪拜下去。那般凶顽恶毒的样子,一些也没有了。

女子向那一群虎点点头,就由那只吊睛披发的虎领着后面十来只虎,继续在女子面前,或用舌舐女子的手,或用鼻嗅女子的脚,做出非常亲爱的样子。

那女子或摸着那只虎的牙齿,或抚着这只虎的颈项,像似多年不曾会面的骨肉至亲,一朝聚首,心里喜得说不出来的高兴一般,把个黎绍武直佩服得也要倒身跪拜在女子的石榴裙下。

人与虎亲昵了一会儿,那女子才慢条斯理地站起身来说道:"好了,你们且各归你们的洞府吧!"

那十数只猛虎片刻也不迟延,翻身向山上一步一步地慢慢走。有时不约而同回头向女子望了望,仍向前走着,像有些依依不舍的意思。

黎绍武看得出了一会儿神,渐渐那十来只虎都去得不见踪迹了,便不由向那女子叩头,问是什么道理。

女子忙拉起黎绍武道:"没有什么道理,你有话只管向我说,我还有事要去,叩头不敢当。"

黎绍武笑道:"我好容易才找着你这么一个好师父,无论有什么事,也不能撇了我就去。"

那女子也笑道:"使不得,使不得,你的年纪比我大,我不能做你的师父。你既诚心想学道法,日后有缘,我可帮你送给你一点儿,但你学道法自是学道法,你想学成道法,报复钟维岳的仇,我劝你不用吃这辛苦了。"

黎绍武道:"女法师怎知我和钟维岳有仇,劝我不用吃这辛苦呢?"

女子笑道:"连我也不明白,怎么知道你和钟维岳有仇?不过我见了你,你心中的事、眼中的泪、意中的人,就同你亲口告诉我的一样。你要报复钟维岳的仇,休说你这时不是他的对手,便练到我这样的功夫,也未必能报他的仇。凭你这样根基,你就练一辈子,也不望有报复钟维岳的时候。"

黎绍武听女子这样说,不由流下泪来,说:"难道就永远没有方法报仇吗？"

女子道："我何尝说没有方法？不过凭你一个人，是报不了钟维岳的大仇。幸亏你在六年后遇见我的，若在六年以前，就没有方法替你想出报复钟维岳的仇了。"

黎绍武破涕问道："是什么方法？请女法师快些说出来吧！"

女子道："凭钟维岳一个人，他若犯了罪律，你有我这道法，便可前去给你报仇。毋为他的道友甚多，又不犯罪律，哪怕我的法力再大些，也不能替你寻仇，便寻着了也没有用处。"

黎绍武听了不懂，又问女子："这是什么话？"

女子道："学习道法的人，不犯罪律，自有鬼神拥护他，并且他师父、师兄、师弟，随时随地都可帮他的忙，解救他的性命。他一犯了罪，有我前去下他的手，鬼神便不能拥护他。他的师兄、师弟再多些，帮他的忙也无用。"

黎绍武道："钟维岳是执掌戒律的人，如何肯犯罪呢？"

女子道："他不犯罪，如果他的徒弟犯了罪，罪在师父。譬如人家子弟犯了罪，罪在家长，这意思你可明白？"

黎绍武又问道："法师怎说在六年后有方法可想，在六年前便不容易对付钟维岳呢？"

女子道："六年前我的道力及不上钟维岳，还有一个缘故，钟维岳虽犯了罪，我没有这权柄去处置他，不能说是给你私人报仇，要找钟维岳为难。钟维岳现在不是同泰山派孙旭东有了嫌怨吗？在六年以前，孙旭东仍做泰山的开派宗祖，和钟维岳没有深仇，可是现在的一个孙旭东，已不是六年前的一个孙旭东了，表面上虽不敢和钟维岳为难，心里却衔恨钟维岳入骨。如果钟维岳在这时犯了罪，有孙旭东到我面前出首，那么钟维岳就死定了。"

黎绍武听了笑道："女法师的话真要把人肚肠子都说穿了，孙旭东在这近两年来，果然有衔恨钟维岳的心肠，不过我看他的道法终敌不过钟维岳，所以没到泰山石洞和他商量报仇的事。女法师肯同我到泰山石洞，由我介绍，和孙旭东在一起做事，未明白女法师的意思以为怎样？"

那女子含笑点头，便一齐向泰山而来。刚到得泰山，黎绍武忽然想起一句话来，暗暗叫了声惭愧，便向女子笑道："我这人真是糊糊涂涂，直到这时候，还没向女法师请教法名呢！"

女子道："我姓秦，首创这红衣教宗，同道都称我红衣圣母便是。"

黎绍武点了点头，就此同红衣圣母一齐到泰山石洞中来，便在孙旭东面前，替红衣圣母鼎力吹嘘。论孙旭东的意思，本不敢违叛师门，无如孙旭东那些徒弟，众口一词，要求孙旭东请红衣圣母帮一帮忙，一般地也在泰山自大为王，仍做泰山开派宗祖。孙旭东一时感动了心，将红衣圣母留在洞府。

红衣圣母入洞以来，把她的教徒多半带入洞中，便又传给癞头叫花的一种道法，叫他自己苦心练习，却将泰山石洞的机关重行建造一番。她的行径虽然神秘，尚不好意思公然在泰山石洞当作孙旭东面前，干出许多歹事来。孙旭东看红衣圣母的道法大得骇人，虽未尝公然走入了红衣教门，但将她也当作师父一般看待，好仗着她坐一把泰山椅子，这便是黎绍武请红衣圣母到泰山石洞的一段故事。

薛星符当夜把这件事说给郭林听了，郭林不由喜得心花怒放，又同薛星符夫妻倾谈了好久工夫，大家才拱手告别。从此薛星符时常到郭林地室中来，郭林因星符是他的大师兄，凡事总得让他几分，准许他在美人洞中平分风月，益发同星符两人专去蛊惑少年貌美的女子，弄到洞中来调情取乐。

郭林造下这弥天的罪孽，早已不把方克峻记在心里。至于衡山的戒律，更看得狗屁不值。也该事有凑巧，这番方克峻出洞闲游，偶然游到广东苍梧，听得那地方发生了许多离奇盗案，多半门不开户不破地被强盗劫去了金珠财物，甚至有平时不出闺门的千金少女,被强盗劫得无影无踪。至于这强盗是个什么模样的人,如何劫去金珠、美女,人家也不知什么缘故,都各人埋怨各人的家门不幸,才遇到这种飞来的祸。

方克峻听到这样消息,还疑惑是泰山派人干的把戏。及至闭目凝神地算了一会儿,才知是自己的徒弟郭林干出来的。徒弟造下弥天的罪律,将来桐叶老祖宗怪罪下来,方克峻哪里还担当得起这种大不了的罪过,便到铜山,想将郭林拘回惩办,谁知反被薛星符、郭林杀得退避三舍,不敢回头。还是郭林看在往日的师徒分上,才让着方克峻自去。

于今方克峻却对钟维岳师徒说明这种大不了的缘故,钟维岳忽向方克峻说了几句,叫方克峻回去把那东西拿来。

欲知后事如何,且俟四十四回再写。

第四十四回

水电凌空剑仙施法力
风云变幻奇侠显神通

话说钟维岳向方克峻低声说了几句，叫方克峻把那东西拿来。方克峻听他的话，方才喜上眉梢，便回衡山去取那东西了。

钟维岳看方克峻去后，已是三更三点的时候了，忽向金石胆讶道："到这会子怎么朱师叔还未前来？"口里这么说着，心里那么轮算着，又不由哈哈笑道："原来你朱师叔已同铁娘到此地来了，我师徒和老方谈了好些工夫，还没有知觉呢！"

石胆也现出很领悟的神态说："师父，朱师父干朱师叔的事，我们师徒干我们师徒的事，一同去会一会那两个孽障吧！"

钟维岳又笑道："好好，这会儿我带你前来，你的事情已干完了，本不用你帮助我们几个老头子动手。但我相信你的福力大得骇人，铁娘的福力却也不小，有你们师姊弟夹在我们几个老头子一起，我们仗着你师姊弟的威福，哪怕那两个孽障法力再高强些，也不能伤害我们分毫，我们就此一同去吧！"

刚说完这话，师徒两人都凌空飞有十来丈高，直飞落村中最后一间屋顶上面。恰听得背后有人低声唤一句："师父！"

钟维岳、石胆都听得是铁娘的声音，正要同她低声问话，猛听得下面丝瓜架下一声长啸，这一声啸出口，便见厅内并肩走出两个人来，高声喝道："是什么朋友隐在那里？是好汉看上了我，要躲避也躲避不来，请出面会一会不妨……"

话犹未毕，早见一条黑影凭空飞跃有十来丈高，站在空间文风不动，好像空间有什么东西托住他身体似的。

钟维岳早看清空间是站的朱子民了，说时迟，那时快，朱子民刚站在空间，便听下面喝了几声："哪里走！"即时有两道长蛇似的红光、两道金链似的金光直冲向朱子民身上射来。

钟维岳也喝一声："来得好！"便用手在两耳窍上一拍，身子跟着凌空，接连铁娘、石胆也照着钟维岳的模样画了一个依样葫芦，同时半空中六道金黄的剑光截住那下面的两道金光，又现出漆一般黑的两道剑光，截住下面两道红光。左右上下，游斗了一会儿，那两道金光碰到那六道金黄色的剑光，如同响马遇见捕头的样子，公私对杀，都不肯相让分毫。那两道红光碰到那两道黑光，也同仇人遇见对头星一般，真个不是你死，便是我活，不是鱼死，便是网破，如何便开交得来？

接触了好一会儿工夫，钟维岳看那两道红光有些敌不过两道黑光的样子，早听得郭林的声音说一声："好！你够得上做嵩岳派的领袖，不要猖狂，你看我的厉害吧！"话才说完，陡见那两道红光渐渐逼小，顷刻间忽又膨胀开来。陡觉火气逼人，烟焰弥空，同时那下面的两道金光也变成了两道红光，火气烟焰更比那两道红光来得骇人。

忽然上面的两道黑光不见了，接着下面又添加了十来道红光，团团地围着钟维岳师徒六道金黄色的剑光抵触。钟维岳觉得下面无数的红光紧逼前来，那红光中的火焰甚强，剑功练到钟维岳师徒那样地步，本来入水不寒，入火不热。谁知下面的许多红光直冲在钟维岳师徒六道金黄的剑光上焚烧，虽然那六道金光和那十来道红光接触起来，还可以勉强招架，只是钟维岳师徒都因那许多红光中火焰甚强，各人身上都觉出了一身的热汗。

这时候，陡听得天空隐隐响了几个雷，这雷声似在水云里响出来的。钟维岳师徒听得这种雷声，便知是朱子民使的道法。这几个水雷从头顶上响过去，钟维岳师徒都不由抖擞精神，那六道金黄色的剑光在那许多的红光中间穿审摇闪。他们师徒三人额头上的汗珠都直流下来,霎时间便觉得彤云密布,星月无光,那许多的红光和六道金黄色的剑光闪闪烁烁,如走龙游蛇。

猛然电光一闪,跟着又响了几声水雷,天上便洒了几点毛毛的雨。接着那雨点益发洒得大了,只见那许多的红光多半被雨点洒得熄了,只有四道红光仍接触着那六道金黄色的剑光不放,稳重的时候,比泰山还稳重,轻捷的时候,比飞燕还轻捷。

忽觉那雨点洒在四道红光上,登时蒸出一股热气出来,满空间的热气直往上冲着。那六道金黄色的剑光在空间乱穿乱动,仿佛被热气蒸得难受似的。钟维岳师徒都觉得无怪郭家村的火运正隆,原来他们是练着火行功的法术。看天上的雨点竟密麻似的降下来了,谁知那雨越下得大,那四道红光越蒸热得厉害。铁娘、石胆像很着慌的样子,便是钟维岳,也想不到红衣圣母门下的两个孽障练就道法上一种火行功,竟练得这样厉害。

恰好在这当儿,天上电光、空间剑光,正在摇闪得热闹,陡然有一道白光,比电还快,直由西方而来。接着觉有一阵金风,凉袭衣襟,那四道红光便退缩几寸,热气也减低几寸。钟维岳师徒的六道金光不敢逼近,仍在那空间招摇飘荡。

停了一小时工夫,那热气又蒸腾上来,那四道红光尚未向上逼近,借着金光、红光,看见地下没有什么水迹,那热气就渐渐发出,越蒸越高。

又停有一小时工夫,忽然村四围风声大作,看天上已现出曙光来,霎时风行雨势,雨仗风威,那四道红光同时都紧退下去,被风雨逼住,伸也不得,缩也不得。

钟维岳师徒见这光景,也就趁势把剑光紧逼下去,说也奇怪,那六道剑光向那红光紧逼着,仍觉有些热气烫得难受似的。钟维岳恐长此接触下去,坏了自己的剑功,也就收了剑光。铁娘、石胆看他师父收回剑光,自然也把剑光收回了。

钟维岳师徒才收回了剑光,那风声越发刮得厉害,一阵阵大雨夹着一阵阵冰雹,淅淅沥沥,围着郭家村四面地方,倾盆般地下个不住。约下有一个时辰,在这一个时辰中间,天上的风声、雷声,空间的电光、闪光,鼓动得十分起劲。看郭家村外没有点滴雨水,那雨水只在村中四围下个不住,村中的波浪平地有三尺多高,就同村四围都隔着水坝一般。但在房屋以内的地方,好像仍没有什么水迹。那四道红光却也仍在离地一丈多高的地方,任凭风雨怎样狂烈,却动也不曾一动。

偏巧在这时候,石胆、铁娘忽然不见他的师父钟维岳,正在仓皇失措,便见钟维岳拿一把弓、一支剑上来,向石胆说道:"你快些张弓搭箭,向这两个孽障射去。"

石胆认得这把弓,便是当初射圆洞寺莲谛一把弓,明知他师父催他方师叔把那东西取来,就是跟着他方师叔回衡山去,拿的这一把弓,好给自己射了这两个孽障,仍交他方师叔带回收藏,便毫无疑惑,将那把弓从他师父手里取过来。

钟维岳道:"且慢,你只射坏他们四只火眼,不要伤他们性命。须知这些东西,要我拘回嵩山石洞,等待五年后,听桐叶老祖宗的法旨处死。"

石胆点点头,取弓在手,把箭扣上了弓弦,只将弓弦虚响了几下,心里注意要射坏这两个孽障四只眼睛。

说也奇怪,那薛星符、郭林听得那弓弦虚响的声音,都借用缩身法,把身子缩作像初出娘胎的小孩子一样,正想借土遁逃走,哪里还来得及呢?只觉他们的四只眼睛都瞎了眼珠,像被很锋芒的箭射得爆裂出来。其实石胆的箭还未离弦。

薛星符、郭林的眼睛一瞎,那四道红光招摇了几下,都不见了。原来他们这种火行功,是由眼窝中发泄出来,眼窝一伤,火行功也就跟着损坏。

石胆遂将弓箭仍交给他师父的手中,却看他师父收好弓箭,已从怀里抱出两个小孩子来,说:"这两个薛障道法已坏,你尽管同怀里那只白玉兔带回嵩山,须和铁娘一齐回去。"

石胆、铁娘都应一声"是"。那两个孩子自然由石胆掩藏在身,就此同铁娘回山洞去。

刚飞出村外,回头看村四围的水势已平,不像似在先那种雨猛风狂、波翻水立的样子。我且按着他们慢表。

单说钟维岳自从石胆、铁娘去后,即听得朱子民、黄精甫的声音,各在空间叫一声:"大师兄,我们的事都干完了。祁法师已被你四弟带至岳麓山洞,这次水漫郭家村,你四师弟的风力、五师弟的水力,帮助大师兄已经大功告成。所有别项事端,请大师兄在此再辛苦一些吧!"

钟维岳答一声"好"。精甫、子民同时分道扬镳,各回山洞。霎时间,风也停了,雨也止了,钟维岳又将弓箭向空间一掷说:"方师弟,你拿回石洞收藏吧!你那大不了的事,将来也有了时候了。"

即见方克峻接着弓箭在手,打了一个哈哈,眨眼间便悄没声影了。钟维岳这才从空间飞落下来,如入无人之境,向地上一看,只见东横一路死尸,西堆几个人头。钟维岳看这纷纷男女首级,知道不是被水淹死的,因为水浪都围立村四面间,庭间只像下了半寸雨的样子,还是那村四围的水浪崩裂开来,流到这里来的。但这许多尸体既不是被水淹死,便估量到是被自家师徒的剑功伤害。却在同那四道红光接触的当儿,也发现十来道略小些的红光,后来那十来道红光被雨泼得陡然不见,拢共没有听得咔嚓的声响,被自家师徒们用剑功伤害的话,又有些靠不住。但钟维岳究竟想不出可以靠得住的道理来,正要运用纯洁的道力来推测,忽觉背后有人仿佛扯着他的衣角。接着又听有人高叫了一声:"钟维岳,你好大的胆量!"

钟维岳陡听这一声叫出来,心中暗暗纳罕,忙回头一看,原来扯着他衣角的是龚式阳,高叫着他名字的是龚伯阳,不由喜得五脏神都要笑出来。

伯阳、式阳都齐声说道:"道兄不用惊慌,快救出血牢中人要紧,我兄弟有话向道兄说。"

钟维岳问血牢在什么地方,伯阳、式阳随手指示一个地方。

钟维岳口里不知念动些什么,把袍袖向那地方上面展了一展,说也奇怪,就在这袍袖一展的时候,刁珠珠、祁凤姐在那血牢中已是昏昏沉沉的,土石若无阻碍,被他卷入袍袖中去了。这种袖内乾坤的妙用,在他们道法高深的人,并算不得什么稀罕的事。

钟维岳当向伯阳、式阳笑道:"两仙长有什么话向我说呢?"

伯阳道:"没有什么要紧的话,我问道兄,这许多尸级,是被谁杀死的呢?"

钟维岳仿佛思索了一会儿道:"我明白了,这都由两位仙长动手,伤害他们的,未免玉石俱焚,此行我们都得增加一分杀业了。"

式阳道:"然则道兄还未明白,这郭家村的男女,早和郭林秘密为奸,都得被我们宰杀,所有几个小伙计,以及那美人洞里其他可怜的女子,已被愚兄弟尽半夜的工夫,运送他们逃生的逃生,回籍的回籍。只有血牢中两个女子,愚兄弟却不欲冒昧贪功,不敢擅专道兄们的功业,据为己有,以逆天行事。不然,道兄们所干的事,难道我就不能帮助道兄们干一回的。"说到这里,伯阳、式阳都向钟维岳拱了拱手,早去得不见踪迹了。

钟维岳知道他们一班的闲云野鹤,举止迥不犹人,行径也十分古怪,不禁嗟叹了一会儿,遂回归嵩山石洞中去。

打从钟维岳去后,铜山县的人民,因见郭家村这种风雷水火的怪变,并同庄士奇夫妇陡然失踪的事,一班人都传为千古未有的怪异,因为这些事与《五岳剑仙传》书中没有多大的关系,也就无须不惮辞烦,去写这些没有相干的闲情琐事。

且说钟维岳回至嵩山石洞,刚走到石胆丹房外面,见那铁槛里放着一口缸,缸口用牛皮蒙着,四面都粘着好些符箓,知道薛星符、祝红红、郭林这三个人妖都已拘押里面,遂走进丹房中来。

这时,祁光、石胆坐在石床上闲话,见钟维岳回来,都起身相迎。

祁光劈口向钟维岳流泪问道:"道兄已回来了,怎么我那小女没有见她回来呢?"

欲知后事如何,且俟四十五回再写。

第四十五回

滴天髓深山谈大道
入虎穴窄路遇冤家

话说祁光向钟维岳流泪问道:"道兄已回来了,怎么我那女儿没有回来呢?"

钟维岳道:"祁法师且在这里坐一坐,凤姐已无恙回来,停会儿我引法师去见一见她。我还有几句话,须得嘱咐我二徒弟,回来再同祁法师畅谈吧!"

祁光听说凤姐已无恙回来,心里像似一块石头落下来,看钟维岳走出房中。不一会儿,已见他笑容满面地回到丹房里来,却不待祁光开口钟维岳先向他笑了笑道:"祁法师,你真好侥幸也,想不到还是我黄师弟前去救了你的性命。"

祁光也笑了笑说:"道兄先领我去见一见凤姐,那过去的缘故,我不说明,大略也完全觉悟了。"

钟维岳道:"停一会儿,我自然引着法师去见凤姐,但法师说过去的缘故我已完全觉悟,这句话谈何容易?"

祁光道:"我不信得道兄那么大的道力,不能觉悟。"

钟维岳道:"自家人,用不着讲客气,你的事我只能知其名,而竟不能觉悟出个所以然来。这种觉悟的范围,极复杂、极微细,譬如法师的八卦神算,专推八卦的数理,未尝没有知己之明。你我是多年的老朋友,当面锣,对面鼓,说几句推心置腹的话,不过这种觉悟,只算得知其一不知其十,知其小不知其大了。能凭道力上的觉悟,其中也大有区别。就如明镜照人,清水观鱼一般，镜子大家都承认是一把镜子，但是大小不一，有极大的镜子，还有极小的镜子。说来都是一面镜子，大小能分数十百等，镜子本是一把明镜，但为气禀所拘，灰垢所蔽，亦有时而昏，内中既有明有昏，当然也有极明的镜子、极昏的镜子，有时明时昏的镜子，明昏也分数十百等，镜子极大极明，如日月所照，在这日月普照之下，自然万物间无论极复杂、极微细，无不照彻分明，然而亦有未经日月所照的地方，如墙阴户穴等处皆是，镜渐涉则照彻的地方随之而小，一昏则无论大小，俱不能明如镜见。清水里看东西，也是这一般的道理，我这一点儿道力，虽比不得极小极昏的镜子，然不能算是极大极明的镜子。一悟全觉的话，谈何容易？石胆在此，我岂打着诳语？我曾对祁老法师说过这一类话，老法师都是一百个不相信。如今是由我师父亲口说出来了，老法师已将在郭家失陷被救的情形完全告诉了我，不妨照着老法师告诉我的话，向我师父明说出来。"

祁光听了，才相信以钟维岳这么的勤修静悟，对于过去的各种事实，尚有时知其然而不能知其所以然，可见道力上的进展，比法力上的进展加倍还难，同是一样修炼的时间，法力上的进展以尺，道力上的进展只在方寸之间。钟维岳对于我的经过情形，尚未能完全了了，趁在他未领我去见凤姐的时候，当然要照着石胆的话，告诉他一个一明二白。想到其间，便将在郭家村失陷遇救的种种经过情形，向钟维岳仔细说了出来。

原是和钟维岳分别到铜山郭家村的时候，在钟维岳那时的意思，以为祁光是炼修法力的专家，对于水火风雷的种种法术，当然习者能加乎巧者之门。谁知祁光到了铜山，刚行到郭家距离三里的地方，月光下便见一个火工道人模样的人，在前路向祁光迎面走着。原是低头着只顾走的，看祁光要人他旁边直走过去，那道人忽然将祁光的手一把拉住，抬头向祁光看了看，祁光觉得他那一手手势非常厉害，他的两只眼睛，在月下看去，睁开来便觉神目如电，威焰逼人。

祁光不禁暗吃一惊，心忖，他哪里是一个火工道人，分明是大本领人，装得这种样子。

那火工道人当向祁光笑道："祁法师，你认得我吗？"

祁光仔细向他打量了几眼，仿佛像在什么地方会见过的，一时却现出想不起来的样子。

那火工道人道："兄弟姓彭，名法海，那时老法师开设厂局取徒，实至名归，到老法师那里求教拜访的人远近地方都有，正应得我们本行的话：'千个游人，认得那个道工，一个道士，认不清千个游人。'兄弟到法师厂里求教，同时在法师处的约有好几百人，老法师的应酬太忙，却轮不到同兄弟有谈话的机会。兄弟也不屑和这些拜访的人争先恐后，奉承着法师说话，所以兄弟在那里住了几天，回到凤阳山虮蜡庙中，遇见龚伯阳、龚式阳两仙长，却很学得一些道法。"

祁光听他说出伯阳、式阳二人来，暗想，这人委实在我那里住过，我一时想不出他，既是龚伯阳、龚工阳门下的人，总算是正路人物，且他的相貌，浊中露清，没有半点儿邪气，我何妨请他帮我一臂之力，同到郭家村去，救一救我那凤姐呢？

祁光刚想到这里，那彭法海已向他问道："法师这时向哪里去？"

祁光道："我到郭家村去……"

法海不待祁光说完这话，现出很注意的样子说道："法师打算到郭家村去，能干什么呢？"

祁光只得对法海说出实话，并求法海帮他前去。

法海摇头道："杯水泼不了车薪之火，无怪两仙长说钟维岳算得过去的事一明如镜，若是未来的事，有时也不得明白了。祁法师，这种话我本不便对你说，说得不好听，反使你见怪我。但我看祁法师够得上是个朋友，使我不能不说。法师此去，我说杯水泼不了车薪之火，那些话还算对法师说得太恭维、太客气了，你此去简直就算是飞蛾投火自招灾。我劝你仍回到嵩山石洞，坐等好消息好了。"

祁光虽听出法海是说的几句好话,心里却不把他的好话当是说得不错,不由向法海垂泪说道:"这却使不得,不是我不听彭君的话,但是我此时心中的难过,仿佛亲眼瞧见小女在郭家村哭泣,我恨不能在今夜去救她出来,其余祸福,也就不暇顾及了。彭君既不欲帮我,就得放我前去闯一闯吧!"

法海道:"我何尝是不欲帮你,只是不能帮你,便是伯阳、式阳两仙长在此,也不能直接帮你吧!你这颗心已来到令爱的身旁,我若是勉强劝止你,你心也不安。我不能过分地逆天行事,好在你此去就有什么风险,当然有人来解救你,你去吧!"法海说完这话,把手一松去了。

再说祁光心急如火,巴不得立刻在郭家村救出凤姐来,也不管彭法海到什么地方去。到得郭家村外,看见村中的火运正隆,虽然在夜深更静的时候,若在寻常人江湖上望气的术士,看不出什么,但祁光一眼看去,就看出那火焰足有一丈多高,才想到法海所说杯水泼不了车薪之火的话,果然不错。若仍用水电风雷的法力和他硬来,不但于事无益,反要又吃他的眼前亏,不如变换了一个计较,飞过河去,悄悄在暗中侦探一番,相机行事,一般能救出了凤姐,也未可知。心里如此一想,早已飞过河来,两脚还未着地,便见树荫下蹿上一个人来,说:"师父的算法真不错,果然是来了。祁法师,我师父在厅上等你老人家呢!"

祁光听他这没头没脑的话,心里不由一愣,事情到这一步,胆小是没有用处的,那东西已知道我来了,我要想在今夜侦探出凤姐在什么地方,恐怕是办不到。不若直接去会一会那东西,定法不是法,临时再作计较便了。

祁光一想到这里,胆量就愈加大了,便向那人问道:"你师父是何人,等我有甚话说?我就去会一会你的师父。"

那人道:"你不是祁老法师吗?敝家师姓郭,单名一个林字,他说有话同老法师商量,吩咐我在这里等着,请老法师便去,会一会我师父就明白了。"说着，便领着祁光进了大门。

忽从里面走出三十上下的健男子来，现出十分诚恳的样子，向祁光笑道："晚辈早知老法师驾到，转令小徒迎迓，法师绝不用见疑，令郎和晚辈是师兄弟，哪有轻易残害老法师的道理？请老法师到里面去，见一见令爱要紧。"

祁光听罢，一颗心禁不住直跳起来，也不对那男子说什么，随他走到厅上，便问："凤姐在哪里，在哪里？"

那人道："在这里，在这里。"

哪知凤姐在这时候，其罪已非人所受了，后来遇着刁珠珠，救了她的性命。凤姐因为那些话害着羞，含糊不肯直说，只得对珠珠用话支吾过去。其实凤姐究竟被郭林怎样带到这地方来，一则凤姐本是昏昏沉沉的，自己也无从明白，再则后来郭林已死，这些话没有线索可寻，所以在下也用不着去替他们编谎，只是凤姐在郭家村所受的磨蝎已属新明胶着，在下当然在后文有一个交代。

于今且说祁光见那健男子用手向西房里一指，说着"在这里，在这里"。祁光便不怠慢，走进西房一看，那房里的陈设简直像个神仙洞，凤姐正坐在床沿上面，泪眼慵抬，愁眉不展，好像一些本领也没有了。旁边有一个粉白黛绿的女子，在那里劝着她说："妹妹，我劝你看穿了一些吧！"

祁光进房门，眼里便见到凤姐，耳朵里又听那个女子正对凤姐劝说这一句话，一颗心几乎急得跳出来，揩着眼泪问道："凤儿，你是怎么样了？"一面说，一面便向凤姐身边扑去。

作怪，祁光分明看见凤姐坐在那里，只是房中间如同隔了一层很坚硬的墙壁，可望而不可即。凤姐也似乎眼里没有见到她父亲到来，耳朵里没有听到她父亲说话，仍在那里流着眼泪。

祁光的法力本来不小，哪怕是什么铜墙铁壁，祁光要一头撞进去，墙壁都无所障碍，何况实在没有墙壁在中间隔着呢？他还打算是一种幻术，便横了横心，猛然一头向房中间那边冲去。谁知没有冲进分毫，反把头上冲起个老大的疙瘩来，不由急得双脚齐跳。

即听背后那健男子的声音笑道："祁法师，你有话尽管到厅上来商量商量，是急不出道理来的。"

祁光又跳转身来骂道："你们这些浑蛋，老子同你今日无冤，往日无仇，你为什么把凤姐弄到这里来？专凭你们讲道理是讲不来的。"一面说，一面早挥起老拳，向那健男子兜心打去。

眨眼间，那健男子不见了，似乎听得有人在暗中低声喝道："你不要糊涂，敢跑向这里猖獗，想劫去你的女儿，你打算你女儿是我什么人呢？你若知女儿有了个好女婿，应该欢天喜地，才是做丈人的本色。我几见你这个粗牛般丈人，反要打起媒人来了？我做你的女婿，哪里就辱没了你呢？"

祁光听他说话的声音变了，并不是郭林的声音，似乎这声音距离很近，听来却又不像在眼前一样。一时没有摆布，早气得哭起来。只得在旁喝问道："你是什么东西，究竟和我有多大的深仇，要想丢我祖宗三代的面子？"

接着暗中又听得有人回道："我的姓名，你日后自然知道，我是个人，并不是什么东西，我与你家没有冤仇，你的儿子是我的师弟，师弟的妹子匹配师兄，亲上加亲，加倍要添一番热闹。你这女儿，本和我有夫妻缘分，我是想同你女儿了这未了的缘，只因你女儿性格不好，不能成亲。你是识时务的，就得玉成我们的好事，赶快劝你女儿顺从了我，什么话都收拾起来。万一你执迷不悟，你要知有人既到我们这地方来，我们的秘密被他已知道了，还想带着活命回去，无论是谁，也休做这梦想。"

祁光听完这话，极力且按住心头之火，回道："我听你的话，你赶快让我去，向我女儿劝说一番。"

那人又在暗中笑了笑道："你真是帮梦啊！想我放你走过这房中间一步吗？这房中间虽没有隔着铜墙铁壁，却要比铜墙铁壁还坚硬些。"

说至此，似乎又惊讶了一声道："姓郭的，你这是做什么？你还是同我师兄弟，比外人都不如，竟敢乘我同老丈人说话的时候，偷来开我夫人的玩笑。你太不正经，怎么就闹到未成婚的师嫂一边去了？"

祁光听他这话，回头一看，不禁气得三尸神暴跳起来。

欲知后事如何，且俟四十六回再写。

第四十六回

青龙吐烟雾惨被鸿罹
古树锁英雄几膏虎口

话说祁光回头一看,见那郭林站在凤姐面前,做出种种嬉皮涎脸的样子。凤姐似乎指着郭林,口里不住地骂着,但听不见是骂些什么。祁光也不明白凤姐竟没有丝毫的法力,好像拳脚都不能施展分毫,仿佛凤姐越骂得凶,那郭林越在她的面前揶揄得厉害。

祁光一看到这般情状,头上早光起火来。再听暗中也没有说话人的声响了,便运足了剑功,从耳中射出两道纯青的剑光来,向郭林面前射去。只听得当啷一声响,觉得那剑光被什么东西逼得退了回来。再看房中间分明如隔着一层玻璃窗,那玻璃上粘着一道长不盈寸的朱符,才恍悟这房中间,像似比铜墙铁壁还坚硬的东西遮隔得不能冲进房中间那边一步。

这时,剑光也被那玻璃逼得退了回来,从玻璃窗这边,看见窗那边凤姐同女子都不见了,便是郭林,也不知他是闪到什么地方去。再看哪里有什么玻璃窗呢,房中间仍没有什么东西遮拦,一脚便冲进去,觉得是虚若无物,在床帐前后左右的地方寻了一会儿,并没有寻到什么。

祁光心想,郭林一班浑蛋,不但听说他们练成了旁门中一种最厉害、最恶毒的法力,单就这种幻术的成绩,看来还比自家更饶进一步,自家的幻术作用,譬如要幻成一层玻璃,在一般人眼中看来,大半是有一层玻璃,如有意志坚强的人,硬认定这玻璃并不是什么玻璃,却是幻术,一头便冲了过去,其实却没有什么东西阻拦。他们的幻术,不但能凭空幻成一层玻璃,简直连什么都看不见,就同隔了一层很坚硬的东西一般。那边人说话的声音,这边人却听不见,他们这幻术不更胜人一筹吗?但我女儿已陷落到他们手中了,看他们这种无礼的举动,不知我女儿那般柔碎的心灵,觉得怎样的惨痛呢!

祁光想到这里,如同一把刀子刺一刺心,一时又看不见凤姐和仇人的踪迹,一颗心仿佛已被刺碎了。这房中空无一人,还在这里寻些什么?正要回身走出房外,看见房门有一条长不满寸的青龙,从外面拿攫而来,转瞬间这青龙便有一丈多长,从龙口里吐出一股青气,向祁光头上喷来。

祁光不由失声叫一声:"哎呀!"两眼似被很浓厚的烟雾遮盖得看不出什么来,浑身觉得被那青龙缠绕着。用手摸那巉巉的龙鳞,像刀一般锋利,估量那龙的身体愈加大了。待要用手指抓破了龙鳞,谁知不抓着龙鳞犹可,手指才使劲向龙鳞抓去,那青龙登时缠绕得加倍紧急。夹得周身都麻痛起来,一些气力也没有,一些功夫也使不出,仿佛身不由主地御风而行,两眼黑洞洞看不见是行到什么地方。只觉弯弯曲曲,如在平地上打着旋风一般。约没有行多远的路,便不行了,身子如同中了定身法样。那龙仍将他紧紧缠住,没有松懈分毫,任凭祁光有多大的胆量,如何再敢抓着龙鳞呢?因用两手向前摸了摸,觉得摸着四面都有东西遮拦,也不知这是一个什么所在,暗想,我悔不听彭法海之言,以致陷落在人家的网里。但是那两个东西既不像和我软说,又不像完全同我硬来,却费如许的周折,把我押在这里是什么用意?

祁光这么一想,又联想到凤姐的事,觉得自己死在这里没要紧,如果凤姐受了他们的羞辱,那还了得?凡人在危难的时候,非具有绝大智慧,一涉想到种种悲苦、种种烦恼,心思未有不扰乱的。祁光胡思乱想了一阵,一时神思困倦,早有些蒙蒙眬眬上来。

猛听得有人叫一声："祁法师！"

祁光蓦地从蒙眬中惊醒过来，眼中仍然是看不见什么。觉得这声音似乎从窗洞间透进来的，并且十分温柔，不像似含有恶意，不禁喜出望外，疑惑是什么人前来救他出险的，匆忙间没有回答。接着又听那么叫了一声，才辨出是女子的声音，心里很疑惑这女子是黄铁娘。但黄铁娘的声音清而和，这女子的声音柔而顺，并且铁娘又不是对他单称着"法师"两字。

祁光毕竟猜不出这女子是谁，便答应了一声说："你来是救我，还是杀我呢？"

那女子道："我不能救法师，因感小姐是个天人，换心丹却换不过她那颗心来，特来送一个信给法师，小姐不曾损失名节，如今已关入血牢中去了。"

祁光听了，不由一惊一喜，轻向那女子问道："我是关在什么地方呢？你是小姐什么人？怎知她没有损失名节呢？"

那女子道："法师这地方我不敢说，我不是小姐什么人，是郭家的婢女，家主人令我奉劝小姐，我没劝转得小姐，反被小姐劝说了。家主人和他的师兄并非想求法师去劝小姐。法师在房里所见的形状，那不过是他们寻着法师开一回玩笑，其实小姐并没有坐在那里。法师所见的情形，也不过是家主人和他师兄用的一种幻术，他们随便怎样下手，总可以立刻处死法师的性命，却把法师关在这种地方，据他们说，是待捉住钟维岳师徒，一同处决。家主人的大师兄，在先把小姐弄到这地方来，除了你家小姐，恐怕世界上再寻不出这样贞烈的女子，居然能保全了自己的贞节。只是小姐现在关在血牢，照例我们这里，在外边地方弄来年轻的女子，这女子若扁扁伏伏地降顺了他们，倒也罢了，如果稍违拂他们的意思，就被送到血牢里处死，不拘生得怎样标致的女子，一送到血牢里，这女子照例不再从牢中带出来，供他们的淫欲。不过我是个弱女子，能到法师这里送信儿，不能解救法师父女的性命,使我心里终觉难过。"

祁光听完这话,转又问道:"照你这样话,小姐虽有性命的危险,却不致便受那东西淫污了。皇天菩萨,这都由我祁家累世以来,没有破坏人家的贞节,才有这般临难不辱的女子。祁光呀,祁光,你死也可瞑目了。只是姐姐既敢悄悄跑到这里来,送信儿给我,却不敢告诉我关在什么地方,这是一种什么缘故?"

那女子道:"法师如何明白,家主人同他的大师兄,不但法力厉害,并且道力也很不错,就如婢子前来送信儿,还有些提心吊胆,怕被他预先算准婢子泄露他的秘密,若再泄露这种紧要的关节,叫我这粗麻线如何过得针关?我如果泄露这种紧要的关节,能救出法师的性命,我情愿拼着一死,这算得什么?无益于法师,而有害于我,我又何必在法师面前晓晓多舌?想我当初也是大户人家的闺秀,昏糊时虽不觉昏糊,明白时却十分明白,这番因感激小姐是个天人,不得不来送个信儿,好叫法师死去的灵魂安慰。哎呀!我和法师谈话谈了多时,竟忘记回去,若因时间过久,万一被家主人察觉了,这岂是一件当耍的事?哎呀呀!家主人来了。"

祁光陡然听她说一声家主人来了,反把自己的生死祸变置之度外,却很有些替她担惊受怕。接着又听得一种极惨痛的声音,似乎向一个人哭着说道:"婢子在这里闲看月色,又没有干下什么歹事来得罪了爷爷,爷爷为什么要杀我,反拿心上人开起刀来?"觉得她这个"来"字才说出口,就听得咔嚓一声响,接着似乎又听得郭林的声音,气愤愤地说道:"你这毛丫头,还想飞金溺壶般地装着什么憨腔?你这英魂有知,我叫你死去做了刀头之鬼,还佩服我的道法厉害。"

祁光一听不好,这婢子准许已被郭林杀死了,心里一阵酸痛,眼里不由也洒了几点英雄之泪,只是眼前仍然是黑暗暗不见什么。

接着又仿佛听得郭林在面前说道:"姓祁的,论你儿子和我是同门师兄弟,本不当今日将你关在这种地方,待擒住了钟维岳,拢共和你们算一个总账。不过我的大师兄最喜欢同你祁家讲交情,无如你生的那个不争气的女儿,偏不肯同我大师兄讲交情,我们若不一并锄杀了,留着这活口,使我们将来同你儿子师兄弟失和。你看泰山派的人物,可有这么呆?你就难怪我们同你不讲交情。"

祁光道:"天雕这个孽畜,既入了泰山派,他是我什么儿子?你快些杀了我,不要在我面前揶揄我,我受了这种揶揄,觉得杀了头是爽快多呢!万一钟维岳将我救出了,那时我对你们也没有交情可讲了。"

祁光说这几句话的意思,本因凤姐已送血牢处死了,纵然钟维岳侥幸救了出险,我的女儿已死,儿子又不成材,精神上的苦恼非人所受,不若早死早好,反摘断了一条苦肠。哪知郭林听他这话,从鼻子里哼了一声道:"钟维岳有这本领,能救你们父女出险吗?你真是说的一句梦话啊!我开发你们快一些回去,可算便宜了你们了。你们父女都不肯便宜我们,一死还想讨这种便宜,没有这么容易。你那个儿子,不能算他是不成材,只是我师父传给他的法力,却不肯传给他的道力。果然传给他的道力,大师兄也不敢把你女儿弄到我这里来。我们都不能随便处置你父女的性命,老实给你说穿了吧,叫你将来死了,也做个明白鬼。你那个儿子,如果学成了我师父一样的道力,后来算准他老子、妹子死在我们手里,那还了得?他自己没有这道力算准这一回事,纵有人告诉他,他哪里相信师兄想要奸杀师弟的妹子呢?你耐心些,在这里等一等,有得你们父女死的时候。"

祁光听他说完这话以后,却听不见什么声响,知道郭林已不在这地方了,但据郭林话里的意思,凤姐还不曾死,自家的心房里转又生着侥幸出险的希望,便渐渐充满了不少的生气。胡思乱想了一阵,想到疲乏了,又在那里打着瞌睡。

不知经过了多久,耳朵里听得一阵阵的雷声和哗啦啦的雨声,他听到这种雷雨的声音,就疑惑是有人前来解救他父女出险的。心里虽这么想,又不觉得有什么解救的人前来,一阵阵的雷声、雨声过去了,仿佛又经过好几个时间,因为两眼间遮瞒了浓烟厚雾,看不见什么,也就辨不出这时间是昼是夜。一会儿,听得千军杀敌声,一会儿又听得呼啦风响声,仿佛有两三点雨打在自己的脸上。

又延挨了一会儿工夫,仿佛耳朵里又听得一个似曾相识的声音叫了一声:"黄道兄,你此行立可成功,凤姐自有钟道兄解救她,你且救出祁法师要紧。"

祁光仔细听这声音,就同在眼前的一样,并辨清是彭法海的声音,一颗心不由喜得直跳起来,随口念了一声佛,接着又听得咔嚓声响,像似有很尖锐的剑锋在他头上面吹了过去,吹得祁光毛发直竖。匆忙间又转疑是有了什么变卦,这颗头已被人割去了,几乎失口把哎呀都叫出来。及至用手摸着头上的辫发,才知这脑袋是不曾损坏。接着又仿佛有人在胸前动了一下,好奇怪,登时便觉得身上便没有缠绕着什么了。跟后又是一阵风响,仿佛吹来几个雨点,打在自己的两眼上,觉得眼前什么障碍也没有了。身体接着吹了一阵凉风,好像已能恢复到旧时模样,看自家分明站在一棵六尺多高半截大樟树中间,旁边砍下来的树干、树枝、树叶,约占有五丈多长的地方。

祁光看这空心的大树,在先能撑着不动,一半也是那东西的法力作用,树上有许多的小穴,俱在头顶上面,才恍悟听得树外种种的声音,由那树穴间透进来的。一蹿身跳出这半截大树,看清这树是长在空院间,树下坐着一人,向着祁光笑了一笑说:"祁法师,恕黄精甫直以这时才救出老哥的性命。"旋说旋在怀中取出一块一寸多长、半寸多宽的红布来说:"祁法师,你瞧瞧这是什么?"

欲知后事如何,且俟四十七回再写。

第四十七回

竹实满生机神仙道果
莲花粲妙舌美女情怀

话说祁光见黄精甫从怀中取出一块小小的红布,拈在手指中间,扬了一扬说:"祁法师,你瞧瞧这是什么?"

祁光运用着眼功,略用手在眼上一揩,虽在黑夜间,却能看清那红布上绘着一条小小的青龙,青龙口中尚吐出丝丝黑气来,不由恍然大悟。原来还是被这东西把我拘缠到樟树中来,这东西不过是借着符咒的功用,却变化得比真的还厉害,又不是拘缠着没有相干的人,却是拘缠我一个谙习法术的老手。益发信得泰山派的法力神奇到了极处,恶毒也到了极处,但不明白,这红布粘在身上什么地方,是被黄精甫怎样揭去的。

心中才涉想到这一层,已见黄精甫把红布仍收到怀中说道:"法师打算这红布粘在哪里的?当我在法师的胸间摸了一下,这东西已被我揭到手中来了。像这一种的法术,青龙本属东方精气所化,东方属木,这青龙又盘踞在樟树中间,木气愈加充旺,非用西方纯金之气的一类法力,不足以克制东方纯木的精气,非用虎啸生风的妙用,不足以破除龙嘘成云的邪术。虽然这青龙不是真的,但在泰山派之作法使用起来,若非我们华山派人前来,不是我说一句大话,除去桐叶老祖宗,谁也不能克制他们这种很厉害的邪法。便是这樟树上面,何尝没有粘着符箓,使木中的精气,聚而不散?我用纯金的剑光,砍伐了这株樟树,同我朱师弟用水是雷雨的法力,扑灭了这地方的火焰,同是一样的缘故。所以彭法海虽有道力,却没法救免法师,偏到华山去请我来,同朱子民不能在血牢里救出你的女儿,而必借用我大师兄的法力,这其中的道理虽精深,说来仍不外五行的妙用。哎呀!法师这时的意思,以为我专为解救法师前来的吗?便是彭君不到华山,我也会到这里助朱师弟一臂之力,法师尽管且回到嵩山石洞,坐等好消息。有我们四兄弟出来,没有除不了那几个孽障,救不出血牢中人的性命。法师尽管回到嵩山,兄弟便要去助朱师弟一臂之力。法师若不听信兄弟,其间也会发生障碍,使兄弟们不能灭此朝食,请法师快行。我说的话,绝无差错。"

祁光本来信仰黄精甫的道力很强,自己心里转动一个什么念头,他说的话一句句好像都打到自己心坎儿里。看黄精甫已飞到空间,再看只一道白光,在空间闪闪烁烁,来去无定,却不见到什么是黄精甫了。霎时间风声呼呼,雷声隆隆,白果般的雨珠密麻似的斜射下来。

祁光哪里还敢怠慢,冒着泼天的大雨,出了郭家村的沿河,耳边却仍听得一阵阵风声、雷声、雨声,那电光在左右前后,闪个不住,觉得头上没有雨点打着,心里转愣了愣,暗忖,我在村中初出来的时候,分明半天间泼下倾盆的大雨,早知他们的法力可以扑灭郭家村的火焰,怎的我出了这村前沿河,只听雷雨风声在背后虚张声势,头上转不觉有一个雨珠子打了下来,河中也听不出流水声的响动,敢是他们的法力还敌不过那两个孽障?心里这么一想,回头一看,看村中半空间的白光如走金蛇,辨不出是什么闪光剑光。在那白光之下,看村中的雨势越发比以前下得大了,村以外的地方点滴雨水也没有。

祁光这才放下心来,毫不迟疑地回到嵩岳石洞。及至石胆、铁娘回来,祁光听石胆诉说在郭家村经过的情形,彼此谈叙了一阵。石胆、铁娘同到铁娘的石房里,见过金太太。

原来金太太年事虽高,洞居有年,所食大都是枸杞、首乌、木果、竹实等类,丹房中储藏累累,所以金太太精神矍铄,绝无半点儿龙钟的神态。自从石胆、铁娘出洞以来,心里很是惦记不下,于今他们师姊弟已得胜回来了,金太太满心欢喜。

　　石胆同金太太母子略谈片时,仍回到自己的丹房,陪着祁光说话。接着钟维岳已回至山洞,因为凤姐、珠珠在血牢蛰处多时,身上很有腥臭气味,预先走到铁娘房外,从袍袖里抖出两个血人儿来说:"这是你朱师叔的徒弟张凤姐,这是你的四师弟刁珠珠,你快先将凤姐香汤沐浴,换了衣裙,停一会儿,我来引凤姐去拜见她的父亲。"

　　铁娘应了一声"是",钟维岳便又转到石胆的丹房中去了。

　　铁娘看珠珠、凤姐沉沉未醒,她本来知道她师父那般袖里乾坤的妙用,便照着她师父的话,先给凤姐在浴室里沐浴已毕,换了衣裙,将她负到房中,附着她的耳朵,唤醒过来。

　　凤姐在醒过来的时候说:"我不是在做梦吧?怎么到这地方来呢?"

　　接着,铁娘便告诉她水漫郭家村的种种情形。

　　凤姐道:"刁家姐姐在什么地方呢?"

　　铁娘道:"自然有你们相见的时候,这是我三师弟的老太太,姐姐快过来拜见拜见,我有话问姐姐。"

　　凤姐便走过来,端端地向金太太拜了四拜,起身问:"黄家姐姐,你有什么向我说?"

　　铁娘道:"姐姐,你在那郭家村的情形,可能明白告诉我?看我这一点儿觉悟,大致可还不错。"

　　凤姐便照着当初对付刁珠珠的话,向铁娘说了一会儿。

　　铁娘道:"姐姐说这话,我就一分觉悟也没有了。不过我的觉悟,能知其粗不知其细,知其小不知其大。姐姐害羞不肯说出,难道就支吾其词,能瞒过了我吗?我们同是女孩儿,这里是金太太,又没有什么男人在这地方,怕什么?姐姐只管说来。"

　　凤姐哪里肯说。

　　铁娘道:"姐姐不肯告诉我,我不能强迫姐姐告诉我。但姐姐不告诉我,我也不领姐姐去见一见老法师了。"

凤姐听她这话,说:"我父亲在哪里呢?"

铁娘道:"老法师若仍在乌鼠山,要我领姐姐去见他何来?姐姐不要见你父亲便罢,要我领姐姐去见你的父亲,就不能含糊其词的,先要将实话告诉我,如有一句含糊,我还是不肯带姐姐到老法师那边去。"

凤姐被铁娘逼得没法,只得从实说了。

原来凤姐那夜在自己房中练过一番功夫,兀自到房中和衣睡去,刚睡得十分沉重,蓦地觉得有人在她身边摇了几摇,凤姐兀自惊醒。

烛光之下,却见有个二十多岁的美男子站在她面前,向着她嘻嘻地笑道:"凤姐姐,你一个人睡着,不嫌寂寞吗?"

这句话把凤姐的睡魔完全惊醒了,看这房中的陈设,花一团锦一簇的,并不像自己的卧房,心里不疑是做梦。用手指在腮窝里弹了一下,觉得有些生疼,才知不是梦境。想从床上一骨碌爬起身来,谁知那身体就同害了一场重病的样子。好容易才得翻坐床上,待要运足自己的剑功,觉得五脏六腑的气脉都不能流转行通,哪里还有一些本领呢?身边又没有藏着符箓,要举手捏着诀,开口默念着咒语,谁知这个诀却不能损害那男子分毫,这一类咒语默念了一会儿,又没有一些灵验。

凤姐急得没法,一个耳光子向那男子的脸上打来,奇怪,看那男子一般生得细皮嫩肉,这一个耳光子打下去,却红也不红一点儿,反把凤姐手上打得有些生疼起来。

那男子不住地指着鼻子晃着头笑道:"姐姐既弄到我这地方,如何还让你有丝毫抵抗的能力?你就看轻我们这里神仙中人毫没有一点儿道法了。"

凤姐怒道:"你是什么神仙?神仙中人有你这个坏东西吗?"

那男子笑道:"神仙虽由勤修苦练而来,但仙人未能忘情,却和庙堂上那些泥人、木偶人大不相同。吕纯阳不是个神仙吗？三戏着白牡丹，后来白牡丹因纯阳结着仙缘，过些仙气，也得证神仙的正果。春秋时候，有个箫史仙人，和秦国的弄玉公主曾结过仙缘，便吹箫引凤，将弄玉公主带入仙宫，结成了神仙眷属。一班严守戒律的道法中人，吃了一辈子苦，享不到一些快乐，一味地盲修瞎练，到头来还不是活像庙堂上的那些土形木偶，和神仙的路径判隔云泥？我因你生有仙骨，五百年前我欠下未了的债，五百年后当了些未了的缘，要同你结着仙缘，过些仙气，好做个神仙伴侣。有几多官室的娇娃、名门的闺秀，想同神仙见一见面，比登天还难，这是你合该和我有缘，所以我把你带到这地方来。你看你睡的是绿珠睡过的床，枕的红娘枕过的枕，象牙嵌金的梳妆台，双龙盘珠的金漆桌，中国的地方是买不来的。我这里虽不是一个天堂，世界上可也再找不出这样的神仙洞来。我是个吕纯阳，你何尝不能做白牡丹？我是个箫史，你何尝不能做弄玉公主？你今夜同我结成了神仙伴侣，我便传授你的神仙道法，休论那官室的娇娘、大家的闺秀，没有你舍齐快活，要怎样就怎样，要上天，我也能在月宫里给你搭下一座天桥，便是富有四海、宠居椒房的风流皇后，有你这样的尊荣宠贵，也没有你这样的快乐逍遥。可惜你父亲没有仙福，不能到我这地方来，给你驾一个喜。如果他也是将来的神仙中人，今夜看你同仙人配成了一对儿并头莲，叫他艳羡你的仙福不浅，那才是你第一开心事呢！"

祁凤姐是何等胸襟正大的人，像这类风风云云的淫词邪说，哪里听得入耳！但自家已分明陷在这种猪狗不如的地方了，看这东西的道法着实要高人一等，硬来是不中用，这却如何是好？

那男子在那里说着，她便在那里暗暗沉吟着。及至听那男子说完了这一大篇，她心里登时也有了一个计较，却装作行若无事的样子说道："不错，你是个神仙，我听得神仙的道法甚高，说到道力这件东西，我还站在大门之外，你有什么神仙法力，终须也不能瞒我。神仙能随便要人指着什么，便能弄什么来，你可能也不能？"

那男子笑道："话不是这样说法，是神仙心里要弄什么来，便能弄什么，不能随便听人指着什么，便弄什么来。"

凤姐道："我问你，你这颗心是活的，还是死的呢？"

那男子道："自然是活的，要是一颗死心，我就同庙堂上土人木偶一般，如何能算得是个神仙呢？"

凤姐道："是活的就好说了，譬如你心里在先不要弄什么来，便不会弄什么来。于今我要你弄什么来，你是看在我的分上，却不能不弄什么来。只要你心里要弄什么来，便弄什么来，我要你心里随我指着弄什么来，你也便能弄什么来了。我有神仙的缘分，当然不能以寻常人待我，譬如弄玉公主要骑凤凰，箫史便能吹箫将凤凰弄来，如果寻常人指着箫史将凤凰弄来，箫史当然不能随便听人的指使。"

那男子道："你这句话，真是说得不错，只是你心里打算要我弄什么来呢？还是想我弄凤凰呢？"

凤姐道："你既是个神仙，自然知道我是要你弄什么来。"

那男子仿佛寻思了一会儿说："你心里可是要我弄一个人来吗？这个可办不到。"

凤姐道："你既是个神仙，有什么办不到呢？"

那男子道："不是我能力办不到，我曾向你说过这话的意思，没有仙福的人，如何能到我这地方来呢？"

凤姐道："你这话又说回来了，譬如箫史在秦国时，所见秦国的臣僚甚夥，难道他们都有仙福吗？"

那男子道："话又不是这样说法，我这地方是仙境，须比不得朝廷。"

凤姐道："是呀！你这地方是仙境，没有仙福的人不能到这仙境一步。譬如你要把什么东西弄到这地方来，凤凰我是不要，我要你弄可吃的东西给我吃，那可吃的东西，如鸡心鱼肚等类，难道鸡鱼也有仙福吗？"

那男子道:"你心里毕竟不是要我弄什么东西来,也罢,你说的话,像煞很有点儿道理,只是你指着要我弄什么人前来呢?"

凤姐道:"你既是个神仙,知我要弄一个人前来,怎么不知是谁呢?"

那男子道:"神仙的等别,也同人世间状元秀才一样,譬如状元能闻一知十,秀才只能闻一知二。我虽名列仙班,尚不能称一等神仙,便是萧史、吕纯阳,也不能称一等神仙。还有自盘古开辟以来,如天皇、地皇、人皇等,那才是一等神仙呢!"

凤姐道:"你既不知是谁,我就得说出来,我要你把这人弄到此地,就是昆仑山的桐叶道人,你可能也不能?"

那男子听她这话,不由陡吃一惊。

欲知后事如何,且俟四十八回再写。

第四十八回

酸醋拌锡糖情丝万丈
红鸾杀华盖贼计千条

话说那男子听祁凤姐说出个桐叶道人来,不由暗吃一惊说:"你要将桐叶老道人弄来做什么呢?"

凤姐道:"你不要问我弄来做什么,我只看你的法力,能将他弄来不能。你对我若使用幻术,随便指一样东西,要幻成桐叶道人的模样,无论你不能瞒过我一双法眼,桐叶道人若真个到你这神仙洞里,我一问就假不来。"

那男子道:"桐叶道人是个什么样人呢?我没有和他会过。"

凤姐道:"难道没有和他会过,你就不能将他弄来吗?我猜着你是怕他的来头大,不敢到江头上卖水。老实告知你,桐叶是我父亲的老仁叔,他不知道你戏辱我便罢,若知道你这东西的行径,这样地欺骗我,他有本事,能把你的牛黄狗宝掏出来。"

那男子看祁凤姐说这几句话的神态,陡然来得严峻,便也沉下了一副脸色,冷笑了一声道:"祁凤姐,你打算打着桐叶道人这块大言牌来吓我吗?你也不想想,桐叶道人在什么地方呢?我若怕他来惩治我,也不敢将你弄到这里来。你的身体既被我弄到这里来,还想拿桐叶道人来吓我,居然还让你完全贞节,仍将你送到乌鼠山去,你真是信口说着梦呓。我明白说给你听,桐叶的徒子徒孙是怕桐叶的戒律,红衣圣母门下的高足弟子,不是桐叶的徒子徒孙,也怕着那个老光蛋,还能在道法门径独树一帜吗？我是色界天中一个混世魔王，有眼看中了你，休说我这脸蛋儿生得比你还比得上，我就是瞎眼、瘸腿、烂鼻子，满脸胡麻，生着大麻风，浑身污臭的叫花子，我要你陪我在床上睡那么一觉，你敢扭一扭吗？你到这种关头，还保得住不在爷爷面前献丑，就转错念头了。专凭空口说白话，料你是不肯相信，且待把你的裤子褪下来，好让我笑一笑。"

祁凤姐听他要来褪着裤子，一颗心几乎吓得从口里跳出来，眼看失身的耻痛就要到眼前了，自家又没有反抗的可能，只好横一横心，想伸直了三个指头，向咽喉上一戳。若在平时，祁凤姐用三个指头，运用她身使臂、臂使指的气字门功夫，随便戳在什么坚硬的东西上，总得戳成了三个窟窿，这回却不然了。祁凤姐觉得浑身都是软洋洋的，不仅使不出身使臂、臂使指的气字门功夫，好像一些气力也没有，并且那手上的指甲已经修过，伤不破咽喉上一块油皮。再要向床下一头碰去，忽然觉得那男子在她肘弯里点了一下，如同触了电一样，霎时间麻痛得浑身不能动弹，不禁把头部仍颤动了一下。但是头部不颤动，这麻痛还能忍受，一颤动，登时越觉头部牵及全身，都麻痛不堪。

凤姐心里明白，知道是被他点中了穴道，本用不着什么解救的方法，能挨过三天工夫，筋脉自然能恢复原状，一些麻痛也没有。但听他说着要将这裤子褪下来，手里虽没有要做出这种狂荡的态度，口里却不住在那里念念有词。陡觉自己的裤带渐渐有些要松懈下来，凤姐一时窘急，也估量着他这是念的什么解衣邪咒，忙镇定心神。这心神一正，却具有不可思议的抵抗力了。

看他口里翕动了一会儿，哪里有丝毫效用，那男子不由急得头上的青筋一根根都暴栗起来，遂另换了一副手段，将凤姐捺倒床上，用力来撕她胸前的衣服，把裤带的活结也解开了。凤姐骂上一会儿，哭上一会儿，这次却又没有抵抗的可能了。

那男子早跨上床，不由分说，索性将她浑身的衣服扯个净尽，登时玉体呈露，绝似一幅杨妃出浴图，吓得凤姐心肝五脏都分裂开来。此时凤姐胸中的苦恼正是说不出、写不出、画不出。凤姐越是苦恼得说不出、写不出、画不出,那男子的一副快活心肝简直四万八千个毛孔,一个毛孔都要钻出一个快活,也跟着快活得说不出、写不出、画不出。凤姐不住地哭,那哭时的音调越是哀烈动人,那男子却不住地笑,那笑时的面目更觉得来得轻狂可怕。

正在难解难分的时候,那男子忽然把眉头煞了一煞,一阵阵觉得心疼起来。这当儿,似乎听得屋上有些瓦响。那男子连忙跨下床来,喝问是谁。

"谁"字才吐出口,心里更觉疼痛得不可言状。忽听得砰的一声,窗门开了,便见窗前有一条黑影,在屋上蹿得下来。那男子仗着艺高人胆大,忙走近窗前一看,耳朵里忽听得喵喵地叫了一声,哪里有什么人前来呢?从窗内的烛光,照见窗外石坪中间,蹲着一只斑白狸猫,仍在那里不住地喵喵地叫。

那男子笑了笑,抽身转内,再看主床前已站立一个美人儿,用被遮住了凤姐的身体。那猫仍在窗外叫着,听它那叫的声调,仿佛也像低唤一声郎的意思。

那男子心想,这畜生还通灵性,知道我要和意中人偕成好事,也来这里凑个热闹。又看那女子是背面站着,看不清她正面是怎么样儿,心里疑惑是郭家的婢女,但又不像婢女的装束。

这时,倐地又觉得一阵心疼起来,简直那疼痛不会休止。一时难过起来,也来不及走近床前,看那女子究竟是谁人,便在房中间用两手紧抵住胸口。从前那副快活的面孔,陡然间都变换了人。

忽然那女子转过身来,向那男子笑了笑道:"大师兄,你这时怎的不做个快活神仙,和人家姑娘过些仙气,结着仙缘,却变成这个样子呢?哦!大师兄为什么流泪哭起来了?这姑娘暂时嫖不到手,有什么要紧?停一些,还愁不是大师兄受用吗?"

那男子正是薛星符,心里正在极难过的时候,忽然见他二师妹祝红红转过庐山真面目来,听她那一种口腔,不由得又是好气,又是好笑,举手揩了揩泪眼说道:"我哪里明白你有这手段呢?怪不得我心里疼得这个样子。我这时的法力,反赶不上你。"

祝红红看他这种情形说:"大师兄,你疑惑是我干的把戏吗?你几曾见我有这样的法力,居然敢弄到你身上来了?我向来是只做锡糖,不拌酸醋。就因这几夜间,你总到郭师弟村中走这么一次,我早估定你走出瘾来了。我来瞧瞧你,你不对我说这恼人的话。大师兄,你一点儿不知人心。"

薛星符道:"我何尝不作如此想?只是我这时已魂不在身,道力上如何还有把握呢?你的算法也还不错,请给我算算看,看是一种什么缘故。"

祝红红真个闭目凝神,虚掐着三个指头,轮算了一会儿,不由失声叫道:"哎呀!大师兄,这可怎样好?嫖不到人家的姑娘,倒也罢了,但是……"

说到这里,便缩住了,复又向星符说道:"大师兄,我劝你死了这心吧,多一事不若少一事吧!"

这里凤姐在先见红红掩进来,替她身体盖严了,心里暗暗一喜。又听见红红称那东西叫大师兄,不由转暗暗一惊。如今又听这女子劝着那东西死了这条心,这一喜真是非同小可。却看那东西当问:"师妹,你说的是什么?叫人听了烦恼。"

红红道:"你附耳过来。"

星符真个把耳朵凑近她的唇边。那凤姐辨不清他们是说些什么,但见那东西听了一阵,接着又各自附耳说了一阵。那东西既现出不相信的样子,扬长着说道:"这是没有的事,我们泰山派人的火运正隆,怕什么?你安心回去好了。"

红红道:"我但愿不怕什么就好了,也罢,我的算法未必便处处靠得住,只得碰一碰你的造化。事成以后,须得重重地谢我一个大媒,可别要过了河就拆桥,恋上了野的弃家的。你知道我的牙齿可是厉害,须咬下负心人的肉来。"

星符道:"好了,我若撇你,叫我死无葬身之地,自有狗虥来唻我这肉,却不消尊口吃得。"

那女子哧哧一笑,用手掩着口走出门去。

凤姐一见不好,这事情又糟透了,心头小肉又不住鹿鹿地跳撞起来。这时,她早已周身麻痛得不能动弹了。如果那东西再来厮缠,心里虽不愿意,能有什么方法避免这个不愿意呢?却看薛星符走进房门口,用手在门外一按,只听得当地铃声作响,接连便从门外走进一个婢女模样的人来。薛星符低头向婢女说了一会儿去了。

那婢女生得长长的眉毛,圆圆的脸,腰肢招展,走一步路,就像风飐蜻蜓的样子。她晓得祁凤姐为人古道,不比自己有能干,容易上男人的当。她见凤姐泪流满面的那种愁态美,兴高采烈走近凤姐床前,先说了几句开场话,看凤姐并不十分拒绝,她便有说有笑,似乎天文地理无所不通,三教九流无所不晓,却大半是小说书上得来的一点儿经验,不足为奇。

笑说了一会儿,她才想到正经,悄悄向凤姐问道:"小姐可有婆家没有?"

凤姐看她那副妖冶的神气,很不愿和她多说话,却因好所说的话开口就叫人看见喉咙,是个热肠子人的模样,就想设法打动她的心肠,略和她敷衍着,省得看那东西来胡闹一阵。当听她问到有没有婆家的话,脸上早羞得通红起来,淡淡回说"没有"二字。

那婢子听了,暗暗诧异,心想,薛爷说她一团的正气,毫不能受用她这花为容貌铁做心肝的人,就因她的贞正之气充绰有余,暗中自有鬼神呵护。她不但使薛爷的解衣祝咒没有些灵验,便是薛爷才马跨到床上来,心里疼了一阵,可见鬼神呵护她的话一点儿不错,却叫我试探她的口风,怕她已有了未婚夫婿,烈女不肯再事二夫。于今我听她淡淡回说这"没有"二字,脸上已羞得通红。我怕她虽没有未婚夫婿,已有了什么情人,一颗心若牢牢系在情人身上,她对于那情人的丝丝情爱,自然是不容第三个人掺杂其间,所以她不幸横遭祸变,宁可殉情一死,那贞正之气丝毫不容假借。心中如此一想,因又问凤姐可有意中人没有。

凤姐听闻,益发面红耳赤,羞颜无地,开口便回答说:"我不知道。"

那婢女听着,更不禁觉得奇怪,又忖她一没有未婚夫婿,二没有意中情人,薛爷也是个水晶胎子、白玉郎君,怎么她却丝毫不动心呢?但她这种贞烈之气,愈是没有夫婿意中人,越觉得难能可贵。我看她这时神态,本来是处女不解风情,所怕要用到祝夫人对薛爷所说的那一招了。

那婢女一想到这里,倒不用再向下问了,就向凤姐说一声"再会"。出门去不多时,却见她手挽手地又和星符走进房来,居然就当在凤姐面前,二人调情调得十分起劲,末了,便在房里颠鸾倒凤,结了一个大缘。

凤姐听他们那般的热劲、那般的娇声浪气,直羞得恨无地缝可入,只是极力镇定了心神,当作目无见、耳无闻,竟像似入这儿的老僧一般。

薛星符同那婢女办完了一次交涉以后,接连郭林也带来一队娘子军,同星符平分春色。两人轮换同那一班娘子军盘肠大战,直战个通宵达旦,人不歇甲,马不停蹄。接着又是一阵阵说笑声、管弦声、歌唱声,所说的都是不入耳的淫词,所弹所唱的皆是不入耳的淫曲。似这么闹了一阵,再看凤姐沉沉地酣睡去了。

其时天光已亮,他们也就不用再闹下去。凤姐睁开眼来,见房里没有人了,真觉得生不得、死不得、哭不得、笑不得,在这一天时间,心里总怕他们再来打几个花胡哨,又防着他们在食品中下什么药物,来迷糊自己一颗纯洁的心,便有人送茶饭来给她吃,固属不忍下咽,也不肯不咽。

这一日时间,好容易挨了过去。夜间点烛以后,却见薛星符执着宝剑,又走到房里来了,看他板下一副恶阎王的面孔,劈口向凤姐喝了一声道:"你这副贱骨头,于今是怎么样了?爷爷既得不了你一个高兴,还是杀了你的好,看你这贱骨头还能咬着牙关装好汉吗?"一面说,一面便挥起手中的剑,要向凤姐砍来。

凤姐仍然神色不变,含泪受刑。

欲知后事如何,且俟四十九回再写。

第四十九回

女道学直言化顽婢
老剑仙热血教徒儿

话说祁凤姐在薛星符一剑劈下来的时候，仍然神色不动，含泪受刑。

星符又冷笑了一声，把剑掣回了。接着又唤了一声凤喜，那婢女便应声而至，见星符狠声虎气的，手里正掣着一支宝剑，便向星符福了福说：“薛爷光是这样猴急，是急不出道理来的。又没有在哪里吃醉了酒，把眼睛都气红了，气坏了身子，值得吗？”

星符听了，指着凤姐对她说道：“偏是这骡子骨的货色，受不起我这一路香火，我恨起来，便要用剑在她身上戳个稀烂。不过干碍这地方的规矩，从来对于这般骡子骨的货色，如果换过心来，自然要重重地抬举她，万一长此执迷不悟，就得将她送进血牢里去，拢共同她算个总账。你给我明白地警告她，我去立等你的回话。”一面说，一面便走出房来。

凤喜见星符走了，便向凤姐说道：“祁小姐，我劝你看穿了些吧，这还是薛爷待我们女人好，才肯这样地开导你，你若碰到我们郭爷的手里，他想尽情来享受你这温柔艳福，你稍有违逆他的意思，就没有第二句话同你多讲，随便画一道符，念几句咒语，就将你押入血牢中去，叫你死了化成血、化成水，不留骨殖在人间了。

“薛爷的性格却和郭爷是大不同了，薛爷对外是一只虎，什么人都怕他，对你又是一匹小绵羊，只要小姐顺从了他，哪怕就替小姐做当差、做跟班的,他都愿意。

"我看小姐很算得个漂亮的人,事情到了这一关,你要想保全这千金的身体,无论如何,你都保全不了。我们不幸做个女孩儿,这么铅刀一割的苦痛,反正是不能避免的,何况你是薛爷爷心爱的人,你越是抗拒他,他心里越爱着你。你这时顺从了他,却能享人所不能享的风流艳福,睡着这莺莺睡过的床,枕着这红娘枕过的枕,吃的是珍馐,穿的是罗绮,住的是神仙洞。你昨夜听我唱的那些曲子,唱着什么露滴牡丹开,蝶恋蜂盗采,便死去小阿奴,奴也到泉台,还感激你的恩情深似海,就可想见你将来同爷爷好合起来,正说不尽的那种受用。在你身体上本不少了什么,你又何苦而不来,等待薛爷爷真个光起火来,将你打入血牢中去,你再想放这马后炮,可是迟了。

"有许多风流的女子,年纪也有比你轻,容貌也有比你俊,想同薛爷爷这子建般才、潘安般貌的粉郎来这么一手,薛爷爷都是爱理不理的。有时浪起火来,将她们充作临时的爱人,她们已当作是一等一的造化,就同落第的秀才,看见自己的名字,巍巍挂在榜文上一样快乐,何况薛爷爷真个看中了你呢?

"一个女孩儿,只要今生快乐到了极顶,什么贞节不贞节呢,那原是骗人的话。就因为'贞节'二字,不知拆散了多少良缘,耽误了多少女孩儿的幸福。我劝姐姐好好顺从了薛爷爷,他要等我一句话,就是这一句话。"

凤姐听她越说越没有好话了,连忙现出很诚恳的样子,向她说道:"姐姐这类话,把我耳朵都听得腌臜了。一个女孩儿,不能保全名节,丢尽祖宗的脸面,一失足成千古恨,再回头已是迟了。我看姐姐也是好人家的女子,大略肚皮里也包着一些女四书、《列女传》,未尝不明白那三贞九烈的道理。就因落到这种龌龊不堪的地方,目有所熏,耳有所染,一颗心便与俱化,不知不觉地有些模模糊糊起来。请姐姐看看世间那些失节的女子,结果是怎么样?再看那些三贞九烈的女子承受世人崇奉,死后当作天神一般敬重,又是怎么样?一个人只要凿丧了天良,便能做人所不能做的事,说人所不能说的话。死算什么?与其生时玷污了名节,就不若死了化成血、化成水,倒干净的呢!不是我在这危难的时候居然有这吃雷的胆,来骂着姐姐,请姐姐凭着自己的天良,扪着心头想一想,看我这话说得对,还是姐姐那话说得对?"

这凤喜本来是良家的闺秀出身,据她自己后来对凤姐说,她父亲还是一个孝廉公,一年前深处在红楼绣阁之中,正如初开的一朵鲜花,她的身体是何等宝贵,如有什么男子,苍蝇般想钻到她的梅花心里,只用一个指头,在他身上轻轻一戳,那么就该死定了。她平时见了面生的男子,也如畏避蛇蝎似的,她说:"一个千金的少女,若瞟上这男子一眼,同这男子说一句话,纵涤尽西江之水,也洗不尽那样的污臭。"无如红颜薄命,她不幸被郭林在无意间看上了,一道朱书、几句咒语,就容容易易将她弄进美人洞来。她那时也只有拼着一死,要保全这女孩儿身体,无如郭林真是她命中的魔鬼,打了几个下马威,又拿好话来安慰她,用手段来欺骗她,要传给她的长生道法。她实在打不破郭林这一道关,可怜纽扣松、裙带解,把父母给的清白的身体,扁扁伏伏地听郭林糟蹋得一塌糊涂。

女孩儿只要打破了这羞耻的观念,渐久反觉得天造地设的那一件玩意儿,是说不尽的苦恼,其中也有说不尽的快乐,不由累得芳心缭乱,同郭林打得火一般热。

郭林起初和凤喜山盟海誓,大有不做正式夫妻不肯罢休的样子。后来郭林对她的爱情一天淡似一天,譬如吃东西一样,随便什么山珍海馐,老是吃那一样,吃惯了也就觉得有些不好吃了,便去弄别个女子,换一换脾胃,把凤喜充列下陈,轻易也不去理一理。

凤喜屡想同郭林吵闹,问一问谁叫他当初发出那样的毒誓来,但看一班同侪的女子,照例被郭林奸污以后,经久俱沦为婢腾,若和郭林吵闹起来,就得照例送到血牢中处死,丝毫没有通融,以此不敢向郭林多说废话,自己反情愿做婢女、做丫头。因为她在这种地方,所见皆是龌龊不堪的事,所听皆是龌龊不堪的话,她觉得红颜未老恩先断,心里总有些不自在,便随着一班歌伎,学着弹唱,有时闷坐在房里,闷极无聊,也曾自己唱着曲子,给自己开一开心。

及至薛星符和郭林相会以来,欲同郭林平分春色,星符自接受郭林这个条件,他的玩女人手段亦复不弱,这地道中肥的瘦的、俊的俏的,随便哪个,郭林都可让她们和星符发生关系。这凤喜也和星符有过春风几度的缘分,又受星符的指使,来劝慰凤姐,反被凤姐这一节光明正大的话,将她这已死的天良说得有些活动起来,耳根上早羞红了一阵,半晌间只没有回答。

凤姐见她已入彀中,益发把那三贞九烈的道理,当作一本《三字经》说给她听。接连凤喜也暗暗洒了几点珠泪,慢慢说出自己的家事来。

凤姐低声道:"原来姐姐还是缙绅家的闺秀,我听姐姐告诉我这样话,可惜我这时身体已不能恢复自由了,如何能救出姐姐呢?"

凤喜附耳道:"我已陷落在这厕坑不如的地方,无论家主人的防范甚严,若放着我到外面去胡说乱道,她这所在不要成了瓦砾之场吗?何况我做了这种丢脸的事,纵能逃出他这一关,又有何面目再见我父亲呢?只是我想设法救出小姐,实在我的能力单薄,想不出可以解救的方法来,我心里终觉对不起小姐,终有些难过。小姐以为你的身体已不能恢复自由吗?小姐的气功虽坏,虽被那东西点中了正穴,也不必吃什么药、用什么解救的方法,小姐尽可放心,自有恢复自由的时候。小姐只拼着一死,没有保不了自己的贞节。"

凤喜刚说到这里,却见星符、郭林已从门外走进来,心里不由一跳。只见他们不像曾识破的神气,才放下这颗心。正要向前说话,忽然郭林向她说道:"喜姑娘,你快些给她穿好了衣服,大师兄固然受不了她这路香火,她宁死也不肯和大师兄结欢喜缘,天下的绝色佳人,难道都死尽了吗?谁稀罕她这个龙蛋。快些给她穿好了衣服,将她押入血牢中要紧。"

凤喜陡然听得这样的吩咐,只不知是什么缘故,连忙给凤姐穿好了衣服。

郭林看着凤喜将凤姐送入血牢,方才同星符去了。

凤喜暗暗问星符是什么缘故,星符便告诉她这个缘故。凤喜假着去监护凤姐的题目,走到血牢外面,悄没有一人,便向门缝里低声说道:"祁小姐,听清吗?我是凤喜。"

凤姐自打入血牢以后,唯有安心一死,耳边仿佛听着凤喜的声音,也轻轻回答"听见"二字。

凤喜道:"祁小姐,你父亲已被家主人押起来了,家主人曾对他大师兄说,说他在这一天以来,很有些心血来潮的样子。后来掐指一算,说小姐是个天人,便劝大师兄死了这条心,不要破坏小姐的贞节,吃不着羊肉,还要累一身膻呢。家主人却算准在这两天以内,定有一个如花似玉的美人儿到我们这里来,还不是瓮中捉鳖,将这人送给他大师兄消受好梦。家主人虽不愿他大师兄破坏小姐的贞节,缚虎容易放虎难,在势又不能开脱小姐的一条生路,所以把小姐送这血牢中处死。偏巧尊大人又自投罗网,投到这地方来,我特地前来告知小姐,我不去把小姐陷在这地方的大概情形告禀尊大人,我心里终觉有些对不起小姐。"

凤姐听到这里,早不由得心酸一阵,待要向她问话,却听不见有人回答。凤姐哪里明白,这一夜的时间,她父亲到郭家村来,被那两个东西押在后院一株古樟树下,凤喜此去通知她父亲的消息,却被郭林杀了呢?因为这两种情节在前文书中已经交过排场,这回也毋庸浪费笔墨。

且说凤姐当时问了一会儿,听不见凤喜答话的声音,想到她父亲又被拘押,他们既已将我父女弄进了陷阱,逃是逃不了,难道他们还肯放我父亲回去吗？想到其间，觉得自己死了不值什么，连累着父亲千里寻儿，到头来还是这样结果收场，一阵难过起来，如同万箭钻心的一样。因此在血牢间哭了又睡，睡了又哭，也不知哭睡了多少时间，哭到肠断声尽的时候，幸得刁珠珠来解救了她的性命，又遇钟维岳连带将她救回嵩山。

于今铁娘曾问凤姐在郭家村经过的情形，凤姐只得对她实说出来。

铁娘："我的算法，虽不能得知其所以然，大致也还不错，我便引你去见尊大人吧！"

说着，便挽着凤姐的手，出了丹房。刚行没有一箭多路，却见她师父、大师兄，已同祁光走得前来。祁光相见之下，说不尽无限悲哀。凤姐却把刁珠珠的事遗忘了，接连钟维岳便请祁光履践三日前之约，吩咐石胆陪着祁光，送凤姐到恒山去。他们出了岳麓山洞，钟维岳又吩咐铁娘，照着对待凤姐的方法，给珠珠香汤沐浴，将她唤醒过来。师徒三人，当在那石道间谈叙了一阵。珠珠才恍然明白过来，便拜给钟维岳学习道法。

及至石胆从恒山回来，禀说凤姐已做了朱师叔的徒弟，祁老法师因不忍父女分离，便留在恒山石洞，不愿回乌鼠山去了。至于珠珠在山洞间，想起她舅父黄国雄来，曾到凤阳去探望一次。珠珠同凤姐也不时往还，两人情逾手足，投契得了不得，这且不在话下。

在下写这部书，已写到四十九回了，在第三十三回书中，红衣圣母用紧箍符降服了祁天雕。当时天雕在丹房中，不曾见薛星符、祝红红是到什么地方去了，岂知他们这一去，却演成水漫郭家村的一场奇剧来。

郭家村既演出这么一场奇剧，独霸泰山派的红衣圣母不是没有道力的人，怎么不前去解救他们呢？这其中却有一个缘故。

究竟是怎样一个缘故，欲知后事如何，且俟五十回再写。

第五十回

愧汝知机女中识豪杰
授人以柄阃外缚英雄

话说薛星符、祝红红、郭林三人,同为红衣圣母的高足弟子,郭家村既演出那么水火风雷的一场奇剧,这三个高足弟子又被钟维岳拘回嵩山,红衣圣母不是毫没有道力的人,怎么不前去解救他们呢?这其中却有一个缘故,究竟是什么缘故呢?

看书的诸君,要明白红衣圣母在背人的地方,虽然什么无法无天的事体都干得出,但在孙旭东、黎绍武面前,很是光明正大,不肯现出自己的本相来。就因孙旭东这一派人,除去那已经死去的祁在鹏,其余的徒弟也略能懂得一点儿道理,便是孙旭东、黎绍武两人,平时同红衣圣母言谈之间,都说她是当今道法的中流砥柱。红衣教门又是济人度世的不二法门,如果有这么无法无天的徒弟,在外面造谣生事,自己不去惩罚这三个东西也就罢了,若再显然去解救这三个东西,毋论自己的法力,竟同桐叶门下的人为难,却不知是鹿死谁手;即令能将这三个东西解救回来,虽然平时的积威之渐,已足慑服旭东、绍武的胆,但哪有这张脸去见他们说嘴响呢?心里未尝不衔恨着这三个东西,放着他们在外边另辟蹊径,好把戏未尝不可做。譬如提着影戏人子上场,千万别要被人戳破那层纸,无如这些东西,道法没有海样深,色胆却有天样大,彰明较著,在钟维岳一辈惯说正经话人面前,做出这种歹事出来,授人家一种宣传的证据,这还了得!我们红衣教所以能鼓动一班人自由信教,原要扛着一块光明正大的招牌,遮蒙愚夫愚妇的耳目,这三个东西,还算是我亲近的徒弟呢,他们在外边嫖龙画虎,我何尝没禁止他们？想不到他们竟明目张胆,做了色界天中的混世魔王,毫没有一些忌讳,直接坍坏红衣教的名气,间接成立泰山派的罪案,使天下教法中人,显然明白红衣教还是这么一个色情狂的教门,泰山派还是这么一个无恶不作的泰山派。他们做下这种事来,不顾我的名气,眼睛里已没有我这个主子了,我若是冒昧去救他们回来,毋论不能在旭东、绍武面前说得嘴响,我的神秘行径不是被天下教法中人揭穿了吗？钟维岳这一辈人是我的仇家,心里虽明白我的行径,却没有拿着我的把柄来做他宣传的证据。虽要在天下教法中人,说我的坏话,还不是说者由他,听者由人？于今却不然了,他既有我徒弟做证据,叫我如何再见天下教法中人呢？

红衣圣母左思右想,觉得要恢复自己的名誉,非在场面上重重做一番正经人物不可。在暗地里要做她极神秘的事,还不是由她做去？她这神秘的事,做得又稳重又干净,在她的意思,原打算任谁也不能拆穿她这西洋镜子。

这日,红衣圣母想了一个计较,却集齐了孙旭东、黎绍武,以及孙旭东的徒子、徒孙,及自己的徒弟,内中当然也有那祁天雕在场。

红衣圣母便现出极惨淡、极严厉的神气,先将星符、红红、郭林被钟维岳拘回嵩山石洞的情形,添枝加叶约略说了一遍道:"我枉受了孙、黎二道友的重托,撑持泰山派的局面,但我自己痰迷了心窍,误将那三个东西收在门下,他们在铜山地方做出那种被万人唾骂的事,真是辱没师门,使我更有何颜偷生人世？这里也有孙道友的门下高足,也有我的教中信徒,大家都算是一家人,情逾骨肉,明知道你们听了我为那三个东西做出这种歹事,丢了我的面子,我将要自尽的话,心里必然悲伤。

"我准备自尽一死,死的方法甚多,要死就死,原可以不用向你们说,使你们心里悲伤的。无奈我有几句话,不得不对你们说个明白。那三个东西来历，虽都还不错，无如在我门下有始无终，竟敢犯下了这种弥天的罪。如果由另一派人去惩罚他们，随便怎样惩罚，哪怕就罚浮于罪，只怪他们造孽太深，该受那般极残酷的报应，谁也不能怪。偏是来惩罚他们的，是钟维岳这一辈人，嵩岳派和泰山派地下那么大的仇，那三个东西既被钟维岳拘回嵩山，又不即时处死，显得钟维岳的心思，借着这三个活口做证据，去胡说乱道，要说红衣教和泰山派人横行无忌，什么我法无天的事都由我们红衣教和泰山派人干了出来。我若去寻钟维岳为难，未免师出无名，他还说我是纵容自己的徒弟，不加管束，竟纵容到那样地步。便是我也不愿把那三个坏东西救出来见我。我们红衣教和泰山派人的台面，被这三个东西坍尽了。

"追原祸首，未尝不怪我痰迷了心窍，偶一失错，竟放着他们在外面闹出这样的大乱子来，使我不能见天下奇行异能之士。我只有一死，不过嵩岳派是我们红衣教的大敌，是泰山派的仇人。我死以后，大家都要洗心涤虑，服从孙、黎二法师的教命之下，把我们红衣教、泰山派的名气恢复过来，使天下后世还知道我们红衣教门不是邪淫无忌的教门，泰山派也不是一个邪淫无忌的泰山派。他们嵩岳派的人物，没有把柄抓在你们手里便罢，如果你们知道有什么奸盗邪淫的事，由他们嵩岳派一类人物做了出来，毋论你们行侠仗义的宿志没有坐视不理的道理。你们要知嵩岳派添立了一重罪案，我们红衣教泰山派人多少要争回一点儿面子，那么我死也含笑在泉下了。"

孙旭东本是没有深思远虑的人，先前看红衣圣母的行藏诡秘，怕她不是正路的人物，于今因星符等被钟维岳拘回嵩山，红衣圣母不去解救她的徒弟，也就罢了，反因徒弟做下歹事，没有面子，不能见人，要寻自尽以掩耻。照这样看起来，何尝不是正经路数？有红衣圣母在泰山派撑着一天的局面，总算泰山派一天的造化。如果红衣圣母一死以后，将来桐叶老祖宗怪罪下来，却仗谁人来坐背后的一把泰山椅子？

孙旭东这么想着，又见黎绍武和自己的徒子徒孙，以及红衣教的信徒，听红衣圣母说完这话，什九都现出极惨痛、极悲怆的神气，如丧考妣般地看着孙旭东如何表示。

孙旭东便接着红衣圣母的话，流泪说道："红衣教门，非圣母不能肇兴；泰山派人，亦非圣母不能存在。万一圣母生命有了危险，还讲什么公仇义愤？就此在石洞间放起一把火来，大家解散了吧！"

黎绍武也进前说道："就因自己的徒弟不争气，损失师父的面子，师父便要自尽以掩耻，那么孙法师早已就死了葬入土里，脚骬骨可翻出来打鼓了，轻徇沟渎的小节，蔑视公仇的大义，我们这一类人，不要都死尽了吗？圣母不要争回嵩岳派的一点儿面子吧！如欲想翻过嵩岳派的本来，除了圣母，更有谁能敌得过钟维岳一类人呢？孙法师说大家就此解散，我嫌他这话说得太不斩截，如果圣母决意轻身一死，大家就先得死在圣母面前。有不从我命令的，看我癞头叫花先同他拼个你死我活。"

黎绍武说完这话，接着阶下一班人的掌声如雷贯耳。

红衣圣母在这掌声鼎沸的时候，看祁天雕站在那里，神色不动，圣母胸中自有方寸。当下把眉头皱了几皱，扯着谎，又向大众宣言道："孙、黎二道兄的金石之言，做妹子非不愿听，不是做妹子小小年纪，说出这样暮气颓唐的话。我们当初学习道法，其目的未尝不愿白日飞升，享尽亿万年神仙之福。如果在这小小的年纪，舍身一死，当初要学习这道法做什么呢？但妹子并因近日以来，常有些目眩心荡，像似魂灵已脱离了躯壳，没有归来的样子，虽勉强镇静，终觉有些镇静不住。依做妹子的愚见，妹子的心荡，恐怕妹子的天禄将要尽了。妹子自以为不祥，又觉一个人活在世上，无一事不是烦恼，活在世上的年岁越大，烦恼也随着越惹越多，就不如早死早好，反落得个六根清净。于今承二位道友的错爱，极力劝阻我，却叫妹子如何承认？"

话才说到这里，孙旭东早从身边抽出一把剑来，搁在颈上，向众人叫道:"大众听着,当初我是实心实意要红衣圣母管理我们泰山派的事,于今圣母一定轻身自尽,我也没有法子,还望圣母念我们泰山派人都命在呼吸,慨然破除自经沟渎的成见,担负这个千钧重担。如若圣母再有半字留难,立刻一剑刺入咽喉,看圣母再有何话说?"

孙旭东叫了一阵,红衣教徒及泰山派人也有围拢在圣母面前,也有围拢在孙旭东面前,大半都没口子叫着:"这如何使得?圣母怎忍心使泰山派人及红衣教徒同归于尽?"

癞头叫花黎绍武却不禁跪在圣母跟前说:"圣母还固执吗?"

癞头叫花跪下的时候,一众小辈也就一例跪下,便是祁天雕虽不愿跪,却也没有法子,也就随众附和罢了。那一片哀告的声音,真似排山倒岳的掣电轰雷一样。

圣母见众人这般推崇,她心中并没有什么大不了的苦恼,眼中也不禁挤出两行珠泪来,说:"妹子这时本不愿觍颜人世,但蒙孙法师如此推心,妹子也只好鞠躬尽力,权撑着这个局面。孙法师快别要如此,已算妹子承认你的话了。"

孙旭东方才哈哈大笑,把剑掣回了,接着孙旭东、黎绍武及一众人等,才一排一排地坐列下来。

孙旭东既以为圣母是个正路人物,毫不迟疑,立刻派人把泰山派上下人等的名簿查来,亲自捧着,送到圣母面前,并慨然说道:"仰承圣母的恩典,死人肉骨,使泰山派人危而复安。我自忖没这力量,受不起这种担负,以后泰山派凡有什么事故,悉听圣母调度。便是我孙旭东,也情愿终身追随鞭镫。一众孩子们,更不消说得,没有个敢违拗圣母的。至于泰山派所创的基础,未甚完全,还请圣母振作精神,重新改革,务使我们这泰山派日见强旺。"说着,便扯了一把椅子,坐在圣母旁边。

圣母诧异了一会儿,又谦逊了一会儿,把那名簿翻了翻,便也流泪说道:"今日的情事,是孙法师实逼处此,并非我侵夺你们泰山石洞的职权。"

泰山派人都齐声答应。

圣母又说:"我既承孙法师这般雅爱,凡事就不能得过且过,要替他尽些心力,并将红衣教门的教规重行整理一下,才不负孙法师的期望。大家要明白,我红衣教同泰山派骨肉相助,疾病相扶持,我的徒弟不幸为非作歹,被嵩岳派拘去惩罚,这是何等丢人的事!以后你们都要小心一些,你们犯了罪,都是公事公办,轻重也丝毫不得通融。像钟维岳那些文绉绉的条律,我懒得去弄它,除了真同我们反对的嵩岳派,以及世界上一班害群之马,这剑火风雷的接触,是免不了的事件。其余如戒杀务要戒尽,便是杀鸡、杀鸭,也不许杀;戒淫务要戒尽,便是目淫、意淫,也算犯了淫戒;戒盗更要戒尽,凡有动人家一钱、一物,都按盗律治罪。天地间无主之物,正是取之无穷、用之不竭,何必去做强盗,自干罪戾呢?我这三种口头告诫,大家要当心一点儿,就是犯得极轻微,至少也要办一个杀头的罪。不是我这告诫比国家的王法还加倍森严,大家要想学道法人犯戒,比人民犯法更来得厉害,所以我不得不定这么严的告诫。大家遵守我的告诫,自是以后,每天要照着师父的窍诀,加倍刻苦用功夫。总起来再说一句,做人要做一个真正的奇人,学功夫要学到十二分的火候。我的宗旨,是同嵩岳派做对头星,是替小百姓做救命主,这泰山的千钧重担,我不敢同孙法师拘执,替孙法师代肩一下。幸天假之年,使我得运用全副的精神,争回我们红衣教泰山派的光彩,自然把这担子仍推卸在孙法师身上,好使孙法师得永远享受泰山派这一路香火。"

红衣圣母说完这话,众人都愿受奉行。便是孙旭东,也佩服她办事有精神,比自己要高十倍。

大家又欢叙了一日,这消息却传入江湖上人耳朵中去,惊动道法中许多了不得的人物。

欲知后事如何,且俟五十一回再写。

第五十一回

报兄仇天雕下山林
惹情丝圣母现色相

话说红衣圣母这番举动,当时一班道法中人,除去五岳石洞,未尝没有奇行异能之士。这消息传入他们耳中去,有人笑说:"孙旭东容易受人欺骗,太没有志气,竟将泰山基业让给人的。"又有说:"红衣圣母那个吃人不吐骨子的妖魔,委实厉害。孙旭东这样奉承她,并不是容易受人受骗,实则自己怕桐叶老道人要怪罪下来,不得不走上红衣圣母一条道儿,把泰山的全权,双手捧到圣母面前,要仗着圣母坐背后一把泰山椅子,其余的毁誉祸福,也就不暇顾虑了。"纷纷议论,不一而足。

其实孙旭东自请圣母主持泰山石洞,早唯圣母的马首是瞻,桐叶道人已开革孙旭东泰山开派宗祖的重责。这泰山已不是孙旭东的泰山了,孙旭东岂有肯将泰山基业白让给人的?但事情已糟到这一步,自己的生命,且怕不能保全,这泰山基业哪里算是他的?只好把泰山献予人,想保全他的生命。话休絮烦。

红衣圣母自接受泰山派的全权,运用她的全副精神,教授红衣教徒和泰山派人的道法,窥探红衣教徒和泰山派的行径。不拘是什么人,如果起了丝毫不良的念头,红衣圣母如同亲眼看穿了心胆的样子,所以她的命令出来,却没有人敢于违拗。

五年以来,做事倒也顺利,泰山石洞的景象,分明焕然一新,声势益发浩大。多有别处的人物,来归附他们泰山的,风声四起,没有个不知道红衣圣母这一派人,喧宾夺主,在泰山石洞中鹊巢鸠占,创立了基业。便是孙旭东、黎绍武二人,渐久看圣母做事井井有条,丈夫不及裙钗智,自顾须眉,亦好生惭愧。

说到祁天雕这一个人,在圣母那时宣布星符、红红、郭林的罪状,只听圣母说他们掳劫未成年的女子,男有专房,女有面首,邪淫奸盗,做出种种不法的事体出来,却不知星符曾将珠珠、凤姐二人,掳到郭家村种种事实。他当时却实在看不起红衣圣母,居然还说出一番道理,心里总批评着这般不正当的师父,才教出薛星符一班不正当的徒弟来。但不敢存着一些违叛圣母的行径,是怕他头上粘着那一道紧箍符,可还厉害。谁知圣母但倾囊倒篋传授他的法力,却不肯传给他一些的道力。

天雕没有圣母那么大的道力,如何能察觉圣母的行径呢?他后来看圣母做事很正当,竟出乎意料,又悔恨自己一时看错了眼,误将圣母认作不正当的人物。像圣母这么一个女中麟凤,不拘是谁,若不想练习法力便罢,如果要练习法力,不拜圣母为师,还能找得出像圣母这般好师父来?

红衣教徒及孙旭东的徒子徒孙,不问年龄,不分男女,在石洞中的名位大小,没有一个不是循规蹈矩的。

有人到泰山石洞来受教,红衣圣母都肯容纳,哪怕这人在外面的时候,人品如何坏,心思如何奸恶,一投到圣母的门下,那一举一动、一言一笑之间,却没有丝毫逾行荡检的行径,好像比从前已变成两个人了。

红衣圣母平日足不出石洞之外,也不肯轻易见客,但有人向她求救,她总殷殷教导,常说道法、法力两件东西,是济世度人的大作用。一个人抱着济世度人的念头,十年如一日,回头便登道岸。唯有法力是由自己修持得来,修持的功夫不到家,任你天分再好些,凤根再深些,人家一日走一日,你一日只走一两步,就算你走得比飞马还快,也没有人家那样的进步。一个人没有济世度人的念头从中驱使,谁肯学习法力呢?法力上有了基础,济人度世的功业,成熟到十二分,一经证悟道果,便能心领神会,有水到渠成之妙。若是法力上没有基础，济人度世的念头，没有成熟到十二分，便想证悟道果，所得皆是些旁门左道，不值什么，要悟证大道，可就是一件很不容易的事。

红衣圣母这样的话未尝没有充分的理由，在这五年以来，不但没有传给祁天雕道力，便是其他红衣教徒，及孙旭东的一班徒子徒孙，完全是从圣母学得种种法力，谁也没有学得圣母的道力。圣母越不欲轻易传授他们道力，他们越把圣母的道力看得比日月还高明、比山岳还稳重。

圣母除去主理泰山各种职务而外，照例每晚抽出几个时辰，打坐云床。

天雕的资质很好，法力的进步，迥与别人不同，在圣母打坐云床的时候，天雕都侍立一旁，如同善才侍观音的样子，简直一时一刻，也没有同圣母离开过。

圣母在戒律上认真不肯通融，心态虽来得严厉，心地看去却十分慈善，对于门下纯正勤修的人，慰劳问苦，如同家人母子一般。以此天雕崇拜圣母、信仰圣母、感激圣母的心思，越发来得纯恳，头上便没有粘着那一道紧箍符，在势也不能生出一些违叛圣母的行径来。

这夜天雕看圣母打坐云床，已打坐了好几个时辰，外边的天光已亮，却仍未见圣母睁开眼来，天雕好生诧异。因为圣母每夜打坐的时间，尚没有直坐到天光发亮才起身，再仔细看圣母打坐的神态，仍然同平时一样，直到辰牌时分，山洞中上下人等，多有到圣母房中去请安，看圣母仍是坐着不动，脸上颜色，也没改变，大家都不由现出很狐疑的神气。

天雕再凑近圣母面上，细看了一看道："师父不是已经羽化了吗？"

一句话提醒了众人，争着近前看圣母时，可不是已死去好一会儿了。

天雕不由伏在地上痛哭，红衣教信徒，都一例跪着念起往生咒来。

孙旭东的徒子徒孙,也一齐跪下痛哭,早有人到那孙旭东的丹房里面,去报知孙旭东、黎绍武。孙旭东听报,大吃一惊,怪不得我在做功夫的时候,有些心神不安,原来圣母已羽化了。

黎绍武便跺脚道:"怎么好,怎么好?钟维岳的大仇,更没有人替我报复了!"

孙旭东也跺脚道:"怎么好,怎么好?圣母仙去以后,我们泰山派人,更有谁去抵制桐叶老道人呢?"

黎绍武道:"这不是急死人了吗?"

孙旭东道:"真正要急死人了。"

他们两个人一路走,一路说,看去彼此谈心,其实都是各自说各人的心事,谁也没有听着谁是说些什么。两个到了圣母云房以内,如丧考妣般地附着众人大哭一场。那一阵哀声,好像天地含愁,草木生悲,云房内外,登时似乎已布了不少的鬼气,大家直哭到下午时分,方才议论忙着了结圣母的遗骸。

忽见圣母的右手手腕动了一下,众人这一喜,真是喜从天降。再看圣母脸上,现出那仙态美的容颜,依然如朝日之映芙蕖,似乎听得圣母说话的声音朗彻,说道:"钟维岳呀,有朝一日,你才知道我的手段厉害呢!"

众人虽听她说话的声音朗彻,没见她的嘴唇翕动,这话也是从喉咙间说出来的,如同害病人谵语的声音。仿佛话才完毕,即见圣母已慢慢地睁开眼来,定一定神,如同魂灵在空间飘荡了许久,忽然寻着了躯壳似的。

众人见圣母已经醒了过来,一时恢复了秩序,圣母却现出很惊讶的神气,向众人说道:"你们齐在这里是干什么事的?"

当由孙旭东把以前的情形报告一遍道:"圣母为什么叫作钟维岳的名字,说出那两句话来呢?"

圣母道:"笑话,我若羽化,当在三日前通知你们了。方才在打坐的时间,我的元神似乎遇见了钟维岳的元神,随口向他发作几句,没有什么大不了,请法师仍带领他们各回丹房吧!"

孙旭东便不再问下去,大家就此各回各的丹房做功夫了。

圣母见众人已去,遂将天雕唤至跟前说道:"在十三年前,钟维岳不是把桐叶道人请到岳麓山巅,说你兄长祁天鹏犯了色戒,当由他徒弟金石胆,用三昧真火烧死你的兄长吗?你兄长犯戒不犯戒,你自然有明白的时候,只是你久想替你兄长报仇,要栽他们师徒一个跟斗,你在我这里已学五年的法力,到了你给自己兄长报仇的时候了。这法力却大有用着,你附耳过来,我吩咐你几句话,你只照我的话行去,什九可报复你兄长的大仇,拿他们师徒栽一个跟斗,显得他们嵩岳派的人物,在人面前说得嘴响,背地里也会做出犯戒的事体来。"

天雕听罢,忙凑近身去,红衣圣母低声吩咐了好一会儿,天雕连称遵命。

圣母道:"你若中途变卦,有一句违拗着我,就得再显出我这紧箍符的厉害。"

天雕道:"师父血热的心,我已看见了,我敢在师父门下扭一扭吗?"

圣母道:"那是自然,我但愿你事事不违拗着我,将来定当传给你的道力。"

红衣圣母就此将祁天雕放出泰山石洞。

天雕自应遵着圣母的话,准备报复他兄长祁天鹏的大仇去了。毕竟要怎样地报复呢?红衣圣母在云床上打坐的时间,所说的呓语,却是怎么一回事呢?后文自有一拍即合的局势。

于今且说江苏阜宁益林集地方,有一个开义昌恒牌号布店的人家。家主人名唤彭法铨,为人精明信实,是商界的个中翘楚。五十岁上生了一个儿子,取名化龙。彭化龙生得仪表非俗,俊逸出尘,读书的天分很高,十七岁上已中了一个乡榜,他生得这般的俊貌,又在青年有为的时候,哪一个女子不愿配他为妻,哪一家养女的人家不愿择他为婿?但他对于这婚姻的问题,眼界太高,要由他自己做主。

天天有媒婆到彭家来说亲,彭法铨是古董时代一个开通人物,凡有说亲的人家,听彭化龙自己的意思去取,没有旁的话说。彭化龙却只重才貌,不重门户,小户人家,任他上门相看;大户人家,要顾面子的,或是约在荒郊之外,或是约在寺院之中,两下相逢。都是落花有意,流水无情,要惹得许多钟情的女子,回去害相思病想迷了心。他一个也看不上眼,他理想中的情人,要同画图上所画的美人儿一样,还要这美人儿能写得一笔好字,画得一幅好画,吟得一首好诗,作得一篇好文章,刺得一对儿好鸳鸯。

请问像这么一个美人儿,千个里如何能挑出一个来?他的眼界越高,这婚姻问题,哪怕刻刻有人前来说合,却也越不容易成就。

渐久人家看穿他的性格,却没有人到他家来提媒了。他总抱定这个宗旨,丝毫不肯通融。他常自己对自己说:"天既生我这般第一的才子,应该有第一的佳人作成配偶,没有第一的佳人作成配偶,宁可寡居一辈子。江山易改,这性格却不能转移。"果然老天不负苦心人,这理想中的情人,居然被他想到手了。

事情原是这样开端的,在第二年上元时节,别人都到街上去看花灯,他兀自坐在书房,伴着书灯,孤衷独抱,未免涉及遐想,就以青灯为题,用"侬是青灯欲化身"七字为交韵,拟就一篇小品赋文,遂铺下一张纸稿,挥笔立成四句,是:

　　灯光初烨,灯味偏浓。花明清夜,影淡孤踪。

刚写完这四句以后,觉得不能继续向下写去,便起身把这四句赋文,在口里喃喃念诵。

忽听得仿佛有女子吟哦的声音,听她这声音吐出来的字眼儿,如吹着笙笛一般,又清婉,又明白,且娇而嫩,没有一句念完以后,没有余音。

听到耳朵里也有些作痒起来,这声音分明就在眼前,但眼前实在又没有看见什么人。

细听她吟哦的韵文,原是接续自己的四句赋文是:

  纵毋负于神明,一编误我。尚有资乎火候,午夜怜侬。

化龙听了一会儿,不禁暗暗叫绝,心里疑是仙句,准备归座,将这四句写下。一转眼却见对面案前坐着一位古装的仙女,伏案直书。化龙略一顾盼,她的容颜,红光灼灼,白焰腾腾,真似珍珠宝贝一般。眼睛里也不由看得有些作痒起来,又暗暗叫一声"奇怪"。

转眼间,那女子已不见了。

欲知后事如何,且俟五十二回再写。

第五十二回

遗帕惹相思痴心如醉
微波通款曲香梦方酣

　　话说彭化龙陡然间看那女子又不见了,这一惊更非同小可。及至归坐书案,犹觉余音嘹亮,一阵阵香气,满袭衣襟。

　　看纸稿上接写的文字有两三行,原不仅续写这"纵毋负于神明"四句韵文,且字体秀媚绝伦,酷似赵松雪,再仔细看来"午夜怜侬"这一句"侬"字韵已作完了,却又接着作了一个"是"字韵六句。

　　她写的是:

　　　几度挑来,欲眠不死。且添美女之油,漫罩洪儿之纸。
　　　猜来诗谜,想入非非。悟出禅机,证明是是。

　　化龙看到这里,不禁拍案叫道:"这个可又不是仙句吗?非具有神仙智慧,如何做得出这样的仙句来?可惜仙人分隔云泥,万一世间果有这样的仙人,和我成了神仙眷属,比状元及第还快意得多呢!"

　　心里是这么想,那一阵阵香气,又沁人心脾,非兰非麝,沁得心里也有些痒痒的。因念仙人已去,这一阵异香是从哪里发出来的?

　　忽然从门外吹过一阵微风,吹得灯光也有些闪烁无定。化龙便又起身,关好了房门,再走到案前,这回却被他看出来了,是座下的一把椅子。那向里椅架中间,飘着一块彩绢底红刺绣的手帕,那一阵阵香气,似在手帕上发出来的。因用那只手拈着手帕,接着这只手里再将拈手帕的手指,放在鼻管中间闻了闻,觉得那手指上的香气,比蔷薇露还香,正说不出的那种受用。把手帕放在案前一看,帕上刺着一对并翅的鸳鸯,双双飞舞在花丛莲叶间。下面写着六个小字,是"红梅仙子刺画"。

红梅是女郎的小字,这字迹又同赋文上的续写字迹,笔致娟媚,这香帕当为美人儿之贻。

化龙心想,我的志愿,是要得一个绝世佳人,像画图上美人儿一样的美,还要这美人儿写得一笔好字,画得一幅好画,吟得一首好诗,作得一篇好文章,刺得一对好鸳鸯。像这般的美人儿,不但见没有见过,就是听也没有听人说过,可见在尘世间寻这般美人儿,踏破青鞋是不易寻着的。这美人儿比画中人还美,不是仙子是什么呢?我看仙人既在三更半夜,闯进我的书房来,又给我续成两韵赋文,遗下这一幅香帕,不是对我毫没有意思。但她既到我这地方来见我,却为何又现出羞怯的神情来避我呢?

彭化龙正在拈着手帕,这么心猿意马地胡思乱想,猛见得窗门无风自开,即走进一个袅袅婷婷婢女模样的人来,向化龙笑了笑道:"你坐在这里胡想些什么,少年人想老婆吗?这香帕须要还给我们小姐的。"

化龙向婢女打量了两眼,看她粉颈低垂,星眼微波,说话时现出一种羞怯的神态,画裙飘展,霞带粉披,不是上身小罩着天青缎的坎肩,几疑她还是那仙女的女伴儿呢!

不过她的面庞,在名画家还画得出,若是方才所见那个仙子,画也画不来了。化龙便也赔着笑回道:"姐姐休得取笑,谁在这里想老婆呢?"

那婢女又笑道:"不想老婆,在这里呆呆想些什么?我不同你花马吊嘴的,须还我小姐香帕来。"一面说,一面便伸出兜罗绵似的手，要来拈取那香帕。

化龙忙把香帕掩在怀中，乜斜着眼笑道："这帕不是你遗落下来，你如何能取去奉还小姐？"

那婢女嫣然一笑道："不是我遗落下来，我来替小姐讨取香帕，你不还我就行了吗？"

化龙道："你是不是小姐？"

那婢女道："我是小姐的丫鬟，你见了我已惹得你一双贼眼，滴溜溜不住地瞧着我。如果小姐亲自来取香帕，你这狂郎，又不知要癫狂到什么样子。"

化龙道："你既不是小姐，你在先又没有和小姐同来，在你说是小姐的丫鬟，我不认识你是小姐的丫鬟，这香帕便还给小姐，也不能交还在任何人手里。没的吃你骗了不打紧，若小姐前来讨取香帕，我拿什么交还小姐呢？你看我可是这么傻？"

那婢女笑道："这相公说话太促狭了。也罢，停一会儿小姐前来，看你不还是行不行！"一面说，一面便抿着口笑出门去。

化龙听她说是停一会儿小姐要来讨取香帕，分明正中情怀，赋文也懒得续做下去，眼巴巴地在书房等了一会儿，却仍不见有什么小姐前来。

此时一班看花灯的人都回来了。有一个书童，平时都宿在书房里，化龙却将他支使开去，所怕他见了那仙子前来，有些不便，要打断这么好的良缘。

化龙把书童支使已毕，又停了一会儿，看家中人都已睡熟得静寂无声，哪里有什么小姐来讨着香帕呢？

耳听五更的鸣鸡，一递一声地叫个不住，又将那香帕反复看了数遍，仍没有见什么小姐前来，便将香帕仔细珍藏，收藏在小皮箱里，外面加上一把锁，只好闷咄咄地上床安睡。一时间意马纷驰，只有些睡不着。刚合上眼，似乎见那个仙子，向他憨憨地笑。

好容易挨到天光大亮，蓦地觉得那仙子凑近他身边，仍拈着那手帕,在他面前扬了一扬。

他在这时候,不由喜得心花怒放,一骨碌拥起身来,就想向前双手拥抱,口里还不住地喃喃说道:"哎呀好人,你来了吗?"

即听得那人回了一声道:"相公,我来了。"

这一句不打紧,直把化龙惊出一身的冷汗,原来手中抱着的,不是仙女,却是粗头粗脑的书童。

因为夜间化龙忘记关着房门,这书童早间起来,走到书房外一看,房门已开,疑惑相公已经起身,准备前来伺候。及至进房一看,看相公仍然睡着不动,便走近榻前。冷不防相公已兀自惊醒,抱着他低低声叫唤着"好人"。

他如获异宠,回一句:"我来了!"

化龙愣愣向他望了一会儿,幸喜方才不曾对他露出什么马脚,也就用话遮掩过去。

日间也没心肠温习书史,到了晚间,推说自己身子有些不爽快,喜欢独睡,仍把那书童支使开去,关起门来,打开箱箧,取出香帕,不住地展看。

一时狂态大作,把香帕放在唇边吻了一吻,那香馥馥的气味,窜得周身的骨节都有些软化了,牙根间早低低唤出一声红梅仙子来。

奇怪,这一句红梅仙子刚唤出来的时候,那个意中人,早门不开户不破地现到他眼前来了。

只见她喜滋滋满面含春,笑吟吟梨窝堆笑,问一声:"狂郎何为唤我的小名,不怕有人听见吗?"

化龙早觉得意软心酥,摇摇无定,情不自禁,只一把将她抱住。

那仙女慌忙撑拒道:"读书人怎么这样粗鲁?狂郎君吓杀我了。"

化龙不知怎的,两手自然松放,向后退转一步,把初时情急的念头,冷退了一半。

再看她柳眉双锁,深老凝愁,好像心里有些不自在的样子,吓得化龙连忙作揖赔罪道:"仙人恕我鲁莽,下次是不敢了。"

红梅仙子道:"昨夜的手帕,遗落在这地方,我遣绿珠来取,你怎么不还我呢?你这急色的狂郎,知道什么人心?"

化龙见她还是讨着手帕前来的,顿时现出他书呆本相,早洒下两行珠泪,说道:"非是我敢对仙人存什么邪念,但既蒙仙人玉趾前来,不是厌弃我的一般,究竟仙人是如何存心呢?既不蒙仙人见爱,我何敢再勉强呢?"说罢,那泪珠益发滚个不住,点点滴滴,都滚在手帕上。

红梅仙子道:"轻一些,不要被人听见了。我问你,我们在天上一别没有多日,你只在尘世间略一住脚,怎么便鲁莽如此?"说着,那水汪汪眼睛一转,似含着无限春情。

化龙听她这话,一半不懂,但见她这时的神态,愈忧郁愈觉妩媚,蓦地又觉得心旌摇荡,神思淫荡。一手拈着香帕,悄悄又凑近她的身边,不敢再做出那样无礼的举动,得罪了仙子,岂是当耍的事?

只觉她衣裳飘拂、云鬓缤纷之间,也不辨是细细肌香、甜甜发气,只顾光翻着两个黑漆似的眼珠,偎在她的脸庞上滚来闪去。

红梅仙子才破涕为笑道:"狂郎君,目眈眈似贼,视我何为?这手帕可还我不还我呢?"

化龙道:"我视仙子如碧桃红杏,不食亦可忘饥。伏乞仙人恕我无礼,这香帕已为我泪珠所污,如何能奉还仙人呢?"

化龙说完这几句话,看她并不像在前那般撑拒的样子,便用一手挽住她的手,竟来偎着她的香腮。

红梅忽瞟着他喃喃说道:"狂郎,我是妖狐,将为君祟。"

化龙笑道:"仙人自是仙人,妖狐自是妖狐,我的眼力,绝不会错。便是死在什么妖狐手里,有那样好死,不比登仙还自在吗?"

红梅仙子才从容笑道:"看你一落尘劫,还未昧失本来,依然在天宫时的一双慧眼。你是上界护花使,偶向我一眨眼,被上帝知道了,将你贬谪人间。我因你既有情见爱,多少总有一些缘分,故不惜堕落尘寰,前来点拨,我想同你了此未了的缘。昨夜你没有将手帕交还雏婢,可见你我的情缘未了。但因你方才抱我那一手的手势,来得太沉重了,读书人有你这样鲁莽吗?你总要怜惜我一点儿才是。"

化龙见她说出这话的时候,桃花面上早堆着朵朵红云,直红到鬓角上,在仙态美之中,又添加一种处女的美,心里感觉得十分沉醉,两个磕膝,不由软了下来。

红梅仙子见这情状,便将他一把扶起,轻轻说一声:"狂郎情急了!"便手挽手地走近床沿,脱衣解带,同入香衾。

彭化龙到此才真个销魂了,一枝秾艳露凝香以后,红梅仙子便整衣起身。

化龙便将她拉住道:"不多睡几时,想坐起来做什么呢?"

仙子忽低声叹道:"缘尽于此矣,手帕须还我来。"

化龙不由现出惊慌的样子问道:"你这是什么话?"

仙子道:"私奔苟合的事,可一而不可再,墙有风,壁有耳,你不怕,我还怕呢。我所以说缘尽于此的话,就怕你们这些读书人,要把今夜的事,会在人面前胡说乱道,那还了得?你便不将这话告知人,日久好合下来,必然有人知觉,万一风传出去,惹上帝怪罪下来,岂是当耍的事?好在我同你缘分已了,不若就此分开了手,以后妾为君贞,君为妾义,两地相思,即如伉俪,何必要惹人飞短流长,自讨烦恼呢?"

化龙听了急道:"我又不是个猪狗,难道会将这些话去告诉人?你尽可放心,我这书房,只有一个书童常在这里奔走。一到晚间三更以后,就没有人前来,家里人都已睡熟,怕有什么外人飞进来,听这隔壁戏呢?你尽可放心,快不要提这伤痛的话,听得人怪难过的。"

仙子道："你这话果靠得住吗？果如是，我就夜夜前来也使得。我吩咐你几句话，你听准了。你在三更向后的天气，关起门来，弄着这手帕，唤作我的名字，我自然会到你这里来。如有人在书房里，或三更以前的时候，你拿出我这手帕，低低唤着，那就可不用怪我的心肠太狠。后会正长，你也放心好了。"

化龙这夜和仙人分开以后，虽然再没有什么云情雨意，然而在那梦魂颠倒之间，仍觉似玉体亲偎，香腮熨帖，正说不尽的那种风流乐趣。

第二天未到三更的时候，化龙仍照旧例，将书童支使开去，关起门来，看了一会儿书史，又将那香帕取出来，低唤了一声。果然红梅仙子仍然是门不开户不破地闪进书房中来。

似这么一日、两日、三日地接连过了十来天。化龙每夜只领略着天仙美人儿的风味，也忙不过来，哪里还有什么心思，考量到这仙人究是什么来头呢？又仗着自己在年轻力壮的时候，把全副的精神，虽在这上面消化一半，但自己不觉得身体方面，有什么筋疲骨痛的苦恼。从镜子里照一照自己容颜，仍然骨肉停匀，并不见得一些消瘦。

恰好这一天，化龙有一位近房的堂叔彭法海，便是在凤阳虮蜡庙，曾做过火工道人的那个彭法海。现今不知在什么地方，回到家乡来，到彭家布店里去，拜访他堂弟彭法铨。适值法铨出外买货去了。化龙因是自家的堂叔，便出来款待。

法海忽然在化龙面上望了望，顿现出十分惊讶的神气，说："你做下什么不可告人的事，你脸上的气色，像个什么样子？快些对我说出来。我若迟到半月，你这性命，早已亲自押到阎罗王面前去了。"

化龙陡然听法海说出这提心吊胆的话，不由暗吃一惊。

欲知后事如何，且俟五十三回再写。

第五十三回

雨洗芙蓉幽斋劳缱绻
春生玉碗绮梦太荒唐

话说彭化龙陡听他族叔彭法海说出这骇人的话，心里虽暗暗纳罕，但表面上却装作行所无事的样子。向法海从容说道："侄儿向知礼仪，不敢稍有逾闲荡检的行为，叔父怎说侄儿做出什么不可告人的事呢？"

法海从鼻孔里哼了一声道："好个不敢逾闲荡检的人，你不要发糊涂，生死关头，到了这一步，你打算还想瞒我吗？若我说的话有丝毫走板，我就掘去这双眼睛，从此不相人了。"

化龙哪里肯听。

法海见他不肯吐出秘密的话，向化龙点一点头，说："嘴巴犟是不中用的。"说罢，竟自拂袖而去。

化龙暗暗一笑，自己对自己说道："他是哪里学得一些麻衣相，居然竟谈起相法来？"

化龙心里这么想，便走进书房，拿着一把镜子照了照，见自己的脸上神气十足，不过两颧骨上有一点儿微红，算不了什么。

到了夜间三更以后，化龙早取出那方帕来，口里唤着："红梅仙子！"唤了一会儿，并没见有红梅到来。

化龙暗暗诧异，听得窗外一阵阵雨声作响，才恍悟着仙子是不肯冒雨前来，打算将香帕收藏起来。可是这一夜的光阴，如何容容易易鬼混过去，心里一阵焦急，又抱着香帕唤着："红梅仙子！"

"子"字还未出口,已见面前站立一位绝代佳人,珠花高髻,红袖宫妆,向着化龙嫣然一笑,不是红梅仙子是谁呢?

化龙一眼只顾盯在她的脸上,好半响开口不得。转是红梅仙子向化龙说了一声:"我看你也是个痴情种子。但今夜我不知怎么样的,心里只是跳得慌,好姻缘恐怕也干造物之忌。依我的主意,今夜本不当再来见你……"

化龙不待她再说下去,说:"你是个仙人,太不知人心,我几曾听信旁人的话,怨恼了你?我若把这秘密告诉人,我又有什么面子?向来我展着香帕,低唤了一声,你就来了,偏是今夜这香帕也有不灵验的时候,直到这会子你才前来。我知道你要想推掉我,我究竟不知道是哪一件事讨你的厌,反惹你说出这样的话,一味地要远我,好像我这里有老虎要吃你呢!"

红梅仙子笑道:"只要你自己把舵子拿稳了,情海中不生漩洑,就不怕事实上横起波澜,你有甚怨恼我,我有甚厌恶你,那是我同你讲句玩话,就惹得你要光起火来。你看身上打着几个雨珠子,脚上踏着满帮的泥,就知我要不来,又不得不来怕你生疑的缘故。人家冒雨前来,反讨你老大的奚落,你这人还有什么人心?"

化龙道:"你是仙子,却说我太不知人心,我如今没有别的恨处,只恨爷娘生下了我,不能同你常常在天宫里聚首。你越是这样待我,我越是恨我爷娘,我也解说不出是什么缘故。我想有一句话要问你,我今生今世,可能和你永远一夜不会离开?千万请你不要说出'不能'两字,如果说不能,你便杀了我这颗头,剜去我这颗心,我却不愿意你一夜推掉了我。"

红梅仙子听了笑道:"你也不用烦恼,我今夜还冒雨前来会你,可知我也是一夜不愿和你离开,便连你一生一世,我也不愿有一夜离开了你。百年以后,又安知你我没有常常在天宫聚首的日子……"

红梅仙子正说到这里,忽然呀的一声响,书房门开了,把红梅、化龙都吃了一惊。

却见那人走进门来,向化龙点头冷笑道:"我说你嘴巴犟是不中用的,何如呢?你同这吃人不吐骨子的妖魔造下这种弥天的恶孽,还要在人面前说得嘴响,说是不敢有逾闲荡检的行为。推开窗槅同你讲几句透亮的话,这件事不给我彭法海知道,随便你是死是活,也就罢了。既给我知道了,若使你的性命断送在妖精手里,无论你是我彭氏门中一个紧要人物,固然我要前来救你,即是一个素不相识的人,我没有轻易放过。留着这种妖魔活在世上,不知还要坑害了多少人呢!"

彭法海对化龙说了这一阵,忽然惊讶起来,现出不相信的神态。说道:"什么?有我到这里来,那妖精还会逃跑了吗?我若不显出点点神通,将她拘回来,谅她也不知道我的厉害。"

说着,即闪动一双黑而有光的眼珠,在书房上上下下望了一会儿,却不见那红梅仙子是到何处去了。

忽然听得书房中有女子微笑的声音,彭法海虽看不见什么女子,听那笑的声音,非常明晰,并听得出是这妖魔的声音,就从眼前笑出来的。两眼便运足了元神,闪闪烁烁向面前望去,煞是作怪,那一种微笑的声音,又从背后发出来了。转身向前望去,这边仍不见什么,再听笑声又仿佛到了那边。看来看去,只是看不着,看得彭法海心里气恼极了。

口里还不住地说:"什么妖精怪祟,居然有这吃雷的胆,还敢在我跟前卖弄她的神通?呀呀!她既来要我这侄儿的命,我没有不要她的命,如何还由得我做人情,放她出去,给她再迷害那些年轻没有把持的男子呢?"

口里是这么说着,随手捏一个诀,向屋四面照了照。却见那个红梅仙子,仍和化龙并肩站着,早飞起一脚。作怪,这一脚并没有踢到法海身上,就见法海栽倒地下,动也不能动了。不但一肚皮的法术被她这一脚踢得前功尽弃,就是全身的气功一些也施展不出。

却见红梅仙子仍然现出一种冷刺刺的笑容,指着法海骂道:"你这鸟道人,真是豆腐进厨房,不是用刀的菜,不知从谁人学得点点的神通,也要拿来献丑。我同这位彭孝廉相好,与你这鸟道人有什么过不去,平白地要对我使出杀人心?我不取你的性命,你还要在人面前说得嘴响,说我不知道你的厉害。"说着,便要将彭法海的顶心发提起来,准备取他性命。

幸得这时候,化龙忙握住红梅仙子的纤腕求道:"仙子请放手吧,这是我的远房族叔,且请仙子看我面上,饶他这一次。"

红梅仙子才将法海放了下来。

法海转过很和气的口吻,对红梅仙子说道:"好的,寻常的妖狐精,有上仙这能耐吗?贫道不知上仙是哪一洞的人物。"

红梅仙子也笑道:"你是打算问明我的仙居,日后你下苦功练强了道法,要报仇雪恨吗?我也不怕你,我的仙居很多,你要来报仇,尽管就再到这里来。只是你要记清了来的次数,你来一次,我要踢你一次,一共还要同你算个总账。"

彭法海不由叹了一口气,还叽叽咕咕地说道:"是我自己瞎了眼,错认上仙是妖狐精,我有这本事,还敢再到此地来吗?"一面说,一面早走出书房门,鸡犬不惊地溜出后院去了。

其时彭家的人已深入睡乡,这间书房在后院左边,距离前面的房屋甚远,所以他们在书房里闹了这么久,悄没有别人知觉。

彭化龙见法海已去,想不到法海居然也有那一点儿神通,抛砖引玉,却现出红梅仙子绝大的能耐来。才恍悟红梅仙子,并不是什么仙人,绝是一种妖狐精来吸取他的元阳。法海的话,一些也不会错,合该是自己入了魔,竟不听信法海的忠告。虽然这时精神尚不大萎败,若长此和妖狐迷惑下去,究竟也是个血肉之躯,将来精枯髓竭,多情却是总无情了。但是她既迷上了我,我若在这时候硬和她断绝往来,我越是远她,她越是不肯舍弃了我。今夜我持着那块香帕,千呼万唤,她才出来。若是到了明天,恐怕不待我唤作她的小名,也会到这里来了。

化龙心里这么想，面子上却对红梅仙子现出害怕的样子来。

红梅仙子是怎样精灵的人，看他的神态，岂有不明白他的意思，便向化龙笑了笑道："你胡想些什么？须知我不来时，今夜就不来了，要来时，随便你怎样拒绝我，也没有用，难道这会子你还不识人心吗？与郎偕好，本是我的夙愿，致郎死命，那是狐媚子的行径，我若是狐媚子一类妖物，早要在彭法海面前活现形了。愿郎君勿疑，不可辜负当初的爱意。"说着，便闪动秋波，向化龙乜斜了一眼。

化龙不知怎么样的，见她星眸中扬出笑颜来，一颗冷定的心，登时又觉得有些热剌剌的，转赔笑道："我听得仙人有长生的方药，可以不死，不知你可能给我一些长生方药呢？"

红梅仙子笑道："那是中等神仙，如吕洞宾、张果老这一类人，才用得着长生不老的方药。我是天仙化身，已不食人间烟火，哪用吃人间的方药呢？也罢，你既在尘世间勾留一二十年，已不是天仙的真面目了，我给你一些长生方药，这是我很愿意的事，你打算要我给你什么长生不老方呢？"

化龙道："荷人、枸杞，最是长生不老的食品，便是身无仙骨的人，服之也能却病延年，你不妨弄点儿来给我吃。"

红梅听到这里，把手向空一招，唤一声绿珠道："快来快来……"

话犹未毕，化龙早见有一个文采郁郁、羽翼英英的绿蝴蝶，比寻常蝴蝶要大得百倍，不知从什么地方飞进书房中来。一转眼化为一个女子，真是那夜替红梅仙子讨着香帕的那个婢女绿珠，站近红梅身边，仿佛听红梅有什么吩咐的样子。

红梅贴着她的耳朵，说了几句，绿珠点点头，眨眼间仍化成一只翩翩绿蝴蝶，又不知飞到什么地方去。

不一会儿，接着又飞来六只蝴蝶，五颜六色，各有不同。

这时窗外的雨声已止，那六只蝴蝶口里各衔着杯盘酒肴等类，一落地便幻成六个好女郎，便是那绿珠也在其内。将杯盘酒肴都摆设在书案上,那杯盘金镶玉质,精致绝伦,那酒肴香气扑鼻,不知是什么酒、什么菜肴。

化龙只认得两只金盘里面,一只立着一个高可盈尺的孩儿,藕白粉嫩,又和真孩儿毕竟不同,化龙却认为千年的何首乌,成了人形,就是一个荷人。一只玉盘里面,坐着一个长不满尺的哈巴狗,四蹄毛尾,也和真哈巴狗毕竟不同。化龙却认为千年的枸杞,成了狗形,就是《食物本草》上所载的那一种枸杞。

红梅仙子见众女子摆设已毕,随手一挥,大家也都幻作蝴蝶,飞翔而去。

两人吃喝了一番,化龙觉得那酒芳香沏齿,可知天上的琼浆玉液,和尘世间的糟粕余精,大不相同。那荷人、枸杞也鲜美无比,吃下去便觉精神陡长,早料想这是长生不老的食品,决定不错。

酒过三巡,似乎见红梅用手指在酒杯子一画,一时桃腮含笑,星眼微扬,轻舒皓腕,奉送到化龙面前。

化龙这时本有了几分酒意,看是又拗不过红梅仙子的情面,早将那杯酒接过,一饮而尽。登时便觉一股热气,直由喉咙送下丹田,便有些昏昏沉沉起来,接连又要红梅再来一杯。

红梅道:"吃酒本应够量就好,吃醉了有什么意思?"

旋说旋向桌上捏一个诀,顷刻间桌上的杯儿、盘儿,并同荷人、枸杞那一班残肴冷菜,都已不知到哪里去了。

化龙觉得酒涌心头,浑身上下好像没有骨朵筋的模样,便向红梅呢呢喃喃地笑道:"不吃酒,我们就上床吧!"

红梅也不回答,两人就此同入香衾。

这一夜的情形,作书的本要按照当时事实披露出来。不过这种大胆披露的文字有干刑例,并与发行人和作书的名气很有攸关。从简略过一笔。

且说彭化龙自经这一夜以后,未免精神上损失太过,加之又吃了那般麻醉性的销魂酒,所有荷人、枸杞等一班下酒的菜,哪里是真的,这不过是红梅仙子一种幻象的作用。倒是那销魂酒煞也厉害,吃下去那魂灵似飞向九霄云外。试问没有魂的人,虽然再聪明些,到了这种关节,哪里还知得什么好歹轻重?不上十日,化龙忽然吐起血来,所有盗汗恶寒诸症,差不多都添完了,脸上更瘦得与平日不同,两颧骨上,更红得像喷火一般,这色痨病已上了床了。

欲知后事如何,且俟五十四回再写。

第五十四回

秦小姐含泪返金丹
钟剑仙驱妖招恶怨

话说彭法铨在外县地方办货回来，见化龙病得这个样子，还疑惑他们少年人读书用功太过，怕他要害书痨病害成了功，便禁止他不许翻撷书史，哪里明白他的元阳，已差不多被妖精吸取去呢？

化龙就像心中已没有主宰的一般，他虽知道这个红梅仙子也许不是正经路数了。身体已弄坏到这般地步，每夜和红梅亲近一次，必吐血一次。在红梅轻怜热爱抚摸慰弄之间，他反想到人生反正不免一死，死有这样快乐，比平地登仙还自在呢。

有时在日间精神上觉得痛苦，打算晚间不去拈弄那香帕，谁知一到三更以后，早又有些神魂不定，把那香帕拿出来，低低唤着红梅仙子的小名了。

似这么又过了三日，索性又吐起狂血来，他日间已不能起床。到了那夜静的时候，便不取出香帕来，不用低低唤着红梅仙子的小名。谁知昏昏沉沉地睡了一觉，那个红梅仙子，已在檀郎怀抱中了。

这时化龙才想到死时的烦恼，但被红梅扶上了雕鞍，欲罢不能，反觉得那一件快意，无一处不是痛苦。从前迷恋之念，也一变而为畏惧之心，醒来沾濡床笫间的东西，都是化龙身上的精血。

化龙心知性命难保，才把自己的秘密给他父母说穿了，悔恨从前迷恋着红梅仙子的姿色，把身体糟蹋到这个样子。如今已是懊悔也懊悔不来了，他说到这里，把这红梅仙子恨入骨髓，还是不止一口一口地吐着狂血。

彭法铨听他儿子说穿了秘密，便四面托人去寻请法师来。可是不寻法师，倒也罢了，法师在夜间到彭家来，彭化龙总是昏昏沉沉的，那红梅仙子，更加在他睡梦中，和他斗战不休。

法师登了坛，固然捉不到什么魅怪，那法师反被魅怪捉弄得厉害，什么辰州符、斩妖咒，好像都没有一点儿灵验了。

接连请了三个法师，都是这样。

最后的一位法师，略走迟了一步，还被妖魔在暗中割去两过耳朵，所以吓得一班降妖捉怪的法师，都不敢再到彭家来骗钱。

彭法铨夫妇都急得没有法子，看化龙果然是不中用，连棺材后事都替他干起来，说是冲喜。彭法铨夫妇到了这绝望的时期了。

这日，忽然来了一个年约七十多岁的老者，神采奕奕，绝无半点儿老态龙钟的态度。身上行装打扮，手里拿着一把师刀，进门向彭家人说，有个朋友彭法海，专诚请他来降妖伏怪，要见彭法铨。

彭法铨听报走出来，看这老者面目上透出道气，不像江湖上行术骗钱的一流人物，很殷勤地将老者请到厅上来。

茶话时间，老者说道："本人姓钟，名维岳。彭法海现在已不在虮蜡庙，随同龚伯阳、式阳两仙长，云游天下。他在妖怪面前，栽一个跟斗，没有面子同我前来，特地请我看朋友的义气，替你家相公驱除了这个孽障。不过我在这里，怕那妖魔不肯前来，只得先向彭君说明这话，一到夜间，我自会前来。彭君千万要去警诫家里上上下下的人，在那时候不要露出一点儿口风，怕打草惊蛇，那就迟了事了。"

彭法铨听完这话，便去警诫家中的人。再回到厅上，那钟维岳已不知到什么地方去了。

到了晚间三更向后,彭法铨及家里上上下下的人,大半都罗列在化龙面前,看化龙那般一分像人九分像鬼的样子,彭法铨夫妇都不由流下眼泪来,望着化龙出神。

一会儿,见他昏昏沉沉地像睡着了的样子,接着化龙忽然说着呓语道:"哎!怎么好?你看红梅又来了。"

众人听到这里,谁也没有看见有什么人前来,接着听得一种交媾的声息,如织女机声相仿佛。看化龙头上的汗珠,比黄豆还大,又像有些要晕厥的光景。

彭法铨这时候,还没有见钟维岳到来,心里焦急到一百二十分,以为那一种声浪,交接了一会儿,应该停止。谁知足有好一刻工夫,那声浪简直又变本加厉,不曾休息。

忽然觉得人头上飞进一个人来,说时偏迟,那时却快,那人早执着化龙的手腕脉,哧喝了一声道:"孽畜,你认得我钟维岳吗?"

"吗"字未说出,忽然化龙从病床上直拗起来,要想挣脱钟维岳的手,哪里还能挣脱得开呢,便变换了一个女子的口音,向钟维岳呸了一口道:"各自走各的路,我与你姓钟的有什么相干?哼!你错了念头。啊!我若是怕人也不敢来了。你有什么神通,配来和我为难,关住大门,不放我出去呢?弄发了我的脾气,我一定取你的性命。你是漂亮些,快请放下手好说话。"

钟维岳笑道:"我钟维岳却喜欢干与我没有相干的事,你要走只管走,我是执着姓彭的手,又没有扯着你不放,我有话也不用多向你说。你会发脾气取我性命,就请你将比我还大的神通使出来。"

彭化龙听钟维岳说出这番话,口里好像要念着什么。钟维岳目不转睛望着他,用那只手把师刀在他面前闪了闪。

喝作孽畜道:"不管你有多大的神通,你看这东西能饶了你?"

彭化龙看着那把师刀,顿然又现出畏缩的神气,向钟维岳道："你这东西，毋庸拿出来吓我。就算你能用这东西，取我性命，我和你有仇，彭化龙和你没有仇，你伤我不打紧。我料定你不敢杀人家，妄增你一重杀业，惹得你师父怪罪下来，你也是个死路。"

钟维岳笑道："我来杀的是你，不要杀彭化龙，反正化龙是快要死的人了。就算杀你要连带伤害他的性命，追源祸首，并非是我杀他的，不见得我师父会怪罪下来。"

旋说旋把师刀在化龙的虎口上，刚要刺下的时候，化龙便叫一声："哎呀呀，请钟老丈相让一步吧！"

钟维岳道："我问你，你是谁？采集人家的元阳，有什么用处？快说出来，或者能饶你一死。"

化龙嘤嘤哀告道："奴家姓秦，小字红梅，十九天殁，精灵不散。偶慕彭郎才貌，以致枉干非礼，和郎偕好，是奴的私衷，致郎于死，诚非始愿所及。"

钟维岳顿现出不相信的样子说道："也罢，无论你姓秦也好，姓楚也好，是妖也好，是鬼也好，你只对我现出庐山真面目来，便当饶你一死。"

钟维岳话才说完，彭家的人都见钟维岳执着一个寸丝不挂的姣好女子。化龙已睡倒下来。

钟维岳只顾向那女子面上不住地望着，说："我认清你就是了。"

一面说，一面把师刀向上一提，又接着说道："论理你这妖精落到我的手里，本没有什么工夫和你多说废话，这一把师刀，就可以了你的账。姑念你这点儿道法，也是从勤修苦练得来，别人疑惑我一放了你，我回到嵩山去，你立刻又来骚扰吗，你回来骚扰，更比这次闹得凶狠吗？他们可知钟维岳不是毫没有道力的人，虽不能在此地久留，我谅你绝不敢再到这里来，逃不了我的掌握，小心些，从此回归洞府，销声匿迹，不要和我为难，我没有不念你也有那么大的道法，容恕你这一次。留着你活在世上，不知还要坑害多少年轻没有把持的人。我但说你今天已吓破了心胆,断不敢再害那些年轻没有把握的人。只虑你同我终须是开不了交,宁可我多费一次麻烦,且放宽你一条生路,你看我这话说得对不对?"

钟维岳虽说着这样话,仍不见他放开了手。

红梅仙子道:"就请钟老丈放我去吧,我还敢和钟老丈为难吗?这倒是钟老丈一件很可以放心的事。"

钟维岳道:"我没有什么放心。"

说着,即命彭家的人,翻箱倒箧,把那幅香帕取出来,仍交给红梅仙子手中说道:"这东西已交给了你,你看我不是放心吗?其实我心里早有一个计较,明知我和你终须也开不了交,但你不是我师父的门下,特从宽放你回去。要是受我师父和我戒律的人,犯下这么大的罪,没有肯从宽放去的道理,我这意思你明白吗?我同你讲客气,你若同我以后不讲客气,你也不能怪我,只是你已采取了人家的元阳,还得把元阳退还人家,补救人家的性命,我立刻就放你回去了。"

红梅仙子听完,忽然又哭道:"钟老丈说的啥子话,别样东西可以退还人家,这元阳叫我如何退还呢?"

钟维岳道:"你不退还就行了吗?"

红梅仙子见他说着这句话的神色,又陡然来得严厉,只略停了一停,说:"钟老丈,你拿去吗?"

旋说旋哇的一声,用那只手两个手指向口中取出一个蛋黄子大红红的东西来,朝钟维岳执刀的这只手中一塞。只见钟维岳向她打了一个哈哈,便把那只手一松,再看那红梅仙子已不见了。彭家的人都说一声"好"。

接着又听门外有人发作狠恶的声音说:"钟维岳呀,有朝一日,你才知道我的厉害呢!"说完这话以后,却毫没有一些声响了。

红梅仙子去后,化龙才从昏沉中醒转过来,哇的一声,那口中的血,直向鼻孔里冒出来,头上的汗珠,比黄豆还大。

彭法铨夫妇都忘了形,也不管钟维岳立在旁边,走过去各扶着化龙的两额角,口叫着:"龙儿,你醒来吗?心里觉得怎样的难过?这位钟老丈受你海叔的重托,特地前来驱除妖怪,救了我儿的性命,还不向老丈谢谢。"

钟维岳笑道:"哪里是谢谢便可了事的?这里有一颗丹,给他吃下去,我有话再同你们说个牙清齿白。"说着,即请彭法铨夫妇站开一边。

钟维岳将那蛋黄子大红红的东西,纳入化龙口中,接着度了一口气,这红丹随着那口气咽下丹田。

化龙咽下这红丹以后,顿觉精神焕发,一股温和之气,直由小腹冲到颠顶,又由颠顶窜到脚跟。接着分布到四肢营卫之间,从前种种苦痛,一些也没有了。早从床上拗起来,向钟维岳叩了一个头。

钟维岳才对彭家的人说道:"那妖精虽被驱除了,纵然我曾对她说,谅她断不敢再来骚扰,然而日久下来,还要防她别生枝节。化龙若再着了这东西的道儿,那时怕没有人来解救了。"

法铨不信道:"老丈不是对妖精说过的吗?谅她不敢再跑到这里来,再来也逃不了老丈的掌握。"

钟维岳道:"我何尝没有说过那样话?不过这东西的来头太大,她这是犯了色戒,在宣淫的时候,不能和我抵抗,若在平时,我有这么大神通,能轻易便驱除她吗?她纵不再跑到这地方来采取化龙的元阳,但化龙能保得住永远不出这门边一步吗?如果在别处地方碰到她,她施用别种毒害的方法,却如何对付得了呢?即如化龙这样少年人的性格,情关未破,色眼太高,即使万一那东西不再转他的念头,将来怕没有第二者出妖狐祟,来采补化龙的元阳呢?我有一个三师弟,道法可也不小,我的意思,想将化龙送他做徒弟,好把化龙闭关在石洞之中,受我师弟的戒律,学习道法。我三师弟当初的戒律虽宽,此时的戒律，却很严谨，化龙在他门下，固然不敢再犯色戒，日久入与俱化，回识到本来面目，便叫他破犯色戒，他也不愿再迷了来时的路。"

彭夫人第一开口问道："老丈，你师弟的石洞在什么地方，离这里有多远的路，可能来去自便？"

钟维岳道："来去自便，恐怕是办不到的事，到了你们骨肉团圆的时候，三师弟自然送他回来。"

彭法铨夫妇见这一个龙蛋儿子，要从此一别多年，去学习道法，无论他们老夫妇于今在化龙身上，还有极大的希望，便没有极大的希望，只有一个儿子，如何便能割舍呢？面上都不禁转现出很为难的神气。

谁知化龙听钟维岳说完这话，一句句都刺入心坎里，便向他叩头道："老丈何以不收我做徒弟，反将我转送别人呢？"

钟维岳道："这个我不收你做徒弟，却将你转送我三师弟的道理，你已被妖精吸过元阳，无缘窥闻我的道法，你如何能知道？我只惜你没福做我徒弟，还是将你送到我三师弟那里去吧。这时你的命是从我手里救出来，我不来救你，你并非完全彭家的儿子了。我救我徒侄的命，把我徒侄送三师弟那里，你父亲便不愿意，也不能不割舍了。"

钟维岳话才说完，不知怎么似的，彭家的人忽然间看钟维岳和化龙都不见了。

欲知后事如何，且俟五十五回再写。

第五十五回

漫天撒飞网难弟寻仇
平地煽风波强人犯戒

话说彭法铨明知化龙已被钟维岳带得去了,看钟维岳这种神奇的行径,不要将化龙带去,便请他也不肯带去,若要带走化龙,便到嵩山去寻访一遭,也是徒劳,法铨夫妇还不是空叹了一口气。但总因化龙此去学习道法,日后也许有团圆的机会,不比被妖精害死要强好得多吗?彭法铨夫妇从失望之中,还有这一点儿希望,足以自慰。不过这种希望,竟似风吹柳絮,不知萍聚何时了。作书的且按他慢表,转一笔再兜到钟维岳身上。

钟维岳当夜把彭化龙带到衡山石洞,见了方克峻,把自己的来意对方克峻说了。

方克峻向化龙看了看,把眼睛闭了一闭,自己对自己参悟一会儿,才睁开眼来,向钟维岳拱一拱手,连称:"遵命遵命。"

钟维岳便要立刻回转山洞,方克峻忽想起一句话来,向钟维岳道:"师兄所驱除那个怪孽,在师兄却打算她是谁呢?"

钟维岳道:"我不知那东西是谁,但看她的道法可也不小。我所以放她的缘故,是望她能悔过自新,勘破迷途,将来一般也修得成正果。"

方克峻道:"师兄既不知那东西是谁,不妨到师父那里去询问一番,在五年前师父不是吩咐师兄吗,师父所吩咐师兄的话,谅师兄都还记得。于今已到了五年的期限了,师兄为何不去问一问师父?师父的道力,如日月在天,无幽不烛,决定能知道那东西是谁,将来是否和师兄有过不去,师父定能算得不错。"

钟维岳被方克峻这几句话说得疑惑起来,心里想着那东西可是红衣圣母吗?但近五年以来,红衣圣母在泰山派中一变当初的故态,很是循规蹈矩,未必作法自毙,又干出这种邪淫不法的事,然而天下事却有出人意料的。我的道力,虽然算不准那东西是不是红衣圣母,自然去问一问桐叶老祖宗就明白了。

钟维岳听信方克峻的话,且不回转嵩山石洞,便转到昆仑,看桐叶道人神龛外面,合目低眉立着两个童子。那龛门上的粉牌,写着一个"闲"字。

钟维岳知道他师父不在入定的时候,因为那神龛仿佛是桐叶道人的一座云床,神龛上若写着一个"观"字,那便是桐叶入定的时刻,不拘是哪一个徒弟,都不能向前晓晓多舌。

于今钟维岳见那龛门上写着一个"闲"字,便问那二童子:"师父可在里面吗?"

二童子见问,都慢慢睁开眼来,口里各呼着:"大师兄,你来见师父吗?""吗"字刚才说出,便见神龛格门开放,桐叶道人已飘然而下,向钟维岳点头道:"我早知你要来了,你心中要问我的话,可是要问那红梅仙子是谁吗?想你五年前在郭家村俘获那三个东西是谁呢?"

钟维岳叩头回道:"那是红衣教的教徒啊!"

桐叶道人笑道:"我对你说这样话,大略你要恍悟到那个红梅仙子,究是红衣教门的什么红衣圣母了。你既在彭家捉住了她,为什么要将她放走呢?"

钟维岳听了,半晌没有回答。

桐叶道人笑道:"过去的事已过去了,我也不用怪你,这都由她天禄未尽,还该有五十日的气运,你便不放她走,其中也会发出什么变卦,就在那时候,也不能取她的性命。只是你也知道她将来要和你为难,你打算她用什么方法和你为难呢,你这时可还明白?"

钟维岳经他师父一指便悟,现出很能明白的样子,急叫了一声:"哎呀!徒弟还当回去一行,估量她是要和徒弟为难了。"

桐叶道人道:"不妨事,你在我这里,我教你一月的道法,俟一月以后,我再放你出山。不过我有这么大的道力,终不能挽回这泰山派的劫数,我心里也终觉难过。"

桐叶道人对钟维岳说这样话,自然钟维岳不敢违背,又相信他师父说是不妨事,自然就当作是不妨事,就此住在昆仑山,听受桐叶道人的道法。

究竟红衣圣母是怎样要和钟维岳为难呢?看官回想第五十一回书中,红衣圣母不是放着祁天雕下山,令他遵照自己吩咐的话,好替他兄长祁天鹏报仇吗?

当初祁天鹏因犯了嵩山的戒律,被钟维岳师徒处死。这报仇方法,仍不外要抓着嵩岳派徒弟犯戒的事,名正言顺地好栽钟维岳一个跟斗。

嵩岳派的徒弟共有三人,红衣圣母的目标,却注射在金石胆身上,因此吩咐祁天雕报仇的线索,也着落在金石胆身上。自然作书的一支笔,要写祁天雕为何着落在金石胆身上报仇,须用背面写法,也要在金石胆身上写起。

且说金石胆这天因他师父钟维岳到阜宁彭家去,说是第二日一早就回来了。哪知到了来日午后,还未见他师父回石洞来。石胆便同铁娘、珠珠、师兄弟们,各凭着各人的道力,轮算了一番,也算准他们师父到昆仑山去,见桐叶老祖宗了,大家方才放下心来。

到了夜间,石胆因在洞中蛰处多日,想同铁娘出去看一回月景。铁娘也很以为然,单留刁珠珠在洞中陪金太太谈着闲话。

两人雅兴顿增,出了石洞,直跑到山巅上,看天空间的月色,照在地下,就同结了一个水晶世界,水中的荇藻交横,山巅上的树影,被风吹得参差无定。

石胆、铁娘并肩立在高山巅上,仰看月光,俯视大地,以平生的境遇,在这一刹那间最为高洁。

忽然铁娘听得山那边有一阵阵号哭的声音,由微风送入耳鼓。

铁娘便向石胆说道:"你听见吗?那一阵哭声,好不凄惨,像似男子的哭声,要在那里寻自尽了。"

石胆道:"我怎么没有听见?且去瞧一瞧,如果有人在那里寻自尽,就得将他解救下来。"

说着,便由石胆在前,铁娘在后,向山那边哭声的所在驶去。

石胆到那里一看,什么人也没有,便回头要问铁娘:"怎么这哭声不是在这里发出来吗?"哪知这句话还未说完,石胆忽然惊讶起来,原来已不见铁娘到何处去了。

就在这惊讶的时候,石胆觉得眼前起了一层浓雾,遮住了半山星月,黑暗暗不见什么,似乎有一件很尖锐的罗网,笼罩着石胆的身体。

石胆一想不好,待要使出他的道法来,看是一种什么怪变,才转动这个念头,鼻子里突然又闻一种非兰非麝的异香,登时觉得天旋地转,昏昏沉沉的,好像自家的身体,已被卷入罗网中去了。

在昏沉中经过了一会儿时间,似乎有人在他头上用清水喷了一下,顿时苏转过来。

石胆看自家分明被缚在网里,那网绳比什么都尖锐,把自己缚得同卧犬一般。

这地方好像也是个山洞,看前面有一个大石鼓,石鼓上坐着一人,向着他冷冷地笑。

石胆仔细向那人一看,分明认得他是祁光的儿子祁天雕。石胆陷落在他的网里,心中并不害怕,打量方才昏沉的缘故,是中了他的迷香。如今已被他喷得苏转过来,想在师门学习十多年的功夫,不在这时显出,还在什么时候显出呢?便将身子一使劲,那身体却胖得像牯牛一般,谁知他的身体一胖大,那网也跟着放大了。再将身子一缩小，竟小得像初出娘胎的小孩子一般，谁知他身子一缩小，那网也随着缩小了。

石胆这才焦急起来，知道天雕的法术，须比不得五年前了。再看天雕坐在那石鼓上，理也不理。石胆想，既逃不了他的法网，到了这种关节，除去用剑功想伤害他的性命，是没有其他的方法可想了。心里总猜度用剑功万一能伤害他的性命，人已死了，谅他这道法也不能奈何我。

旋想旋运足了气功，射出两道金黄的剑光来，准备向祁天雕头顶上射去。只怪他要我的命，和我们嵩岳派人站在敌人的地位，就难怪不看他妹妹祁凤姐同我是师兄弟的情义，对他下这样的毒手了。谁知那剑光一放出来，只在网中围绕，却不能射出网外，好像同隔了一层很坚硬的东西，这东西又像比生铁都坚硬。不然，这剑光能斩铁如泥，何以射不出这罗网呢？

石胆到此才吃了一惊，把剑光收回来，眼前突然又起了一层黑雾，任金石胆的眼功在黑夜间能察秋毫之末，不知怎么缘故，这回和方才两次被黑雾遮蒙着一双法眼，好像有眼同没有眼的一般，什么东西也看不见了。

蓦地觉得有人将他身子推了一推，也不知推有多远的路，仿佛由山巅上推到山中间的样子。石胆眼里虽看不见究竟是推到什么地方，心里却自诩是明明白白，觉得这地方的空气十分沉闷，如同被他关在什么监牢里一样。

忽然耳边又听得一阵哭声，这哭声是个女子的声音，听来十分娴熟，须比不得在山巅赏月，明明二师姐听得山那边哭声一般，那哭声是男子的声音，而自己却不能听见，早知是祁天雕用的一种幻术，这声音却明明白白。是二师姐黄铁娘的哭声，但想到黄铁娘当时不见的缘故，原来也被祁天雕关到这地方了。又想天雕要杀我们师兄弟两人，就得预先已杀了我们，他不想杀害我们，却把我们关在这地方做什么呢？是呀！我明白了，天雕投入红衣教门，当唯那个红衣圣母的命令是从。红衣圣母叫他这么干,他不敢那么干,犹如我师父叫我那么干,我不敢这么干。红衣教主的三个徒弟,已被关在我们嵩山石洞中了。红衣圣母吩咐他,把我们关在这种地方,莫非要效前朝小说书上那些走马换将的故事,要将我们师兄弟二人换去他三个徒弟吗?

　　石胆想到其间,又听铁娘的哭声愈加凄惨,便是铁石人听了,也很觉得一声声肠断,令人凄然心动,何况石胆和铁娘是自家的师兄弟呢?这时石胆本打算不将自己也被关在这种地方先对铁娘说明了,怕她因为自己也被关在这地方来,越使她心里难过。却听她哭声,如怨如慕,如泣如诉。

　　石胆虽想不将此事向她问询一番,心里转又觉万分不安,并且也终须瞒她不来,只得准备问她一问,未闻言先流下几点儿泪来,说:"二师姐,你原来也被关在这里。"

　　一句话才说完,那女子仿佛停止了哭声,叫一声:"三师弟,你我不是在梦中吗?哎呀!你我总算是师兄弟,做梦不打算我们从师父苦心练习多年的道法,吃尽苦中苦,没有遇着一天好日子,竟双双死在这里。哎呀!三师弟,你是很怜爱我的,我们已陷落在这种地方,这性命都保不住了。我久有爱你的心,同你都干碍师父的戒律,两颗心虽心心相印,身体上终未连洽过来,于今死期都已在眼前了,还有什么避忌?我是个女孩儿,本不该说这害羞的话。然已都到了濒死的这一关,还有什么不肯说出这害羞的话?哎!师弟呀,我们今生不能联成佳偶,但愿来生做一对儿好夫妻吧!"

　　石胆听她的话,顿吃一惊,说:"这些话亏你还说得出口,我不知你居然变转了卦,岂但我师父不配有你这个徒弟,黄师伯也不配有你这个女儿。我料你绝不是这样人头畜生心的人,也绝不至把我金石胆当作人头畜生心的人看待。"

　　金石胆方说到这里,接着听得身边有人哈哈笑了一声道:"好,原来钟维岳也有这样的一个好徒弟,须知他的戒律,全是假的。但我看你们俱被关在我这地方,反是落花有意,流水无情。我也觉得好笑,姑且暂缓你们一死,给你们玉成好事,做一个大媒吧!"

石胆听完这话,分明听是祁天雕的声音,心里转又愣了一愣,忽然觉得那网绳放松了些,似乎怀抱中钻进一个软玉温香的人。

那人怀抱着石胆的头,眼中流下的泪,仿佛滴在石胆的颈项上,哭了一声:"三师弟,你我已被姓祁的绑在一处来了。"

欲知后事如何,且俟五十六回再写。

第五十六回

金石胆三入迷魂阵
祁天雕再犯紧箍符

话说金石胆当向铁娘呵斥了一声道:"师姐,请你放尊重些,师父的戒律,岂是当耍的事?我们有一口气喘延世上,就不该受奸人的搬弄。我看师姐向来不是这样的一个轻狂女子,敢是吃了奸人什么药物吗?"

铁娘听了,没有回答,仿佛顿悟一般将手松开。

石胆觉得她仍睡在自己的怀里,动也不动,她的气息之来,清如莲蕊,闻在鼻孔里,那清气顿时沁人心脾,石胆却极力把持自己的一颗心,不敢稍涉遐想。

接着又听得祁天雕发出一种笑声来,说:"我在这里讨人厌恶似的,叫你们难为情。"说完这话,那笑声似乎渐远渐低,仿佛听不见了。

石胆打量天雕已经走开,忽然觉得铁娘在怀里直抖起来。

石胆讶然问道:"二师姐,为何忽作此状?"

铁娘道:"我这时只有些怕冷。"

石胆道:"我们学道法的人,入火不热,入水不寒。如今想必你的道法,已被那东西剥夺去了。在这二月中旬的天气,身上穿着很单薄的衣裳,又在这夜静更深的时候,必受不住寒冷。"

铁娘道:"亏得师弟提醒了我,我的道法,果然已被那东西剥夺去了,不然为何浑身上下,就同筛糠一般地抖颤?我问师弟,你这时冷也不冷?"

石胆随口答道："我的道法没有被他夺去，哪里怕冷？"

石胆尚未说完，铁娘又浑身上下不住地在他怀里抖颤起来，说："师弟，我这时周身如浇了一盆凉水，骨冷筋寒，我怕要冻死在这地方呢！"

石胆道："冻死有什么法子呢？"

铁娘道："师弟可是不怕冷？"

石胆又回了声："不怕冷。"

铁娘道："师弟不怕冷，就有法子可想了。我这时本不敢再向师弟说轻狂话，昔日有个坐怀不乱的柳下惠，今夜却又有个坐怀不乱的金石胆，师弟这种圣贤心肠，我是谁人，何敢对师弟再萌妄想？并且蒙师弟提醒了我，觉得方才那些轻狂的话，不是我黄铁娘说出来的。但我这时实在冷得厉害，丈夫做事自有经权，孟老夫子所说'男女授受不亲'，自是守经作用，又说'嫂溺而必援之以手'，这却是权变作用。师弟在这时候，不是守经的时候，好在师弟的心，是纯洁无瑕的，师弟不怕冷，当然是师弟道法未坏，师弟何妨在我口里度满了温和之气？师弟的服气功夫，一度入我腹中来，难道我还怕冷吗？这一点，谅师弟必肯行权救我一命，也不枉了我们师兄弟结识一场。"

石胆道："援之以手则可，口对口地度气则不可，这男女一关，最要防范得厉害，这是你因怕冷，而使我度气的，说一句放肆的话，若有人对我害相思，难道我要救她一命，就可以同她干下邪淫的事体来吗？我们学道法的人，是怎样的人？师父的戒律，又是怎样的戒律？生死有什么要紧，临难而死，比之偷安苟活强得多嘛！何况这度气的关头，换一句说，就是接吻，男女欲性相冲相动，以接吻时期，最难禁止，无论怎样，我是不敢做这苟且的事。"

铁娘又抖着哭道："师弟真……真……真好忍心哪！古人有男子接着女子的口度气的，也有女子接着男子的口度气的，那些人都称得起是个儿女英雄，载在某一部小说书上，我岂对师弟打着诳语？师弟不看同门师兄弟之情，不要解救我便罢，如果师弟肯念同门之情，不忍坐视我活活冻死，漠不相关，就得临大难而不拘小节。我虽是个青年女子，只要师弟心里把得稳，把我作是个男子，一般也可以解救我了。"

石胆道："古人度气之说，救的是死人，不是活人。死人可度气，活人则不可度气，这是什么理由呢？就由男女接吻的时间，如果有一方面欲性冲动，这欲性却能移到那一方面上去，这是天授人予的大道理，无论哪一方面，是怎样贞固的人，要把持也把持不来了。对死人度气，人已死了，这欲性如何冲动呢？这一方面没有冲动欲性，那一方面又是冰雪其心、慈悲其怀，便是度气救人，正所谓剑侠之士应该干的事迹，又有什么妨碍呢？"

铁娘道："师弟对我说这样话，就看轻了我了。"

石胆道："并非我看轻了你，人孰无情？不过我心如石，也是我从十数年中苦练而来。所以我自信我有这样的定力，绝不肯冒险做出这侥幸的事。"

铁娘道："师弟看我的定力怎样？"

石胆道："你的道法，可还比得上我？你有我这样的定力，宁死也不肯对我说出什么爱我不爱我的话了。"

铁娘听他说完这话，似乎噤住了一言不发。

不一会儿，石胆觉得铁娘比从前格外抖得厉害了，心里只可惜毕竟我是男她是女，如果他是男子，或者我是个女子，我见她抖得这个样子，却没有坐视不救的道理。于今也只得硬一硬心肠，索性不管她这笔账。

石胆想了一会儿，转觉铁娘已不抖了，怀里似一块冷冰冰的石头。忽然又觉得身上的铁网无故自开，眼前的浓雾全消，依然又现出一个光明世界。石胆也不知怎样，在顷刻间便恢复身体上的自由，一蹶劣已直拗起来。看面前一渠涧水，潺潺作响，好像这地方仍在半山之间，并非被关在什么监牢里面。足下睡着一个女子，在月光下看那女子，花颜上已现出金箔般的颜色，不是黄铁娘还是谁呢？

石胆看这情状，不由心酸一阵，眼中早流下几点泪来，便蹲下身躯，在那女子鼻间一摸，冷冰冰的，一些气息也没有，两手更冷得什么似的。也顾不得什么男女嫌疑了，便解开她胸前衣服，在她胸膛间只一摸，哪里还有一些跳动呢，胸前的肉，像已僵硬多时了。

石胆更不禁泪如雨下，那眼泪都滴在铁娘的胸膛上，仍给她穿好上衣，不由抚摸着铁娘的尸身，放声痛哭，直哭得一佛出世、二佛涅槃。

这时候，不防背后走来一个女子，那女子见这情状，不禁拍着石胆的肩背说道："师弟，你可该死，师父的戒律，你记清了吗？"

石胆猛听这女子的声音，一颗心早惊得跳出口来，忙起身回头仔细一看，不是黄铁娘还是谁呢？再看足下，哪里还有什么黄铁娘的尸首，分明是涧边卧着的一块捣衣石。

石胆惊讶万状，便将方才的情迹，粗枝大叶地向她说了一遍。

铁娘愕然道："这是打哪里说起？我在听那男子哭声的时候，随着师弟向那哭声的所在行去，忽然不见了师弟，眼前也觉得起了一层浓雾，什么也看不见。我在半山间奔走多时，直到这会子才见雾气消散，看师弟在山涧边抚着一个女子，放声痛哭。我不信师弟竟糊涂到这样的地方，把师父的戒律忽然撇向脑后去了，原来却是这么一回事呢！看那祁天雕施出种种的幻术，想引诱师弟破犯了色戒。他不引诱师弟破犯了色戒，他有惊人的法术，简直也没有处置师弟死命的方法。可见师父当初说师弟福分大得骇人，只要师弟不违犯师父的戒律，不拘多大本领、多大道法的人，想伤害师弟的一毫一发，也办不到。据今天的事实，同当初圆洞寺的事实参详起来，师父的话，当然是一丝没有走板。"

石胆道："这当然是要在自家有定心,那是师父过奖小弟的话,我们只要在世间做个好人,生死且不足一较,何用谈到这'福分'二字,我只可惜祁天雕能学成这样的法力,若能向正途上行去,绝会干出一番惊天动地的事业出来。偏是他用着这法力为非作歹,有多大的法力,即造下多大的罪过。我师父在近几年来,常说泰山派人十分正派,一变当初的行径,或可能减免泰山的一番浩劫。于今看祁天雕这样的行径,我怕师父也听那些道听途说之谈,被泰山派人欺骗了。"

石胆正同铁娘谈到这里,忽听背后有祁天雕的声音说道:"我这人不是糊涂到脑子里去了?想我在五年前受奸人的欺骗,误随红红到泰山石洞,投在红衣圣母门下练习法力。我看圣母师徒的行径,心里明明白白,知道她是色界天中一个女魔王,一些也不含糊。

"我既被红红诱进泰山石洞,一察破红衣圣母的行径,我就该见机想个脱身之法才是,怎么会由他们师徒那样地愚弄我?直到头上被圣母粘了一道紧箍符,欲走脱也走脱不开了,便是我被她上了这道紧箍符,虽不敢违叛她,怕再受她那紧箍符的厉害,但我心里却不把他们师徒当人看待了。我只恨没有这方法,揭去头上这一道紧箍符。后来见圣母的行径又和当初大不相同,好像先后已变成两个人了,我还自己悔恨,不该错疑了她。容容易易做她的牛马,听信她的话,说嵩岳派人表面虽做得好看,骨子里什么神秘邪淫的事情都干得出。依着她的盼咐做去,想抓住人家的把柄儿,拘回泰山,说是名正言顺,报复我兄长的大仇,她盼咐一句,我听受一句。谁知她不叫我前来报仇,倒也罢了,她放我前来对待人家,又说人家不在心旌摇荡的时候,不拘我有多大的法力,也不能伤害人家,人家没有被我伤害,她的行径,倒又被我看穿了,就是人家犯了戒律,也算由她诱人入罪,天下有诱人入罪的光明人物吗?何况人家所经过的情形、所说的话,又无一句不都刺到我的心坎,我竟同人家为难。照这种种情形，我简直是该做泰山的牛马，正是痰迷了心窍。她面子上虽对泰山派十分光明正大，就因这件事，我就看穿她不是光明人物，益相信她在面子上做人越做得好，越是假的，越会在暗中人不知鬼不觉做下万恶弥天的歹事来。

"我只恨我在五年前，听信奸人的搬弄，父不以我为子，妹不以我为兄，骨肉生疏，而我竟跑入这条行不通的道路上去，真应得古人的良言'一失足成千古恨了'。"

石胆、铁娘虽看不见天雕的人，却听他说着这样的话，直等他把这话说完了，石胆早接着他的话，哦喝了一声道："祁天雕，你三番两次地寻我为难，你这时才明白是上了人家的当了。我们五岳派的人物，本除去东岳派，其余嵩山、衡山、华山、恒山四大派，本来呼同一气，疾恶如仇，对于另一派的人物，如能悔过自新，纵开脱他一条生路。祁天雕，往者不谏，来者可追，你的父亲、你的妹子俱在恒山朱师叔那里，同我们嵩岳派也是一家人了，便是我们的大师兄，也怪他当初违犯嵩岳派的戒律，才应该那么的结果收场，你兄长是死于戒律，不是死于我师徒之手，你在先或未尽知，这时大略已了然于胸了。你既说这样话，何妨再显出真面目来？我们将你带到恒山，弃暗投明，受习朱师叔的道法，了却十三年前未了的缘，一般也是骨肉团圆。你又何苦甘做红衣教的牛马而不来呢？"

石胆的话才说完，即见祁天雕已现出真面目来，跪在石胆面前，仰着脖子央告道："金兄责备兄弟的话，叫兄弟愧对万分，请金兄给兄弟揭去头上这道紧箍符，一切均愿遵命办理。"

"理"字还未说出，忽然天雕站起身来，用两手抱着头，面上现出很凄惨的神态。自己却想到是生着违叛红衣圣母的心，那一道紧箍符却大显神通了，简直头顶间、两边、前后，同有千钧质量的东西，紧紧箍住的一样，箍得天雕涕泪齐出，失口便喊出几声亲娘来。

石胆、铁娘看他神色有异，月光下也看到他头上粘着黄纸朱书的符箓射出光芒来，便想到就是这东西从中作怪。

石胆想要伸手来揭朱符，说时偏迟，那时却快，不妨半山间陡然来了一阵狂风，吹得沙石扬飞，那合抱不来的古树，都快被这阵风吼得栽倒下来。

狂风中空现出一个巨人，有三丈来高，头颅、腰围、四肢，都胖大得什么似的。那巨人闪动一双铜铃般的眼珠，蹲下身躯，伸着两手，张开大口，露出巉巉的獠牙，把天雕捉拿在手，活吞下肚子去。

石胆、铁娘要来运用剑功对待这巨人时，说也奇怪，两人的剑光到处，直射不到巨人的身体。望着他活吞了祁天雕，遂各把剑功收了回来，准备再作第二步计较。只一转瞬，那巨人已不见了。

霎时风平树静，万籁无声，那月光已斜西了，石胆、铁娘也就立刻回归山洞。

究竟天雕有无性命上的危险，欲知后事如何，且俟五十七回再写。

第五十七回

波翻云诡圣母责狂徒
弓急弦张剑仙会泰岳

话说金石胆同黄铁娘在半山间诧异一会儿,也就一齐回转嵩山石洞,不在话下。

单讲祁天雕那时被一个巨人活吞入腹中去,他只觉昏昏沉沉的,一些人事都不懂得。

忽然神志清醒,睁开眼来,已见红衣圣母坐在云床上面,并没有什么巨人。天雕不由把心肝五脏都惊得分裂开来。

红衣圣母却向他冷笑了一声道:"奇怪,你既想归附嵩岳派,居然还被我拘到泰山来,我叫你办什么事,事情既办不到,我并不怪你。只是我辛辛苦苦传给你五年法力,你的翅膀长得硬了,反要和我这个不关紧要的师父犯难起来。老实对你讲,你头上没有被我粘着那道紧箍符,任你归附嵩山,我就没有挟制你的方法;既被我粘上这道符,你居然还敢和我为难,世界上也找不出你这个傻子。这回你已被我拘来,明白些,须知杀鸡用不着我这把牛刀,你自己把一个脑袋摘下来,这事你不能怨我做师父的心肠狠毒,快些回你老乡去吧!"

红衣圣母才说完这番话,便有圣母的几个男女徒弟,拥进丹房中来,他们好像预先受了圣母的支使,做成圈套,前来讲人情的,一齐都罗拜在圣母的面前。

便由为首的一人说道:"师父的话,我们早已听明白了,论理祁师兄甘受奸人的搬弄,逆叛师父,是不容宽赦的,无如师父的心,最是仁慈不过。我们曾听师父说,师父在小时候,家里杀鸡、杀鸭,都不忍看。若因一时过不去,要了却祁师兄的一条性命,在祁师兄当然是罪有应得,总算他是师父的高足徒弟,虽然师父的法令向来如是,但杀了他,师父心里必很难过,望师父暂息雷霆,宽恕他这一遭。如下次他再听受奸人的搬弄,我们固不敢再来求情,便是我们违犯了师父的法令,也不敢向师父说什么乞怜的话了。"

圣母即现出很为难的神气说道:"我的心虽是仁慈,法令却不容假借,他是我的徒弟,我未尝不能宽放他一步。只是法令上尤难赦免,因师徒的私情,而摒弃红衣教的公法,你们几见我做出这样事的?"

红衣圣母才说到这里,看那几个男女徒弟,都流泪哭起来了。

红衣圣母便不由长叹了一声道:"也罢,我的法令,向来是雷厉风行,丝毫不容赦免。既然你们这样替他求情,只得破例看你们的分上,饶恕他这一次,但是死罪可免,活罪不可赦,替我将他扯下去打!"

那几个男女徒弟,如同得了好差使一般,便将天雕扯出去,还不是蒲鞭示辱,盖一盖圣母的面子?

圣母便将天雕唤到跟前,说道:"你这畜生,没有打伤了哪里吗?你打算我表面上做得光明正大,背地里做得不光明吗?你侍我五年,可曾一日和我离开,几见我做出什么不光明的事来?你这畜生,真是屎迷了心,人家对你做得光明,便算是光明正大的人物吗?你是人家什么人,同人家立在敌人的地位?如何你在仓促间,便看出人家的行径来?嵩岳派的人行径,除非是嵩岳派人,才能轻易看破。你是泰山派,同我有五年师徒的缘分,怎么还听信敌人的搬弄,又疑惑我不是光明人物。你说是迷了心,我说你是瞎了眼,我因你这孽畜资质甚好,故收你做徒弟,又因你的性格反复无常,故在你头上粘了一道紧箍符,这泰山派的事权,我本意不愿接受的,但我也上了癞头叫花的当,搭上了海船,我不得不摇橹,你反将我师父看作什么不值。你这畜生,真是该死极了!"

祁天雕最是心神不定的人,见圣母恩威并济,所说的话,又在人情事理之中,不是癞头叫花黎绍武的行径,心里又转自怨自艾,不该上了金石胆的当,又将我师父当作色界天中一个混世魔王。

天雕这么转念一想,不由诚惶诚恐地跪在圣母面前,说一声:"弟子知罪了。"

圣母道:"你这畜生,最是反复无定,我这时交代你几句话,你听明白了,我的道力,算准在一月以后,决定同嵩岳派一班人物大动干戈。我想在石洞中摆下五行剑光阵,由我同孙道友指挥,剑光阵中的人物,自然完全是我和孙道友的徒弟,我令黎绍武压着阵角,令你把守阵门,这石洞的机关,重新再制造一番。你要记得我昨天吩咐你做的事,你施出一种幻术,幻成一个黄铁娘。钟维岳的幻术,比你还要高强,金石胆已对你说那样话,你就想到他们也要施出一种幻术,幻成你父亲和你妹子两个人,转用你引诱金石胆的幻术,来引诱你了。你再受人家的欺骗,无论你自己凭良心,也绝不得过去,看我有这道法,任你会翻千个跟斗,能翻脱我的手掌心吗?"

祁天雕听罢,连应了几个是字。

圣母这番对待祁天雕,虽薄薄地责罚了一番,孙旭东的徒弟,不知这其中是什么意思,只疑惑圣母因天雕到嵩山去,打一个败仗,就得顺受处罚和父母责罚小孩子一般,反益信圣母的法令森严。

如今圣母在一月期内,早同孙旭东商量,在石洞摆下一座五行剑光阵。他们各有各的职守,谁也不敢懈怠分毫,即如祁天雕,也将圣母的话紧紧记在心头。

看剑光阵摆成了功,自然受令把守阵门,任凭钟维岳、朱子民一班人物,有这法力,现出什么幻术,他只当作不见不闻,再不三心二意的,得罪了圣母,岂是当耍的事?

这剑光阵是如何摆法,是怎样的厉害,究有多少人分别把守,祁天雕将来是否不敢再得罪了红衣圣母呢?事到临头,作书人自然要有个交代。

于今要说金石胆这日正在丹房,忽然见桐叶面前侍立的一个童子手里拿着一封书信,走进丹房中来,那童子年纪虽比金石胆小,班辈却比金石胆高。

金石胆见他走了进来,口里称了一声:"师叔,我师父可曾同师叔一齐回来没有?"

童子道:"大师兄和三位师兄都听受老祖宗的法令,到泰山去讨伐红衣圣母和孙旭东了,这里有大师兄的书信在此,你且拆开来看一看。"

石胆便接过书信,看信封上写着"金石胆贤徒亲拆"七个字,是他师父的笔迹,接着看完了那信中的话,便向那童子问道:"师叔看过这封信吗?"

童子道:"我怎么没有看?你师父写信的时候,我在一旁磨墨,他写一字,我看一字。"

石胆道:"师父信中有什么话吩咐我请托师叔呢?"

童子道:"你师父已当面拜托过我,你尽可放心,你的母亲,算是我的老嫂子,那三个孽畜锁在铁槛里,也由我看管。有我在这里,不拘泰山派什么人,要想走进这石洞一步,可是一件不容易的事。"

石胆忙整理衣襟,向童子端端拜了四拜,说:"师叔且请在此地坐一会儿,我去去就来。"

说着,便持着他师父那一封信,到金太太夫人房中,向金夫人请了个安,便将那封信铺在案上,请铁娘、珠珠看个明白。

珠珠道:"师父信封上,不是明明写着三师弟亲拆吗?我们怕是不便看。"

石胆道："不妨事的，师父信中吩咐我，要将这封信和你们公开。"

接连铁娘、珠珠看过书信，珠珠忽然讶道："我在师门五年，剑功上虽略有几分火候，说到道法这一层，还站在门外呢。师父信中的意思，要我们师兄弟三人，一齐出山，到泰山去和诸位师叔、师兄弟聚齐，协力大破五行剑光阵。洞中自有送信的这位师叔把守，这倒不消顾虑。只是我是不懂道法的人，能破什么五行剑光阵？我看二师姐、三师兄都可去，我不可去，去也没有用处。但师父信中决定要我去，我又不能不去。"说到这里，很现出为难的样子。

石胆道："师弟尽可放心，师父不叫你去，你便不能去，去也是自寻苦恼，师父叫你去，你就一点儿能耐都没有，自有用处。你把胆子放大了，我看你当初到郭家村的时候，你有什么道法？这回你多少总有几分道法，胆量反不如其初了。我是很明白你那时算个初生牛犊不怕虎，不知道道法的厉害，你就不怕道法，于今却不然了。你既窥伺到道法的门径，自然你的胆量不如从前。但师父既是那样说，断不会误事，你就鼓着一腔勇气，也没有性命的危险。"

珠珠道："我是不怕死的，所怕我此去要打个败仗，徒死无益，适足增师门之羞，既是这样，我们就鼓着勇气，一同去吧！"

石胆听了，满心欢喜，便同铁娘、珠珠拜了金太太，又到丹房中引那童子去见过金太太一面。

那童子近前，向金太太称了一声老嫂子，金太太也向他回礼不迭。这些话与本书没有多大关系。

单说铁娘、石胆、珠珠师兄弟三人，当日离开嵩山石洞，直到泰山而来，远远就见泰山左峰上面，冲下好些人来。仰面向空中望了望，接连铁娘、石胆、珠珠三人都从空间飞落下来。

那些人都显出很得意的样子，向金石胆问道："你们嵩岳派刁珠珠师妹，可来也未来？"

石胆便给珠珠向他们介绍一番,说:"这是衡山苏师兄苏奇,这是尤师兄尤异,这是颜师兄颜宁,这是梅师兄梅鼎,这是林师弟林鹗,这是褚师弟褚克强,这是钮师弟钮广泰,这是高师弟高荣,这是杨师弟杨虎,都是衡山的重要人物。这是我们四师妹刁珠珠。"

大家厮见已毕,苏奇笑道:"有刁师妹前来,这五行剑光阵就破得稳了。"

接着尤异等同声说道:"钟师伯曾说我四徒儿断没有不来的道理,我们虽听钟师伯的话没有差。但因你刁四师妹这个人关系太大,你不来时,我们也要到钟师伯那里讨令,再请你到这里来。"

你一言,我一句,只顾抬高着刁珠珠,倒把珠珠说得脸上红一阵白一阵起来,心想,他们这些话,真会挖苦人呢!嵩岳派的门下,年纪算我极轻,能耐也算我极小,叫我能破得怎样五行剑光阵?我师父同众位师叔,本领要比我大得百倍,有什么五行剑光阵破不了,他们却把我这个不关紧要的人,却说得十分紧要,好像没有我前去,就破不了这五行剑光阵。论我还不知是怎样摆成一人五行剑光阵,他们对我说这样话,不是挖苦我是什么呢?我同他们虽然也算是师兄弟,初见面便这样地挖苦我,怪道我在小时候,常听我父亲说,衡山派的人物最是良莠不齐,即以火烧圆洞寺那件事参详起来,就知道他们这些东西,在方师叔面前很是循规蹈矩,一离开了方师叔,便红口白舌地寻我的开心,混账麻木都到了极处。衡山派这些不良人物,尚未铲除,还要明整旗鼓地来大破泰山派的五行剑光阵呢,我师父和方师叔都算是责人则明、责己则暗。

刁珠珠心里这么一想,面子上又现着瞧不起衡山派人的神气出来。

铁娘仿佛已看穿珠珠的心事一般,忙把她衣袖一拉,意思是劝止她不要现出得罪衡山派人的神气。谁知苏奇见她这个样子便向她笑道:"刁师妹疑惑我们的话是挖苦你吗?问我们一个人有几个头够杀,敢对你说出这样挖苦的话?我们引着你们去见过钟师伯,你才相信衡山派人已不是十三年前的衡山派了。"

一面说,一面便同尤异等人,领着铁娘、石胆、珠珠,到一个山坳中间,去见钟维岳了。

原来那山坳的面积极大,中间高高搭起一座大芦棚,大芦棚里也搭起许多小芦棚,仿佛像个卧房的模样。大芦棚四围上下,都粘着符箓,不怕泰山派敌人前来和他们为难。便是有人在外边被泰山派人掳掠去了,钟维岳自信却有这道法,前去夺得回来。

其实泰山派人没有做到这一招,钟维岳却不可不防他有这一招。

大芦棚里也搭起一座大法台,大法台面前,有五座小法台,小法台中间,由钟维岳坐定,两边派定祁光、方克峻、黄精甫、朱子民坐定。法台下分班站立的那些男女剑客,都是衡山、华山、恒山各派的高足弟子。

那时由苏奇等将铁娘、石胆、珠珠引到五座小法台前,向钟维岳、祁光、方克峻、黄精甫、朱子民这一班老前辈礼拜一番。钟维岳遂令他们分班候命。

究竟钟维岳等怎样前来,欲知后事如何,且俟五十八回再写。

第五十八回

祁法师初沐雨露恩
秦教主大摆剑光阵

作书人欲叙钟维岳如何训话,先得将他们前后经过的情形,表白一番。

钟维岳在桐叶道人那里又学了一个月的道法,钟维岳的道法本来算是桐叶门下高足弟子,再加这一个月警悟的功夫,自然在百尺竿头之上,更进一步。

这日桐叶道人,下了一道法令,将衡山开派宗祖方克峻、华山开派宗祖黄精甫、恒山开派宗祖朱子民,并同候补泰山开派宗祖祁光,都着令道童带到昆仑山来。

桐叶道人当向他们宣言道:"我在五年前,不是吩咐你们那样话吗?我经此五年面壁的功夫,追还我的道法,这时候却是你们平复泰山派的时候了。你们知道那个红衣教的人妖,已在泰山石洞摆下一座五行剑光阵吗?她这五行剑光阵虽然厉害,有我桐叶门下的人前去,没有破不了的。不过凭我这样的道法,终觉免不了泰山派的一番浩劫,迟我五百年的飞升,我心里总有些惭愧。你们尽可放心,各带领徒弟到泰山去,悉听我大徒弟的调度。我这里准备令我焚香的童子到嵩山去,将石胆师兄弟三人唤到泰山。你们要明白,我的戒律本有戒杀一条,但那些泰山石洞的人都算数典忘祖,红衣教门更是世界上的旁门邪教。天定的劫数,已轮到他们的头上,生擒活宰,都得在临时便宜行事。不过在破五行剑光阵的时期,虽然功积上已操胜券,难免事实上不起波澜。我有三个锦囊在此,送给我大徒弟收藏,如到极危难的时候,把我那锦囊剖开来,这五行剑光阵,便容易破去,不在极危难的时候,千万不可剖。凡事也只听我大徒弟的主宰,我的法令已下,你们就在今天干事要紧。"

桐叶道人说完这话,便将三个锦囊交给钟维岳收在身边,各人都连声谢命。

桐叶道人又向祁光问道:"你我都是同志,用不着讲客气,我的年纪比你大,班辈比你高,你打算将来要做我什么人?"

祁光听桐叶道人这样说,也该他一时福至心灵,便向桐叶道人行了三拜九叩首礼,说道:"弟子就在这时拜师父了。"

桐叶道人打了个哈哈,道一声"好",忙一手挽起祁光,令他们五兄弟各自行了半个礼,方才挨次站定。

桐叶道人又向祁光道:"当初我未开革孙旭东的时候,钟维岳是我的大徒弟,孙旭东是我的二徒弟,方克峻是我的三徒弟,黄精甫是我的四徒弟,朱子民是我的五徒弟。还有,自从我开革了孙旭东,三徒弟却算是我的二徒弟,四徒弟却算是我的三徒弟了。你入门虽在他们之后,但年纪比方克峻大,你将来有做泰山开派宗祖的福分,受得起泰山派的万年香火,你就填补孙旭东的缺分,算是我的二徒弟吧!"

祁光进前禀道:"弟子原居四位师兄之后,不愿承认泰山的开派宗祖,非是弟子胆敢违拗师父的法令,但弟子还有下情容禀……"

桐叶道人不待他接说下去,向他微微地笑道:"你敢是没有得受我的真传,并不曾收过徒弟吗?来日正长,我令你做泰山的开派宗祖,将来岂有不传授你的道法,给你寻几个可以做你徒弟的人呢?"

祁光道:"弟子于除此二项之外,还有一个下情容禀。"

桐叶道人道:"你这个下情,老夫也明白了,你生了那个不肖的大儿子,在你家庭教育方面,没有缺点,他的罪孽,总由自作自受,与你何干？尧、舜皆古之圣人,岂因尧、舜有子丹和朱商均之不肖,就不能算个大圣人吗？说到你那一个小儿子,他的心地本来得天独厚,入迷途而终返,将来也算得是恒山派的一根擎天玉柱,凌烟绘图的功臣,也有汉光武劲敌。今日他是老夫门下的劲敌,将来总可以为老夫门下的功臣。这番泰山派的劫数,大得怕人,唯有火坑中透出他这一瓣莲花,他不在浩劫之内,你们要伤害他一毫一发,就得拿脑袋来见了。"

祁光本有这三个事情,要向桐叶道人禀明,桐叶道人有这道力,不待祁光禀说,一个一个地接说下去。祁光觉得把自己的肚肠子都说穿了,便回身挨次站定,不敢多言。

桐叶道人随即走进神龛,众人见神龛格门上,现出一个"观"字。本来在先钟维岳想打算请教桐叶道人,泰山派的五行剑光阵,是怎样摆得一个五行剑光阵,要破这五行剑光阵,着手是怎样的破法,却因他老人家同祁光谈了多时,不好向前禀问。

如今见神龛格门上面,现出这一个"观"字了,明知他老人家已入定了,照例不能向前打搅。钟维岳也知他老人家是凡要说的话,不待大家向他老人家说出,自会宣布出来,不要说的话,恐怕就问他也不肯说。好在有三个锦囊在此,凡有什么困难,当然要在一个一个的锦囊里表白出来。

钟维岳见这情状,便同大家退出昆仑,各人且去办各人的事。就在这一天一夜的时间,朱子民却带领他大徒弟单雷、二徒弟祁凤姐;钟维岳协同祁光;方克峻带了他大徒弟苏奇,以及尤异、颜宁、梅鼎、林鹗、苏菱菇、花鹍、花鹏、花爱莲、孙克锦、许平、秋丹、褚克强、伍猛、伍勇、伍景星、钮广泰、高荣、杨龙、杨虎共是二十名徒弟;黄精甫领着他大徒弟鲍剑星,以及鲍剑云、徐冲、吴志、顾达、苗天雄、张士骥、尹一平、柏仁、柏义、柏礼、柏智、柏信、周虬、冲绳武、窦逵、赵锡麒、赵锡麟、吉隐娘、吉剑娘、葛燕来、岑飞霞、吴美云、孙美玉、蒋琼仙、柏璇姑、苗玲姐、张骊珠,共是二十八名,先后到泰山那山坳间聚齐。便是钟维岳的师刀、方克峻的宝弓,也都带得前来。就在那里安下营寨。

上回书曾说搭起一座大芦棚,营中周围上下,遍粘着符箓,大芦棚下搭起许多小芦棚,本为男女剑客休憩之所。

五座小法台后面,搭起一座大法台,这是钟维岳敬重师父的意思,那大法台上供着桐叶道人的长生禄位。凡有为难的时候,准备在大法台上,焚起好香,拆开锦囊看个明白。

话休絮烦,且说钟维岳安下营寨,同祁光、方克峻、黄精甫、朱子民等在五座小法台上坐定,两边的徒弟,分名位男女立定,钟维岳当在中间一座法台上,用纯洁的理智,心问口、口问心,推测一番。他的道力,虽算不准剑光阵是摆成什么样子,但能算准得祁天雕是把守阵门。

这时,钟维岳大张旗鼓前来,就因摆阵图打仗,很是公开,他既不做这鬼鬼祟祟的事,我们就不妨和他明来。就是暗暗前来,这种大事,未必便能瞒过那个红衣圣母,难得把守五行剑光阵阵门的是祁天雕,这第一阵就很容易成功了。

钟维岳这么运算一番,便向子民笑道:"这时却要劳动五师弟了。"

朱子民忙起身向钟维岳打了一躬道:"师兄有何差遣?"

钟维岳便请子民附耳过来,说是如此如此。

朱子民会意,知道他大师兄这一道法不能公开,眼前却碍着个二师兄,连忙说一声:"遵令!"前去降服祁天雕了。

且说这五行剑光阵,分金、木、水、火、地五行,红衣圣母摆下这一座五行剑光阵,就摆在石洞间一列木杆前面,一道院墙以内,那院内以后就是泰山山洞,本蹲着一对石狮子,开门的机关在左边石狮子屁眼里,不用针挑着左边狮子屁眼,谁也不能走进泰山洞府一步。

那院墙上面四围却粘着许多的符箓,不拘有多大道行的人,都不敢从院墙上翻过去。

红衣教徒和孙旭东的徒弟都听红衣圣母的调度,圣母摆这金、木、水、火、土五行剑光阵的方法，分配调剂，说来却骇人听闻。

金之本位在西方，分庚、辛二金，庚为刚金，辛为柔金，其色为白，其象为风，剑为庚、辛二金之精气，火以煅之，水以泻之，土以生之，木以养之。

在古人摆着什么五行十绝阵，是以中央为主位。红衣圣母摆这五行剑光阵，却以西方为主位，就以剑光为西方庚、辛二金精气的缘故。

圣母自己差一班高足的男女徒弟，镇守在墙院西面，那一班男女的教徒，男主庚、金部分，女主宰、金部分。

男教徒如徐铁华、王如蛟、王如虎、左良骥、崔龙藻、杨耀武、韩秀、娄超，各穿着一身白色的法衣，各执白色的小旗，旗上用朱砂写着一个"剑"字，站在庚位，把白色小旗向着辛位微微招展。

女教徒如包翠屏、金闺臣、金闺凤、沈龙珠、沈凤珠、姜璧容、石小蛾、石月蛾，各穿着白绫的小袄，系着白蝶的彩裙，各执着白色的小旗，旗上用朱砂画着一支小剑，站在辛位，也把白色小旗向庚位微微招展。

西方庚、辛的部分，既摆成了功，圣母又挑选孙旭东八名男徒弟，配上自己八名女教徒，镇守在墙院中央，助长庚、辛二金的精气。中央属土，分戊、己二土，戊为阳土，己为阴土，其色为黄，男八名主戊土部分。

如景天池、章炳、荀刚、奚焯、贾龙、贾虎、刘汉、程群，各穿着一身黄色的法衣，各执着黄色的小旗，旗上用银朱写着一个"剑"字，各把黄色的小旗，向着己位微微招展。

女八名主己土部分，如秋梦菊、秋爱菊、王璧云、云凤仙、方翠画、葛韵琴、任丽华、胡美蝶，各穿着黄绫的小袄，系着两个黄鹂鸣翠柳的洒花彩裙，各执黄色的小旗，旗上用星朱画着一支小剑，站在己位，把黄色的小旗向着戊位微微招展。

中央戊、己的部分既摆成了功，圣母又挑选红衣教门男女徒弟各八名,镇守在墙院南面,以助长戊、己二土的精气。

南方属火,分丙、丁二火,丙为阳火,丁为阴火,其色为赤,其象为日为烛灯。

男八名教徒,如钱绳祖、钱绳庆、马耀、韦炘南、俞难、邬剑豪、狄麟、狄凤,各穿着一身红色的法衣,各执着红色的小旗,旗上用蓝锭写着一个"剑"字,站在丙位,把红色小旗向着丁位微微招展。

女八名教徒,如潘秀月、郎琼姐、郎瑶姐、袁湘灵、唐乳莺、梅湘娥、夏新燕、田宝琴,各穿着红绫的小袄,腰系湖绉红裙,各执着红色的小旗,旗上也用蓝锭写着一个"剑"字,站在丁位,也把红色小旗向着丙位微微招展。

南方丙、丁部分,既摆成了。圣母又调度孙旭东十六名男女徒弟,镇守在墙院东面,以助长丙、丁二火的精气。

东方属木,分甲、乙二木,甲为阳木,乙为阴木,其色为青,其象为雷。

男八名主阳木部分,如盛大鹤、樊继武、江星、邱鹗、开星、干进、卢海川、邢武,各穿着一身青色的法衣,名执着青色的小旗,旗上用黑色写着半暗不明的一个"剑"字,站在甲位,各把青色的小旗向着乙位微微招展。

女八名主阴木,如孙月儿、孙星儿、郑肃珍、李珉玉、沈珠花、吕琴姐、戚美颜、水蕊梅,各穿着青色的绫衣,系着雨过天青的花裙,各执青色的小旗,旗上也用墨笔画成不明不暗的一支小剑,站在乙位,也把青色的小旗向着甲位微微招展。

东方甲、乙的部分又摆成了。圣母却选择自己十六名男女徒弟,镇守在墙院北面,以助长甲、乙二木的精气。

北方属水,分壬、癸二水,壬为阳水,癸为阴水,其色为黑,其象为雨。

男八名教徒,江涛、江浪、水人杰、水人豪、汤文、汤武、汤孝、汤忠,各穿着一身黑色的法衣,各执着黑色的小旗,旗上用白粉写着一个"剑"字,站在壬位,把黑色小旗向着癸位微微招展。

　　女八名教徒,骆藕香、骆镜蓉、柯素娥、韦巧云、冯韵笛、王素芬、王素芳、周金莲,各穿着乌缎的小袄,系着玄色什锦洒花裙,各执着黑色的小旗,旗上用白粉画着一支小剑,站在癸位,也把黑色小旗向壬位微微招展。

　　北方壬、癸的部分又摆成了。补助的精气,却用西方庚、辛二金部分。这五行剑光阵的妙用,就是这样的阴阳调匀,生生不已,主动力却在西方庚、辛二金。

　　红衣圣母协同孙旭东,每日在这五行剑光阵中,训练各部分执守人员。阵门即是墙院的大门,由祁天雕把守,黎绍武却镇压四面的阵脚。

　　红衣圣母同孙旭东除去训练时间而外,起居饮食,也寸步不敢出这五行剑光阵外一步。

　　究竟这五行剑光阵如何破法,朱子民此行胜败怎样,且俟五十九回再写。

第五十九回

朱子民初犯剑光阵
钟维岳再会侠男儿

话说泰山石洞院墙以内,摆下那么一座五行剑光阵,阵门即是院墙的门,大开大放,由祁天雕把守。

在这夜时间,院墙外面两边的木杆,有人在木杆上面,把总机关捺了一下,那一例一例木杆上的玻璃灯,一时光明得同白昼相似。

天雕站在院墙门中间,现出那雄赳赳、气昂昂的样子。不防在这时候,忽然见有一个人头,向面前一掼。天雕忙拾起人头一看,还看出是看守门洞那人的人头。知道有什么敌人来了,放下人头,两眼向前面左右望了望,不见有什么人到来。

忽见空间两道墨黑的剑光,说时偏迟,那时却快,看是剑光已罩到自家的头上,像似要罩下来又不罩下来的模样。天雕忙运用剑功,早从两耳间现出两道金黄的剑光来,抵住上面的两道黑光。说也奇怪,那两道黑光,并不像似敌不过金光的样子,刚和金光接触,黑光便收了回来。

天雕看眼前站立一人,便是小时候在太行山所见在井边钓鱼的那个朱子民,笑容满面地站在那里,但这种笑的神气,比怒时还来得严厉。

天雕这时已甘做红衣圣母的牛马,不复念及当初朱子民要收自己做徒弟的那个人情,怒目以待,看朱子民怎样地来,他就怎样地去。

朱子民却向祁天雕低喝了一声道："畜生，你认得我朱子民吗？"

天雕也喝道："你这老不死的杀才，我怎么不认识你？哪怕你今夜死了化成血、化成水、化成泥、化成灰，我都认得。"

朱子民转笑了一声道："你既认得我，还敢当面向我顶撞？快前来受缚，我收你做徒弟，断不伤害你。你要知我想伤害你，方才你已做了我这剑下之鬼。如果执迷不悟，包管你这畜生，要立刻死我手里。"

天雕听他这话，不禁呸了一口道："好个说大话的，你那一点儿法力，做我徒弟的资格还不够，倒反要做起我的师父来了。老实对你讲，你赶快转回你的恒山，我们泰山派人却同你桥不管桥，路不管路。你若是对我不识相，就得给你个当面开销。你有本领，敢走进这阵门一步，我就佩服你是个好老。"

朱子民点头道："天雕，你休得犯糊涂，你的父亲、你的妹妹，俱在我那里……"

天雕不待朱子民接说下去，向他摆一摆手道："不要向下说了，你这话恐怕哄骗三岁小孩子也哄骗不去，就是我父亲、妹妹到了这里，我心中只有一个泰山派，我这身体已交给泰山派人，不认得谁是我的妹子、谁是我的老子。"

朱子民却想不到祁天雕竟说出这样无父无亲、蛮不讲理的话来，他原是受他大师兄钟维岳的密令，想用这番话来打动祁天雕的心肠，好收服了祁天雕，想将来从天雕口中，说出这五行剑光阵是如何摆法。

天雕能说五行剑光阵的原委，钟维岳自信有破五行剑光阵的方法，所以不着祁光父女到来。一则因祁光对泰山石洞中的路径不熟，照他们父女的法力有限，仅令他们父女两人前去，怕也寸步难行。再则便是祁光得和天雕相见，万一他们父子兄妹的三言两语不和，认真动起手来。祁光的脾气，又要体面又要这件事恐怕不得桐叶老祖宗的训诫，谁碰伤了谁，都不是一件当耍的事。

钟维岳有这两个缘故,所以暂时瞒过祁光,密令朱子民前来。

朱子民的法力既大,只要他不冒昧走进五行剑光阵中来,要收降一个祁天雕,事实上没有办不到的。谁知朱子民到了石洞,和天雕碰了面,硬功夫既吓他不住,软功夫又劝他不来,口里不住念念有词,喝一声:"疾!"只见子民口中喷出两道黑气,如锅底一般的黑。

霎时洞中的灯火无光,只听天雕说一声:"来得好!"

这时,五行剑光阵中的男女执事都在那红墙以内放出五颜六色的剑光来,那剑光直向上冲,却不敢向阵门外射出。大略也怕朱子民剑功道法,好像朱子民一脚不岔进这五行剑光阵来,他们简直没有处死朱子民的方法,却借着这五颜六色的剑光。

天雕早见面前飞来两条捆将绳,口中也不住念着咒语,有一围四圆八方的大玻璃,笼罩着祁天雕的身体。那两条捆将绳,简直似两条游龙,在玻璃面前游绕,绳小玻璃太大,要想连玻璃捆起来,是捆不了的。

朱子民口里又不住念念有词,那两道捆将绳登时把那玻璃围绕起来。无如玻璃是滑的,那下面又同生了根一样,却如何能将祁天雕捆动了身呢?

朱子民口里又不住呢呢喃喃地念了一阵,那两道捆将绳愈加紧了。朱子民觉得那玻璃比什么都坚硬,收紧是紧不来。朱子民便将捆将绳收了回来,便转换了一个计较。便放着三昧真火,围绕那玻璃焚烧,但是他要破坏天雕的法力,却不肯伤却天雕的性命,打算放出这三昧真火来,天雕应该有些戒心了。

谁知他真是一个傻子,见朱子民把三昧真火放出来,这三昧真火,须不是法力。天雕是专练习法力的人,就不知这三昧真火的厉害,好像烧了外面的玻璃,要烫到自己的身体。他罩在那玻璃中间,动也不肯一动。

朱子民一想不好，认真这样烧起来，不要将他烧死了吗？可见得红衣女妖的心思，独令他把守阵门，拿他当作头炮，也料想我们断不杀掉了他，冲进五行剑光阵去。如果我们不想活杀，要想生擒，总算得我是办不到了，我不信果真就办不到。

心里这么一想，便收回了三昧真火，这时候就得现出朱子民的看家本领来了。

就听得瑟瑟的寒风起处，洞中像似起了一层彤云，霎时间大雨如珠，洒洒落落，被寒风吹到那玻璃上面。论理那玻璃被火烧得要熔热了，经过这瑟瑟的寒风、潇潇的冷雨，照现代物理学家研究起来，这玻璃当然要立刻炸裂开来，岂知那玻璃并非真是什么玻璃，如何便能炸裂呢？虽然没有炸裂，但经过这雨打风吹之后，连人和玻璃都不见了。

看书的到此，疑惑祁天雕已被朱子民又放出捆将绳，捆去了吗？其实却不然，诸君诸君，红衣圣母为什么独令祁天雕把守五行剑光阵的阵门呢？

朱子民一班人的意思疑惑圣母有这道力，能算准他们果不欲伤害祁天雕的性命，却用天雕当作头炮，生擒既不易，活杀又不能。有祁天雕把守阵门，就不容易冲进这五行剑光阵一步吗？

如果照他们的意思，深入五行剑光阵中，就不知不觉地为圣母所算了。

圣母的意见，这阵门本不需要什么人把守，如果没有人把守，钟维岳越不敢冲进门一步。如果把守的人，容容易易被钟维岳等生擒活杀了，钟维岳却又要疑惑她，不是没有计算的人。这阵门的地方，是何等的重要，却为何差使这个脓包不中用的东西把守呢？钟维岳等断不致受她的欺骗，轻易杀进这五行剑光阵来，向一条死路上跑。但把守阵门人的道法，好得了不得，钟维岳用尽了方法，终不能使把守阵门的人离开这阵门一步，钟维岳等又怎样跑入五行剑光阵中去受死呢？

要破圣母这五行剑光阵，不拘你有多大的道法、多大的本领,竟从这阵门冲杀进去,你进去一百个人,不止死去九十九。照这样讲起来,这五行剑光阵,简直就没有破的方法吗?

无论什么阵图,他越摆得精绝,你越破得离奇,自然这五行剑光阵,也有一种破法,这种破法,容在后文交代。

作书的声明在先,不从那种破法破去,是破不来,这并不是作书人善弄狡猾,自信将来说出这个方法,机警到了极处,要博得看官们拍案惊奇。

话休絮烦,圣母那时因见祁天雕实在抵抗不住,要支持下去,恐怕不能勉强支持,便将天雕摄入阵门中来,总想朱子民毫无疑惑,算不到这是诱敌的计略,要杀进这阵门来受死了。谁知她这计略可诱别人,如何能诱得朱子民呢?

不是朱子民已参识她这是个诱敌之计,实则朱子民不肯受她的诱骗,却有朱子民的缘故。

朱子民未能明白五行剑光阵中的真相怎样,如何便破这五行剑光阵?要破这五行剑光阵,为什么用朱子民一个人前来?何况阵中的人、阵中的剑光,越不欲越雷池一步,朱子民越发相信这五行剑光阵的布置神奇,不是容易一破。

朱子民这次来的意思,是欲收服了祁天雕,为将来破剑光阵的作用。眼看祁天雕已混入阵门,朱子民明知今夜是不能生擒祁天雕了。既不能生擒天雕,朱子民固然因此行不是冲杀阵门而来,他虽不明白圣母是怎样的诱敌之计,却着实防备上了人家的当,做出这种行险侥幸的事。所以祁天雕被圣母摄进了阵门,朱子民也就立刻回去禀复钟维岳了。

钟维岳听报,踌躇了一会儿,先前密令朱子民去收服祁天雕,怕给祁光、祁凤姐知道。事情到了这一步,以为朱子民虽说祁光、凤姐都住在恒山,凤姐已做了朱子民的徒弟,但疑天雕没有见他父亲、妹子的面,当面叙个明白,所以他才对朱子民说出这样无礼的话来。如果见他父亲、妹子叙个明白,他不认祁光父子,就与猪狗无异,像这种活猪狗,老祖宗如何还再三叮嘱不可伤害他的一毫一发呢？这断然是没有的事。

　　钟维岳想到这一层，便将这计略公开，不得不借祁光父女一用。遂同朱子民两人，保护祁光进了泰山石洞。

　　祁光这次本受钟维岳的劝诫，同凤姐父女两人见了天雕的面，一变当初的性格，他们和天雕硬来，骂他是无父无亲的人，不敢和天雕软说，就怕圣母踹中了袖中的机关，再把天雕摄入阵中，伤害天雕的性命。谁知天雕听信圣母当初向他吩咐的话，哪里打算是他父亲、妹子前来？这总是钟维岳、朱子民用的一种幻术。不然，无论祁光是他的父亲，他没有儿子大似老子的，见了他老子的面，还不买他老子一笔账？但论凤姐和他兄妹之间，友谊之情，好得了不得。这回他们亲自前来，未有不怦然心动，岂但他当时没有看他父亲、妹子的面上，降服了朱子民？

　　不是钟维岳、朱子民保护祁光和凤姐前来，那时天雕用红衣教的法力，来对付他一个老子、一个妹子，我恐怕祁光父女，有命到泰山石洞中来，再没有命出这石洞一步了。

　　祁光、凤姐被钟维岳和朱子民救出了石洞，回去大家谈论起来，祁光、凤姐都怨恨天雕入骨。

　　老祖宗不当有这道法令，说出不用伤害他一丝一毫的话来，各人又运用各人的道力，运算一番，恰算不出是什么道理。不是各人的道力不济，实因对方人红衣圣母的道力却有这样能耐，使他们算不出个所以然来。

　　钟维岳心里为难起来，便想起桐叶老祖宗送他那三个锦囊。钟维岳便令人在大法台前，焚起贡香，行了三拜九叩首的大礼。拆开那锦囊一看，只见锦囊里有一个长不盈寸的纸条儿，那纸条只写着三个小字，旁边用朱砂红笔，圈了三个小圈。钟维岳也不知是什么道理，便将这纸条给祁光、方克峻、黄精甫诸人看过。

　　祁光忽然讶道："老祖宗真是个活神仙，不是这人，如何收服这东西呢？"

　　钟维岳道："刁珠珠是我的徒弟，现在的本领太不济，我不能收服天雕。她可能收服天雕,不是师父锦囊中的妙计,同二师弟说这样话,我就怕有些靠不住。请问二师弟是什么道理?"

祁光郑重其事地说道:"请问大师兄,什么是五伦之首?"

钟维岳道:"五伦之首为夫妇。"

祁光笑道:"珠珠不但是大师兄的四徒弟,还是我的二儿媳呢?"

钟维岳道:"你这话怎么讲?"

祁光却不慌不忙地对钟维岳把当初天雕和刁珠珠的事情,诉说出来。

欲知后事如何,且俟第六十回再写。

第六十回

锦囊传妙计道力弥纶
杀阵种情花春心婉转

话说祁光当向钟维岳等说道:"我说刁珠珠不但是大师兄的徒弟,还算是我的媳妇。就因天雕在小时候,曾给他母亲报仇,在乌鼠山毒杀了刁鼎,这件事大约大师兄是知道的。"

钟维岳接着回道:"我怎么不知道有这回事?但珠珠曾对我说,她并不因为天雕毒害自己父亲,怨恨天雕,却转怨他父亲错在当初,害了天雕的母亲,做下那样的歹事来。"

祁光道:"刁珠珠不因天雕毒害自己的父亲,引为不共戴天之仇,这是刁珠珠深明大义。便是刁鼎死在泉下,也只望他们冤仇宜解不宜结了。但天雕在小时候,和珠珠在一桌上吃饭、一处地方练习法力,两颗心久已相印了。天雕身边佩的玉麒麟,便是珠珠送给他的,与古人赠芍佩兰之道,有何区别?他们在那时候童年卯角,两小无猜,月下盟香,花前誓愿,已俨然像似一对儿小夫妻了。何况天雕到了成年的时候,有人问他的法力是怎么样,天雕才回说他的法力远不及刁鼎,又有人来给他做媒,他总是摇摇头,人问他是什么缘故,他说自己已有了妻子刁珠珠了。所以我对大师兄说出刁珠珠,不但是大师兄的徒弟,还是我的媳妇呢。"

钟维岳听罢,不由沉吟了一会儿,已能领悟过来,说:"二师弟这个媳妇,已做了我的徒弟,就不能再做你的媳妇了。我的戒律,以后想严加改订,是凡在我嵩岳派门下的人,男婚女嫁的事,就算打消了吧！"

祁光道："那么我不是要绝嗣了吗？珠珠又不是传给大师兄衣钵的人，大师兄为何说出这样话来？假使天下人皆投入大师兄门下，将来到百年以后，人的种类，不将要绝迹尘寰吗？"

钟维岳道："适才的话，原是同二师弟开玩笑的，怎么认真起来？徒弟自是我的徒弟，媳妇自是你的媳妇，男婚女嫁的事，本为人道三首，何可全废？我的戒律中有戒淫一种，但戒淫是不妄淫，除去练过童子功的人，我都可以使他们男有家、女有室。果然练过了童子功，一有家室，他们这死期就不远了。珠珠既没有直接授我的衣钵，虽然仙机已透，尚要食一番人间烟火，我何能使她放弃人道主义呢？不过天雕将来做五师弟的徒弟，一犯了妄淫的戒律，不但五师弟不肯通融，我是摄理嵩山戒律的人，也顾不得二师弟绝嗣不绝嗣了。"

祁光道："请问大师兄，石胆可是受大师兄衣钵的人吗？"

钟维岳道："铁娘将来也能有授我衣钵的缘分，岂但石胆？"

祁光听了不懂。

钟维岳仿佛已看穿祁光的心境一样，说："我在五年以前，何尝不以为铁娘是个女子，不能受我的衣钵。现在我已觉悟过来了，这是什么缘故？二师弟是没有练习道力的人，将来证成道果，自有觉悟的时候。我在势不可对二师弟说出来。就说出来怕你仍是不懂。"

祁光听了，也不好再问下去，大家因老祖宗锦囊中曾现出"刁珠珠"三个字来，以为刁珠珠一到泰岳，祁天雕便立刻归降，五行剑光阵就破在眼前了。

公余之暇，苏奇等便受钟维岳的谕令，且到山上去看珠珠来也未来。果然石胆、铁娘同珠珠一齐来了，大家将他们师兄弟三人引进芦棚，相见已毕。钟维岳重向各派的徒弟训话一番，便命珠珠到面前，低低谈说了一阵。

珠珠听罢，益信苏奇等一众弟兄不是挖苦自己的。虽则这件事做出来太难为情,但师父的命令难违,便淡淡地回说一个"好"字。

钟维岳道:"好孩子,我请你五师叔带你一同到泰山石洞去吧!"

刁珠珠也不说什么,正待要同朱子民走出芦棚,钟维岳和祁光等也下了法台,吩咐大家休息。

忽然朱子民觉得有人将他衣袖一拉,朱子民回头见是石胆,道:"有什么话,尽可对我说出来。"

石胆便将天雕头上那一道紧箍符的神通,以及天雕到嵩岳所使的法力,向朱子民粗枝大叶略说了一会儿。

朱子民道:"这个吗?"旋说旋掐着指头一算,忽然哈哈大笑起来,说:"老贤侄尽可放心,我的道法,要揭去天雕头上那一道紧箍符,不是一件为难的事,老贤侄坐听着好消息便了。"

说着,即带珠珠出了芦棚,走进泰山石洞的上面。

珠珠看那地方四围,有不少的坟茔,中间有一座大坟茔,上面盖着一个茔顶。忽然茔顶一开,里面早蹿出一个人来。

朱子民便向他骂了一声:"杀不了冢中枯骨,前次在这里杀了一个,又来一个。"

旋说着,那人已攫拿而前,只听得咔嚓一声,那人还未使出对付朱子民的手段,朱子民剑光到处,那人已身首异处,再看却是一个纸人。

朱子民笑了笑,想起初次在洞门口杀了一个,那红衣妖人也有些害怕,却专用这个东西把守了。

朱子民就这么同珠珠如入无人之境,进了石洞。

珠珠忽然不见了朱子民,明知他老人家使用一种隐身法,隐藏了身体,再看前面红墙门首站着一人,一见面就认出他是个祁天雕了。

那时天雕见了珠珠,如同一别多年的好友,忽然重逢的样子,劈口便叫了声哎呀道:"贤妹,你是从哪里来的?"

刁珠珠狠狠地向天雕望了望,急从裙带下翻出一支剑来,说:"你认得这东西吗?"

天雕道:"这是我当初送你的东西,我如何不认得?并且你送我一只玉麒麟,我还佩在身边呢!"

珠珠道:"若非有这两件东西,今日相见,我可要咬下你的一块肉来。"

天雕道:"妹妹,可是要来给你父亲报仇吗?"

珠珠道:"你给你母亲报仇,是你的孝心;我不给我父亲报仇,不能算是不孝。但是今日相见,你有什么话对我讲?"

天雕道:"贤妹且请息怒,可知我们红衣教的戒律严厉。我们今世虽不能结为夫妻,但愿来世吧!"

珠珠听完这话,把脸绯红了,抽身便走。

天雕便伸手将她一把拉住道:"妹妹这一走倒反难坏我了,我们圣母正在大开教门的时候,妹妹何妨投入圣母的门下,终天终日,和我在一处,学习法力也使得。"

天雕正说到这里,忽觉头顶上有些风响,抬头一看,没有什么,复接着向珠珠道:"妹妹可能在圣母门下学习法力吗?妹妹千万不要说出'不能'两个字来。所怕妹妹这次前来,是受了嵩岳派人的指使,如果是受嵩岳派人的指使,更不妨弃暗投明,来归附我们泰山派。我们妹妹这个人,无论栖止在什么地方,我纵有些放心不下。这是什么话呢?就因妹妹孤影茕茕,没有知心人体贴妹妹的心情,不若仍同我在一间丹房中练习法力,再结香火的缘分,你我仍算得是一家人了。"

珠珠道:"正是的,想我们当初在乌鼠山竹马嬉游,丹房斗章,这是何等的赏心乐事。不谓星移斗转,隔了十来个年头。回想儿时的天真乐趣,这光景就同在眼前的一样。妹子很情愿同你在一块儿做事,要你体贴我的心情,不过妹子现在已入了嵩岳派了,同你站在敌人的地位,你打算能如何安慰我的心情呢?你千万也不要说出'不能'两个字来。何况嵩岳派是何等的光明正大,你这时早已该明白了,须比不得你们泰山派人,在那铜山郭家村地方,做出无法无天的歹事来。你想,你细细扪心一想,就不妨弃暗投明,来归附我们嵩岳派了。"

天雕听到这里,不由把眉头皱了皱,连忙一松手向珠珠恨道:"该死该死,你怎么好好地归附了嵩岳派,为钟维岳所利用?"

"了"字还未出口,忽然墙院里有人吐出娇滴滴的声音,唤了一声:"天雕!"

天雕一听是红衣圣母的声音,待要回转阵门,那时圣母已使弄法力,不待天雕抽身,已要将他从阵门口摄了进来。

天雕感觉自己的身体,如同被圣母牵得回来,而在这牵回来的时间,仿佛前面又有人将他死命拉住不放。再看珠珠仍站在他的面前,向他招一招手。天雕不由心里动了一动,以为是珠珠的法力,能使红衣圣母不能将他摄进五行剑光阵中一步。

忽然见阵门内射出一道剑光,直向珠珠射来,那珠珠又顿时不见了。

耳边又听得一阵阵胡笳声响,好像有千军万马杀进石洞中来的样子,接连墙院里射出那一道剑光,仿佛畏怯阵门外人多势大,在那里打一个招,仍然收了回去。

看官要知道,这剑光原是红衣圣母在剑光阵放出来的,这回她仍然收了回去,是什么缘故呢?

因为红衣圣母不见有朱子民到来,以为刁珠珠既然单人独力,敢进泰山石洞中来,她的胆量很是不小,她的本领也就可观。照例如有我这边人跑进这泰山石洞一步,没有带着性命回去的。但圣母怕刁珠珠这个人来头太大,眼见她同天雕畅叙心情,看天雕劝她归附了泰山派,圣母便不将刁珠珠当作普通没有关系人相看。想珠珠听信天雕的话,竟投入了红衣教门,圣母总打算能收得这样的好徒弟,一个人要抵得百个呢。及听珠珠自认是嵩岳派,反劝天雕归附他入了嵩岳派,红衣圣母这才着急起来。她虽是个色网情关中过来人，但从经验上的层次得来，知道这一对儿痴男少女，对于情之一关，实具有伟大不可思议的可能性。

尤其在男子这一方面，迷恋女子的心肠，格外来得火热，男女恋爱的玩意儿，自家是个例外。要采集那男子的元阳，不得不苟且迁就。若是普通情场中的男女，大半都是男子去迁就女子，如果有女子去迁就男子，除非那男子的面庞，比女子生得太俊了，这还在其次。最是那男子坐怀不乱，那女子是一个水性杨花之人，才有女子去迁就男子的。除了这两种花样，便是做妓女的，想着大少爷的银子，也只有等着大少爷上门嫖，总没有妓女找到大少爷门上去，迁就大少爷的。

天雕的面庞，不见得怎样生得俊。看这女子的模样儿，不但像花一般地炽人情感，酒一般地醉人心灵，并且她那眉目神气之间，是处都表现出一种儿女英雄美。看她和天雕两人的神气，已成熟到十二分了，珠珠不肯归附泰山派，也就罢了。天雕被珠珠这一缕情丝牢住心怀，不免随同珠珠归附了嵩岳派，那就糟了糕了。

圣母转想到这一层，很是吃惊不小，既又不能将天雕摄进阵中来，早从阵内放出剑光，准备这道剑光，一着落在珠珠身上，看她登时身首异处，那么就可以省事了。如果剑光伤不了刁珠珠，圣母宁可使出第二步的方法来对待她，却不肯出这剑光阵一步。就因圣母所以摆下这一座五行剑光阵来，曾在益林受过钟维岳一顿的教训，怕钟维岳勾引衡山、华山、恒山各派人物，要同她为难。

她的主计，想把钟维岳等一班人物，一股脑儿诱入五行剑光阵中结果了，以后好让她红衣教主在世界上横行不法，不妨为所欲为。如果自己轻易出这五行剑光阵一步，虽然她的法力不在春心摇荡的时候，自信吃得住钟维岳的。但她在钟维岳面前已坏过了大丹，出了这五行剑光阵，要去同钟维岳等为难，心里总有些害怕。看刁珠珠算是钟维岳的高足弟子，刁珠珠在明中和天雕叙话，难免钟维岳不使用隐身法术，在暗中帮助刁珠珠，难免钟维岳不协同一班党羽，各使用隐身法术，在暗中帮助刁珠珠。

圣母因为有这样戒心，她当时见自己的剑光放出来，忽然刁珠珠不见了，接连听得那一阵阵胡笳声响。煞也作怪，圣母听得这种响声，仿佛自己的剑光受了风吹雨打的样子，连忙收回剑光，再想准备使出法力，故意将天雕摄进阵来。陡见一条黑影，在天雕顶心发上只一提，倏然间连天雕也不见了。

听那黑影打了个哈哈笑道："原来红衣教主的能耐也不过如此，领教了……"

话犹未毕，便见阵中发出红光，将那黑影逼住。

接着听得红衣圣母的声音说："朱子民，你三番五次要来侵犯我，我不在阵中显出我的法术来，你也不知道我的厉害！"

第六十一回

红衣女妙使百灵幡
嵩岳仙智袭五行阵

话说红衣圣母那时听是朱子民的声音,竟敢说出这么大的话,又来同自己为难,她明知朱子民的法力,在这五年内,精进得比什么都快,也比不得五年前的一个朱子民了。本意朱子民不跑进五行剑光阵来,她不愿轻易藐视一个朱子民,如今实在耐不得了。好在自己不出五行剑光阵一步,料想朱子民的法力,无论大到什么样子,总不能伤害自己的性命。若仍然容他在这里放肆,那还了得?

红衣圣母心里既气恼到十二分,又有欲罢不能的局势。她辛辛苦苦新练成一种最厉害的法力,不在这时显出来,更待何时呢?登时便从身边取出小小的百灵幡来。据说这百灵幡,须摄一百个有血气的女子魂灵,用法力造成,功力大得不可思议。圣母把新造成的百灵幡,执在手中,叽里咕噜,念着百灵咒。

早从阵中射出一道红光来,口里还喝了声:"朱子民,你三番两次和我为难,我不现出我的法术来,你也不知道我的厉害。"

起初朱子民在天雕觉得头上有些风响的时候,已揭去他的一道紧箍符了。这回刁珠珠和天雕先后不见,珠珠早被朱子民卷入袖中,天雕也被朱子民抓住顶心发一提,又把自己的袍袖向上一展,卷入袍袖里去了。像这种袖里乾坤的妙用,在普通人眼光中看来,实属惊世骇俗。但在钟维岳、朱子民等一班剑仙剑士,本不算什么稀罕。

朱子民既已得手,当然鸦雀无声地回去缴令好了,却不该对红衣圣母说出那么大的话来。于今朱子民看阵中现出一道红光,早罩住自己的身体,那红光不类珠光火气,又非若道法中人放出来的三昧真火一类红光,只类雨后的虹光一样,却带着几分潮湿之气。朱子民哪里知道这红光的厉害,早运足了气功,张口就喷出一股黑气。说也奇怪,那红光碰着这道黑气,如同土匪遇见大队官兵的样子,早藏躲得无影无踪了。

　　朱子民很得意地回见钟维岳,先将右边袍袖一展,展出一个刁珠珠来,又把左边的袍袖一展,展出一个祁天雕来。

　　天雕仿佛从昏糊之中醒来,睁眼看见钟维岳坐在当中法台上,他父亲坐在钟维岳的左边,凤姐也站立阶下,石胆、铁娘都分班站定。天雕一见之下,知道已落到他们的网里,逃既不可,降又不能,便横一横心肠,一头向阶下碰去。

　　亏得朱子民手快,早将他拉回来,说:"你有话尽可对我们说,你的父亲、你的妹子、你的妻子,俱在这里,你何苦一死了事呢?"

　　天雕流泪道:"珠珠在哪里?"

　　珠珠即从旁回道:"在这里,在这里,我在你面前,怎么你不见我呢?"

　　天雕道:"我何尝没有见你？于今却仍怕是这个姓朱的使的一种幻术。"

　　朱子民哈哈笑道:"幻术是可试验出来,你父亲、妹子,都是你亲骨肉,你们不妨滴血试验,还能假得来吗?"

　　天雕道:"滴血试验,固可用不到这一招,我心里只有些疑惑是一种幻术,但何能便指定是一种幻术？老实说给你,我父亲、妹子,你们在先都会见过的,你们还可以使用幻术,幻成我父亲、妹子的模样。刁小姐在先你们若没有会过,你们就不能幻出她的本相来。只是我心里还怕你们是会见过刁小姐,既没有会过,我本当因刁小姐确是嵩岳派人,我没有不肯归附你们嵩岳派。但我听圣母的话,既怕嵩岳派人须终不是正经路数,又怕我头上那一道紧箍符可是厉害。这时候真叫我左右做人难,我唯有一死的好。"

朱子民哈哈笑道:"果然嵩岳派不是正经路数,你父亲、妹子何必帮同嵩岳派人来对待泰山派?正者以为邪,邪者以为正,这总由你自己没有定力,眼识也因之迷荡。你可明白现在你父亲已是我师父的二徒弟,便是将来泰山派的开派宗祖了。"

天雕道:"这话可当真吗?"

朱子民道:"四位师兄和凤姐、珠珠都在这里,我言岂诬?你只心里肯归附我们,觉得我们都是正路人物,我履践当初的约言,便当传授给你的道法。你要知那个红衣教的女魔王,尽传给你的法力,不肯传给你的道法,就怕你的道法学成了功,能算得准嵩山、衡山、华山、恒山四宗都是正派人物,唯有红衣教和泰山一宗是四派的大敌,你就可想见他们不是正派人物,还肯服服帖帖地甘为红衣教做牛马吗?那红衣圣母譬如一条蛇,孙旭东便是豢蛇自害的人妖;红衣圣母譬如一只虎,你也算得为虎择肉的伥灵,你又何苦唯有红衣圣母的马首是瞻呢?你是怕头上已被她粘了一道紧箍符,便没有人有这能耐,能揭去你头上的紧箍符吗?你不妨在顶心上摸一摸,你才想到那道紧箍符,早被我揭得去了。"

天雕真个向顶心摸了摸,觉得没有什么,再看朱子民有一张小小的符箓,向他扬了扬,说:"这不是紧箍符是什么呢?"

天雕才想到那时一阵风声响动的时候,原来是紧箍符被朱子民揭去的,便双膝跪在朱子民面前,叩了几个头,口里说着:"徒弟就在这里拜师父了。"

朱子民忙一把拉起他说道:"这时你算违叛红衣教,来归附我们,做我的徒弟了,你头上觉是怎么样?"

天雕道:"没有怎么样。"

朱子民道:"既没有怎样,我来给你介绍,这是你的大师伯,这是你的三师伯,这是你的四师伯,某某是你的师兄,某某是你的师弟。"

祁天雕一一拜过已毕，最后抱住祁光的磕膝，跪在地上，仰着脖子央告道："儿子不肖，误听奸人之言，得罪了父亲，得罪了师父及各位师伯、师兄、师弟。想起当初儿子把金太太带到乌鼠山的时候，你老曾说儿子不是吃了一十九年的饭，是吃了一十九年的屎。及今细想起来，真叫儿子惭愧死也。"

祁光哎呀了一声道："奇怪，你这时还公然承认是我的儿子吗？不论有多大本领、多大能耐的儿子，从没有敢违拗老子的道理，老子平时是个无恶不作的老子，你违拗老子的话，老子就讲不起，要捏住鼻子吃屎，老子平时没有干过一次歹事。你眼睛里既然也没有我这老子，前日见我的面，还说我不是你的老子。你这畜生，今天我要拿家法来惩治你，却使你没有容身的所在，你的本领就比老子大、法术就比老子高，能担得起这么大的罪过吗？"

天雕听罢，一时泪如雨下，又叩了几个头道："儿子该死，听凭我父亲惩办。"

祁光摇头道："太言重了，我这个不中用的老子，能惩办你这个有用的儿子吗？今日相见，我本当取我神剑，了你的账，谅你再也不能儿子大如老子的，要显出红衣教的妖法来对待我了。也罢，我姑念你已做了朱师弟的徒弟，薄薄地责罚你一二。只是当初金公子到我家中，我那时叫你是怎样，你这时就应该对他怎样，若再敢有一句支吾，朱师弟虽承认你是他徒弟，我却不敢再看在诸位师兄师弟分上，承认你是我的儿子了。"

天雕听他父亲这话，想起他父亲把金石胆带到乌鼠山的时候，自己因劫石胆的娘，得罪了金石胆，躲在房里不肯出来，父亲却勒迫我向石胆赔罪，以致逼近泰山石洞。如今同金石胆是一家的人了，便走过来，向石胆说了一声赔罪，便要跪拜下去。

石胆笑道："同是自家的师兄弟，何必如此？"一面说，一面早将天雕扶得起来。

钟维岳这时才将天雕唤至面前问道："我问你，泰山石洞摆下那一座五行剑光阵，哪一方是生门？哪一方是死门？"

天雕被他一句话问得噤住了,回说一声:"不知。"

钟维岳笑道:"你难道已降服了朱师弟,还不忍说破红衣圣母的秘密吗?怎的回出这'不知'两个字来?"

天雕再拜道:"徒侄当初误信红衣圣母过深,于今已悔悟过来,徒侄怎能不肯宣泄她的秘密?实在那五行剑光阵,徒侄只把守阵门口,也不知哪一门是生门,哪一门是死门。不过那五行剑光阵是怎样摆法,阵中有多少人把守,徒侄却是明明白白。"

钟维岳道:"你且试说红衣妖人摆成怎样一座五行剑光阵,阵中究有多少人把守。"

天雕便将圣母先以西方为本位,用男女十六人把守。西方摆成了功,再摆中央,再摆南方,再摆东方,再摆北方,每方都用男女十六名把守的话,以及东、南、西、北、中央五处,共计男女多少名数,穿着甚样的衣装,执着甚样的旗号,男女如何支配旗号,如何招展,并同红衣圣母及孙旭东在阵中指挥,癞头叫花黎绍武压着四面阵角的种种关系,一五一十向钟维岳禀说了一遍。

钟维岳听毕,沉吟了一会儿,忽然抬起头来,现出很诧异的神气说道:"怪不得老祖宗锦囊中自有破五行剑光阵把握,原来还是这么一座五行剑光阵呢!那红衣圣母的能耐,可还了得。这次若不收服了祁天雕,我们师兄弟若有一人前去,到五行剑光阵中窥探一番,绝从阵门口杀进去,丙门南向,南属丙、丁二火,要破这丙、丁二火,须用壬、癸二水不为功,但木在东方,扶助丙、丁二火,以泻壬、癸之气,土在中央,资养甲、乙二木,以扶助丙、丁二火之气,以克壬、癸之神,来伤水呢。照这样做来,我只怕能侥幸冲进阵门,却不易出那阵门一步了。剑属金,剑光阵不以中央为主位,而以西方为主位,这是红衣妖人的苦心独创。而五行相生,却以北方壬、癸二水为本源,水生木,木生火,火生土,土地生金,相生不已,这是五行剑光阵唯一功用,大得不可思议。须知要破这五行剑光阵,由我带领铁娘、石胆、珠珠三人,借用中岳嵩岳派的土之精,先克彼壬、癸二水,再用方师弟南岳衡山派火之精,以克西方之金,五行剑光阵中生生不已之来源既绝,水不能生木,木不能生火,火不能生土,土不能生金,金之本位既无生养的可能,哪里能敌得丙、丁二火呢?师弟为水之精,以克彼之火,木伤则金失其养,土伤则金失其助,火伤则损彼土之原神,水伤则损彼木之原神。而生生不已之原神,尤重在北方之水,欲破剑之精气,却重在南方之火,五行剑光阵中之金水先断。哪怕红衣妖人的法术大到怎样地步,木无水则干燥而枯萎,木既枯萎,而火不能旺而返弱,弱火不能生土,无生之土,不能生金。欲破这五行剑光阵,不是易如反掌的事吗?"

钟维岳这一篇话,说得众人都暗暗叫绝。

钟维岳即令方克峻带领徒弟尤异、颜宁、梅鼎、林鹗、苏菱菇、花鸥、花鹏、花爱莲、孙克锦、许平、秋丹、许克强、伍猛、伍勇、伍景星、钮广泰、高荣、杨龙、杨虎,黄精甫带领徒弟鲍剑云、徐冲、吴志、顾达、苗天雄、张士骥、尹一平、柏仁、柏义、柏礼、柏智、柏信、周虬、冲绳武、窦遫、赵锡麒、赵锡麟、吉隐娘、吉剑娘、葛燕来、岑飞霞、吴美云、孙美玉、蒋琼仙、柏璇姑、苗玲姐、张骊珠,祁光带领方克峻的大徒弟苏奇、黄精甫的大徒弟鲍剑星,朱子民带领徒弟单雷、祁天雕、祁凤姐,自己带领徒弟黄铁娘、金石胆、刁珠珠,约在夜间起更时分,各使用隐身法,进泰山石洞。由钟维岳先从阵后北方杀进,铁娘、石胆、珠珠在后接应。

方克峻带领各徒弟,随着走进北方的生门,用火功克破五行剑光阵中西方之精。接着祁光也由阵后带领苏奇、鲍剑星,走进北方的生门,用雷木克制中央之土,好使朱子民避过中央之土,用水来拨制阵门口南方之火。接着黄精甫也带领各徒弟,从北方的生门杀进,用金风以克制五行剑光阵之东方之木。

钟维岳一一调拨已毕,专等夜间初更时分,一齐出发。

刚到傍晚时间,忽然朱子民对钟维岳说了声:"师兄,不好了,不好了!"

毕竟是什么大事不好,欲知后事如何,且俟六十二回再写。

第六十二回

赐仙丹桐叶救徒儿
入山洞钟老破劲敌

　　话说钟维岳听朱子民对他说一声："师兄,不好了,不好了!"便问朱子民道："五师弟,这是什么话来?"
　　朱子民把眉头皱了一皱道："兄弟这时候偶然觉得目眩心荡,像似失魂丧魄的样子,虽勉强镇定,哪里能够镇定得住? 依兄弟的愚见,兄弟心荡,正怕兄弟的天禄尽了。"
　　朱子民才说到这里,陡然见他脸上青一块黑一块的,便顿时昏倒在地,像似要昏厥的光景。
　　钟维岳看他这个样子,大吃一惊,早知不是佳兆,大家近前听他鼻息间的声音微细,目张口开,一根根毫发都倒竖起来,问他,他不回答,推他,他不清醒,只不知他是什么变故,竟昏糊到这一步,未死同已死一样。
　　钟维岳做梦不打算朱子民有此变故,心里焦急万分。这回大破五行剑光阵,朱师弟是恒山开派宗祖,善用雨水的法力,非彼用那雨水的法力,不足以破五行剑光阵中丙、丁之火。朱师弟也是此番一个重要人物,他万一有了不测,这五行剑光阵教我如何破法呢?
　　钟维岳不由越想越有些为难起来,并想起师兄弟的情谊,情同手足,眼看他的性命就要断送在眼前了,也不禁有些凄然心痛。再看单雷、天雕、凤姐三人,都罗拜朱子民面前,各人都是一阵心酸,泪如雨下。至于祁光、方克峻、黄精甫老兄弟们,各人脸上都变了颜色,好像现出很悲怆的样子。

钟维岳见这情状,心里万分难过,一面令单雷将子民抬到芦房歇定。

钟维岳便同祁光、方克峻、黄精甫四兄弟,又去看视一番。看他简直出气多入气少了,千呼万唤,好像拢共没有一句贯到他的耳朵内。脸上的气色,青的更像蓝靛一般青,黑的又像黑墨一般黑。

钟维岳看他到了这样生死的关头,又同方克峻、黄精甫各用纯洁的理智,来推算一番。早知他的魂灵,已脱离了躯壳,并不是得的什么怪病。但能算到是中了红衣教的邪法,却不知道要如何解法才能将他解救过来。就因红衣圣母的道法甚大,他们却不能算准出个所以然来。

事情到了这一步,钟维岳的意思,非拆开桐叶老祖第二个锦囊看个明白,不足以挽回朱子民的死命,不足以破去五行剑光阵。遂又同祁光、方克峻、黄精甫等一齐出来,到了大法台前,点起了明烛真香。

钟维岳诚惶诚恐地在法台上拜行过三拜九叩首的大礼,将那第二个锦囊取得上来。拆开一看,见里面有一个小小的瓷瓶,瓷瓶里满装着椒丸一般大小的丹丸,约有五六十粒,其外并没有什么东西。

钟维岳便带着那个瓷瓶,大家一齐又走入朱子民的芦房之内,总以为这五六十粒的红丸,足以解救朱子民个人的性命了。才拔开了瓶塞,陡然间发出一股黑香来,那香却比蔷薇露还香。

钟维岳把红丸倾入掌心,早吩咐单雷取一杯开水上来。忽然看那瓶塞,是纸卷捻成的,上面还有蝇头字迹。

钟维岳的眼功,能在黑夜间明察秋毫之末,暗室中可数着掌上的螺纹,看这纸卷上的字迹,确是桐叶老祖宗的亲笔所写。

钟维岳是何等心细的人,他在师门学道多年,又深知老祖宗的举动行径,料知这纸卷上的字迹,绝于此事大有攸关,便将红丸一粒一粒地仍倾入瓶中。再仔细放开纸卷，从头至尾，看了个明白。

钟维岳不由惊喜交集，心想，我若冒昧将这五六十粒的红丸给朱师弟一人服下，那么就糟了糕了。还好，现今我细心看过老祖宗的纸卷上的字迹，不致弄错了事。这总由五行剑光阵，合该破袭，泰山派和红衣教人，合该败灭。纵然那红衣妖人，新近造成了一幢百灵幡，究有什么用处？

钟维岳想到这里，便顾谓祁光、方克峻、黄精甫诸人说道："师弟们打算五师弟中了红衣妖人的什么邪术呢？说来很是惊世骇俗，老祖宗言红衣妖人新近练成一种最恶毒的法术，唤作百灵幡，是左道旁门中最厉害的东西，要练成这百灵幡，用一百个女子的灵魂，这百灵幡练成了功，只用着向你招一招，口里念着百灵邪咒，登时便显出一道红光来，笼罩在你的头上，这红光既不似精气神剑的剑光，又不像三昧火光，红得同雨后虹霓一样红，最是天地间不正的淫气。你中了她这百灵幡的毒法，重则当面开销，轻则也隔不到两个时辰，这毒力便发作了。发作的时候，不拘你有多大的定力，总觉目眩心荡，有些魂不守舍的样子，以后渐渐沉沉如梦。中了这百灵幡毒法的人，魂灵早已脱离了躯壳，如何能保全得性命呢？

"老祖宗第二个锦囊中，这一瓶的红丸，共有五六十粒，名唤返魂丸，是百灵幡的解药。未中百灵幡毒法的人，只开水服一粒，包管在七日以内，能出没百灵幡红光之中，这百灵幡却不能伤害他一丝一发。已中百灵幡毒法的人，只用开水服三粒，包管以前所中的邪毒，消解无余，仍然恢复到平时一样，以后也能在七日之内，出没百灵幡红光之中，这百灵幡也不能伤害他的一丝一发了。

在红衣妖人百灵幡未练成功以前，老祖宗已炼制这返魂丸，作为百灵幡的解药，可知老祖宗这三个锦囊，一个一个的都具有鬼神不测之机，不是老祖宗有先见之明，如何破得这五行剑光阵呢?"

众人听钟维岳说完这话,都是惊讶万分。

钟维岳即取出三粒返魂丸来,度进朱子民的腹中。接连听见朱子民的腹中咕噜作响,渐渐已睁开眼来,打了一个哈欠说道:"我的魂灵,仿佛不知不觉,被一大群的女子,带到空间,飘摇了许久。忽然寻到了躯壳,那一群女子都不见了。"

钟维岳听他的话,便将桐叶老祖宗第二个锦囊中的妙谛,一五一十向他说了个仔细。

朱子民道:"合是我们命不该绝,蒙老祖宗赐我们返魂丹药。单雷,快去到法台前摆设香案,待我挣扎起来,当天谢过老祖宗救命之恩。"

钟维岳道:"师弟初服丹药,且请安歇些时,再到法台前礼拜。"

朱子民随即从病床上直拗起来说:"我服下这三颗丹药,不但身体已经恢复,并且精神陡长,比前益发壮朗了。单雷快去摆过香案,让我亲去拈香。"

话休絮烦,朱子民到法台前礼拜已毕,钟维岳便将瓷瓶中的丹药,分配每人一粒,服下以后,各人都觉得目健神清,精气为之一爽。

这时天气已交初更时分了,钟维岳便将老祖宗第三个锦囊带在身边,领着铁娘、石胆、珠珠三人。方克峻、黄精甫、朱子民各带着各人的徒弟。祁光带着苏奇、鲍剑星,都听受钟维岳的号令,兴师动众,齐向泰山石洞而来,按他慢表。

且说红衣圣母,自从朱子民劫去祁天雕后,便在五行剑光阵中,会同孙旭东,黎绍武二人,商量大事。

孙旭东道:"天雕虽被朱子民劫去,但他头上被圣母粘了一道紧箍符,他敢违叛圣母吗?"

黎绍武道:"假使天雕头上的紧箍符,被朱子民揭去了,那么事情不是要糟透了吗?"

红衣圣母听罢,笑了笑。

黎绍武道:"难道紧箍符还好好箍在天雕头上不成?"

圣母道:"你们这些人真是傻子,朱子民没有揭去祁天雕头上一道紧箍符,他能收服祁天雕吗?紧箍符总算被朱子民揭去了。我只笑朱子民自己的死期已在眼前,还要收服天雕做徒弟呢!"

孙旭东道:"圣母怎知朱子民的死期已在眼前呢?"

圣母又笑道:"岂但朱子民的死期便在眼前,此番凡有前来同我们泰山派为难的人,居然还想带着性命回去,道兄们就小视我太没有一些能耐了。"

孙旭东道:"圣母的话,我都信得。但是天雕现今已归附他们了,看钟维岳一班的人,轻易不肯进五行剑光阵门一步,如今有祁天雕在那里,说出五行剑光阵的来龙去脉。钟维岳的能耐,是我领教过的,他若将这五行剑光阵中的来龙去脉,凭他的智慧揣度一番,还敢从阵门口冲进来送死吗?"

圣母大笑道:"他既然胆小如鼠,不肯从阵门口杀进来,总千方百计地引诱他,又有什么用处?不若将计就计改变方针,放着祁天雕归附他们,叫他果然明白阵门口是死门,随便他从哪一门杀进来,包管他们来一个是死一个,还有什么话说?"

黎绍武指着问道:"他们决定是要从北门杀进来的,不过北门也有北门的锁钥,他们委实不容易杀进来。如果杀进来,钟维岳用中央之土,以克制中北方之水,方克峻用南方之火,以克制阵中西方之金,这五行剑光阵,便破在旦夕间了。如果不能杀进来,圣母又不肯出阵门一步,去来由他们,怎么说他们来一个是死一个呢?"

圣母道:"我说于今已改变方针,可知对待他们的方针,迥与以前不同了。以前怕朱子民劫去了祁天雕,于今却喜他已把祁天雕劫得去了;以前怕他们从生门杀进来,于今却要希望他们从生门杀进来;以前尽恃五行剑光的变化,想处置他们的死命,于今却不用这五行变化的妙理,来对待他们了,不过借着五行剑光阵的幌子,哄骗他们。二位道兄想一想,除去五行剑光的妙理,简直我就没有处理他们的法术,我敢说这么大的话吗？二位问我究竟用什么法术,预备处置他们,我本当对二位揭说出来,但不说出来是稳当些。我适才曾说朱子民的死期快要到眼前了,在二位的意思,只怕这话靠不住,我只怕这话太靠得住了。这是什么缘故呢？因为朱子民一死,钟维岳以为斩断他的一只膀子,没有朱子民的法力,怕克制不了五行剑光阵中西方之火！就怕钟维岳不肯便到阵中受死了,少不得要延挨几时,请出一个曾使雨水法力的专门人才,可以扑灭得五行剑光阵中南方之火,他才肯到石洞中来呢！"

圣母同孙、黎二人,谈说了一阵,各自分班做事。

圣母便将百灵幡藏在身边,监视各部的职守人员。

忽听得石洞空间有些风声响动,圣母抬头一看,没有见得什么,掐着指头轮算了一番,暗想,钟维岳等难道已前来吗？接着似乎听得阵门北向右边,蹲着的那个石狮子放出一个响屁来,灯光之下,看那洞门大开大放,从洞门里冲出钟维岳来。左有金石胆,右有黄铁娘,背后走着一个刁珠珠,各从两耳窍中,放出金黄的剑光来。

圣母当时正巡视到阵北门,这阵北门两边本蹲有一对石狮子,背后就是泰山石洞的正门。

钟维岳等是从正门背后抄进来的,一路上早听祁天雕说,从外面开那正门的机关,用针挑着左边石狮子屁眼,左边石狮子放出一个屁来,正门便自由自性地开放了。从里面开那正门的机关,用针挑着第二道闩门上的一个小孔,外面右边石狮子屁眼上,放出一个屁来,这正门也就自由自性地开放了。

在先门内本有人把守,但在今天清早,不知什么缘故,圣母已将那些人收回,却都变成了纸人、木偶,所以钟维岳等如入无人之境。从背后走到正门前面,容容易易坏去这北门锁钥,杀进五行剑光阵来。

在钟维岳杀进阵门的时候,红衣圣母看他们师徒都放出剑光来,把守阵北门壬位的男八名教徒,如江涛、江浪、水人杰、水人豪、汤文、汤武、汤孝、汤忠,一面将黑色的小旗向着癸位不住招展。

把守阵北门女八名教徒,为骆藕香、骆镜蓉、柯倩娥、韦巧云、冯韵笛、王素芬、王素芳、周金莲,也一面将黑色的小旗向着壬位不住地招展,空间便现出一团黑黑的剑光来。一会儿,便散开,一会儿,又合拢,早抵住钟维岳师徒八道金黄的剑光。那黑光愈涨愈大,那金光也越斗越有精神。

忽然阵西门发现出数十道红光,如无数的火蛇,在空中旋绕。

圣母料是方克峻师徒,用火功来伤五行剑光阵中的金本位了。料知水为土塞,金为火伤,长此决斗下去,是免不了的事,这时候就不得不使出她的百灵幡法术来了。

欲知后事如何,且俟六十三回再写。

第六十三回

孙旭东饮剑入泉台
黄精甫反风烧孽障

话说红衣圣母早将百灵幡举在手中,向着钟维岳、方克峻师徒招展了一会儿,口里不住念着百灵神咒,喝一声:"疾!"跟着这一声"疾",从百灵幡放出来的虹光,约有百道,却同在先和朱子民厮拼时大不相同了。

那时圣母同朱子民厮拼的当儿,匆忙间没有预备,这百灵幡毒法虽然厉害,其进锐则其退速,却不能立刻便伤害朱子民的性命。

这时却早已有了准备了,所使百灵幡毒法的时间已成熟到十二分,打算这百灵幡虹光放出来,就可以立刻摄取钟维岳一班人的灵魂,立刻便可以伤害他们的性命。谁知那无数虹光,只在空中盘旋围绕,碰着钟维岳一班人的身体就听得当的声响,那虹光都真个逼得退了回来。

圣母这一惊非同小可,便收了虹光,再作第二步的计较。这计较按法做去,总打算钟维岳一班人能杀进阵中来,大略总不能飞出阵外一步。

究竟圣母又预备做什么计较,下文自有一个交代。于今要说五行剑光阵中的孙旭东、黎绍武了。

黎绍武当见圣母放出来的虹光登时不见了,他这时本压住西北阵角,左手中执五色的小旗。在先看阵地门江涛、江浪、藕香、镜蓉放出的一团黑光渐渐有些敌不过金光,右手便取了一面白色的小旗,不住地向庚、辛二位招展。谁知庚、辛二位的男女人员,放出来的一团白光,碰着方克峻师徒所放出来的火光,渐渐也有些支撑不住了,哪里还能借着庚、辛二金之气生水呢?

金之本位既然动摇,却赖土以生养,不防祁光带领苏奇、鲍剑星各放出两道青光,早和阵中央男女教徒一团金光接触起来。

再看阵南向丙、丁二位,男女六十名放出来的火光,又被朱子民等抵制了,使五行剑光阵金不能生水,土不能生金,火不能生土。而且木在东方,甲、乙二位,有十六名把守,却被黄精甫师徒放出数十道白光。木无水生,又逢金克,自身且不能保,何能再生土呢?

黎绍武顿时便慌了手脚,看孙旭东在剑光阵中东奔西驰,一会儿到那里,一会儿又到这里,竟像热锅上的蚂蚁一般,却看不到红衣圣母是到哪里去了。

黎绍武既没有主意,右手执着五色的小旗,这时也不知执着哪一色的旗号招展才好。

看那边江涛、江浪已死在钟维岳的金光之下,汤文、汤武、汤孝、汤忠也被金石胆的飞剑割去了首级,水人杰的首级早和身体脱离了关系,水人豪也是直挺挺地躺在那里,所有藕香、镜蓉、倩娥、巧云、韵笛、素芬、素芳、金莲八名女职员,也都玉碎香销,美人儿已奄然物化。黎绍武哪里还压得住西北向的阵脚呢,正想由西北而向东北向闪去,猛不防金光中冲来一人,那人手里提着一个人头。黎绍武看这人头似孙旭东的面貌,来人原非别人,正是中岳嵩山的开派宗祖钟维岳。

黎绍武见这形状,几乎把心肝都吓碎了。

钟维岳也懒得同他这臭叫花多讲废话,一道剑光,竟也去他这笔账。

你道钟维岳是当真要亲自斩杀孙旭东吗?这也是孙旭东合该死在钟维岳手里。孙旭东打算自己是东岳派的人物,东方属木,木克土,孙旭东以为钟维岳的剑法虽强,自己的法力,却是钟维岳一个对路,但心里总有些害怕,不敢冒昧和钟维岳交手。及看钟维岳用剑功斩取阵北向十六名男女教徒,五行剑光阵中的局势,纷纷解散。阵中金本位,又为火所伤,木位十六名男女职员,又为黄精甫的纯白剑光所制,绝非克制钟维岳的可能性。红衣圣母又不知在什么地方。

孙旭东到了这种关节,正所谓战亦亡,不战亦亡,与其不战守死,就不若鼓起侥幸之心,想凭自己的法力,来对待钟维岳。但转念,想不到钟维岳的剑法太厉害了,仍有些畏怯不敢下手。

忽然又转了一个计较,借用着隐身法术,闪至钟维岳身边,登时放出一道青光来,直向钟维岳肋胁间刺进。

钟维岳登时也不由暗吃一惊,好在自己早提足了气功,防有人前来暗算。看那纯青的剑光刺进来,知其厉害,还疑红衣圣母在暗中来伤害他的,匆忙间没有想出是孙旭东放出来的剑光。

钟维岳也知这青色的剑光,是他这剑功上的一个对路,早运用全力,提足了全副的精气神,只听得当的一声,钟维岳左耳间射下来的一道金光,精壮得什么似的,刚同孙旭东放出来的青光接触起来,倏然那青光不见了。

钟维岳低头一看,才见孙旭东的尸身躺在地下,一颗血淋淋的首级,也和他的身体脱离。

钟维岳这时想起孙旭东当初和自己有同门的情谊,一朝失足,竟这样的结果收场,也不禁有些凄怆。遂提起孙旭东的首级,又在这里结果了癞头叫花。心里早想到红衣圣母是借引五行相生的妙用,摆下这一座五行剑光阵来。这番五行剑光阵中的生脉既被斩绝,要完全破灭这五行剑光阵,也借引这五行相生的妙用,绝收事半功倍的效果。

看黄精甫正领着二十七名男女徒弟,和阵之木位男女十六名职员斗起剑来。钟维岳便抛去孙旭东的首级,便同铁娘、石胆、珠珠,各运用中央土之精,以助黄精甫师徒金之精,好趁先斩绝五行剑光阵中甲、乙二木。

于今且说那五行剑光阵中甲、乙二位，由孙旭东男女十六名徒弟把守，男八名是盛大鹤、樊继武、江星、邱鹗、开星、干进、卢海川、邢武；女八名是孙月娥、孙星儿、郑绣珍、李珉玉、沈珠花、吕琴姐、戚美颜、水蕊梅。这男女十六名，都是孙旭东的高足弟子，剑功法术，都有几分的成绩。再加红衣圣母几年来教导之功，加倍精进娴熟。他们瞥见有无数纯白的剑光杀得前来，各放出纯青的剑光，男部分各执着青色小旗向着乙位不住招展，女部分也执着青色小旗向着甲位不住招展。先前青光分为三十二道，以后竟化成一团的青气，聚在空中不解不散。

黄精甫师徒所放出来的白光，直向那一团青气射去，纵然那青气团结一处，无如白光是青光的对路。黄精甫见那一团青气，忽然不见了，接连有无数的青龙，在空中腾挪飞舞。

黄精甫随即呐一声哨，便同他徒弟鲍剑云等，口里念念有词，接着阵中起了一阵腥风，倏地跳出好几十只吊睛白虎，直向盛大鹤等男女十六人面前扑去，目眈眈而齿巉巉，现出要吃人的样子。

盛大鹤等明知白虎又是青龙的对路，口里都不住地叽里咕噜，说时偏迟，那时却快。倏然那无数的青龙都不见了，凭空就响了几个焦雷，这几个焦雷刚响出来，那无数的猛虎都被焦雷劈得无影无形了，黄精甫这才焦急起来。

这时候幸得钟维岳师徒又放出八道金黄的剑光来，黄精甫见这金光，早知钟维岳已破袭了五行剑光阵壬、癸二水，转来生助。一个个不由精神陡长，那一阵阵风声，跟着也就呼啦呼啦地作响，风声渐高，雷声渐低，风声高到极处，雷声也没有了。

请问盛大鹤男女十六名教徒，都是些血肉之躯，如今法术已坏，怎当黄精甫师徒们无情的神剑？就这么都死于黄精甫师徒的剑光之下了。

黄精甫师徒既已得手，破了五行剑光阵中甲、乙二木，便同钟维岳打了个暗号，各自来助朱子民了。

原来朱子民带领单雷、祁天雕、祁凤姐,来犯五行剑光阵丙、丁二火,丙位把守的男教徒是钱绳武、钱绳庆、马忻、韦耀南、愈雄、邱剑豪、秋麟、狄凤;丁位把守的女教徒是潘秀月、郎琼姐、郎瑶姐、袁湘灵、唐乳莺、梅湘娥、夏新燕、田宝琴。他们这十六名教徒,本是红衣圣母的门下高足。

红衣教最善用火,火剑、火功,都算是他们看家的本领,钱绳武等见是朱子民等师徒前来,一个个都张口喷出一道火焰。

朱子民忙射出两道黑光,接连天雕、凤姐也射出两道黑光,和那十六道火焰接触起来。本来水有克火之功,无如朱子民师徒人数太少,并且朱子民曾中过百灵幡的毒法,虽然神气上已经恢复健全,但内功也受着偌大的亏损,似此弱水固不足以制旺火,何况钱绳武等的火剑、火功,又比寻常会法术人更胜一步?

钱绳武等各张口喷出了一道火焰,丙火部分的小旗不住向丁火部分招展,丁火部分的小旗又不住向丙火部分招展,那火焰竟混作一团。丙火在异部,异为风,风得火而益旺,丁火在离部,离为火,火助风以延烧,那火势就愈加涨了。

朱子民师徒不敢施用雨水的法力,就怕对方的火气太旺,怕丙、丁二火,熬干了壬、癸二水,那么就糟极了。所以朱子民仍运用剑光和钱绳武等支持着,幸火无木助,火气虽旺,终属无根之火,不敢过分猖狂。就因这个缘故,所以朱子民师徒能够用剑光和火光抵制了好一会儿,竟到了这时候,觉得丙火似赤日炎炎,丁火如红烛高烧,久在这丙、丁二火下抵制着,朱子民师徒都觉热汗汪洋,有些头昏脑涨的样子。

偏巧在这时候,微微地觉得后面刮过了一阵凉风,知是黄精甫师徒前来生助,金本有生水之能。黄精甫师徒的法术,不外庚、辛二金的作用,又得钟维岳师徒戊、己二土,以助金生水。所以朱子民师徒觉得背后刮过那一阵凉风,登时遍体清凉,神志并不昏糊。

再看那凉风过处,那十来道火焰,都反烧着运用火功的人了。只不消顷刻工夫,已将钱绳武等男女十六名教徒,都烧得头焦额烂,骨化灰扬。

五行剑光阵中丙、丁二火的部分既已破毁无余,朱子民得黄精甫、钟维岳土生金,金生水的生助,又转来生助祁光,破除五行剑光阵中中央戊、己二土。

那戊土部分的男女职员是景天池、章炳、荀刚、奚焯、贾龙、贾虎、刘汉、程群;己土部分的女职员是秋梦菊、秋爱菊、王璧云、云凤仙、方翠画、葛韵琴、任丽华、胡美蝶。男职员是孙旭东的徒弟,女职员是红衣圣母的教徒。他们在方克峻师徒冲进五行剑光阵中庚、辛二金部分的时候,本想借着戊、己二土的精气,泻火之神,以生助庚、辛二金,却不防有六道青光,直射到中央戊、己二土部分中来。

原是祁光同苏奇、鲍剑星各放出剑光,前来破袭戊、己二部的。

论祁光、苏奇、鲍剑星三人的势力,本敌不过戊、己二土部分十六名职员,但土无火以资助,土之命脉已伤,所以祁光等同戊己二部分的男女职员,还能尘战得许久时间,直待朱子民前来,水以生木,金以生水,土以生金。

祁光的法术,既得这生生不已的资助,不由精神为之一旺。看那戊土部分的人,不住把黄色小旗向着己土招展,己土部分的人,也不住把黄色小旗向着戊土招展。始则各人都放出金黄的剑光,渐渐那金光混合,渐渐那金光看似有些畏避青光的样子。并不是戊、己二土部分中人,畏法木克土的功用,不敢同祁光三人各运用剑功,斗个三百回合,实则他们见祁光已来了帮手。明知不是路,暂且都把那金光收回了。

祁光三人见景天池等陡然收回了金光,那六道青光,都像似击射在很坚硬的墙壁上面,仍被那很坚硬的墙壁逼得退了回来。

忽然见有数十道裂帛也似的电光一闪,接着白果大小的雨点儿,只在中央戊、己部分洒着。接连又见空间现出好几道金黄色的剑光,这金黄色的剑光,颜色十分璀璨,竟似珠光宝火一般,同戊、己部分景天池等的剑光有些清浊不同,电光得金光而愈烈,雨点儿得电光而愈大。

祁光早知是钟维岳、黄精甫、朱子民等前来生助,不由精神一旺,借着电光雨势的生助,随手起了一声霹雳,直有冲墙倒壁之功。

再看景天池等男女十六人,都被这声霹雳震得颠仆在地,一些气息也没有了。

这时候,却见方克峻率领一众徒弟走得前来,向钟维岳拱手道:"托大师兄的福,兄弟已破灭五行剑光阵中庚、辛本命了。"

欲知后事如何,且俟六十四回再写。

第六十四回

出山洞误入八阵图
除妖魔香解三里雾

话说方克峻当向钟维岳抱拳说道:"托大师兄的福,兄弟已破灭五行剑光阵中庚、辛本命了。"

你道方克峻是如何破伤五行剑光阵中的金本位呢?

方克峻本是南岳衡山的开派宗祖,南岳主火,方克峻的剑功法力多在这个"火"字上用功夫,火又有烁金之能,以方克峻师徒的火功,克制庚、辛二金,还不是很容易的事吗?克制总算是克制的了,然事实上也生了许多挫折,文情又横生偌大的波澜。

当钟维岳率领铁娘、石胆、珠珠破袭五行剑光阵中壬、癸二水的时候,阵中庚、辛二部分的男女教徒,庚部是徐铁华、王如蛟、王如虎、左良骥、崔龙藻、杨耀武、韩秀、娄超,辛部是包翠屏、金闺臣、金闺凤、沈龙珠、沈凤珠、姜壁容、石小娥、石月娥。这十六名男女教徒剑功的成绩,除去他师父红衣圣母,他们在五行剑光阵中,却算得是个中的翘楚。当见钟维岳师徒来犯壬、癸两部分了,徐铁华等八名男教徒各放出鱼白的剑光,准备这鱼白的剑光向壬、癸二部分射去,为壬、癸二部分生助之神。包翠屏等八名女教徒也各放出鱼白的剑光,她们的剑光却向徐铁华等的剑光早经混合起来,也准备去辅助壬、癸二水。男八名教徒各把白色的小旗向着辛位不住招展,女八名教徒也各把白色的小旗向着庚部不住招展,那混合的剑光,道同一轨,刚要向壬癸二部分冲去,谁知那一团白光忽然要逼得退回来了。

徐铁华等男女教徒这才吃惊不小,再看空间有数十道红得像火鸦、火球、火箭般的许多红的剑光,和那白光接触起来,那白光好像被红光烫得难受似的,逼得一步一步地退了回来。

徐铁华等男女教徒早知是方克峻师徒用火克金妙用,来犯害五行剑光阵中金之精、剑之神了。事实到这一步,只好换个计较,且不去生助壬、癸二水,想用全力以保全这庚、辛二位,假若庚、辛二位不能保全,这五行剑光阵便破在顷刻间了。他们都不约而同地照着这意思做去,徐铁华等男八名教徒各把手中的小旗只顾一下紧一下地向着已位招展。包翠屏等女八名教徒也是一下紧一下地向着庚位招展,那放出来的白光又和在先的颜色不同,在先是鱼白色,这时那由鱼白色变成纯白的剑光。这白的剑光有阴有阳,辛主阴,庚主阳。一经拢合起来,便如斗大的一颗夜明珠悬在空中,招摇无定。

方克峻师徒见这形状,又因这时祁光已来破犯五行剑光阵中戊、己二土了,阵中戊、己二土在势不能生助庚、辛二金,阵中庚、辛二部虽然较其他的部分势力加倍坚固,但西金无根,料用全力决斗下去,丙、丁之火没有克不了庚、辛二金的道理。哪知庚、辛二金部已经融合起来,火力稍缓须臾,火不能克金,弱火反为强金所制了。

方克峻师徒见放出来的许多火光稍强一些,那夜明珠般的一团剑光便缩小一些,放出来的火光稍弱一些,那夜明珠般的剑光又壮大一些。一会儿,那白光中已着了融融的火,论理火气一着,这白光也像在先烫得难受似的,被逼得退回来了。但这时庚、辛二部的男女教徒都运足了内功,提足了全副精神,各把手中的小旗不住招展。阴、阳二金已经拢合,金气便旺到十分了,金气旺到十分,火气也旺到十分,火气不但不能伤金,金得火反觉气势加倍厉害,盖火可炼金,亦可烁金,金、火旺气相等,金得火炼反能成材,火之旺气胜于金,自然金为火烁,那才是火克金的时候。于今金、火二气都平均旺到十分,所以那一团白光着了融融的火,金得火炼,金之气焰反愈加旺了。

方克峻师徒所放出来火光被那白光吸去,那白光倏地又变成初出旭日的日光,愈吸愈壮大得厉害。方克峻师徒觉得尽用外功的法力,用外功之火,以克制内功之金,长此撑持下去,那庚、辛的精气将越发跋扈得不成模样了,便各自打了一个暗号。说时偏迟,那时却快,方克峻师徒刚收了外功之火,随后各放出一把三昧真火来,火同一炉,道同一轨,都围绕着阵中庚、金二部分的剑光焚烧。

这内功的三昧真火,可是内功的金之精、剑之神的一个对路,那火光愈烧愈旺,那剑光却愈缩愈小,剑光既为三昧真火的火光所克制了。觉得那火只围绕着剑光前后左右焚烧,那剑光竟烧成像斗大的融融火光一样,伸也不能,缩也不得,左右更不能移动分毫。渐久那三昧真火的火光真如现代的火机开足了速率,那剑光尽烧得同赤炭一般见红。接着只见有一道烟焰,向空间虚冒了一下,那赤炭般的剑光已烧得无影无形了。

方克峻师徒觉得大功已经告成,各自收回了三昧真火。再看地上被火烧死一大堆死尸,你枕着他的大腿,他倒在你的胸间。那徐铁华等男女十六名教徒,都随剑光被三昧真火烧死了。

方克峻看这情状,心里也觉得很是凄惨,便带领他一班徒弟来见钟维岳。大家谈叙了一阵,只不见红衣圣母是到哪里去了。

钟维岳和方克峻一干人等,以为五行剑光阵既已破毁,却逃去了那个红衣圣母,准备回转芦棚,再作计较。当由钟维岳在前,方克峻一干人等在后,向墙院门走去。

钟维岳刚才举步,跨着墙院门,谁知前面像有什么东西阻拦似的,再也不能跨出墙院门一步,却又不见有什么东西阻拦着。钟维岳早知是红衣圣母在暗中作怪,使用着什么幻术,便认定是一种幻术,告明方克峻一干人等,大踏步向墙院门外走去,果然毫无阻碍。

出了墙院门了,分明都一齐出了山洞,只觉得四方都雾沉沉的,五步以外,便不能辨认。钟维岳等便决定方向,向山坳间道路上行去。分明是清清白白,已走到山坳间了,大家都已走进了芦棚。只见芦棚里的大小法台都没有了,大家都是昏昏沉沉的,昏沉间,忽看见地下的尸骸狼藉,其中的景物却同墙院门外一样。再看墙内外依稀画了许多界线,这是初时不曾看出来的。

钟维岳暗想,红衣圣母的妖法果然厉害,看众人都像毫没有一些神气的样子,钟维岳不由焦急起来,两眼虽失了平时的明净,看不清字迹,但事情已到这一步,只得将他师父桐叶道人第三个锦囊拆开来,也不用焚香点烛。

钟维岳才把第三个锦囊拆开来,没有见得什么,钟维岳这一急,更是非同小可。忽然那锦囊中吐出一缕青烟,不断地如蚕吐丝,有一股香气,非兰非麝,分冲到各人的鼻管。闻了这香气之后,各人都觉得神清气爽,五体舒畅,渐觉四面的雾气都稀薄得渐渐消散了。再看这地方,哪里不是五行剑光阵的地址呢?

大家都惊异红衣圣母的妖法甚强,能使众人仍在这地方奔走了多久时间,一点儿也不察觉。再看那个红衣圣母,远远站在墙外,张口像似喷着什么。

钟维岳忙从身边取出一把师刀来,对着红衣圣母一闪。煞也作怪,红衣圣母见了那把师刀,好像吓得心碎胆裂的样子,早知自己的行藏败露,便逃出石洞。

在红衣圣母逃出石洞的时候,钟维岳接着也出了石洞。看红衣圣母不住地向前跑着,钟维岳扬着师刀赶了一会儿,后面方克峻一干人等也就走出石洞来了。看钟维岳已赶上了红衣圣母,那红衣圣母见钟维岳仍然扬着师刀,早扑地跪在地下求饶。

众人见这情状,各分布伏在红衣圣母左右前后地方,防她乘机溜走,又要闹出天翻地覆的大乱子来。

钟维岳当向红衣圣母笑道:"孽障!我早知你就是当初在阜宁彭家兴妖作祟那个秦小姐了。我问你,你已摆下这一座五行剑光阵,你为什么不在阵中和我们酣战,却坐视阵中同类生死祸变,漠不相关?待我们破阵以后,你却又前来和我们为难,是什么道理?"

红衣圣母回道:"钟法师能再赦我一死,我就将这个道理说给钟法师听。"

钟维岳道:"你若说得一字不错,我纵可以从宽办你。"

圣母道:"我这时还敢对钟法师扯谎吗?钟法师问我的话,我说出来总该相信。钟法师已知五行剑光阵破法,我却准备改变方略,想用百灵幡,以图摄取钟法师一班人的灵魂。谁知钟法师的道法果然高强,百灵幡既不能奈何钟法师一干人等,明知这阵势已不能支持了,我只得到我一个同道的师姐那里,求她出来帮助我。想我那个师姐,平时同我不大投机,今事急相求,亦迫于不得不然之势,打算我师姐总看在同门学习道法的分上,解释前嫌。不料她不肯显然出来,和钟法师一干人为难,却只传授我八阵图三里雾的妙用,叫我来和钟法师一干人抵挡一下,纵然钟法师能破了五行剑光阵,她说我照这两样法力,如法抵挡,不怕钟法师一干人的法力大到怎样地步,却不能出这阵门一步。如今却是不然了,总怪我自己得罪了法师,只好向法师求情。钟法师如肯开一条方便之路,我侥幸逃脱性命,从此勤修道果,再不敢造下弥天罪恶,同法师有意为难。若法师又要害我性命,我这时是奈何法师不得,却有人替我报复前仇。你知道我那个师姐,就是将来报复法师的祸根呢!"

钟维岳并不迟疑地笑道:"幸亏你提醒了我,为我从宽释放你,果然不妥当。我虽不用问你那个师姐是谁,万一此番逃脱了,再到你师姐那里求救兵,我岂不是又惹麻烦?我并不怕你要来报仇,只怕你们出来的时候,又要增重一番浩劫,我不敢贪懒,先惩办了你这个孽障,谅你那个师姐,既然不肯显然和我为难,你再去向她求救兵,总算人在人情在,那时候恐怕要看在同门分上,替你在暗地报复了我。你同她的感情,可是由你亲口说出来的,如果你一死以后,她和你的情谊真算得是人死两散开了,还愿来替你报仇,要懊恼一个钟维岳吗?"

圣母道:"你既不肯准情,说多了总是废话,只是你打算怎样惩办我姓秦的小姐呢?"

钟维岳道:"容易容易。"一面说,一面随手捏一个诀。

这个诀一捏出来,红衣圣母不由匍匐在地,打了一个寒噤,忙将身躯一晃，登时就变成一个虎身人面的精怪。

钟维岳冷笑道："你不是秦小姐，你这变成什么样子？"

谁知钟维岳在先两眼瞬也不瞬注视着红衣圣母，元神却十分充旺。红衣圣母的妖法纵然厉害，却被钟维岳眼中的元神注射在她两眼上面，所以任凭钟维岳怎样地摆布她，要逃脱也逃脱不来。却在钟维岳说这话的时候，钟维岳觉得双目偶然一瞬，再看哪有什么虎身人面的精怪呢？钟维岳不禁诧异起来。

偏巧在这时候，听得一阵很尖锐的声音，如箭镞离弦声音相似，看有一支羽箭，直射在前面十丈多远的一只猛虎身上。钟维岳忙近前一看，那虎的面目依然未改，不是红衣圣母是谁呢？

那箭刚射在虎的左肋下面，已经穿肠贯腹。这东西僵卧在血泊之中，一些气息也没有了。

抬头看方克峻一众人等，都围拢前来。大家说明缘故，却是方克峻伏在山坡之间，运足了元神，远远见那虎身人面的精怪飞也似的向前驶来，方克峻忙将弓箭授给了金石胆，流水似的说道："仍仗师侄的威福，结果了这东西吧！"金石胆早执弓在手，嗖的一箭，射中了虎肋，那虎便应声而倒，僵卧在血泊中了。

钟维岳听完这话，暗暗点头，大家就此回到芦棚间休息。趁着这个休息的时候，先由钟维岳发言，议决办理善后事宜。当经表决一过，先将所有红衣圣母及孙旭东一干人的尸体着即火葬，并推命金石胆、祁天雕二人，径上昆仑山，谢过桐叶道人三个锦囊之恩。二人当夜即回，奉谕着令祁光归正泰山派的开派宗祖。钟维岳乃谕令在明天四月八日，大家齐集泰山石洞之中，扶助祁光接受泰山开派宗祖的要责。

这一番热闹，真个锦上添花，可见四月八日这一天，当初五岳开派宗祖接受桐叶的法令，归正派宗祖，是四月八日；嗣后钟维岳处死犯戒的徒弟，也在四月八日；如今祁光代替孙旭东的名位，承受泰山派万年香火，却也在四月八日；我这《五岳剑仙传》的神奇小说，却在去年四月八日着手编来，又在今年四月八日告一结束。